앞산도 첩첩하고

앞산도 첩첩하고

초판 1쇄 발행 2007년 11월 30일
개정 1판 1쇄 발행 2022년 1월 17일
개정 1판 4쇄 발행 2024년 10월 25일

지은이 한승원
펴낸이 김준성
펴낸곳 책세상
등록 1975년 5월 21일 제2017-000226호
주소 서울시 마포구 동교로23길 27, 3층 (03992)
전화 02-704-1251
팩스 02-719-1258
이메일 editor@chaeksesang.com
광고·제휴 문의 creator@chaeksesang.com
홈페이지 chaeksesang.com
페이스북 /chaeksesang   **트위터** @chaeksesang
인스타그램 @chaeksesang   **네이버포스트** bkworldpub
ISBN 979-11-5931-824-5 04810
ISBN 979-11-5931-812-2 (세트)

ⓒ 한승원, 2022

• 잘못되거나 파손된 책은 구입하신 서점에서 교환해드립니다.
• 책값은 뒤표지에 있습니다.

소설 르네상스

앞산도 첩첩하고

한승원

일러두기
- 이 책은 《앞산도 첩첩하고》(창작과비평사, 1977)를 저본으로 삼고, 《한승원 중단편전집 1—목선》과 《한승원 중단편전집 2—아리랑 별곡》(이상 문이당, 1999)을 참고하여 작가가 수정·보완했다.

작가의 말 | 새로 펴내며

사랑하는 아들딸들아,

내년이면 아비의 나이 '고희'에 이른다. '고희'는, 이 아비하고는 전혀 관계없는, 앞으로도 영원히 관계없을 일로 여겼는데, 그것이 아비에게 조용히, 흰머리와 주름살과 저승꽃들을 데리고 오래 사귄 벗처럼 찾아와 있구나.

그 고희를 즐길 참이다. 마음 가는 대로 살아갈지라도 법도에 어그러짐이 없는 나이(七十而從心所慾不踰矩)이므로.

*

첫 소설집인 《앞산도 첩첩하고》를 아비는 1977년에 창작과비평사에서 냈는데, 지금 2007년, 아비 나이 예순아홉 살에 '책세상'에서 그 개정판을 내고 있다. 30년 만의 일이다.

서가에 꽂혀 있는 눌눌하게 바랜 그 책을 꺼내 펼친다. 그것은 아비가 걸어온 신산한 길목에 첫 번째로 세워 놓았던 이정표이다.

서산대사는 이렇게 읊었다.

눈 덮인 들판을 혼자 걸어갈지라도
어찌 어지럽게 함부로 갈 수 있겠는가.
오늘 내가 밟아간 길은
뒤따라오는 사람들의 이정표가 되는 것인데

(踏雪野中去 不須胡亂行 今日我行蹟 隨作後人程).

*

그 이정표 옆에 서서 둘러보니 앞산도 첩첩하고 뒷산도 첩첩하다.

판소리의 아니리 투로 쓴 소설들이 실린 이 첫 번째 책을 낸 뒤로, 잇달아 십여 권의 중단편소설집을 냈고, 삼십 몇 권의 장편소설을 펴냈고, 세 권의 시집, 네 권의 동화집, 세 권의 산문집을 냈다. 그리고 지금 장편소설 한 편을 준비하고 있다. 그런 다음 다시 또 장편소설을 쓸 계획이다.

돌아보면 내 길은 길고 긴 산모퉁이를 바른쪽으로 굽이돌고 왼쪽으로 굽이돌고, 들판을 건너고, 허름한 뗏목 타고 강을 건너고 나뭇잎만 한 거룻배로 바다를 건너고, 가파른 재들을 무수히 넘어 왔다. 다시 돌아가라고 하면 도저히 걸어서 갈 수 없도록 험악하고 슬픈 신산한 삶의 길이다.

*

그리스의 소설가 니코스 카잔차키스가 '한심한 영혼아, 너는 돈을 주고 빵을 사고 포도주와 고기를 사서 먹는 것이 아니고,

종이를 꺼내어 빵 포도주 고기라고 쓰고 그 종이를 먹는구나' 하고 말했듯, 나는 종이에다가 밥이라고 쓰고, 소주라고 쓰고, 고기라고 쓴 다음 그 종이를 씹어 먹으며, 한국 소설문학의 판도를 바꾸겠다는 오기와 객기를 부리며 살아왔다.

사람들이 가는 사람의 '길'이란 것은, 한없이 길어서 '길'인 것이고, 끊어진 것처럼 보이는 그 길을 다시 열어, 하늘 세상 저 너머까지 길게 뻗어나가게 하기 위하여 피땀 흘리는 운명이므로, 모두모두 그 '길'을 영원의 시간을 향해 뻗어가게 하면서, 간절하고 숭엄하게 기리고 찬양하며 걸어가지 않을 수 없는 것이다.

내 길 첫머리에 세워진 '앞산도 첩첩하고'라는 이정표를 복제해다가 이제, 내 밤으로 가는 황혼과 땅거미의 어름, 바다로 들어가는 강 하구 연안의 모래 언덕 해당화 숲에다가 세운다. 그러면서, 그 이정표 주위에 석가모니의 깨달음 같은 까치 노을이 피어나기를 바란다.

*

긴 여로로 말미암아 지친 몸에, 지난날의 생목처럼 싱싱한 마음을 회억하게 하고 새 기(氣)를 주입해주고 있는 출판사 '책세상'의 여러분들이 아주 고맙다.

이 개정판을 새로이 내면서, 내가 세상에서 하여온 몫은 무엇이었을까를 생각하고, 남은 몫은 무엇일까, 남은 삶을 어떻게 정리해야 할까를 생각한다.

*

사랑하는 아들딸들아, 이 아비는, 아직도 나의 길은, 앞산도 첩첩하고 뒷산도 첩첩하지만, 살아 있는 한 글을 쓰고 글을 쓰는 한 살아 있을 것이다.

2007년 10월 해산토굴에서
한승원

한승원 소설집 앞산도 첩첩하고

차례

작가의 말 | 새로 펴내며   5

폐촌(廢村)   11
석유 등잔불   116
참 알 수 없는 일   146
출렁거리는 어둠   169
앞산도 첩첩하고   201
목선(木船)   224
한(恨) ① — 어머니   248
한(恨) ② — 홀엄씨   283
한(恨) ③ — 우산도   321

작가 후기(1977)   357
해설 — 원시적 생명력의 복원과 근대에 대한 성찰 | 전성욱(2007)   359

폐촌(廢村)

1

　폐촌(廢村)이 된 지 오래인 이 하룻머릿골은 무뚝뚝하고 상스럽기 이를 데 없는 뱃사람들 이십여 세대가 모여 살던 작은 바닷가 마을로, 해방과 6·25를 전후해서 이런저런 사건이 많이 일어나기로 대호면 일대에서 이름난 곳이었다.

　큰몰에서 하룻머릿골로 가려면 높은 언덕 하나를 넘어야 했는데, 그 언덕을 '앞메 잔등'이라고 불렀다. 한창 김 채취에 바쁜 겨울철 같은 때 무거운 김 구럭을 짊어지고 넘는 사람이면 어느 누구 할 것 없이 모두 숨을 헐떡거리게 되고, 그러다가는 쿨룩쿨룩 하고 기침을 한두 차례씩 하게 마련인 잔등이라 하여 '기침고개'라고도 불렀다.

　그 잔등은 새끼를 한 배도 낳지 않은 암소의 늘씬한 허리처럼 잘록해 보였는데, 그것은 그 잔등을 가운데 두고 동과 남으로 우뚝 솟은 봉우리 둘이 있기 때문이었다. 남에 있는 것은, 검푸른 해송숲이 우거져 민틋하고 처녀 유방같이 고운 흐름으로 솟아 있으며, 그 모양이 어딘지 모르게 암팡진 데가 있는 데다, 그 봉의 계곡은 어쩌면 여인네의 가장 깊숙한 곳처럼 우묵하고 음침한 하룻머릿골로 이어지는데, 그 옆에는 사철 내내 이가 시리도록 차가운 물을 펑펑 내쏟는 찬샘이 있으므로 각시봉이라 하였다. 동에 있는 것은, 봉 위에 '사마귀바위'라고 불리는 큰 바위가 한 개 놓여 있는 데다가 계곡이 가파르고 험준하며, 바다 쪽에 깎아지른 듯한 벼랑이 있어, 바다 멀리서 보면 거북의 머리가 불끈 일어서는 듯한 모양을 하고 있으며, 건너다보이는 각시봉보다 더 우뚝하고 우람하고 늠름하다 하여 서방봉이라 하였다.

말하는 사람에 따라서는 각시봉을, 첫아기 낳은 여인네의 젖무덤에 바야흐로 젖이 붇기 시작하는 모양 같다고 하기도 하였고, 바다 쪽으로 고개를 돌린 여자가 치마폭을 펑퍼짐하게 펼치고 앉아 오줌을 누고 있는 형용이라고 하기도 하였다. 그리고 서방봉을, 귀두 끝에 검은 사마귀 붙어 있는 남근이 불끈 일어서 있는 형용이라고 하기도 하였고, 먹다 둔 쑥떡같이 생긴 거인이 각시봉을 향해 팔을 벌리고 금방 덤벼들려고 하는 형용이라고 하기도 하였다.

2

이해에도 봄은 어김없이 와서, 각시봉의 기슭으로는 진달래가 맹렬한 불길처럼 벌겠다가 졌고, 서방봉의 발아래로 펼쳐진 보리밭에는 구물구물한 푸른 물결이 윤기를 내며 일고 있었다. 이런 어느 날 저녁 무렵, 그 각시봉과 서방봉 사이의 앞메 잔등을, 마을 사람들의 눈을 피해 하룻머릿골 쪽으로 부산나게 넘어가는 거구의 중년 남자 한 사람이 있었다. 하룻머릿골에 살다가 몇 해 전에 노모와 함께 큰몰로 들어와 사는 뱅강쉬였다.

뱅강쉬, 그는 애초에 정신 나간 '삼시랑'의 잘못된 작용으로, 태어나기를 도무지 사람 같지 않게 태어나, 거짓말을 조금만 붙인다면, 분명히 싸움 잘하는 황소같이 몸집이 크면서도 단단하게 앙당그러진 기형 동물이었다. 육 척이 훨씬 넘는 키에 살빛이 거무튀튀했고 눈두덩은 엄지손가락 두 개를 포개놓은 듯 튀어나왔으며, 바로 거기에, 이 마을에서 생산되는 먹장김 빛깔의 검은 눈썹이 마치 돼지털처럼 붙어 있는 데다, 꼭 그 눈썹 같은 털들이 귀밑에서 턱을 거쳐 모가지의 울대에까지 돋아 있었다. 아니, 그 털들은 비단 그 울대까지만 돋아 있는 것이 아니었다. 이른 가을철 같은 때, 그가 김발을 막으면서 물에 들어가느라고 객사 기둥 같은 다리 위에다가 팬티 하나만을 걸치고 있는 것을 볼라치면, 울대 근처까지 돋은 그 털들은 앙가슴과 젖가슴은 물론, 배꼽 밑을 지나 허벅다리와 발끝에까지 거멓게 이어져 있는 것이었다. 이러한 그는 언제 어디서 보나, 한마디로 말해서 우악스런 괴물이었다.

그가 험상궂게 얼굴을 일그러뜨리고, 메기처럼 쭉 찢어진 입을 크게 벌린 채, 쭈뼛거리는 이를 허옇게 드러내고, 퉁방울 같은 눈을 부라리면서 악을 쓰기라도 한다면, 모르긴 몰라도 그 앞에서 기절초풍을 하지 않을 사람이 없을 것이었다.

그러나 그는 아직 한 번도 우악스럽게 성을 내본 적이 없었다. 그것은 어쩌면, 우악스럽게 생긴 그를, 그렇게 우악스럽지 못하도록 하는 곳이 그의 몸 어디엔가 꼭 한 군데 있기 때문일 것이라고 했는데, 그게 바로 돼지털같이 뻣뻣한 눈썹 밑에 있는 통방울 같은 눈일 것이라고 사람들은 말했다. 아닌 게 아니라, 그 눈은 마치 소눈깔처럼 큰 흰자위를 드러내고 있었는데, 그것은 어쩌면 촉기를 쏙 뽑아내 버린 듯 둔하고 순한 맛이 있어 보이는 것이었다.

3

재미있는 사실은 그가 징병 신체검사를 할 때마다 꼭 병종 불합격을 맞곤 하던 것이었다. 도끼로 찍어도 넘어지지 않으리만큼 단단한 몸뚱이를 가진 그의 어디가 허약하다는 것인지 당시 마을 사람들은 한결같이 궁금해 했었다. 그런데 알고 보니, 그것은 그의 몸 어디에 허약한 곳이 있어서가 아니고, 그에게 입힐 군복과 신길 군화가 없기 때문이라던 것이었다.

또 재미있는 것은, 그가 하필 뱀강쉬라는 묘한 이름으로 불리어지는 것이었다. 그것은 다름 아닌, 그가 열세 살 나던 해의 이른 가을에 저지른 철부지 짓에서 연유한 것이었는데, 그가 어린 시절에 저질렀다는 그 '철부지 짓'이라는 것에 대한 이야기는 큰몰 안의 사람쳐놓고 모르는 사람이 없었다. 그것은 바닷속 강장동물의 하나인 말미잘이라는 것과 관계가 있는 행위로서, 정말 어이없는 일이었다.

그것은 이른 가을의 어느 날, 노루목 연안으로 넘어가는 사태밭 언덕 밑에서 바다 한가운데로 뻗어나간 노루목 다리가 훤히 드러나도록 썰물이 진 한낮 때쯤의 일이었다. 이날은 갯마을에 있는 국민학교에서 운동회가 있었는데, 그 운동회는 주변 학구 사람들에게 있어서 보기 드문 축제 같은 행사인지라, 마을 사람들은 모두 그 운동회를 보러 갔으므로, 하룻머릿골은 텅 비었다. 더구나 바닷가에는 조개를 잡는 아낙네는 말할 것도 없고, 고기잡이를 한다든가, 모래밭에 나와 그물일이나 뱃일 따위를 한다든가 하는 남정들 또한 씨도 안 보였다. 한데, 하룻머릿골에서 그가 유일하게 운동회에 나가지 않고 노루목으로 나와 어정거리고 있었던 것이었다. 물론 그는 갯마을에 있는 국민학교를 다니긴 다녔었다. 그러나 열 살 나던 해에 이미 어른들의 보통 키보다 훨씬 커버렸기 때문에 그는 또래 아이들의 놀림감이 되어버렸고, 그래서 스스로 학교를 다니지 않아버린 것이었다. 또래의 아이들은 그를 제기차기나 딱지치기 놀이 따위에 끼워주지를 않았으며, 그도 기껏 배꼽 정도에 찰까 말까 하는 또래의 아이들과 어울리려고 하지 않았었다. 그리고 그는 자기가 그렇게 커버린 것이 창피스럽게 생각되어, 자연 혼자 바닷가나 산을 어정어정 헤매고 다니곤 하여온 것이었다. 이 무렵, 그의 코 밑에는 거뭇거뭇한 솜털이 돋기 시작했고, 콩알만 한 여드름들이 불거졌으며, 목소리가 깨진 항아리 울리는 것처럼 털털해졌다. 한 번인가, 잠결에 꼿꼿이 선 생식기를 만지다가, 간지러운 듯하면서도 시큰한 느낌이 온몸에 절절이 감돌았었는데, 그런 뒤부터 그에게는 자꾸 생식기를 주물럭거리고 쓰다듬는 버릇이 생겨 있었다. 그런 데다, 지난 여름의 어느 날 밤에 모기를 피해 넓바위에서 거적을 깔고 누워 자다가 들은 어른들의 이야기 때문에, 그는 자꾸만 비바우 영감네 작은딸 미륵례한테 장가가겠다는 생각을 하여오곤 하는 터였다.

"묘한 일이란께, 저놈 커뿐 것 조깐 보소."

"글씨 말이시. 저놈, 앞으로 두고 보소마는, 이 동네에서는 비바우 영감네 작은딸한테는 맞을란가 몰라도, 글 안 하면 몽달귀신으로 늙어 죽을 것이네."

"저놈이 인제 열두어 살 묵었는디도 저러는디, 앞으로 스무남은 살 묵도록 커보소, 어쩌겄는가?"

"비바우 영감네 작은딸도 커뿐 것 보소."

"미륵례라는 가시내 말이제?"

"맞네, 맞어. 그 미륵같이 생긴 작은딸 말이시. 시방 시집보내도 펑펑 애기만 잘 낳고 살 것이네."

"아암, 그렇고 말고!"

"차암말로, 우리 하룻머릿골에 장사 났어!"

"장사가 나면, 꼭 그 짝 될 여자가 따라 생긴닥 하등만잉."

마을 어른들은 그때, 이런 말들을 주고받던 것이었다. 그날 밤 그가 들은 이러한 말들은 그 후 별 까닭 없이 그를 들썽거리게 하곤 하였다.

갯마을에 있는 학교의 운동회 때문에 이 학구의 사람들 모두가 축제 기분에 들떠 있는 이날 낮에도, 그는 괜스레 득량만 앞바다의 해류처럼 설레는 가슴을 어떻게 주체하지를 못하고 노루목 모래밭으로 나온 것이었다.

모래밭을 걸어다니던 그는 노루목 다리의 시꺼먼 바위 위를 걸어서 그 끝까지 갔다. 어린 우뭇가사리들이나 파래류들이 이른 가을의 따가운 햇살 아래서 바싹 말라붙어 있었다. 어린 군부 고둥들은 바위틈의 습기 많은 곳에 붙어 있었고, 게들은 바위틈의 물속에서 먹이를 찾아 엉금엉금 기어다녔으며, 게으른 척하면서도 엉큼하여 바지락 따위를 까먹어대는 별 모양의 불가사리는 바위틈에 괴어 있는 물속에 잠든 듯 엎드려 있었고, 말미잘은 희부연 꽃수술을 해초처럼 늘어뜨린 채 먹이를 유인하고 있었다. 그는 번번한 바위에 엉덩이를 붙인 채, 요즘 머리를 길게 땋아 늘인 미륵례의 얼굴을 떠올렸다. 미륵례도 뱅강쉬처럼 학교엘 다니다가 3학년 때 그만두고 집 안에 틀어박혀 있었다. 며칠 전, 찬샘골에서 물동이를 이고 오는 미륵례를 만난 적이 있었다.

"물 길어갖고 오냐?"

그는 가슴을 두근거리며 나오지 않는 말을 억지로 건넸었다. 미륵례는 못 들은 척하고 눈을 깊이 내리깐 채 그냥 지나가던 것이었다. 먼 바다에 아지랑이가 일고, 건너다보이는 꽃섬이 군함처럼 물 위에 둥둥 떠 있는 듯한 신기루 현상이 일고 있었다. 깊이 내리깔고 있던 미륵례의 눈과 거물거물한 살빛이 눈에 어리었다. 물동이를 이고 윗골목으로 들어서던 미륵례의 뒷모습은 펑퍼짐하게 부풀어 있어, 벌써 부인 태가 나던 것이었다. 갑작스럽게 커버린 미륵례를 금방 어디로 시집을 보내버리기라도 하면 어떻게 할까 하는 생각이 들자, 그는 조급해졌다. 가슴이 생소금 한 줌을 털어넣은 듯 쓰리고 아파왔다. 이를 물고 고개를 떨어뜨렸다.

　그때 그의 눈에, 물이 조금 괸 바위틈에서 큼지막한 말미잘이 입을 열고 있는 게 보였다. 그게 탈이었다. 어느새, 그의 바지 속에서 생식기가 멋없이 불끈 일어서고 있었던 것이었다. 그 큼지막한 말미잘은 헤벌어진 입 가에 희부스름한 꽃수술을 해초 자락처럼 부드럽고 곱고 예쁘게 펼쳐놓고 있었는데, 얼핏 그는 야들야들하게 무르익은 여자의 음부가 어쩌면 저런 모양을 하고 있으려니 하고 생각을 한 것이었다. 그는 얼굴이 후끈 달았다. 옆에 사람이 있었다면, 이 또 무슨 창피스러운 일이었겠는가. 며칠 전, 그는 집에서 낮잠을 자고 일어나면서 크게 당황한 적이 있었다. 아버지가 바다에 나가자고 깨우기에 벌떡 일어났는데 그때 바지 속에서는 그의 주책없는 생식기가 불끈 곤두서가지고 바지의 앞폭을 걷어 들치고 있던 것이었다. 그래, 그는 갑자기 바보가 된 듯 우두커니 앉아 있어야 했다. 그 바지 속의 생식기가 잠들기를 기다려 일어설 참이었다. 아버지는 그에게, 밑자리가 가볍지 못하고 꾸물거린다고 꾸짖어댔다. 그러나 그는 못 들은 척하고 주저앉아 있지 않을 수가 없었던 것이다.

　바위 위에 앉은 그는, 말미잘 하나를 보고 들썽거리고 있는 자기의 생식기가 앞으로 어디서 무엇을 보는 경우에 또 이같이 들고일어설지 모른다는 걱정이 생겼다. 오늘 집에 들어가는 대로, 이놈을 아예 허벅다리에 붙여서 끈으로 단단히 묶어버리겠다는 생각을 했다. 그래야 안심하고 어디를 나다닐 수 있겠다 싶었다. 그는 눈살을 찌푸린 채 바위틈의 얕은 물속에서 야들야들 무르익은 음부처럼 입을 헤벌린 말미잘을 들여다보았다. 보면 볼수록 그게 꼭 여자의 그것 같거니 하는 생각이 깊어졌다. 그러자 그의 생식기는 대장간의 풀무질로 달구어진 쇠몽둥이처럼 벌겋게 달아 있어, 어디든지 집어넣기만 하면 달구어진 쇠몽둥이를 물속에 넣을 때처럼 '쐭'소리를 내며 지글지글 끓어댈 것만 같이 열을 내고 있었다. 그는 주위를 살폈다. 아무도 보는 사람이 없다고 느껴지자 바지를 끌어내리고 생식기를 치켜들기가 바쁘게 그 말미잘 앞으로 가져갔다. 그 말미잘이 입 오므릴 사이를 주지 않고 제꺽 그 속에다 찔러넣었다. 말미잘이 당황하여 물을 쏘면서 입을 오므렸으므로, 생식기의 끝은 그 말미잘의 입에 물리는 듯했다가 빠지고 말았다. 그는 달아오른 열기를 어떻게 분출시키지 못한 채, 한 손으로는 생식기를 쥐고, 다른 한 손으로는 바지 괴춤을 움켜잡기가 무섭게 노루목 다리 위를 마구 줄달음질 쳤다. 노루목 연안의 모래밭을 미친 듯 달렸다. 목구멍에서 헉헉 소리가 나도록 달리고 또 달렸다.

 이날 밤 그의 생식기에 이상이 생겼다. 생식기 끝이 열이 나고 벌겋게 부어오르기 시작한 것이었다. 드디어는 홍두깨의 끝처럼 퉁퉁하게 부어올랐는데, 그것은 말미잘이 내쏜 독 때문이었던 것이다. 이 사실은 쑥부쟁이 잎사귀를 따다 찧어 짜낸 물속에 그의 생식기를 담그도록 하여준 그의 아버지 입을 통해 알려졌는데, 그런 뒤부터 그에게는 누가 붙여준 것인지 '뱀강쉬'라는 이름이 붙게 된 것이었다. 아니, 실은 그가 여느 사람들과 달리 큰 생식기를 가졌다 하여, 그게 크기로 이미 전설적인 인물이 되어 있는 '변강쇠'라는 이름을 누군가 가져다 붙인 것인지도 알 수 없었다.

그러한 그도 이젠 나이 사십줄에 들어섰다. 밴강쉬는 기침고개의 잔등을 넘어서면서부터, 우악스럽게 큰 거구에 걸친 잿빛 핫바지의 괴춤을 툭 까고, 단추를 풀어놓은 조끼 자락과 고름을 푼 흰 저고리섶을 펄럭거리며 부산나게 하룻머릿골로 넘어가고 있었다.

그가 그렇게 미친 듯이 달려가고 있는 것은 6·25의 난리가 몰아간 뒤부터 스무 해가 넘도록, 머리가 둘셋 달렸다 하는 사람도 들어가 살 엄두를 내지 못하던 하룻머릿골이라는 바닷가 폐촌에, 거짓말 손톱만큼도 안 보태고 꼭 호말만 한 중년 여자 한 사람이 바로 이날 저녁 무렵에, 송아지만 한 검은 개 한 마리를 데리고 들어왔다는 것이기 때문이었다. 그 중년 여자가 바로 미륵례인 것이었다. 미륵례가 하룻머릿골에 나타났다는 사실, 이것은 그를 충분히 열광하게 하는 이유가 되었다.

4

어이없고도 지랄 같은 놈의 세상이었다. 이 무렵 큰몰 사람들 사이에는 그를 큰몰 안에서 쫓아내자는 말들이 나돌고 있었는데, 그는 그걸 어머니의 입을 통해서 들어 잘 알고 있었다. 그 쫓아내야 한다는 이유가 참으로 별난 것이었다. 홀아비로 몇 년을 살아온 그는 거의 미치광이가 되어 있다는 것이었고, 그런 그는 언제 누구네 집에 뛰어들어 그 집의 여자를 겁탈할지 알 수 없다는 것이었다. 때문에 마을 사람들 모두가 불안해서 견딜 수가 없다는 것이었다.

마을 사람들의 이러한 말들은 상당히 심각하고 절실하게 나돌고 있는 것이어서, 마을의 회의가 있을 때에 누구든지 그 말을 거기에 내놓기만 한다면 불같이 논의되고, 그게 '당장 쫓아내자'고 결의되어 버릴지도 모르는 것이었다.

밴강쉬는 자기를 쫓아내자는 말을 도시락 싸가지고 다니면서 퍼뜨리곤 하는 사람들을 만나 따질 생각은 애초에 없었다. 다만, 어쩌다가 마땅한 짝 하나를 만나지 못한 채 살고 있는 자신의 더러운 팔자를 한탄하였을 뿐이었다. 그러던 차에 홀연히 나타난 미륵례였으니, 그로서는 고맙고 가슴이 벅차기만 한 것이었다.

물론 미륵례가 이 하룻머릿골에 들어서기 며칠 전부터, 가파른 기침고개 너머에 있는 큰몰 사람들 사이에는 말이 많았다. 미륵례가 하룻머릿골로 들어오더라도 분명히 혈혈단신으로 들어오게 될 것이라는 둥, 마흔 살이 다되기는 했지만 갓 서른 살 정도로밖에 보이지 않을 만큼 피둥피둥하고 살결이 고울 것이라는 둥, 호말같이 덩치가 큰 나름으로는 그래도 밉상이 아닐 것이라는 둥, 코쩨기 내기를 해도 미륵례가 송아지만 한 수캐 한 마리만을 데리고 올 것이 분명하다는 둥, 그리고 그 개는 미륵례가 예전부터 데리고 다니곤 하던 것인데 지금은 많이 늙었을 것이라는 둥…. 이런 말들을 가지고 사람들은 자기들 멋대로 입방아들을 찧기도 하고, 그렇게 찧어댄 말들에다가 찹쌀떡에 고물 치고 엿 바르듯 자기의 생각들을 치고 바르기도 하여, 꼴딱꼴딱 침 넘어가는 말들을 만들어가곤 하였는데, 그것은 그 큰몰 안을, 해방 이듬해 콜레라가 만연될 무렵 역신을 몰아낸다고 빨간 고추를 태우고 바가지로 마루청을 문질러, 고양이 소리도 여우 새끼 소리도 아닌 묘한 소리를 내던 것처럼 떠들썩하게 하고 있었다.

"말미잘 안 있는가? 그 비바우 영감네 딸이 꼭 그것 같은 모양이데. 그런께 금메, 아무리 무쇠 같은 놈도 하룻저녁이면 녹아나고 마는 모양이드란께."

"그래도 그년을 데리고 한 십여 년 이상을 산 그 서방 놈은 참말로 무던한 강철이었든 모양이여."

"나는 미륵례가 왜 하필 그렇게 큰 개를 데리고 혼자 들어올라고 하는가 하는 것이 팔모로 생각해도 요상하단 말이시."

이렇게 남정네들은 입술에 맹물같이 흐르는 침을 바르고 음탕한 눈빛들을 한 채 게걸거리곤 하였는데, 그것은 미륵례가 그녀의 남편을 잡아먹었다는 사실, 말하자면 미륵례의 '드센 팔자'를 전적으로 수긍해버린 나머지 하는 소리들이었다. 미륵례 쪽에서 지나치게 성행위를 요구했기 때문에, 거기 응하다 못한 남편이 급기야 폐병에 걸려 죽게 되었을 것이며, 그 뒤로 미륵례는 개서방을 데리고 살고 있는 것이라는 말이었다.

거기 비하여, 그 미륵례 또래의 중년 아낙네들은 남정네들과는 전혀 다른 풍설을 흘려놓고들 있었는데, 그것은 그 미륵례가 남편을 잃은 뒤에 갑자기 신이 들려, 밤이면 남편이 살았을 적에 그렇게도 애지중지하던 개를 끌고 산과 들을 헤매어 다니곤 하였기 때문에, 그 시가 마을인 꼭두모실 사람들이 자기들 마을에 횡액이 닥칠지도 모른다 하여 쫓아냈다더라 하는 것이었다. 그것은 그 꼭두모실 옆에 친정이 있는 아낙네의 입에서 나온 것이었기 때문에 상당히 신임도가 있는 것이라 하며, 이 큰몰 할머니들은 입을 모아 그 미륵례를 위해 큰굿을 하여준 뒤에, 미륵례로 하여금 절세의 영한 점쟁이가 되게 했으면 좋을 것이라는 말들을 하였다.

그런 지 이틀 후부터, 이 마을에서 성근지기로 소문난 유자나뭇집 할머니는 쌀자루 한 개를 가지고 마을을 돌면서, 큰굿 할 자금 마련을 서둘렀는데, 그건 이 마을 사람들의 정신 개조 운동을 한몸에 진 듯한 이장의 만류로 그냥 좌절되어 버렸다. 그리고 그 할머니는 세상에 점이라는 것처럼 어수룩한 것이 없다는 것을 낱낱이 실례를 들어 이야기해 가는 이장의 여러 말들을 도저히 알아들을 수 없지만, 알아들을 수 없는 그 말들의 결론에 의해서 '큰굿 하는 행위'를 하지 말도록 강요당하고, 어쩔 수 없이 고개를 끄덕거려주면서 물러섰던 것이었다. 그러나 그 할머니는 신들린 미륵례를 도저히 그대로 둘 수는 없는 일이라고 생각한 나머지 그냥 뱁강쉬의 어머니에게로 쫓아갔다. 나이 마흔둘이 넘도록 노총각도 홀아비도 아닌 묘한 신세로 살고 있는 아들 뱁강쉬를 위해, 큰굿 한 번만 해주면 곧 절세의 영한 점쟁이가 될 것이 뻔한 그 미륵례를 며느리로 들여 세우라고 귀띔을 해줄 생각으로였다.

"어야 말이시, 자네 꼭 내 말만 듣소."

밴강쉬가 홀아비 신세를 면해야만, 마을에 퍼져 있는 '밴강쉬 쫓아내자'는 말이 자연 없어지게 될 것이라는 말이었다. 그러나 밴강쉬의 어머니는 마을 사람들이 미처 알지 못하는 그 미륵례에 대한 허물 같은 것을 알고 있어서인지 어째서인지, 무슨 정신 나간 소리를 하느냐고 하늘 닿게 뛰었다.

여기에 미륵례의 아버지였던 비바우 영감과 같은 또래의 영감으로서 유일하게 살아 있는 두루춘풍 영감이, "저 여자는 애초에 시집을 잘못 갔단 말이시. 꼭두모실 말고, 꼭 한 군데 시집가사 쓸 디가 있었는디…" 하고 매우 알쏭달쏭한 말을 하며, 봄 되면 이 마을의 돌담 옆에 피는 개나리꽃 빛깔의 눈곱을 눈꼬리에 단 채 쓰게 입맛을 다시는 것이었지만, 그 말뜻을 알아듣는 사람은 아무도 없는 모양으로, 그 말만은 타내고 곱씹어 더 말을 불리지 않고 있었다.

고작 그러그러했을 뿐으로, 막상 하룻머릿골에 그 미륵례가 나타나자, 사람들은 미륵례에 대해서 더 입질을 하지 않은 것은 물론, 미륵례를 찾아가 말을 걸어보려고 하는 사람이 없었는데, 그것은 그렇게 함으로 해서 혹 그 미륵례에게 들려 있는 신을 건드려서 옮게 될지도 모른다는 생각에서인지 어째서인지 알 수 없었다. 아니, 어쩌면 사람들은 숫제 미륵례를 두려워들 하고 있는 눈치였다. 그 가운데서도 하룻머릿골에 살다가 큰몰로 들어와 사는 사람들일수록 더 두려워하는 눈치였는데, 그것은 그 미륵례가, 오래전에 그 하룻머릿골을 폐촌이 되지 않을 수 없도록 한 끔찍한 사건 같은 것과 연관이 되어지는 여자이기 때문이었는지도 모른다. 어쨌든 사람들은 모두 그 미륵례를 무슨 살기 어린 독충이라도 되는 듯 숫제 외면들을 하고 있는 것이었다.

그러나 뱅강쉬는 그 미륵례가 하룻머릿골에 들어오게 된다는 말이 나돌 적부터, 눈이 빠지게 미륵례 들어올 날을 기다려온 것이었다. 지나새나 큰몰로 넘어서는 하눌재에 눈을 대고 있었고, 혹시 자기 모른 새에 들어와 있는지도 모른다는 생각으로 하룻머릿골로 넘어가 폐촌을 둘러보고 오기도 했었다.

이날은 하필 그가 이장인 성칠이와 함께 장터로 비료를 가지러 갔다가 저녁 무렵에야 돌아온 것이었는데, 그 사이 미륵례가 이미 하룻머릿골에 들어와 있었던 것이다.

뱅강쉬는 미륵례가 자기를 어떻게 맞이하여 줄 것인가 하는 것을 미처 생각해 보지도 않은 채, 마치 암내 낸 암소를 향해 달려가는 황소처럼 미친 듯이 달려가고 있었다. 그런 그의 가슴은 마냥 부풀고 들떠 있었다. 이제 하룻머릿골에 들어서기만 하면, 이때껏 홀아비로 살아온 자기의 팔자는 바뀔 것이며, 자기를 쫓아내자고 쑥덕거리던 마을 사람들의 입들도 자연히 덮어지게 마련일 것이라는 생각에서였다. 따지고 보면 미륵례를 각시로 맞이하기만 한다면야, 구태여 큰몰로 들어가서 살 필요부터가 없는 것이었다. 하룻머릿골에 새로 집을 한 채 짓고 살아도 두려울 게 없는 것이었다.

검푸른 해송이 우거져 민틋하고 처녀의 유방같이 고운 흐름새로 솟아 있는 각시봉을 흘끗 바라보고 그는 내리막길을 달렸다. 낚시질을 하고 들어오던 마을 사람 서넛이 재를 치오르다가,

성난 황소가 질주하듯 쿵쿵 땅을 울리며 뛰어 내려오는 그를 향해 눈을 휘둥굴리고, 그가 지나가도록 길을 비켜주며 서 있었다. 얼른 보니 마을에 회의가 있을 때마다 그를 쫓아내자고 사람들을 선동하곤 한다던 영득이와 달보가 섞이어 있었다. 그는 아랑곳 없이 지나쳤다. 이 개 같은 놈들, 요놈들은 나하고 무슨 철천지원수를 지었더란 말인가. 그들은 뱀강쉬처럼 하룻머릿골에서 살다가 큰몰로 들어가 사는 놈들이었다. 한데, 큰몰 본토박이들보다 더 그를 추방하자고 쑥덕거리곤 한다던 것이었다. 나를 쫓아냄으로 해서 저희들한테 무슨 대단한 이익이 돌아가길래 그토록 야단이란 말일까. 뱀강쉬는 영득이와 달보의 심중을 알 수가 없었다. 그러나 이젠 알려고 할 필요도 없는 것이었다. 미륵례를 아내로 맞아들여버리기만 하면 모든 것은 자동적으로 해결될 터이었다.

5

봄철의 긴 해도 이젠 암소의 허리처럼 늘씬한 기침고개 잔등에 설핏 걸렸다. 자줏빛 그림자가 하룻머릿골의 모래밭으로 기어내렸다가, 점차 그 넓바위 앞바다를 거무죽죽한 남빛으로 물들이고 있었다. 펄럭거리는 조끼자락 너머로 두 팔을 바람개비처럼 돌리며 고개 아래의 비탈길을 총철환 달리듯 내려간 그는 삽시간에, 폐촌을 등에 진 채 발부리를 바닷물에 적시고 있는 넓바위에 이르렀다.

폐촌이 된 하룻머릿골은 허물어진 돌담들이 널려 있는 데다 무너지다 만 바람벽이 부서진 나무상자들처럼 우뚝우뚝 서 있고, 그 사이로 거멓게 그을은 방뼈(구들장)들이 흩어져 있었는데, 그 넓바위에서 집 두 채 뜯어낸 자리를 건너서 유일하게 허물어지지 않은 헛간 한 채가 있었다. 그 헛간은 이엉을 덮지 않았기 때문에 지저분한 북어 껍질 같은 지붕의 흙을 드러낸 채 반쯤 찌그러져 있었다.

그는 헛간 주변을 더듬어 살폈다. 늙수그레한 수캐 한 마리를 데리고 이부자리와 옷가지와 간단한 살림도구들이 들어 있음직한 큰 보따리를 머리에 인 채 들어왔다는 미륵례의 모습을 찾았다. 어쩌면 그 헛간 안에 들어 있을지도 모른다는 생각이 들었다. 그는 당장이라도 와그르르 허물어질 것 같은 헛간으로 달려들어가서, 자기와 함께 살자고 말하며 미륵례의 허리를 부여안아버리고 싶은 충동이 일어났다. 그러나 그는 참았다. 그러기 전에, 미륵례가 어떻게 누구하고 살려고 여길 들어왔겠는가 하는 것을 살피기로 했다. 혹시 동네에 퍼진 소문과는 달리, 내일쯤 미륵례의 새 남편 될 사람이 들어오게 될지도 모른다 싶었기 때문이다.

그는 급히 달려오느라고 가빠진 숨을 그제서야 크게 들이쉬며 넓바위 밑으로 내려갔다. 거기에 몸을 숨기고 헛간 주변을 살피자 했다. 해도 기울고 하였으니 곧 저녁밥을 지을 것이고, 그러기 위해서는 미륵례가 물을 길러 폐촌 옆 골짜기로 가지 않을 수가 없을 터이니 말이었다.

그는 울렁거리는 가슴을 진정하기 위해서 호주머니에서 새마을담배 한 개비를 꺼내 물었다. 성냥을 그어 불을 댕겼다. 씁쓸하면서도 구수한 담배연기가 울렁거리는 가슴속을 주름잡듯이 싸고 돌자, 이젠 자기도 세상을 세상답게 사는 것같이 살아갈 수 있게 되어가나 보다 하는 생각이 들고, 그간 살아온 자기의 험하고 창피스럽고 추잡스러운 날들이, 먼 바다로부터 밀려와 넓바위의 밑동을 싸고 돌면서 일렁거리는 물결들처럼 가슴에 굵다란 파문을 그리고 있었다.

나이 마흔둘이었다. 똑똑한 계집은 고사하고, 정말 더러운 소망으로 언청이나 얼금뱅이나 애꾸눈이도 가리지 않겠다 한 터이고, 나무둥치 같은 데 치마를 둘렀더라도 여자 비슷한 것이기만 하다면 데리고 살겠다 하여온 바이지만, 그에게는 이때껏 마땅히 짝 될 여자가 걸려들지를 않았던 것이었다.

하기야 소눈깔같이 두리두리하고 흰자위 많은 그 눈으로 보아 흡사 겁 많은 동물인 그는, 마흔 살이 넘도록 살아오는 그 사이, 결혼이라는 것을 안 한 게 아니라, 한다고 하긴 모두 세 차례나 했었다. 그런데 그때마다 닷새를 넘기지 못하고, 얻어 들인 계집을 놓치곤 했던 것이었다.

첫 번째 여자는 이웃에 있는 산태밋골의 소두벙이라는 열아홉 살의 처녀였다. 그 여자에게는 그가 스물두 살 되던 해 겨울에, 사모관대를 하고 정식으로 장가를 갔었다. 그러나 그 소두벙이는 시집을 온 지 닷새째 되던 날 친정으로 도망을 쳐버렸는데, 그 경우야말로 원체 궁합이 맞지를 않았던 것이었다.

그러니까 밴강쉬는 소두병이네 집에서 지낸 첫날밤부터, 신부를 데리고 우귀(于歸)를 한 지 나흘째 되던 날 밤까지, 줄곧 소두병이와의 깊숙한 교접을 온몸에 땀을 멱 감듯이 하며 시도했었다. 그러나 그때마다 교접이 막 무르익으려고 하면, 여자 쪽에서 소리를 지르고 이를 갈며 온몸을 떨어대다가 몸부림을 쳐버리는 바람에 결국 성사를 하지 못하곤 했었다. 밴강쉬는 닷새째 되던 날 밤을 맞으면서야말로, 기어이 성사를 하고 말겠다 하며 단단히 벼르고, 초저녁부터 자기들의 신방에 들어가 죽치고 앉아 소두병이가 부엌에서 설거지를 마치고 들어오기를 기다렸다. 한데 이날 밤에야말로 소두병이는 웬 설거지를 그렇게도 오래 하던지 환장할 것 같았다. 그사이 그는 써레기담배를 무려 다섯 대나 말아 피우다가 끄곤 했다. 그런데 소두병이가 그렇게 오래 설거지를 하였다고는 하더라도, 그냥 밴강쉬가 죽치고 앉아 있는 신방으로 들어와 주기나 했으면 얼마나 좋았을 것인가. 소두병이는 그 설거지를 마친 뒤로 부엌 건너에 있는 시어머니 방으로 들어가 버린 것이었다. 그리고는 내리 한밤중이 가까워지도록, 별로 바쁘게 해야 할 것도 아닌, 봄철에 입을 겹중의 적삼을 맞추고 있었던 것이다. 신방에 죽치고 앉은 밴강쉬는, 소두병이 쪽에서 어쩌면 자기와의 잠자리 일을 무서워하고 있는 모양이라는 생각이 아니 드는 것은 아니었지만, 대부분의 여자들은 다 처녀의 탈을 벗을 무렵이면 저렇듯 남자를 무서워하는 것일 거라는 생각을 하며, 가슴을 졸이고만 있었다.

한밤중이 겨워지면서, 시어머니는 며느리가 어쩌면 홀로 사는 자기를 조심하느라고 이러는 것인지도 모른다 싶어, 어서 건너가 자라고 부드럽게 타이르며 억지 하품을 했다. 그러나 소두벙이는 못 들은 척하고 바느질만 계속하던 것이었다. 이윽고 시어머니는 일부러 짜증스러운 말투로, 잘 때는 자고 일할 때는 이를 갈고 일을 해야 하는 법이라고, 쥐어지르기라도 하듯 말하며 이부자리를 내려폈다. 소두벙이는 잠시 고개를 떨어뜨린 채 바느질감만 들여다보고 있더니 마지못해 그 바느질감을 안은 채 일어섰다. 그걸 보며 시어머니는 이부자리 펴던 손을 멈추고 방 한가운데 우두커니 서서 고개를 갸웃했다. 아무래도 아들 부부의 신혼 생활에 미심쩍은 데가 있는 것 같아서였다. 재빨리 자리에 든 채 아들의 신방으로 귀를 기울였다.

남편이 기다리고 있는 신방으로 건너간 소두벙이는 방문을 열고 들어서기는 했지만, 안고 있는 바느질감을 어디에 놓아야겠다는 생각도 하지를 못한 듯, 문 앞에 우뚝 서서 고개를 떨어뜨리고만 있었다. 느슨한 분홍 치맛자락을 물빛 행주치마의 긴 끈으로 잘룩하게 죄어매 걸치고, 풀색 저고리를 얹어 입은 소두벙이의 얼굴은 이날 밤에야말로 더욱 예뻐 보였다. 고개를 숙인 때문에 가물거리는 등잔불의 어슴푸레한 음영이 짙게 발려 있어, 쪽 찐 머리에서 볼과 턱으로 흐른 곡선은 베어 먹고 싶어지도록 탐스럽기까지 하였다. 밴강쉬는 자기를 무서워하고 있는 소두벙이의 창백하게 질려 있는 듯한 모습이 안타까워, 죽치고 앉았던 거구를 일으키고 풀색 저고리의 분홍 끝동 부분을 잡아끌었다. 그리고 여자들이 원래 처음엔 이렇게 남자들을 무서워하는 것이지만, 길이 들면 오히려 여자 쪽에서 더 적극적으로 남녀 사이를 뜨겁게 묶어놓는 쾌사인 그 정사를 요구하게 된다더라는 말을 소곤거려주면서, 소두병이네 친가에서 맞은 첫날밤에 했던 것처럼 옷고름부터 풀어헤치고, 행주치마끈과 치맛말을 차례로 걷어내기 시작했다. 그리고 마을의 사랑방에 모인 나이 많은 머슴들에게 들어 익힌 묘기를 써 여자의 몸을 달아오르게 하였다. 소두병이가 겁먹은 강아지처럼 몸을 웅크린 채, 어쩔 수 없이 그의 거구를 받아들일 자세를 취하였을 때, 그는 서서히 접근해갔다. 그러나 소두병이는 늘였던 고무줄이 탄력 있게 오므라지듯 깜짝 몸을 움츠리고 몸을 떨며 얼굴을 일그러뜨렸다. 그리고 남들도 시집을 가면 다 이런 고통을 겪는 것인지 모르겠다고, 이를 갈면서 몸부림을 쳤다. 다음 순간, 소두병이의 얼굴은 죽을상이 되어버렸다. 뱀강쉬는 하는 수 없이 다시 몸을 뒤로 물리고, 처음 시작하던 묘기를 쓰기도 하고, 구리무를 써서 윤활성을 충분히 가미시킨 다음, 잠자리를 잡으려는 아이가 발소리를 죽이고 집게 만든 손을 살며시 내밀 듯이 조심스럽게 달아오른 자기의 몸 일부를 소두병이의 알몸 속으로 접근시켜갔다. 여자가 또 몸을 화닥닥 움츠리면서 그의 가슴을 걷어밀었다. 순간 그는 자기도 어찌지 못할 분출 직전의 아득한 위기의식에 사로잡히며, 거북등이 되었던 몸을 폈다. 여자가 "악!" 소리를 지르면서 몸을 틀었다. 그는 쓴 실패를 맛보며 몸을 일으키고, 하릴없이 분출구를 찾아 꿈틀거리는 자기의 생식기를 치켜든 채, 이 여자가 틀림없이 병신이거나 어쩌거나 할 것이라는 생각을 하다가

'더런 꼴 다 보겠구만잉' 하고 속으로 투덜거리며 등잔불을 밝혔다. 그랬더니 알몸이 되어 웅크린 채 모로 비틀어 앉은 소두병이의 밑에 깔린 요가 온통 벌겋게 젖어 있었다.

소두병이는 흡사 새파람에 산파래 떨 듯 하며 옷을 대강 주워 걸치더니 변소에라도 가는 듯 밖으로 나갔는데, 그 나가는 걸음걸이가 어기적거렸다. 뱀강쉬는 소두병이가 어쩌면 병신인지도 모른다는 생각이 들었다. 그리고 그런 여자를 얻어 들인 자기의 신세가 따분했다. 입술을 빨다가 써레기담배 한 대를 말아 피우면서, 좀처럼 사그라질 줄 모르는 생식기를 들여다보고만 있었다. 한데 한참을 으슥하게 기다렸는데도 변소에 간 소두병이는 돌아올 줄 몰랐다. 조금만 기다리면 들어오겠지 하며, 담배 한 대를 더 말아 피웠다.

뱀강쉬의 그런 생각을 아랑곳하지 않은 채 소두병이는 그날 밤으로 산태밋골 친정으로 가버렸다. 그 후 소두병이는 시가로 가라는 친정 부모나 마을 사람들의 들쑤심을 들은 척 만 척하고 한 달여를 머물러 있다가, 급기야는 쥐도 새도 모르게 홀연 집을 나갔다는데, 한 달 후엔가 어느 절로 들어가 머리를 깎았다는 소문이 들려왔다. 그게 사실이었던지, 그 이후로는 더 다른 소식이 없어졌다.

그런 뒤부터 두 해 동안, 봄 여름이면 주낙질을 하고, 가을 겨울 들어선 김발을 막아 김 건져내는 일을 하며 그렁저렁 지내던 뱀강쉬는 다시 새 장가를 가게 되었다. 그것이 나이 스물다섯 되던 해의 이른 봄 무렵이었다. 이번의 신붓감은 하룻머릿골에서 바래진 쪽빛으로 아득하게 건너다보이는 금당도 태생이었다. 키는 보통이 조금 넘을 듯할 뿐이기는 하나 팔 긴 실꾼이 안아도 실히 한 아름이 될 만하게 몸뚱이 하나는 뚱뚱하므로 어쩌면 뱀강쉬와 좋은 짝이 될 것이라는 중매쟁이의 말을 따라, 부모형제 없이 남의 집에서 애기업개나 부엌데기로 자라온 터여서 무명베 속것 하나 마련 못할 계제인 그 여자를 싸오듯이 맞아들이게 된 것이었다. 그러나 이 여자는 오히려 전의 소두병이보다 더 참을성이 없었다. 몸 뚱뚱한 나름으로 해서는 참말로 어이없게, 사흘째 되던 날 도망을 가고 말았다. 물론 뱀강쉬와 잠자리 일을 감내하지 못한 때문이었음에 틀림없었다.

세 번째 여자는, 그로부터 몇 해가 지나서 얻어 들였다. 그 여자는 의지가지없이 날품을 팔며 해변 마을을 돌아다니는 과부였는데, 이번에는 마을 사람들의 이목도 이목인 것이어서, 혹시 이웃집의 쥐새끼 한 마리라도 알세라 쉬쉬 하며, 야음을 타고 은밀하게 맞아들였다. 이 여자는 앞의 금당도 여자처럼 몸이 그렇게 크고 뚱뚱하지는 않았지만, 그래도 두어 번 출산을 한 경험이 있는 데다, 들리는 말에 따른다면 이 마을 저 마을에서 황소같이 억센 머슴들을 더러 안고 돌았다고 하기도 하고, 메기입처럼 길쭉하게 찢어진 입에, 입술이 두툼하므로 어쩌면 뱀강쉬와 궁합이 맞을 듯도 하다는, 유자나뭇집 할머니의 말만 듣고, 밑져보아야 본전일 터이니 무조건 받아들여놓고 보자고 한 것이었다. 그러나 결과는 더 험악했다. 이 여자는 뱀강쉬와 잠자리에 든 지 불과 담배 한 대 참수도 못 되어서 도망치듯 밖으로 빠져나가버린 것이었다. 그리고 그 여자는 이튿날 날이 밝기가 무섭게, 이 마을에선 천금을 주어도 날품팔이할 생각이 없다면서, 상처 난 아랫몸을 어기적거리며 재 너머 덕산마을로 가버렸는데, 그 여자는 하눌재에서 "위메, 위메, 나 참마로 징한 놈 다 봤네잉" 하며 혀를 내두르고 눈을 허옇게 뒹굴리더라는 것이었다.

이런 일이 있은 뒤 그에게는 누구의 입으로부터 나온 것인지는 알 수 없었으나, 징한 놈이라는 별명이 나붙게 되었고, '그것이 하두 크기 때문에 허벅다리에다 훗다이(붕대)로 친친 감아가지고 다닌다더라' 하는 소문이 마을 안에 나돌기 시작했다.

그로부터 밴강쉬는 아예 여자 얻어 들일 생각을 가지지 않기로 작정을 해버렸고, 그날그날을 항상 짜증이 난 얼굴을 한 채 어깨를 축 늘어뜨리고 보냈다. 그런 하루가 가고 이틀이 가고 일 년이 가고, 그렇게 몇 해가 갔다.

한데 언제부턴가 밴강쉬에게는, 밤이면 미친 듯이 집을 뛰쳐나가 기침고개를 넘어 큰몰의 골목골목을 휘돌기도 하고, 기침고개 양편의 각시봉과 서방봉을 오르락내리락하기도 하고, 바닷가 모래밭을 줄달음질쳐 다니기도 하는 버릇이 생겨 있었다.

그러자 곧, 그가 그렇게 밤이면 미친 듯이 들썽대는 것은 그의 큰 생식기가 성나 있는 때문인데, 그게 성이 나면 그는 그걸 움켜잡은 채 벌겋게 충혈된 눈을 뒤룩거리며 이를 갈고 악을 쓰며 줄달음질을 쳐 다녀야만 간신히 배겨날 수 있게 된다더라는 소문이, 첫 새벽에 산골짜기를 싸고 도는 해조음처럼 마을 안에 파다해졌다.

또 그게 사실인지 아닌지는 잘 알려지지 않았지만 갯마을의 한 부인이 날이 저물어진 뒤 노루목에서 갯것을 해가지고 오다가, 뱬강쉬가 붙잡으려고 쫓아오는 바람에 혼겁을 하여 갯바구니를 내던지고 땀을 먹 감듯이 하고 도망쳐갔다더라는 소문이 나돌았고, 만일 그 부인이 붙잡히기라도 했더라면 어떤 봉변을 당했겠느냐는 말이 거기 함께 붙어 다녔다. 그런가 하면, 누구네 집에서는 한밤중에 홀엄씨 며느리가 자는 방문을 열려고 한참을 덜컹거리다가 간 사람이 있었다는데, 그게 뱬강쉬가 아니고 누구였겠느냐는 말도 나돌았다. 그런 말이 나돌 때마다 뱬강쉬의 늙은 어머니는 마을을 휘돌면서 입가에 허연 거품을 물고 자기 아들의 결백함을 역설하고 다니던 것이었다.

"어디 증거를 대보란께, 증거를 대봐. 우리 새끼가 언제 누구네 방문을 덜그덕거렸당가, 응?"

마을 사람들은 누구 한 사람 그 말에 귀 기울이는 사람이 없었다. 오히려 그의 어머니가 그럴수록 마을 사람들은, 뱬강쉬가 그 소문에 대한 앙심을 품고, '도둑질하고 듣거나, 안 하고 듣거나 도둑놈 소리 듣기는 마찬가지'라는 생각으로, 이집 저집 가림 없이 마구 쳐들어오지나 않을까 하는 생각들을 하였다. 그러면서부터 그를 쫓아내버리자는 이야기들까지 서슴없이 내두르곤 한 것이었다. 그리고 젊은 아내가 있는 남자들은 밤에 문단속을 단단히 하곤 했고, 젊거나 늙거나 간에 홀어미인 여자들은 목수를 불러다가 돌쩌귀 단속을 하던 것이었다. 황소처럼 덩치가 큰 데다 징한 놈이라는 별명이 붙은 그가 아닌 밤중에 홍두깨를 내밀며 쳐들어오는 것을 막아보자는 것이었다.

　뱅강쉬는 마냥 억울하고 기막힌 나날을 보내야만 했었다. 어느 누구에게도 자기의 억울한 속을 하소연할 수가 없었던 것이었다.

　일렁거리는 바닷물결을 내려다보며 그는 이를 물고 주먹을 부르쥐었다. 미륵례를 아내로 맞이하기만 하면 자기에게도 할 말이 있을 것이었다. 자기를 시궁창에 처넣기 위해 험한 입질을 하고 다닌 연놈들을 하나하나 밝혀내서 본을 보여주겠다는 것이었다. 특히, 조금 전에 지나친 영득이와 달보의 심보를 고쳐주어야 한다 했다. 하룻머릿골에 살면서 땅 한 뙈기 없이 기껏 장어낚시, 오징어잡이나 하고 겨울이면 김 몇 장씩 뜯고 할 적만 해도 영득이와 달보는 이러지 않았다. 힘 센 그를 자기들 편에 끌어들여 품앗이 발 옮기기도 하고, 말목 빼기도 하려고 하던 놈들이었다. 하룻머릿골에 혼례식이 있거나 장례가 있거나 할 때면, 으레 몰려들어 난장판을 벌이고 술을 뜯어먹으려 드는 큰몰 청년들을 몰아내기 위해서는 언제나 그를 앞장세우곤 하던 놈들이었다. 갯마을 옆에 간척사업장이 생기고, 거기 돌실이를 다닐 때는 또 어찌했었는가. 물론 그때도 영득이와 달보는 둘이서 배 한 척을 타고 다니면서 돌실이를 하긴 했었다. 그러면서도 그들은 뱅강쉬네 배의 꼬리를 물고 따라다녔었다. 그때 뱅강쉬는 현재 이장을 하는 성칠이하고 어울려 배를 탔었는데, 그는 자기네 배에 돌을 다 실은 다음에는 반드시 영득이와 달보의 배에 돌 싣는 것을 도와주곤 했었다. 하기야 그의 입장에서 볼 때 돌 몇

덩이 들어 얹어주는 것쯤은 그렇게 수고로운 것이 아니었다. 그러나 그들이 그 돌 몇 덩이를 들어 올리려면 젖 먹던 힘까지 다 써도 들어 얹을 둥 말 둥 하던 것이었다. 어쨌든 그때까지만 해도 그들은 뱅강쉬에게 술을 대접하기도 하고, 돼지고기 추렴을 할 때는 많이 먹어버린다고 꺼리는 주위 사람들을 달래서 그를 끼이게 하기도 하던 것이었다.

그들의 태도는 그들이 큰물로 이사를 간 뒤, 갯마을 북편에 둑이 막히고, 그게 모두 논으로 변하면서부터 달라졌다. 해마다 쌀이나 보리를 합쳐 여남은 가마니 이상씩을 져 들여와야 한 해를 겨우 넘기곤 할 수 있었기 때문에 헐떡거리던 그들이, 이젠 져 들여오곤 했던 쌀이나 보리 여남은 가마니의 몇 배 되는 쌀을, 요 몇 해 전에 뚫은 농로로 경운기에 실어내는 여유가 생기자, 기껏 간척지 논 두 필(여섯 마지기)을 짓고 있을 뿐인 그를 거들떠보지도 않은 것이었다.

그들은 각기 삼십여 마지기의 간척지 논을 벌고 있었는데, 일년이면 쌀을 오륙십 가마니씩 실어내곤 하였다. 몇 해 전까지만 해도 농사깨나 짓는다고 떵떵거리며, 하룻머릿골 사람들을 뱃놈들이니 상놈들이니 하며 하시하던 큰물 사람들도, 이젠 감히 그들의 비위를 거스르지를 못하는 것이었다. 그러다 보니 놈들은 마을 안에서 제법 유지 행세를 함은 물론 공사청 같은 데서는 "요새 젊은 놈들 버릇이 없어서 못 쓰겄어" 하고 발언을 하기도 했다. 또 달보와 영득이는 둘이 어울려 경운기 한 대를 부리면서, 마을 안에 4부 빚돈을 깔아 놀리는데, 농사철 같은 때 아예 자기들 모내기나 논매기에 품을 들어주지 않는 사람들에겐 빚돈을 주지도 않았고, 경운기도 이용 못 하게 하는 따위로 세도를 펴나가고 있었다.

언젠가 논에 김을 좀 매어달라는 걸 마다한 일이 있었는데, 어쩌면 놈들은 그 유감으로 이편을 숫제 쫓아내자는 쪽으로 몰아세우고 있는 것인지 어쩌는 것인지 알 수 없었다. 더러운 놈들…. 그는 이를 물었다.

빌어먹을, 간척지 농사 여남은 필쯤, 사들여 벌기로 한다면야 어려울 것이 무어랴 했다. 둑이 막히던 때에, 나가 일을 한 덕에 밴강쉬도 여남은 필이나 차지가 돌아오긴 했었다. 그러나 그는 각시도 없이 어머니하고 단둘이 살면서 그 농사 다 지어보아야 무엇 할 것이냐면서, 모 포기 한 번 꽂아보지도 않은 채, 논 한 필에 겨우 삼사만 원 하던 때 저저 주듯이 팔아넘기고, 그 돈으로 집을 고치기도 하고 방을 내기도 했었다. 육십이 넘은 늙은 어머니가 살면 얼마나 살 것이냐고, 살아 계실 때나 편히 지내시게 하자 하는 생각에서였던 것이었다.

이제, 미륵례를 아내로 맞이하고 살림을 해나가게 되면 논이 두어 필은 더 있어야 할 텐데, 그때 헐한 값에 섣불리 팔아넘긴 게 후회되기도 했지만, 또 그걸 사들여 벌기로 한다면야 이삼 년 안에 사들일 수 있으리라는 자신이 서는 것이었다. 자빠졌다 자빠졌다 해싸도, 농사짓기로 눈을 돌려서 그렇지 장어낚시나 문어·오징어잡이가 전혀 안 되는 것은 아니므로 그것을 힘껏 하고, 지금 짓는 두 필 농사를 알뜰하게 지으면서 심을 때 거둘 때 이리저리 뛰면서 날품을 들어 번다면, 두 해쯤 하여 논 한 필 같은 것은 마련할 수 있을 것이라 했다. 문제는 우선 미륵례를 아내로 맞아들이는 것일 뿐이었다.

그는 옷고름을 풀어헤쳤기 때문에 시꺼멓게 털이 돋은 가슴을 쩍 펴고 시퍼런 득량바다를 통째 들이마실 듯이 심호흡을 했다.

6

산그늘이 금당도와 소록도 너머까지 짙은 자줏빛으로 덮이고 있었다. 넓바위 뒤에 쭈그려 앉아 헛간 주변을 살피던 그는 조급해졌다. 헛간 속에 처박혀서 무슨 짓을 하느라고 밖에 나오지를 않고 있을까? 빌어먹을, 당장 뛰어 올라가야겠다 하며 몸을 일으켰다.

그때, 그 호말만 한 중년 여자 미륵례가 헛간 모퉁이에서 나왔다. 넓바위 너머로 길이 있고, 그 길에서 집 두 채 뜯어낸 자리 건너에 헛간이 있었으므로, 그는 미륵례의 얼굴과 차림새를 살필 수 있었다. 주글주글하게 풀기 없고 색이 바래진 검정 치마에, 물빛 봄 스웨터를 입은 미륵례의 파마머리는 금방 낮잠이라도 한숨 늘어지게 자고 일어난 게을러빠진 아낙네가 머리 한번 손질하지 않은 채 나온 것처럼 부스스했고, 얼굴은 누렇게 떠 핏기가 없었다. 그 미륵례를 보는 순간, 온몸의 피가 머리끝으로 빨려 올라가는 것을 느꼈다.

미륵례가 헛간 옆에 멈칫 서면서, 넓바위 위에 서 있는 그를 한동안 내려다보았다. 그는 자기도 모르는 사이에, 도둑질하려다 들킨 사람처럼 바위 밑으로 내려가 숨듯이 주저앉았다. 바위 틈을 통해 헛간 옆의 미륵례를 바라보았다. 미륵례는 어깨를 늘어뜨린 채 넓바위 쪽을 내려다보고 있더니, 허물어진 돌담에서 베개만 한 돌을 한 개 집어 들었다. 이때, 헛간 모퉁이에서 개가 나타났다. 얼핏 보아 송아지만 하고 털빛이 검은 그 개는, 새끼들을 놀리고 있는 암사자 옆으로 의젓하게 어슬렁어슬렁 걸어가는 수사자처럼 미륵례 옆으로 갔다. 치맛자락 끝과 미륵례의 엉덩이 부분으로 뾰쪽한 주둥이를 가져가며 냄새를 맡더니, 조금 전 어슬렁거리던 느린 태도와는 달리 재빠르게 허물어진 돌담 위로 뛰어 올라가서 미륵례를 향해 휙 돌아앉았다. 미륵례가 개의 머리를 옆으로 밀어붙이자 개가 팔짝 뛰어 내려와서 다시 어슬렁거리며 미륵례의 치맛자락을 스치고 등 뒤로 가 서서 넓바위 쪽을 바라보았다. 마치 바위틈으로 자기들이 하는 짓들을 엿보는 뱀강쇠의 눈길을 의식하고 있기라도 하는 것 같았다.

그는 그런 개를 쏘아보았다. 개는 늙은 수캐라는 것을 금방 알 수 있었다. 윤기 없어진 검은 털이 등과 이마를 덮었고, 배와 턱 밑으로만 엷은 달걀빛 털이 돋아 있었는데, 어쩌면 셰퍼드라는 개의 잡종이나 되는지 어쩌는지는 모르지만, 손바닥만 한 귀가 뾰족하고 눈이 칼끝처럼 길게 쭉 찢어진 채 멀겋고, 불알이 주먹만 했으며, 내놓는다면 모르긴 몰라도 빨랫방망이만 할 것 같은 큰 자지를 구겨넣은 남근집이 어슬렁어슬렁 걷는데도 아랫배에서 털럭거리고 있었다.

미륵례는 잠시 마땅한 돌을 고르는 듯 두리번거리다가 다른 한 손으로 역시 베개만큼 한 것을 집어 들었다. 그것을 헛간 뒤쪽으로 가지고 갔다. 잠시 후에 쑥빛 플라스틱 바께쓰를 들고 나왔다. 옆 골짜기로 물을 길러 가는 모양인데, 또 개가 뒤를 따랐다. 허물어진 돌담을 건너뛰기도 하고, 바람벽들이 부서진 성냥갑처럼 웅기중기 서 있는 사이를 돌기도 하면서 미륵례는 골짜기로 내려갔다. 그런 미륵례의 걸음걸이는 어쩌면 자꾸 투덕투덕 아무렇게나 내딛는 것도 같았고, 집히지 않는 허공을 내딛듯 허청거리는 것도 같았다. 호마처럼 큰 윗몸은 금방 허물어질 듯 흐물거리는 것 같았다. 개는 그런 미륵례를 어슬렁어슬렁 뒤따르는가 하면, 민활하게 껑충거리며 치맛자락을 뒤집어쓰듯 스치면서 앞질러 달리기도 하고, 또 미륵례가 다가오기를 기다리고 서 있다가 미륵례의 엉덩이 부분에 주둥이를 대고 냄새를 맡으면서 바싹 붙어 가기도 하고, 그러다간 갑자기 치맛자락을 휙 걷어젖히면서 앞으로 내달렸다가 우뚝 서서, 사방을 두리번거리며 귀를 쭝긋거리기도 했다. 개는 미륵례를 따라 다닌다기보다 호위하고 있었다.

미륵례와 개의 모습이, 한여름에 마셔 보아도 이가 시린 찬샘이 있는 골짜기로 묻히었을 때, 그는 담배 한 개비를 꺼내 물고 성냥을 그어 불을 댕겼다. 담배 연기를 푸우 내뿜으며 바닷물로 눈길을 떨어뜨렸다.

세차지 않은 샛마파람에 인 물결들이 밀려들어 넓바위 밑뿌리를 철부럭철부럭 두들기고 있었다. 개가 미륵례에게 하는 짓들이 아무래도 수상쩍었다. 미륵례가 하필 송아지만 한 그 개 한 마리만을 데리고 살러 들어왔다는 사실부터가 그랬다. 거기에 동네에 퍼진 소문들을 곁들여보니, 그 미륵례가 구역질날 만큼 추잡스럽게 생각되었다. 동시에 주먹같이 뭉쳐진 분한 생각이, 먼 바다에서 굼틀거리며 밀려와 넓바위의 밑뿌리를 때리는 것처럼 앙가슴을 두들겨댔다.

"저런 개잡년을 어째사 쓸꼬?"

그의 소눈깔처럼 큰 눈에 물이 괴고 있었다. 풀색 군복을 입고 밤에 나타나서 마구 총질을 하던 형이 원망스러웠다.

형이 미륵례네 집 식구들을 모두 죽이지만 않았어도 이 하룻머릿골은 이렇듯 폐촌이 되어버리지 않았을 것이고, 미륵례는 자기를 버리고 꼭두모실로 시집을 가지는 않았을 것이며, 또 자기가 이런 홀아비 신세로 늙어가고 있지는 않을 것이라는 생각이, 갯내 나는 샛마파람결 속에서 담배 연기를 깊숙이 들이마시는 그의 가슴을, 바다의 물결처럼 일렁거리게 하였다.

7

미륵례네 아버지 비바우 영감은 이 하룻머릿골에서 유일하게 우다시배(저인망 어선)를 한 척 부리고 있었고, 밴강쉬의 아버지는 그 배 선원으로 십여 년을 종사해왔던 것이었다. 물론 비바우 영감은 숫제 날강도질로 늙어온 악종이었다 했다. 젊은 시절에 채취선보다 조금 더 큰 중선을 타고 소금장사를 한답시고 섬들을 휘돌면서, 해변에 나와 갯것을 하는 여자 가운데 반반한 게 있으면 배에 실어 실컷 농락을 한 뒤 여수나 부산 같은 데 내다 팔기도 하고, 육지에서 쌀을 팔아 가는 섬사람의 배를 덮쳐 빼앗기도 하여서 돈을 모았고, 그 돈으로 우다시배를 마련한 것이라 했다. 일제 말기에는 징용 징병을 피하기 위해 모래밭에 끌어올려 엎어놓은 채취선 밑에서 은신해 있는 큰몰과 하룻머릿골의 젊은이들을 순사들에게 손가락질해 줌으로 해서 주재소의 신임을 독차지하고, 그 신임을 업은 채 하룻머릿골 사람들을 종 부리듯 하였으며, 그걸 거스르는 사람이 있으면, 그 사람이 산에서 생소나뭇가지 하나만 꺾어와도 간단한 손가락질 한 번으로 구류를 살도록 하는 따위로 세도를 부리던 위인이었다. 그래도 하룻머릿골과 큰몰의 사람들은 배를 짓거나, 김발 막을 말목과 발대를 사들이거나, 오징어잡이 그물을 장만하거나 하기 위해서 돈이 필요한 경우엔 어김없이 그 비바우 영감에게 가서 손을 벌렸고, 그러면 비바우 영감은 육 푼이나 칠 푼의 비싼 이잣돈을 주저없이 내주었다. 그리고 그 돈을 받아야 할 날짜가 하루만 비끌리는 경우엔 집이면 집, 배면 배, 김발이면 김발을 되는 대로 머슴들을 시켜 점거하거나, 몰수하여 오게 하였다. 그렇다고 항의를 한다거나, 그러지는 않는다 하여도, 투덜거림 한마디만 입밖에 내는 사람이 있으면, 그 오십줄에 앉아서까지도 항우같이 힘이 끓던 그였는지라, 대번 멱살을 잡아 모래밭에 거꾸로 내리꽂아 놓곤 하였던 것이었다.

십 년을 내리 우다시배를 타오던 뱅강쉬의 아버지도 두 차례나 모래밭에 내리꽂힘을 당했었다. 그물을 찢어가지고 들어왔다가 한 번 당했고, 또 한 번은 고기를 욕심껏 잡아오지 못했기 때문에 당했었다. 그러나 그렇게 당했다고 해서 우다시배를 타지 않겠다고 나설 수도 없는 일이었다. 그러는 날이면 왜 타지 않겠다는 것이냐고, 티를 뜯으며 덤벼들어 내리꽂을 터이기 때문이었다. 그리하여 울며 겨자 먹기로 그 배를 타왔던 것이었다.

한데 해방이 온 게 탈이었다. 8월 16일 밤, 이때껏 돌돌 뭉쳐진 비바우 영감에 대한 이 마을 사람들의 울분이 터지고 만 것이었다. 갯마을에 있는 학교의 일본 교장이 살던 관사에 불을 지른 젊은 패들이 하룻머릿골로 몰려들었다. 그들은 순식간에 당시 쉰다섯 살난 비바우 영감을 모래밭으로 끌어내다 짓밟아 파묻어 버리고, 이어 수선을 하기 위해 모래밭으로 끌어 올려둔 우다시배에 휘발유를 뿌리고 불을 질러버렸다.

그 젊은 패들 속에서 가장 정신없이 날뛴 것이 다른 사람 아닌 뱅강쉬의 형이었던 것이다. 아버지를 닮아 기골이 장대한 형이 불붙은 우다시배 주위를 빙글빙글 돌면서 '잇샤! 잇샤!' 하고 선창하자, 청년들이 그 뒤를 따르며 '잇샤! 잇샤!'를 후창했다. 그때, 아버지가 뛰어들어 젊은 형의 멱살을 잡고 따귀를 후려쳤다. 그러나 곧 젊은 패들이 그 아버지를 붙들어 넓바위 쪽으로 끌고 가버렸다. 아버지는 끌리면서, "이놈아, 그건 내 배다, 내 배!" 하고 울부짖다가 모래밭에 털썩 주저앉은 채 두 손으로 모래를 치고 뒹굴었다.

하룻머릿골의 밤을 대낮같이 밝히면서, 마치 하늘을 태우고 바닷물을 지글지글 끓게 하는 듯 맹렬히 치솟는 시뻘건 불길을 보면서, 그해 열세 살 나던 뱀강쉬는 넓바위 옆에 웅크린 채 벌벌 떨고만 있었다. 바싹 마른 데다 밑바닥 부분에 솔기름을 두껍게 먹여둔 배에 붙은 불은 한밤중쯤 해서 이글거리는 숯불로 변했는데, 사실은 그것이 이 하룻머릿골을 폐촌으로 만든 불씨였던 것이다.

이 경황 속에서 비바우 영감의 아내는 실성하였고, 이튿날 아침부터 그 여자는 모래밭에 비루가 일었는데 그것은 머지않아 큰 난리가 날 징조라고 하면서, 석유병을 가지고 나와 솔잎에 석유를 묻혀서 쩍쩍 뿌리고 다니는가 하면, 자기 작은딸 미륵례가 아직 열세 살일 뿐인데, 시집갈 때가 되었는지 어쨌는지, 벌써부터 한 달에 한 번씩 피빨래를 해야 한다고 하며 시시덕거리기도 하고, 뱀강쉬네 집에 나타나서는 뱀강쉬를 사위 삼아야겠다고, 히히하하 하며 실없이 웃어대는가 하면, 덩실덩실 춤을 추며 모래밭을 어정거리기도 하고, 그러다가 풀석거리는 잿더미를 쓸어안은 채 엉엉 울어대는가 하면, 두 손에다가 뭉실뭉실하게 닳은 갯바닥 돌을 들고 이를 갈면서 하룻머릿골의 골목길을 이리 퉁퉁퉁 저리 퉁퉁퉁 뛰어다니기도 했다. 하도 보기에 안되었어서, 마을 사람들이 서둘러 그 여자를 끌어다가 방 안에다 가두고, 회령 포구에서 정신병에 영한 침쟁이 영감을 불러다가 치료를 하게 해주었다. 쑥불을 뜨면서 침 놓기를 며칠이고 계속하자, 그 여자의 그 같은 발광기는 점차 가시어갔다. 그러나 이따금 샛바람이 불면서, 수만 마리의 상어떼가 꿈틀거리는 것처럼 바다가 들썩거리고, 그 바다를 메울 듯한 시꺼먼 구름장들이 동시에 밀려들었다가, 기침고개의 늘씬한 허리를 어차어차 줄달음질치기라도 하는 날이면, 그 여자는 마당가의 흙담에 버티고 선 채 마을을 내려다보면서, "느그들이 베락을 안 맞고 견디는가 두고 보자아!" 하는 따위로 악을 써대곤 하였다.

가다가는 날이 쨍 맑은 날에도 그렇게 악을 써대는 경우가 있었는데, 그러면 이튿날쯤엔 어김없이 날이 흐리고 비가 오곤 했다. 얼마 동안의 세월이 흐르면서 이 마을 사람들은 구름 한 점 없이 청청 높은 하늘에서 쨍한 햇살이 내리쬐고 있더라도, 미륵례네 어머니가 자기 집 마당가에서 악을 쓰면 서둘러 지붕을 고치기도 하고 건장의 김을 거두어들이기도 하곤 했다.

또 간간이 비바우 영감의 아내는 누구누구는 내 손으로 기어이 죽이고 말겠다면서 악을 써대다가, 우다시배가 불타던 날 밤이 마을을 도망쳐 나간 두 아들의 이름을 부르면서, "이 새끼들아, 느그들은 왜 애비 웬수를 안 갚느냐아!" 하고 울음을 터뜨리는 경우가 있었는데, 그러면 이 마을은 금방 숙연해지곤 하던 것이었다. 그럴 때면 으레 아직 열세 살밖엔 안 되었다고는 하나, 벌써 툼상스런 아낙네만큼이나 몸이 불어 있는 미륵례가 나와서, 울어대는 어머니를 떠밀고 집 안으로 들어가곤 하였다.

그 이듬해 늦은 봄의 어느 날부터, 우다시배가 불타던 날 밤에 도망쳐 나간 비바우 영감의 두 아들이 모두 순경이 되었다는 소문이 하룻머릿골을 떨게 했다. 그러자 학교 관사에 불을 놓고, 비바우 영감의 살인 사건에 관련되었음직한 큰몰과 하룻머릿골의 젊은이들이 하나씩 둘씩 자취를 감추기 시작했는데, 그들은 대부분 당시 창설기에 있던 경비대에 자원을 해 갔다. 물론 밴강쉬의 형도 그 틈에 끼여 나간 것은 말할 것도 없었다.

이때부터 마을 사람들은 순경이 되었다는 비바우 영감의 두 아들이 언제 어떤 방법으로일지는 몰라도 복수를 할 것임에 틀림없다면서 불안해하기 시작했다. 직접 간접으로 비바우 영감을 죽이는 데 가담하고, 우다시배에 불을 지른 아들들을 경비대에 보내고 난 사람들은 밤잠을 자지 못하고 입술을 빨면서 철없는 자기 아들들의 소행을 꾸짖어보기도 하고, 또 그런 소행을 막아내지 못한 것을 후회스러워하기도 했다.

아니나 다를까 이해 여름 들면서 회령의 주재소 자리에 들어앉은 파출소 순경 한 사람이, 비바우 영감네 두 아들의 부탁을 받았음인지 어쨌음인지, 대뜸 비바우 영감 살해 사건에 가담한 젊은이들의 이름을 대면서 체포를 하러 왔다. 그러나 거기 관련된 사람들이 모두 자취를 감추고 없었으므로 그 순경은 그냥 돌아갈 수밖에 없었다.

그 뒤로는 별다른 조사를 하러 나오지 않았으므로, 경비대에 보냄으로 해서 자기의 아들들을 피신시켰다고 생각하는 문제의 젊은이들의 어머니나 아버지들은 일단 안도의 숨을 쉬었다. 그리고 그들은 서로 만나기만 하면, 아들이 들어가 있는 부대 이름을 절대로 가르쳐주지 말자고, 집을 나간 뒤로는 종무소식이라고 딱 잡아떼자고 단단히 약속을 하곤 하였다.

이해 가을이 되면서 비바우 영감의 큰아들이 검은 제복에 방망이를 찬 모습으로 이 하룻머릿골에 나타났다. 마을은 다시 한 번 발칵 뒤집어졌다. 문제의 젊은 아들들을 경비대에 보낸 아버지들은 약속이나 한 듯이 산으로 바다로 몸을 피했다. 아들 대신에 아버지를 잡아다 가두어놓고, 아들의 행방을 문초할지도 모른다는 생각들을 했기 때문이다. 그러나 비바우 영감의 큰아들은 어머니의 병을 치료하라고 얼마쯤의 돈을 미륵례의 언니인 야실이의 손에 잡혀주고, 아무런 말도 없이 마을을 떠나가버렸다. 그 후 미륵례의 어머니가 간혹 날궂이를 하느라고, 마당가에 나와서 마을을 내려다보며 악을 써대는 것 외엔 별로 시끄러운 일이 더 이상 일어나지 않은 채 또 얼마 동안의 세월이 갔다.

8

그 이듬해 가을의 어느 날 저녁, 이 하룻머릿골에 느닷없는 총성이 울리면서 어디서부터 몰려왔는지 젊은이들 한 떼가 푸른 군복 입은 사람 하나를 옹위한 채, 기침고개를 넘어서 "잇샤! 잇샤!" 하며 넓바위 옆 모래밭으로 달려 나왔다. 경비대에 들어간 뱀강쉬의 형이 돌아온 것이었다.

사실 그는 여수 지방에 머무르던, 당시 14연대가 일으킨 '반란사건'에 가담했다가 진압군에 쫓겨 도망을 온 것이었다. 그러나 그는 자기들의 반란이야말로, 노동자 농민들에게 부자놈들의 모든 재산을 몰수하여 무상으로 분배해주기 위해 일어선 것이라고 말을 한 것이었고, 그 바람에 그는 일단 큰몰과 하룻머릿골의 젊은 패들에게서 영웅처럼 떠받들어졌던 것이었다. 그러자 그는 영웅심에 들떠 무서운 것이 없어져버린 것이었다. 가지고 온 총 있것다, 뭐, 이 해변 구석에서 한번 위세를 부린다고 하여 거칠 것 있을 건더기가 눈곱만큼도 없었으므로 마구 총질을 하면서, '인민공화국 만세'를 소리 높이 외쳐댄 것이었다.

젊은 패들은 그가 외치는 대로 따라 만세를 불렀고, 그래서 이 하룻머릿골은 온통 해일이라도 일어난 듯 부글부글 들끓었다. 이러한 판국에 있는 그에게 자기를 살인 혐의자로 끌어가려고 회령 파출소 직원들을 뒷전에서 충동질했었음에 틀림없을 비바우 영감의 두 아들에 대하여 사무친 원한이 끓고 있었던 것이었다. 그는 결국, "언제 어떻게 죽어질지도 모르는 놈의 세상, 될 대로 되거라" 하며, 비바우 영감네 집으로 달려가기가 무섭게 실성한 채 악을 써대는 그 영감의 아내에게 총알을 먹였다. 이어 미륵례의 언니인 야실이의 가슴에도 총알을 쑤셔 넣었다. 다음 미륵례한테 쏘아댈 참이었다. 그때, 열다섯 살이라고는 하나 이미 숙성한 아낙네 이상으로 몸이 크게 자란 미륵례는 피를 콸콸 쏟아내면서 쓰러진 어머니와 언니의 몸을 싸안은 채 부들부들 떨고 있었다. 그런 미륵례에게 총부리를 댄 형의 태도는 당당했었다. 형에게는 자기 나름의 어떤 떳떳한 명분이 서 있었다. 말하자면, 친일 반동분자의 씨는 깡그리 없애야 한다는 것, 그리고 자기는 살인을 하고 있는 게 아니라, 인민해방을 위한 혁명 대열에 앞장을 서고 있다는 것…. 어쨌든, 형은 무서운 것이 없는 듯했다. 어쩌면 미친 듯했다. 바로 이때 아버지가 뛰어들어 형의 허리를 안고 늘어진 것이었다.

"차라리 나를 쥑에라 이놈아, 하늘도 안 무섭냐?"

이어 마을 사람들이 몰려들어 형을 타일렀는데, 형은 그들을 뿌리치고 모래밭을 달려 갯마을 쪽 어둠 속으로 사라져버렸다. 그 어둠 속을 향해 아버지는 피맺힌 울부짖음을 쏘아 날렸다.

"내 손으로 죽일 수는 없은께, 멀리 안 보이는 데로 가서 뒈져뿌러라. 이 개 같은 새끼야."

이 울부짖음은 검은 어둠이 자욱한 바닷가 모래밭을 휘몰아 넓바위 앞바다로 아득히 사위어가고 있었고, 허겁지겁 달려온 그의 어머니는, '워메, 워메, 이 일을 어째사 쓸고오!' 하며 비바우 영감네 집 마당에 주저앉은 채 땅을 치며 몸을 떨었다.

이튿날, 아버지는 회령의 파출소로 불리어갔다.

한밤중쯤 해서 돌아온 아버지는, '새끼를 겉을 낳제, 어디 속을 낳는가 뭐?' 하고 눈에 물을 가득 담았고, 어머니는 자꾸 시국을 원망하며 눈물을 뿌렸다. 다음 날부터 아버지는 바깥출입을 하지 않고 방 안에 누워만 있었다. 이런 아버지를 위해 유자나뭇집 할머니가 어머니에게 희한한 약을 가르쳐주었다. 어머니는 그 할머니가 시킨 대로 병목에 긴 노끈을 달고, 주둥이에 솔 잎사귀 한 줌을 쑤셔 박더니 돌을 달고 변소 깊숙한 곳에 빠뜨려놓았다. 사흘 후에 건져냈을 때, 그 병 속에 누르께한 액체가 들어 있었다. 어머니는 거기에 소주를 타서 아버지에게 드리곤 했었다.

그 겨울 초물 갯것이 시작되면서 바다는 더욱 맑고 푸르러갔고, 높바람에 흰 물결을 일으키는 파도는 넓바위를 더 세차게 때려댔다. 그 사이 소식 없던 형이 그해 겨울 유치 어디선가 토벌군에 의해 죽었다 했고, 마을 사람들은 '정상으로 보면 불쌍하네마는, 잘 죽었네' 이렇게들 말을 했었다.

다음해 봄, 아버지는 유치 산골을 몇 날 며칠 헤매어 형의 시체를 찾아왔을 때, 어머니는 또 자꾸 시국을 원망하며 통곡을 했으나, 아버지는 쉬쉬하며 기침고개를 넘는 골짜기에 있는 산밭에다가 형을 묻었다. 무덤에 뗏장을 입히고 난 아버지는 속이야 어떻게 아프고 쓰린지 알 수 없었지만, 삽 등으로 뗏장을 탕탕 두드리며, "에잇 잘 죽었다 이놈, 이 개 같은 놈" 하며 이를 갈았다.

뱀강쉬 또한 그렇게 생각하는 터였다. 비바우 영감이야 죽어 마땅할 사람인지도 모르지만, 그의 아내나 큰딸 야실이한테 무슨 죄가 있다고 마구 총질을 했더란 말인가. 더구나 이제부터 올 데갈데없는 미륵례는 어디에 있는 누구한테 가서 살아야 할 것인가. 그 무렵 밤낮을 가리지 않고 "어메, 어메, 우리 어메" 하고 소리쳐 우는 미륵례의 목쉰 울음소리를 들으면 가슴이 온통 답답해지기만 하던 뱀강쉬는 형이 정말로 잘 죽었다 싶던 것이었다.

형이 죽은 뒤부터는 아버지가 파출소로 불리어 다니지 않게 되었고, 파출소 직원들도 이 하룻머릿골에 자주 나타나지 않았으므로, 마을 사람들은 다시 안심하고 바다에 나가 김발을 거두어들이고, 오징어잡이나 주꾸미잡이 준비도 서둘러 할 수 있게 되었다. 마을에는 다시 평화가 찾아온 셈이었다.

그러나 뱀강쉬에게는 가슴 아픈 일이 일어났다. 미륵례가 순경을 하는 오빠를 따라 왼데로 나가버린 것이었다.

 미륵례의 얼굴을 하루에 한두 차례씩 보는 재미로, 그 미륵례와 살림을 차리고 주낙질도 하고 낙지도 잡고 김도 뜯으면서 살아가는 모습을 머릿속에 그려보는 재미로 그날그날을 보내곤 하던 뱅강쉬였다. 김발 막을 때, 보통 사람들이 기껏 한두 개씩 끌어내리는 말목을 여남은 개씩 끌어내리는 따위로 힘자랑을 해보이는 것도, 공출할 때, 미륵례네 나락가마니 서너 개씩을 공 굴리듯이 거뜬히 져내 주는 것도, 모두 미륵례에게 보이기 위해서였던 것이었다. 미륵례가 나가버린 처음 며칠 동안, 그는 흡사 실성한 사람처럼 모래밭을 무엇이 그리 바쁜지 두 활개를 내저으며 왔다 갔다 하기도 하고, 별 할 일도 없이 기침고개를 땀뻘뻘 흘리며 오르락내리락하기도 했다. 기침고개 위에 올라가서는, 큰몰에서 회령으로 넘어가는 하눌재를 멀거니 바라보며 서 있기도 했다. 밤이면 그 고개의 양옆에 솟은 각시봉과 서방봉을 줄달음질쳐 오르내리기도 했다.

 날이 감에 따라 그는 흡사 불알을 까버린 황소처럼 맥이 없어져버렸다. 중병을 앓는 사람처럼 어깨를 축 늘어뜨리고 몸을 웅크린 채 얼굴을 찌푸리고 있곤 했는데, 그런 그의 큰 흰자위는 누르퉁퉁하게 변질되어 있었다. 넓바위 위에 우두커니 서서 먼 바다를 멍청히 내다보고 있는가 하면, 어슬렁어슬렁 모래밭이나 산언덕을 헤매어 다니기도 하고, 그러다가는 모래밭 구석이나 풀섶 가운데 주저앉은 채 드르렁드르렁 코를 골며 잠을 자기도 했다.

"저러다가 저놈 죽겠구만."

마을 사람들은 그를 보고 혀를 끌끌 찼다.

아버지가 붙잡아다가 바닷일을 시키는 경우엔, 그저 시키는 대로만 흐느적거리면서 하는 척할 뿐이었다. 배를 끌어오라면 끌어오고, 말목을 들어다 배에 실으라고 하면 실으라는 대로만 싣고, 노를 저으라면 저으라는 대로만 한없이 젓고, 말목을 바닷물 깊숙이 박으라면 박으라는 대로만 박고 있곤 하였다.

그가 일하는 것을 보고 아버지는 끓어오른 심통을 억누르지 못하고 꽥 소리를 지르곤 했다. 무엇을 손대든지, 걷든지, 노를 젓든지 하는 그의 태도는 '세월아 좀먹어라' 바로 그것이기 때문이었다. 그러나 그뿐인가, 그는 또 시키는 일 외엔 손끝 하나 까딱하지 않았다.

"아, 이 사람아, 배를 잡아왔으면 발대랑 말목이랑 얼릉얼릉 실어사 쓸 것 아니냐?" 하고 소리를 지르면, 그제서야 어슬렁어슬렁 말목을 끄집어다 배에 실었다. 그러나 말목을 실어놓고는 우두커니 서서 바다를 바라보기만 했다.

"인제 얼릉 가자, 뭣을 보고 있냐?"

성화 같은 재촉이 있어야 배를 물로 밀어내고 노를 걸어 저었다. 또 그렇게 한없이 노를 저어갈 뿐이었다. 그대로 둔다면 그 바다의 끝닿는 데까지 계속 저어가기라도 할 것이었다. "고만 젓고, 말 하나 박아라" 하고 소리를 쳐야만 그는 노를 걷어 얹고 말목을 들어 박는 것이었다. 그리고 또 그랬을 뿐으로 그는 그 말목 끝을 잡은 채 멀거니 바다 멀리 뜬 군함 같은 섬 끝만 바라보고 있는 것이었다. 이때, 아버지는 신경질을 내어 소리를 꽥꽥 질렀다.

"그러고 서 있지만 말고, 얼릉 발 펴라. 이 멍충아!"

그는 그 말을 듣고서야 발대를 폈다. 그걸 펴고 난 그는 또 뱃전에 부딪는 잔물결만 멀거니 내려다보았다.

"인제, 얼릉 말박이해라!"

이렇게 재촉을 받고서야 그는 어슬렁거리며 말목을 들어 박기 시작했다.

집 안에 들어서도 마찬가지였다. 밥상을 받아놓고는 멀거니 바람벽만 바라보고 있곤 하기 일쑤였다.

"싸게 묵어라."

꽥 소리를 질러서야 그는 숟가락을 들곤 하였다. 두세 그릇씩 먹어대던 밥의 양도 많이 줄어, 한 끼에 기껏 한 그릇 정도밖에 먹지를 않았다.

마을 사람들은 물론, 그의 아버지나 어머니까지도 뱅강쉬가 어쩌면 점점 바보스러워져 가고 있다는 생각을 하기 시작했다. 마을의 조무래기들까지도 이 거구의 사나이를 전혀 생각이라는 게 없는 이색적인 동물 취급을 한 나머지, 지나가면 '이 새끼, 저 새끼' 하며 돌은 던지기도 하고 침을 뱉기도 했다. 그러나 그는 아랑곳없이 자기 갈 길만을 가곤 할 뿐이었다.

그렇게 한 해가 갔다. 열일곱이 되는 봄 무렵부터 그의 행동에는 이상스러운 점이 하나둘씩 나타나기 시작했다. 그는 마을 사람들이 다들 잠든 밤중에 아무 소리 없이 집을 나가서는, 기침고개 마루를 더듬어 노루목의 갯가를 어정거리다가 새벽 무렵에야 집으로 돌아오곤 했다.

이상한 것은 그가 그렇게 돌아다니다가 사람을 만나면, 그 자리에 우뚝 서서 먼 바다 위에 뜬 섬이나 꿈틀거리는 물굽이나 하늘에 뜬 별을 멀거니 바라보고 있다가, 그 사람이 자기 옆을 스쳐 지나간 뒤에야 걸음을 옮기곤 하는 것이었다.

말 나오는 구멍을 호라메워버리기라도 한 듯, 그는 언제 어떤 경우에도 말을 하지 않는 것이었다. 누가 불러도 대답을 하지 않고 고개만 돌리곤 했다. 또 사람들이 말목을 빼다가 배에 실어둔 채 들어가고 없으면, 그게 누구네 것이든지 상관하지 않고, 그걸 밤사이 몇 아름에 들어다가 모래언덕에 펴놓곤 하기 일쑤였다.

이런 일이 있게 되자, 마을 사람들은 그가 어쩌면 미친 것인지도 모른다는 말들을 하기 시작했다. 그가 그렇게 미칠 수밖에 없는 것은, 그의 형의 악귀가 들렸기 때문인지도 모른다고 했다. 자기 딴에는 풍수지리에 능하다고 수염을 쓰다듬곤 하는 한 영감은, 암소의 허리같이 늘씬한 기침고개 양쪽으로 솟은 두 산봉우리 때문에, 이 마을에 장사 한 쌍이 생겨나기는 했지만, 하룻머릿골 사람들이 먹고 사는 찬 샘물이 너무 차고 세기 때문에, 그 샘물에 정기가 녹아 두 장사가 결합을 하지 못한 채 서로 헤어진 것이며, 또 점차 바보가 되어가기까지 하고 있는 것이라는 말을 하기도 했다.

마을 사람들은 그 영감의 말이 어쩌면 옳을 것이라고 했다. 한데, 이듬해 여름 들면서 그에게 희한한 일이 하나 닥쳐왔다.

9

 미륵례가 왼데서 순경질을 한다던 오빠들과 함께 이 하룻머릿골에 홀연히 나타난 것이었다. 이상한 것은, 검은 제복에 방망이를 차고 와야 할 두 오빠가 똑같이 이 마을 사람들이 보통 입는 흰 한복 바지저고리를 입은 것이었다. 그 오빠들은 만나는 마을 사람들에게 이제 김도 뜯고 고기도 잡으면서 살기 위해 순경질을 그만두고 돌아왔다고 말했다. 그러나 사람들의 표정은 금방 굳어졌다. 몇 해 전에 자기 아들들이 죽인 비바우 영감과, 뱀강쉬의 형이 죽인 그 영감의 아내와 야실이에 대한 보복을 그들 두 형제가 언제 어떤 방법으로 하고 나설지 알 수 없었기 때문이었다.

 비바우 영감의 두 아들이 미륵례를 데리고 들어오자, 가장 크게 겁을 낸 것은 뱀강쉬 아버지였다. 그는 이날 밤 내내 엎치락 뒤치락 잠을 못 이루다가 자기 아내에게, "나 암만해도 무섭네" 하고 말했다. 비바우 영감의 두 아들이 '웬수 갚자고 들어선' 순경질을 왜 그만두고, 자기 어머니나 아버지나 여동생 야실이가 이 마을 사람들의 손에 의해서 몰살을 당한 고향으로 돌아왔겠느냐는 것이었다. 그게 아무래도 미심쩍다는 것이었다.

 요즘 형사들은 별스런 옷차림을 다 하고 다닌다는데, 형사가 된 비바우 영감의 두 아들이, 자기 아버지를 죽인 사람들을 하나씩 잡아가게 하려고 저런 수작을 하고 있는지도 모른다는 것이었다. 필경 자기 아버지, 어머니, 야실이 살인 사건을 뒤집어놓고 말 것이라는 것이었다. 그러면 맨 먼저 자기의 큰아들 문제가 뒤집히게 될 것이 아닌가. 그렇게 되면 또 어찌 되는가. 살아 있는 놈들은 입이 달렸으니까 모든 죄를 죽은 자기 큰아들한테만 돌돌 몰아다 붙일 것이 뻔하지 않은가. 결국, 아버지인 자기가 또 파출소로 끌려가게 될 것만 같다는 것이었다.

"저놈들이 다시 나갈 때까지만 어디로 쪼깐 돌아댕기다 올라네" 하는 밴강쉬네 아버지의 말에 밴강쉬의 어머니는, "알아서 하씨요마는, 어디로 가드라도 기별이나 하씨요" 하였다.

밴강쉬의 아버지는 닭이 울 무렵에 마을을 살뱀처럼 빠져 나가버렸다. 남편을 보낸 밴강쉬 어머니 또한 집 안에 혼자 붙어 있을 수가 없어, 홀로 사는 손윗동서네 집으로 가서 날을 밝혔다.

밴강쉬는 이날부터 전혀 새사람이 되어 있었다. 이날 밤 역시 기침고개 주변과 노루목 모래밭을 헤매어 다니다가 들어온 그는 아침 일찍 마당을 쓸어놓고, 바지게를 짊어지고 바닷가로 나갔다. 땔나무로 쓸 발대나 갯짚을 쓸어 모아 바지게에 짊어놓은 뒤, 갯벌밭으로 달려가서 미끼로 쓸 갯지렁이를 잡았다. 발대와 갯짚을 짊어지고, 갯지렁이를 들고 들어온 그는 주낙줄을 사리는가 하면, 낚시에 갯지렁이를 끼우기도 하고 찢어진 돛폭을 꿰매기도 했다. 고기잡이 나갈 채비를 해놓고, 느지막하게 큰집에서 돌아오는 어머니에게 밥 준비를 해달라고 재촉했다. 어머니는 비바우 영감네 두 아들 때문에 가뜩이나 가슴이 켕기는 판에, 전혀 새 짓을 하고 있는 밴강쉬가 못마땅했다. 이놈이 이젠 정말로 실성을 하고 있는지도 모르는 일이다 싶던 것이었다.

"고기고 뭣이고 다 귀찮어 죽겄다."

퉁명스럽게 쏘아붙이고 부엌으로 들어갔다. 그는 어머니의 말을 타내지 않았다. 부엌으로 따라 들어가 물동이를 들고 나왔다. 골짜기 샘으로 팽당그르 달려가, 물을 가득 길어다 주고, 솥을 씻어놓고 불을 지펴주면서 밥 재촉을 했다.

"나 오늘 나가서 고기 많이 잡아갖고 옴세. 엄니, 밥만 많이 싸주소."

그런 그의 머리에는, 고기를 한 구럭 잡아가지고 와서 미륵례한테 한 바가지 퍼주어야겠다는 생각뿐이었다.

그는 이날 큰마음 먹고, 마을 사람들이 잘 가지 않는 장군섬 근처까지 배를 저어가서 주낙을 폈다. 이날에야말로 숭어, 돔, 장어, 병어 따위가 묵직하게 주낙줄에 걸려들었다.

해 저물녘이 되어 돛을 달고 돌아오는 그는 그 뱃길이 너무 멀게 느껴졌다. 마파람을 받아 잘 닫는 배였지만, 그것이 마치 오뉴월 구렁이처럼 느리게 움직거리고 있는 것만 같았다. 돛을 단 채 힘껏 노를 저었다. 사실 말해서, 그는 전날, 미륵례가 오빠들과 함께 이 마을에 들어왔을 때, 당장 찾아가 만나보고 싶었었다. 그러나 그럴 명분이 서지를 않았던 것이었다. 그래 주낙질을 나선 것이었다. 이젠 고기 한 바가지를 담아 들고 간다면, 그걸 주러 왔다는 명분이 서기 때문에 자신 있게 찾아가 만날 수가 있게 될 것이었다. 고기를 건네주면서, "느그 오빠들 해드려라. 아주 성하디 성하다" 하면 미륵례는 어쩌면 얼굴을 붉힐 것이다 싶으니, 가슴이 뛰었다.

그는 노 끝이 휘청휘청 활등처럼 휘어지도록 힘주어 노를 저었다. 그가 넓바위 앞에 뱃머리를 대었을 때, 마을에는 묘한 일이 하나 벌어져 있었다.

해는 기침고개 허리의 솔숲에 걸려 있었고, 하룻머릿골과 넓바위는 모두 그 기침고개 양옆으로 솟은 암수의 두 봉우리가 흘리는 자줏빛 그늘에 묻혀 있었다. 가까운 바다로 주낙질을 나갔던 마을 사람들은 모두 들어온 모양으로, 주낙 연모 실린 채취선들이 선착장의 잔잔한 바닷물 위에 잠든 듯 정박되어 있었다. 그럴 뿐, 바닷가나 마을 안에는 사람들의 그림자 하나 보이지를 않는 것이었다.

선착장으로 배를 저어 들어가면서 뱀강쉬는 고개를 갸웃하였다. 웬일일까. 미륵례네 오빠들이 순경질을 그만두고 돌아왔다는 것이 거짓이었단 말인가. 순경의 검은 제복을 벗고 한복 차림을 하였을 뿐, 품속에 권총 같은 것을 감추어 찌르고 들어온 그들은, 자기들의 아버지, 어머니, 그리고 여동생 야실이의 원수를 갚기 위해, 마을의 젊은 사람들을 어디로 죄다 끌고 가서 죽여버린 것은 아닐까. 그렇기 때문에 마을 사람들은 겁에 질려 방 안에 죽은 듯이 틀어박혀 있는 것일까.

이런 생각이 들자, 그는 눈앞이 아찔했다. 넓바위 앞 선착장에 배를 정박시켜 놓고, 고기 구럭을 옆구리에 낀 채 모래밭으로 내려섰다. 그때 넓바위 저쪽 우묵한 곳에서 마치 연설이라도 하는 듯한 남자의 목소리가 들려왔다. 발을 멈추고 귀를 기울이며, 그는 무슨 일인가가 일어나기는 일어난 모양이라고 생각했다. 살금살금 넓바위 옆으로 갔다. 쪼그려 앉은 채 그 바위 너머의 소리에 귀를 모았다. 넓바위 밑뿌리에서 잔물결이 찰락거리고 있었다.

물결소리 때문에 잘 알아들을 수는 없었지만, 그는 연설을 하는 듯한 남자의 목소리가 미륵례네 큰오빠 들독이의 목소리라는 것을 금방 알아냈다. 그리고 들독이가 무슨 이야기를 하고 있는가 하는 것도 대강 짐작할 수가 있었다. 들독이의 걸걸한 목소리는 어쩌면 울음이 섞인 듯했다.

"저도 우리 아부지나 어무니나 여동생의 웬수를 갚을 수는 있었어라우. 그라제마는, 참았습니다. 혹시 제 동생 껍철구가 엉뚱한 짓거리를 할까마니, 이틀 사흘 걸려 꼭꼭 전화를 했어라우. 고향 사람들한테 복수를 할 생각은 꿈에도 가져서는 안 된다고 말이오. 어르신들, 생각해보씨요. 우리 서로 그래서 쓰겄소? 저는 우리 아부지나 어무니나 야실이를 죽인 것은 동네 청년들이 아니라고 생각하요. 우리가 잘못 만난 시국 탓이지라우. 그 시국이 죽인 것이지라우. 그런께 우리 일단 이 자리서 과거지사를 쏵 쓸어다가 잊어뿝시다. 그라고 그런 일은 씨도 없었든 것으로 치고, 다시 옛날맹이로 오순도순 정답게 삽시다. 어르신들, 어짜요? 제 말이?"

이 말에 사람들이, "좋은 말이시" 하기도 하고, "자네들 볼 낯이 없네" 하기도 하더니, 잠시 웅성거리는 소리가 넓바위 이쪽으로 넘어왔다. 미륵례 오빠 들독이의 목소리가, "어르신들 조깐만 더 제 말씀을 들어주씨요. 말 한 자리만 더 할라요" 하자, 다시 넓바위 너머가 잠잠해졌다.

"저희 세 남매는 모두 이런 생각을 하고 고향으로 돌아왔은께, 새로 허물없이 삽시다. 제 말씀은 이것이 끝이오" 하고 말을 끝맺자, 두루춘풍이라는 별명을 가진 오십 대의 남자가, "우리 오늘 동네잔치나 하세" 하고 말했다. 많은 사람들이 그렇게 하자고 하며, 다시 웅성거렸다.

뱀강쉬는 귀가 웅웅거릴 만큼 가슴이 뛰었다. 춤이라도 추고 싶은 생각이 들었다. 벌떡 일어서서 넓바위를 넘어갔다. 가장 그윽한 응달이 지곤 하는 넓바위 북편의 편평한 곳에 마을 사람들이 남녀노소 할 것 없이 모두 모여 있다가 바야흐로 일어서고들 있었다.

"들독이 성님!" 하고 그는 비바우 영감의 큰아들 앞으로 뛰어갔다. 고기 구럭 속에서 팔뚝 같은 갯장어 한 마리와 손바닥만큼씩 한 돌돔 두 마리와 병어 두 마리를 바가지에 담아 내밀면서, "이놈 갖다가 오늘 저녁에 해 잡수씨요" 하고 말했는데, 그런 그의 큰 눈에는 물이 가득 담기어 있었다. 들독이가 뱀강쉬의 손을 덥석 잡고, 그가 내민 바가지를 들어 보였다. 옆에 앉아 있던 미륵례는 고개를 푹 숙이고 있었다. 마을 사람들이, "아따, 오늘 본께 뱀강쉬가 사람 다 됐다야!" 하고 희한하다는 듯 소리쳤다. 다가와 그의 등을 도닥거려주며 칭찬들을 하기도 했다.

10

그로부터 사흘 뒤, 국군이나 순경들이 모두 부산으로 도망을

갔고, '인민군'이라는 군대가 이 섬엘 들어온다는 소문이 돌았다. 미륵례네 두 오빠도 실은 순경을 그만두고 돌아온 게 아니라, 인민군들한테 쫓기어 몸을 숨기기 위해 들어왔을 것이라는 말들이, 비 오려고 구름 끼고 기압이 낮은 때의 저녁밥 짓는 연기가 하룻머릿골의 골목길을 꽉 채우고 감도는 것처럼 파다해지고 있었다. 특히 젊은 패들은 모여 앉아, 순경 퇴물인 미륵례네 두 오빠가 들어와 있기 때문에 하룻머릿골은 앞으로 시끄러운 큰일이 벌어지게 될지도 모른다고 쑥덕거렸는데, 그 쑥덕거림은 삽시간에 온 마을 안에 퍼졌다. 마을 사람들은 혹시 자기들이 다칠까 보아 미륵례네 집으로 눈길 하나 보내지를 않았고, 그 집 앞을 지날 때는 마치 독 머금은 두꺼비나 독사 앞을 지나는 사람처럼 외면을 한 채 화닥닥 뛰어 지나쳐가곤 했다. 혹시 골짜기의 찬샘 길에서 미륵례를 만나거나, 지게를 짊어지고 바닷일을 나가는 들독이나 껌철구를 만나도 사람들은 말을 건네지 않았다. 미륵례네 식구들 쪽에서 먼저 인사말을 건네올 경우엔, '응'도 '네'도 아닌 얼버무림을 남긴 채 지나쳐가기만 했다.

이날 저녁 어둑어둑해질 무렵, 쥐도 새도 모르는 사이에 그간 자취를 감추었던 밴강쉬의 아버지가 돌아왔다. 한데 그 아버지에게 이상스러운 일이 일어나 있었다. 어깨에 붉은 완장을 두르고 있는 것이었다. 또 그는 혼자 돌아온 게 아니었다. 자기처럼 붉은 완장을 두른 삼십 대의 청년 두 사람을 데리고 돌아온 것이었다. 그런 그는 놀랍게 변해 있었다. 여느 때 고개를 떨어뜨리곤 하던 것과 달리, 목덜미에 힘을 준 채 턱을 목 속으로 깊이 끌어들이고, 가슴을 내밀면서 윗몸을 자대바대하게 젖히고 굵은 목소리로 말을 하곤 하는 것이었다. 그가 그런 자세에 그런 목소리로 마을의 젊은이들을 모아놓고 맨 먼저 명령을 내린 것은, 다음 날 이 섬으로 들어오게 될 인민군이라는 군대에 대한 환영 준비를 하라는 것이었다. 이어 젊은이들에게 발대를 말아 만든 횃불들을 켜 들게 하고, 마을 사람들을 넓바위 위에 모았다. 마을 사람들 앞에서 그는 전혀 생소한 '동무'나 '투쟁'이나 '인민해방' 따위의 말을 어디서 배워왔는지, 그걸 섞어가면서 일장연설을 한바탕 늘어놓았다.

 "우리는 인제 해방이 되었어라우. 누구는 가난하고, 누구는 부자고…하는 시상은 벌써 가뿌렀소. 우리는 다 똑같이 재산을 나눠갖고 살게 되었단 말씀이오. 멀지 안해서 우리가 우리 투쟁을 방해하는 반동놈들을 쏵 쓸어서 숙청해뿔면, 우리 시상이 될 것인께 여러 동무들은 내 말만 잘 따르씨요."

 그의 연설이 끝난 뒤로, 콧등과 광대뼈 부근으로 얽죽얽죽 곰 자국이 나 있는 억보가 손을 번쩍 들고 일어나더니, "순겡질을 하다가 그만두고 돌아온 사람이 있을 경우에, 그 사람은 반동자 속에 들어가요, 안 들어가요?" 하고 물었다. 그것은 말할 것도 없이 미륵례네 두 오빠인 들독이와 껌철구를 두고 하는 소리였다. 뱀강쉬 아버지는 이맛살을 찌푸리고 잠시 생각을 하다가, 그의 등 뒤에 서 있는 붉은 완장의 두 청년에게 얼굴을 돌렸다. 그 두 청년 가운데서 얼굴이 깡마르고 눈이 우묵한 청년이 그의 옆으로 다가가서 귀엣말을 했다. 연신 고개만 끄덕거리던 뱀강쉬 아버지는 마을 사람들을 향해 돌아서더니, "암만 반동자라고 하드라도, 그 반동자가 우리 민족임에는 틀림없는 것 아니겠소? 그런께, 그 사람이 우리 편이 된다 치로면 반동자로 숙청 안 할 것 아니겠소? 그런께 자기가 친일 악질 반동자라고 생각하면, 우물쭈물하고 있지 말고 먼저 자수를 해사 쓸 테지라우. 안 그라겠소? 그라고 자기 비판만 하면 우리 편이 되는 것인께" 하고 말했다. 억보는 고개를 끄덕거렸다. 마을 사람들은 그저 눈만 끔벅거리고들 있었다. 깡마르고 눈이 우묵한 청년이 나서며 입을 열었다.

"인민위원장 동무께서 상세한 말씀은 드렸습니다만, 지가 몇 가지 주의 말씀을 덧붙여서 말씀드릴랍니다. 금방, 반동자락 하드라도 자수만 하면 우리 동무가 되는 것이라고 하기는 했습니다마는, 자수하기 전에는 우리 동무가 아직 안된 것인께, 혹시 여러 동무들 옆에 친일 악질 반동자가 있으면, 당초부터 말을 걸지 말어사 씁니대이. 알으시겠소? 그 반동자하고 말을 한 사람도 반동자가 된다는 것을 알어사 쓸 것이오. 알으시겠소?"

연설이 끝났다. 횃불잡이 청년들이 길을 밝혀주는 것을 따라 마을 사람들은 흩어져 돌아가면서 미륵례네 집을 흘끗거렸다. 이 하룻머릿골에서 반동자가 될 수 있는 사람은 미륵례네 집 사람들밖에 없을 것이라고들 생각하는 것이었다. 대저 그것을 증명이라도 하듯 미륵례와 그 두 오빠만 이 모임에서 보이지를 않는 것이었다.

넓바위 위에 찐득거리는 어둠이 갯내를 몰고 와서, 발대를 태우던 매운 냄새를 쫓았다. 뱀강쉬는 마을 사람들이 다 돌아가버린 뒤로도 넓바위 위에 우두커니 앉아, 바다의 잔물결이 별떨기들을 일구어대면서 찰락거리고 있는 것을 바라보고 있었다.

"…자수를 해사 쓸 테지라우. 안 그라겠소? 그라고 자기 비판만 하면 우리 편이 되는 것인께" 하던 아버지의 말을 되새겨보았다. 자수를 하지 않으면 어떻게 될까. 숙청이란 그들을 이 마을에서 쫓아낸다는 것인지도 모른다고 생각했다. 들독이와 껌철구 형제가 이 마을에서 쫓겨난다면 미륵례도 따라 쫓겨나야 할 것이다. 그는 가슴이 꽉 막히고 눈앞이 아득해졌다. 미륵례가 없는 이 마을에서 그는 살 수가 없을 것 같았다. 그는 몸을 일으켰다. 미륵례네 오빠들에게 찾아가 자수를 하도록 권유하리라 하며 미륵례네 집으로 갔다.

대문을 들어서자, 기다랗게 땋은 머리채를 어깨 앞 젖가슴 위로 늘어뜨린 미륵례가 호말 같은 거구를 구부정하고 굽힌 채, 창호지로 붙인 초롱을 들고 부엌으로 나왔다. 뱀강쉬는 얼굴이 화끈 달고 가슴이 뛰었다. 동시에 다리에 힘이 빠지는 것을 의식하면서, "오, 오빠 계시냐?" 하고 떠듬거렸다. 열여덟 살이라고는 하나, 그는 여느 어른 못지않게 목소리가 굵었다. 큰 독을 울려 나오는 것처럼 굵은 그의 목소리가 허름한 집 안을 쩅 울렸다. 호롱불의 어슴푸레한 불빛을 받아 눈이 우묵하고 코가 덩실해 보이며, 돌로 된 장승(천하대장군)처럼 키가 커 보이는 미륵례가 잠시 고개를 떨어뜨리고 서 있더니, 호롱불빛에서도 검은 때가 엉긴 채 번들번들 윤기가 도는 마루 위로 올라섰다. 마루청이 내려앉을 듯이 삐그덕 하고 소리를 냈다. 그 마루청은 미륵례가 방문을 열고 들어가버리자 덜컹 하고 올라붙는 소리를 냈다. 얼마쯤 후에 미륵례가 방문을 열고 얼굴을 내민 채 그를 향해, "들어온나" 하고 무뚝뚝하게 말했다.

그가 댓돌에서 황소 같은 거구를 마루 위로 올려놓자, 마루청은 조금 전 미륵례가 올라서던 때보다 더 요란스럽게 삐그덕거렸다. 그는 마루청이 무너져 앉을까 싶어 재빨리 방 안으로 들어섰다. 그의 뒤꿈치에서 마루청이 덜컹 하고 올라붙는 소리를 내는 것을 들으며 방문을 닫았다. 순간, 그는 그 방 안에 짙게 잠긴 어둠과 거기에 절진한 담배 연기 때문에 가슴이 꽉 막히는 듯 답답하여지는 것을 느꼈다.

그 담배 연기는 오소리를 잡는 짚불 연기 같은 것이었다. 더구나 윗목 구석에서 미륵례가 들고 있는 호롱불이 그 윗목 구석만을 두리두리하게 비추고 있을 뿐이었기 때문에, 방 안의 어둠은 부옇고 칙칙하기까지 했다. 아랫목 구석에는 빨갛게 타고 있는 불똥 두 개가, 어둠 속에서 불 켠 고양이의 눈처럼 멀뚱했는데, 그것은 들독이와 껌철구가 아랫목에서 이마를 마주대다시피 하고 앉아 빨아대는 담배 불똥이었다. 그 짚불 연기 같은 담배 연기 속을 뚫어보며, "드, 들독이 성님!" 하고 잠긴 소리를 내자, 아랫목에 앉은 들독이 앞에 이마를 깊이 떨어뜨리고 있던 껌철구가 몸을 돌리더니, 사랑방 목침덩이같이 두껍고 단단한 뱀강쉬의 손을 으스르뜨릴 듯이 두 손으로 감싸 쥐었다.

"이리 앉어라."

껍철구의 목소리는 떨리고 있었다. 아랫목의 들독이는 손끝에 잡고 있던 담배 끝을 입으로 가져다 대고 힘주어 빨기만 했다. 손끝의 담배 불똥은 핏빛으로 타면서, 들독이의 덩실한 콧등과 두툼한 입술과 손끝과 눈알을 붉게 물들이고 있었다. 윗목 구석에 서 있던 미륵례가 호롱불을 윗목에 놓고, 들독이 옆으로 가서 무릎을 꿇은 채 앉더니 뱀강쉬를 건너다보았다.

 뱀강쉬는 껍철구가 이끄는 대로 그의 옆에 주저앉으며 벼렸던 말을 꺼냈다.

 "자수하시씨요, 성님들!"

 뱀강쉬의 말은 제법 어른스러웠다.

 "자수만 하면 우리 편이 되는 것이라고, 아까 울 아부지가 그랍디다."

 "자수?"

 고개를 번쩍 들면서 들독이가 담배 연기를 내뿜고 맥 풀린 소리로 되물었다. 껍철구는 바싹 밭은 목구멍으로 침을 넘기기만 했다. 뱀강쉬는 고개를 끄덕거렸다.

 "예, 자수만 하면 반동자로 숙청을 안 한닥 합디다."

 껍철구가 아직도 잡고 있는 뱀강쉬의 손을 흔들어주면서 등을 두어 번 두드려주고, "아심찮다" 하고 종잇장처럼 바싹 밭은 목소리로 말했다. 그의 가슴은 뻐근하게 미어질 것같이 부풀어나고 있었다. 목에 메었다. 자기 집으로 들어가는 대로 아버지에게, 들독이와 껍철구야말로 '우리 편'이 될 수 있는 사람이더라고, 당장이라도 자수를 할 듯이 말을 하더라고 말하여줄 참이었다. 그들을 숙청해서는 안 된다는 말도 할 참이었다.

"울 아부지한테 시방 가서 직시 말할란께, 성님들 참말로 얼른 자수하시씨요잉" 하고 일어서서 나오는데 들독이가 밖으로 따라나와, 그의 손을 잡더니 귀엣말로, "너는 우리하고 남 되어서는 안 된대이, 내 말 알아듣겠냐?" 하였다.

그는 골짜기 찬샘 쪽에 있는 그의 집으로 가면서 들독이가 한 그 말을 곰곰이 생각해보았지만, 그 말의 뜻을 얼른 알아챌 수가 없었다.

"…남 되어서는 안 된다."

이 말을 무수히 속으로 뇌까렸다. 그것은 어쩌면, 처남이 되어야 한다는 말인지도 모른다는 생각이 들었다. 자기 집 사립을 들어서는 그의 발뒤꿈치는 가벼웠다. 그는 곧 아버지에게 들독이와 껌철구 이야기를 하고 그들을 숙청해서는 안 된다고 떠듬떠듬 말을 했다. 아버지는 퉁명스럽게 멸시하는 투로, "쓸데없는 소리 말고 너는 밥이나 많이 퍼묵고, 시키는 일이나 부지런히 해라" 하였을 뿐이었다.

이튿날 인민군 일개 분대가 큰몰을 거쳐 하룻머릿골로 들어왔다. 기침고개를 넘어오는 길에 뱀강쉬네 형의 무덤 앞에서 붉은 완장 두른 청년의 선창으로 '강 동무 만세'를 그 골짜기가 찢어져나갈 만큼 목청껏 부른 뒤, 하룻머릿골로 들어온 그들은 뱀강쉬의 아버지를 앞장세워 마을 사람들을 넓바위 위에 모았다. 분대장이라도 되는 듯이 나이 듬직한 군인 한 사람이 나서서, 동무, 인민해방전선, 혁명 대열, 부산으로 줄행랑을 친 이승만 파쇼 도

당, 반동자 숙청, 모리배의 재산몰수 무상분배 따위의 말들을 늘어놓은 뒤에 이 마을 모든 '동무들'은, '영웅적인 아들을 인민해방전선에 바친' 인민위원장인 뱬강쉬의 아버지를 중심으로 '인민해방전선'에 참여할 것을 당부하였다. 군인의 말이 끝나자 누가 내놓은 박수인지 그것을 따라 사람들이 와르르 박수를 쳤다.

이날의 모임에는 들독이와 껌철구가 누구에게 끌려나왔는지 나와 있었다. 그들은 시종 고개를 떨어뜨리고만 있었는데, 마을 사람들은 그들의 창백한 얼굴에 눈길 한 번 보내지 않았다.

이날 밤 아버지는 큰몰의 젊은이들과 함께 세포를 조직하고, 부녀자들을 모아 먼 일가로 뱬강쉬의 누님뻘 되는 한순이를 중심으로 여성동맹위원회를 구성하게 하였으며, 큰몰 사는 먼 사돈뻘 되는 막동이를 중심으로 소년단을 조직하게 하였다. 뱬강쉬는 그 소년단에 들어갔고, 소년단 부단장을 자기도 모른 사이에 맡게 되었다.

다음 날 한순이와 큰몰의 막동이는 면당위원회에 갔다가 그다음 날 저녁 무렵에야 돌아왔다. 돌아오는 대로 그들은 각기 여성동맹위원회와 소년단을 소집해서 밤새도록 '아침은 빛나라'와 '장백산 줄기줄기 어쩌고저쩌고' 하는 노래를 가르쳤다. 이날 밤부터 하룻머릿골은 그 노래로 가득 차버렸고, 그것은 또 기침고개를 넘어 큰몰 안을 술렁거리게 했다.

처음 얼마 동안, 그 소년단에는 소녀들도 끼이게 되어 있었다. 그러나 큰몰에서 농사깨나 짓는다는 집 어른들은 자기 딸들을 밤에 나다니지 못하도록 하였다. 소년단 두목 격인 막동이는 그

폐촌(廢村) • 69

런 집을 찾아다니면서, 소년단에 나다니지 않으면 반동자가 된다는 위협적인 말을 하곤 했었다. 며칠 사이에 큰몰과 하룻머릿골의 소년단은 오십 명에 가까운 수가 되었고, 그 수는 밤만 되면 막동이의 지시에 따라 하루는 큰몰의 사장으로, 다음 하루는 하룻머릿골의 넓바위 위로 어김없이 모이곤 했다. 그 소년 소녀들은 멋없이 껑충거리며 뛰어다니기도 하고, 어울려 새로 배운 노래를 하기도 하고, 그 노래를 부르면서 기침고개를 넘어가 큰몰의 골목들을 누벼 다니기도 했다.

그런 몇 날이 갔다. 밤에는 그 바닷가 마을에 점차 서늘한 가을 기운이 돌기 시작하고 있었다. 그러면서부터 소년단원들은 기침고개 위에 모여서 노래를 배웠다. 어깨동무를 한 채, 혹은 손뼉을 치면서 악을 쓰듯 노래를 불렀다.

한데 '가시내, 머시매'들의 모임 속에서 말이 없을 수가 없었다. '아무개는 기침고개를 넘어가다가 막동이하고 뒤처져서 어찌어찌 했다네' 하는 투의 말들이 입에서 입으로 건너다녔다. 물론 아무개로 지목을 받은 계집애는 평소에 밉직한 집의 딸이었다. 그 애매하게 당하는 계집애는 울며불며 사실이 아니라고 악다구니를 쓰는 것이었지만, 그걸 놀려대는 소년 소녀들은 그렇게 놀려대는 것을 재미로 여기고, 악다구니를 쓰고 덤빌수록 더욱 즐거워하며 놀려대고 손뼉들을 치곤 했다. 그렇게 서로 어울려 시시덕거리는 것이 다시 없이 크게 가슴 졸이는 즐거움이었으므로, 그 재미와 즐거움에 들떠 더욱 목청껏 노래들을 하곤 하였던 것이었다.

그러나 밴강쉬는 즐거운 줄을 몰랐다. 미륵례가 소년단에 나오지를 않기 때문이었다. 그는 늦게까지 노래를 배운 날 밤, 기침고개를 향해 가는 막동이를 불러서, '미륵례 동무'를 소년단에 끼워 넣자는 말을 했다. 막동이는 동그란 고리눈을 금방 튀어나올 듯하게 벌려 뜨고 고개를 저으며 낮게, "혹시 어디 가서 그런 쓸디없는 소리 마래이. 그 새끼는 악질 반동 집 딸 아니냐? 그런 소리 하면 너도 반동 된다" 하였다.

"자수하면 우리 편 된닥 하등만은 그래?"

밴강쉬의 이 말에 막동이는, "미륵례네 즈그 오빠들은 너무 큰 악질 반동이라 자수해도 쓸디없닥 하드라" 하고는 기침고개를 향해 가는 큰몰 계집애들 뒤를 쫓아가버렸다.

밴강쉬는 무거운 발걸음을 돌렸다.

골짜기 찬샘 옆에 있는 자기 집으로 가는 길에, 미륵례네 대문 앞에서 발을 멈추고 집 안쪽으로 귀를 기울였다. 큰몰로 넘어가는 소년단원들의 '장백산 줄기 줄기…' 하는 노랫소리가 왁왁거리는 해조음에 어울려 골목으로 아련히 깔려들 뿐으로 집 안은 괴괴해 있었다. 고개를 떨어뜨린 채 발을 옮겼다.

자기 집 사립을 들어서던 그는 섬뜩한 느낌이 들었다. 변소와 헛간에 붙어 있는 사랑방 쪽에서 남자들의 두런거리는 소리가 들려왔기 때문이었다. 하긴, 세상이 바뀌면서부터 저렇게 동네 청년들이 모여 앉아 두런거리지 않는 날 밤이 없긴 했었다. 그러나 이날 밤의 두런거리는 소리는 여느 날 밤의 두런거림과 달랐다. 그것은 낮게 소곤거리는 듯했는데, 그 소곤거림은 낮고 음험

하였던 것이었다. 그는 발을 멈추고 사랑방 쪽으로 귀를 기울였다. 담 밑에서 시꺼먼 사람이 불쑥 나서며 낮은 소리로 누구냐고 했다. 이 마을에서 자기 다음으로 힘이 센 억보였는데, 그의 손에는 쭈뼛한 대창이 들려 있었다. 그는 세포위원이었다.

뱅강쉬가 흠칫하며 "나요" 하고 한 걸음 물러서자, 뱅강쉬임을 확인한 억보가 얼른 안방으로 들어가서 자라고 했다. 안방을 향해 걸어가던 뱅강쉬는 순간적으로 뒷간엘 가야 한다는 생각을 했다. 허리띠를 풀면서 헛간으로 갔다. 거기서 지푸라기 한 줌을 말아 쥐고 사랑방 모퉁이를 돌았다. 뒷간은 사랑방과 바람벽 하나를 사이에 두고 있었기 때문에 웬만한 말을 다 들을 수가 있었다. 뒷간에 앉은 그는 사랑방에서 흘러나오는 소리에 귀를 모았다. 그는 방망이로 뒤통수를 호되게 얻어맞은 듯 눈앞이 캄캄해졌다.

"그놈들이 혹시 권총 같은 것을 갖고 있는지도 모른단 말이시. 그런께 억보를 시켜서 보안서에 자수하러 가자고 함스롱 끌어내도록 하세. 그래 갖고 노루목으로 끌고 가잔 말이시."

누군가가 이렇게 말하자, 모두들 그게 좋겠다고 했다. 숙청이란, 사람을 죽여 없애는 것이라는 것을 짐작했다. 그는 몸을 떨었다.

"그러면, 미륵례는 어떻게 할 것인가?" 하고 묻는 사람이 있었다. "그냥 놔두세" 하고 속닥거렸는데, 그것은 목이 쉰 듯한 아버지의 목소리였다. 떨리는 손으로 옷을 끌어올리면서, 뱅강쉬는 들독이와 껌철구에게 얼른 어디로든지 도망을 가라고 귀띔을 해줘야겠다는 생각을 했다. 억보가 지키고 있는 사립을 어떻게 빠져나갈 것인지가 막연했다. 그는 일단 주춤주춤 마당으로 나왔다. 잠시 옷을 여미는 척하면서, 담 밑에 몸을 숨기고 있는 억보를 보았다. 억보가 그의 행동을 살피고 있었다. 그가 사립을 나간다면 억보 쪽에서 분명 못 나가게 가로막거나 뒤를 따르거나 할 것이었다. 그는 조급해졌다. 사랑방에 있는 사람들은 의논이 끝나는 대로 미륵례네 집으로 몰려갈 것이 뻔했다. 어떻게 억보의 눈을 피해 사립을 빠져나가서 미륵례네 오빠들한테 귀띔을 해줄까. 뾰족한 묘책이 생겨나지를 않았다. 그렇다고 우물쭈물하고 있을 수만도 없어 댓돌 위로 올라섰다. 순간 꾀 하나가 생각났다.

일단 방으로 들어갔다가 뒷문을 열고 뒤란으로 나가서 담을 넘자는 것이었다. 담을 넘으면 찬샘이 있는 골짜기 쪽으로 열린 텃밭이 있었다. 왜 그 방법을 진작 생각하지 못했었느냐고 혀를 물면서 방문을 벌컥 열었다.

방으로 들어가니 금방 뒷문으로 빠져나갈 수 없도록 하는 방해자가 거기 있었다. 홑이불을 덮은 채 자고 있던 어머니가 깨어 일어나 앉으며, 어디를 그렇게 싸다니느냐고 잠꼬대 같은 소리로 꾸짖고, 윗목 쪽을 가리켜주면서 거기 누워 자라고 하는 것이었다.

사랑방의 남자들은 모의가 끝난 모양으로 문을 열고 낮은 소리로 두런거리며 나오고들 있었다. 신을 끌면서 사립을 나가는 소리들이 들려왔다. 가슴이 펄럭거리고 좀이 쑤셨다. 관자놀이가 욱신거리면서 눈앞이 아찔해졌다. 웃옷을 벗어 던지려다가, 목이 밭으니 물을 좀 마셔야겠다고 하면서 뒷문을 열고 나갔다. 어머니가 몸을 일으키고, 자기가 떠다 줄 테니 그냥 들어오라고 했다. 못 들은 척하고 맨발로 부엌으로 갔다. 바가지로 물동이의 물을 퍼마시는 체하다가 뒤란으로 돌아갔다. 돌담 앞으로 가서, 허물어지지 않을 돌을 골라 손으로 짚어 힘을 주어보았다. 그 돌담은 여느 지방에서 볼 수 있는 그런 돌담이 아니었다. 기껏 목침덩이만큼 한데다, 그것도 뭉실뭉실하고 미끄럽게 닳아진 갯바닥 돌들을 꾀지게 쌓아올린 돌담인 것이었다. 황소처럼 큰 덩치인 그가, 그게 허물어져 내리지 않도록 짚고 뛰어넘기란 여간 어려운 일이 아니었다.

조심스럽게 여기저기 허물어지지 않을 만한 곳을 짚어보는데, 그의 집 사립을 빠져나간 사람들이 찬샘을 돌아 미륵례네 집이 있는 윗골목으로 들어서고 있는 게 보였다. 이제 소리자니 않게 이 담을 뛰어넘는다 하더라도, 그 사람들에게 발각될 게 뻔했다. 담 뛰어넘기를 그만두고, 실뱀처럼 마당으로 나왔다. 사립을 빠져나가는 대로 샘 아래쪽으로 뛰어내려서, 아랫골목으로 들어섰다. 조금 전에 윗골목으로 들어선 사람들보다 한걸음이라도 앞질러 미륵례네 집으로 뛰어 들어가 들독이와 껌철구를 도망치도록 귀띔해주겠다는 생각이었다. 그의 쿵쿵거리는 발소리에 아랫골목의 개들이 껑껑 짖어댔다. 삽시간에 하룻머릿골 안은 온통 개 짖는 소리로 들끓고 있었다. 아랫골목을 달리던 그는 넓바위 쪽에서 올라오는 큰골목과 윗골목이 만나는 세걸음길에 이르렀다. 거기서 윗골목으로 들어섰다. 거기서 두 집 담벽을 지나면 미륵례네 집 대문이었다. 그는 그 대문간을 향해 줄달음질쳤다. 찬샘 쪽에서 아랫골목길을 돌아 윗골목에 있는 미륵례네 집까지 오는 거리는, 그냥 윗골목을 질러서 거기까지 오는 거리보다 두 배는 더 멀었다. 그의 집 사랑방에서 빠져나간 사람들이 그보다 몇 발 먼저 당도해 있었다.

미륵례네 집 대문은 활짝 열려 있었다. 그가 가쁜 숨을 쉬며 대문 앞으로 뛰어들었을 때, 대문간의 어둠 속에서 시커먼 사람 둘이 불쑥 나서면서 뾰쪽한 죽창을 그의 목과 가슴에 들이대고, 누구냐고, 낮은 듯하나 날카로운 목소리로 물었다. 뒷걸음질을 치면서 자세히 보니, 큰몰 막동이네 형인 마당쇠와 큰몰의 노랑이 영감네 집에서 머슴살이하던 덕봉이었다. 그들은 어둠 속에서 눈을 멀겋게 빛내며 죽창을 겨누고 그에게 다가섰다. 그는 대문 맞은편의 흙담에 몰려 선 채 식은땀을 흘리면서, "서, 성님, 나, 나요, 아, 아부지한테 가요" 하고 밭은 목에 침을 삼키면서 황급히 말하느라고 떠듬거렸다.

마당쇠가 입에 손을 대면서 "쉿!" 하더니, 뒤로 돌아서 얼른 가라는 손짓을 했다. 그는 목이 메었다. 한걸음 더 물러서면서, "저 서, 성님, 우리 아부지 조깐 마, 만나게 해주씨요" 하고 울먹거렸다. 덕봉이가 죽창 뒤끝으로 그의 옆구리를 툭 치면서 넓바위 쪽으로 우악스럽게 밀어붙였다. 그는 밀려나갔다. 이 근처에서 씨름판이 벌어지기만 하면 송아지를 끌어오곤 하는 날쌘 꾀와 우악스런 힘을 내세우고인지, 덕봉이는 만일 빨리 집으로 돌아가지 않으면 죽창 맛을 보여주겠다는 듯, 죽창 끝을 그의 눈앞에 들이대어 보이면서 그를 계속 넓바위 쪽으로 밀어붙였다. 아랫골목과 만나는 세걸음길까지 밀려갔을 때, 덕봉이가 빨리 집에 들어가 잠이나 자라고, 눈을 부라리며 위협을 하고 그를 쫓았다. 그는 아랫골목을 추적추적 걸어갔다.

개들은 하룻머릿골을 쩌렁쩌렁 흔들었다. 남빛에 먹딸깃빛이 섞인 듯한 하늘의 별들이 우수수 떨어질 것처럼 흔들거리고 있었다. 그는 손바닥으로 두 귀를 틀어막으면서 아랫골목을 걸어서 찬샘 있는 골짜기로 갔다. 어둠에 잠겨 일렁거리는 바다 위로 개 짖는 소리들이 아득하게 퍼져가고 있었다. 자기네 집 사립을 비치적거리며 들어서던 밴강쉬는, 문득 자기네 사랑방에서 모의하던 사람들의 "노루목으로 끌고 가잔 말이시" 하던 말을 생각하고 발을 돌렸다. 아랫골목을 달려 모래밭으로 나갔다. 노루목 연안에서 사람을 쥐도 새도 모르게 죽일 수 있는 곳이란, 일본놈들이 이 근처에서 사금을 채취하면서 여남은 발이나 파들어가다 둔 바윗굴 속뿐일 것이다 싶었다.

여름철에 들어가보면 천장에서 물방울 떨어지는 소리가 포옹 포옹 하고, 으스스 한기가 돌곤 하는 그곳을 염두에 두고, 자기 집 사랑방에 모였던 사람들은 그런 모의를 했을 것이다 싶었다. 그렇다면 좋다고 그는 생각했다. 그곳으로 미륵례네 오빠들을 끌고 가기만 한다면, 간단히 자기가 구해내서 도망시킬 수 있겠다는 생각이 든 것이었다.

그는 노루목 연안의 모래밭을 달려서 바윗굴 위로 올라갔다.

주위에 널려 있는 목침덩이 같은 돌덩이들을 긁어모았다. 사람들이 바윗굴 입구로 들독이와 껌철구를 끌고 들어가려고 하는 순간에 마구 돌덩이를 굴려 내리겠다는 생각에서였다. 그러다가 그는 바윗굴 쪽에서 사람들이 돌을 던지며 그에게 응전을 하더라도, 그 돌을 막아줄 만한 바위를 물색하고, 그 바위 옆으로 돌덩이들을 옮겨 쌓았다. 넉넉히 돌무덤 하나를 쌓을 수 있을 만큼 돌덩이들을 옮겨 모아두고, 그는 그 바위 옆에 몸을 밀착시킨 채, 하룻머릿골에서 노루목으로 휘어 돈 모래밭을 바라보았다. 어둠 속에서 아스라하게 보이는 희부연 모래밭과 하룻머릿골로 넘어가는 사태밭 언덕이 그의 눈앞에서 자꾸 어른거렸다.

그 어른거림은 흰옷 입은 사람들이 들독이와 껌철구를 끌고 오는 모습으로 착각되기도 했다. 모래톱을 핥는 잔물결소리들이 밀려들어, 그가 붙어 서 있는 바위 밑의 굴을 울리고 있었는데, 그것은 들독이와 껌철구가 이끌리지 않으려고 발버둥 치며 악을 써대는 소리 같기도 했다.

그는 숨을 죽이고 귀를 쫑그리면서 모래밭에 어른거리는 것을 응시했다. 그런 채로 얼마를 기다렸을까. 어쩌면 들독이와 껌철구가 자수를 하러 가지 않겠다고 버티므로 사람들이 그냥 그들을 마당으로 끌어낸 채 죽이고 있을지도 모른다는 생각이 들었다.

그는 미친 듯이 모래밭을 뛰어 하룻머릿골로 갔다. 마을을 들어서는 대로 미륵례네 집 대문 앞으로 가보았다. 대문은 아까 보았던 것처럼 활짝 열려 있었는데, 집 주위에는 아무도 없었다.

발소리를 죽이며 마당 안으로 들어갔다. 방문 앞으로 가면서 귀를 기울였다. 방 안에서 미륵례가 "누구요" 하며 문을 열었다. 그는 소스라치게 놀랐으면서도, 우선 집 안에서 무슨 일이 일어난 것은 아니라는 것을 직감하고, "느, 느그 오빠들 어, 어디 갔다냐?" 하고 후들후들 떨리는 목소리로 물었다. 미륵례는 대답을 않은 채 댓돌 아래에 선 그를 멀거니 바라보고만 있었다. 그는 답답해서 견딜 수가 없었다. 오빠들이 어디로 끌려가서, 대창에 찔려 죽어가는 줄도 모른 채 멍히 방 안 통수처럼 앉아 있는 미륵례의 바보스러움이, 주먹으로 한 대 쥐어박아 주고 싶을 정도로 밉고 답답했다.

"어, 어떤 쪽으로 가디야?"

그는 다급하게 젖혀 물었다. 그래도 미륵례는 대답이 없었다. 이런 밥통 같은 년 좀 봐라, 하며 그는, "아, 아야, 미륵례야, 너 어째 그, 그러고만 있냐? 느그 오, 오빠들, 버, 벌써 죽어뿌렀겠다" 하고 떠듬거리면서 마루에 털썩 주저앉았다.

이튿날, 들독이와 껍철구의 시체는 기침고개 마루의 돌자갈밭에 널려 있었다.

11

뱅강쉬는 담배꽁초를 던졌다. 그 담배꽁초는 일렁거리는 바닷물 위로 떨어져 피직 하고 꺼졌고, 그것은 금방 시신처럼 눌눌하게 변질된 채 물결을 따라 일렁거렸다. 그는 얼굴을 우거지처럼 일그러뜨리면서 고개를 저어 피투성이가 된 채 돌자갈밭에 널려 있던 들독이와 껌철구의 주검들을 머릿속에서 지우며, 볼과 턱을 쓸었다. 구레나룻이 많이 길어 미끄럽게 쓸리고 있었다. 자기도 이제 늙어가고 있다고 생각하며, 지난 일들이야 어찌되었건, 그는 미륵례를 설득해서 아내로 맞아들여야 한다면서 몸을 일으켰다.

땅거미가 하룻머릿골 뒤에 솟은 각시봉의 해송숲에서 흘러내리고 있었다. 아버지는 수복이 되면서 죽었다. 잘 죽었다고 그는 생각했다. 억보도 죽고, 막동이네 형 마당쇠도, 덕봉이도 죽었다. 그 외에도, 미륵례 오빠들과 큰몰의 노랑이 영감 가족들을 몰살시킨 데 가담했던 사람들은 씨도 없이 다 죽었다.

거멓게 뒤집혀진 방뼈와, 부서진 상자처럼 찌그러져 있는 바람벽들 사이를 지나면서, 이 마을이 텅텅 비어가던 수복 후를 생각했다. 후퇴를 했던 경찰들이 밀려 들어오면서, 스물다섯 집의 남정들은 죽거나 군대엘 가버렸다. 하룻머릿골에서는 한 집씩 두 집씩 큰몰이나 잿몰로 이사를 가기도 하고, 멀리 육지로 떠나가기도 하였다. 몇 해 되지 않아서, 하룻머릿골엔 겨우 다섯 집밖에 남지 않게 되었다. 그래도 그 다섯 집 사람들은, 이 넓바위 앞 갯바닥에서 김이 풍성하게 생산되고, 바지락·굴·우뭇가사리·해삼·문어·낙지 따위가 줄줄이 잡히고 멸치어장이 성했으므로, 사철 내내 큰몰이나 잿몰 사람들이 넓바위 주변에 들끓어 대는 바람에 호젓한 줄 모르고 버티어 살 수 있었던 것이었다. 그러나 이 섬의 양옆에 둑이 막히고 연륙(連陸)이 되어, 삼만 평 정도의 간척지가 낙지 잡고 석화 따던 자리에 생겨지면서부터는, 그렇게도 먹장같이 치렁치렁 자라던 김이 물결 끊김과 동시에 해마다 갯병 때문에 썩기만 하였으며, 멸치어장 또한 기껏해야 잡어 몇 마리씩 잡힐 뿐인 데다가, 여수 쪽에 세워진 공장들이 몇 해를 내리 쏟아놓은 폐유 때문에 고막이나 바지락이나 석화 따위들이 죽어 자빠지거나 석유 냄새가 나서 못 먹게 된 뒤부터는 사람들이 오징어잡이나 문어잡이를 그저 심심풀이로 하는 바람에 하룻머릿골은 아주 귀신 나올 것같이 썰렁해졌다. 낮에도 귀신 두런거리는 소리가 뜯어낸 집의 구들장 밑이나 허물어진 돌담 사이에서 들린다는 소문이 돌기 시작하자, 그때까지 버티어오던 다섯 집의 사람들마저 큰몰이나 갯마을로 떠나가버렸다. 이렇게 해서 하룻머릿골은 폐촌이 되고 만 것이었다.

이러한 폐촌으로, 송아지만 한 개 한 마리만을 데리고 들어온 미륵례를 큰몰 사람들이 신들렸다고 생각하는 것도 무리는 아닐 것이었다. 그러나 밴강쉬는 미륵례가 이 폐촌 된 고향으로 돌아온 것이 다름 아닌, 자기와 함께 살기 위함일지도 모른다는 자기 위주의 생각을 해버리는 것이었다.

사람들은 남자건 여자건 자랄 만큼 자라면 서로 짝을 지어 살게 마련이긴 하지만, 그렇다고 아무하고나 되는 대로 얽히어 사는 게 아니라는 것을 그는 몇 번 실패한 결혼을 통해 잘 알고 있었다. 뭐니 뭐니 해도 궁합이 맞아야만 그 결혼 생활이 원만할 수 있다는 것이었다. 미륵례의 남편이 사십을 다 넘기지 못한 채 죽은 것도 따지고 보면 궁합이 맞지 않았기 때문일 것이라 하였다. 미륵례의 남편감으로는 오직 자기가 있을 뿐이라는 생각을 이 끝에 물기라도 한 듯 그는 이를 앙다물었다. 마흔 살이 넘은 이제 와서 미륵례와 결합된다는 것이 다소 늦은 감이 없잖았다. 그러나 그것은 이때껏 그들 주변을 휩쓸어간 시국의 장난 때문일 뿐인 것이었다.

그는 주먹을 불끈 쥐어보았다. 아직 그에게는 이삼십 대의 젊은이 못지않은 힘이 있었다. 미륵례가 허락을 해주기만 한다면 그 여자를 아내로 맞고 어느 누구 부럽지 않게 살아나갈 자신이 있었다. 우선 자기를 마을에서 쫓아내자고 쑥덕거리는 마을 사람들에게 보여줄 것이 있었다. 자기가 얼마나 부지런히 일하고, 얼마나 알뜰하게 살림을 하며, 얼마나 아내를 사랑하고 아끼는가 하는 것, 그리고 영득이나 달보가 자랑하는 여남은 필보다 훨씬 많은 논을 사들이는 것을 보여주겠다는 것이었다.

그는 어린 시절에 줄달음질치곤 하던 골목길을 가늠해보면서, 허물어진 돌담과 무너진 바람벽 사이를 건너뛰기도 하고 비켜 돌기도 하면서, 미륵례가 들어 있는 헛간을 향해 갔다.

그가 헛간 옆으로 막 다가갔을 때, 전혀 예상하지 않았던 큰일이 벌어지고 말았다. 송아지만 한 개가 그의 앞으로 나서면서 허연 이빨을 드러낸 채 그를 노려보고 으르렁거린 것이었다. 그는 기겁을 하고 뒷걸음질을 치면서 얼김에 허물어진 돌담에서 주먹만 한 돌멩이 한 개를 집어 들었다. 순간 개가 날 듯이 뛰더니 그의 어깻죽지에 두 발을 척 걸치고 허연 이빨로 그의 목 부분의 동정 모서리를 물어 당겼다. 미처 주먹을 휘두르거나 발길질을 하거나 할 틈을 주지 않은 채 개는 민첩한 동작으로 그를 제압하고 만 것이었다. "악!" 하고 소리치며, 그는 뒷걸음질을 치다가 돌부리에 걸려 모로 넘어지고 말았다. 개가 그의 옆구리 위에 두 발을 얹고, 반항하거나 위해를 가할 기미가 보이기만 하면 마구 목줄을 물어뜯을 기세로 으르렁거렸다.

미륵례가 헛간 모퉁이에서, "꺼멍아!" 하고 헝겊을 찢는 듯한 소리를 내지르며 나왔다. 그래도 개는 허옇게 날이 선 이빨을 내놓은 채, 모로 쓰러져 목을 움츠린 그의 얼굴을 노려보고만 있었다.

"아서!"

미륵례가 다시 소리쳤을 때에야, 개는 재빠르게 뒤로 물러섰다. 만일 다시 덤벼들기라도 할 경우를 대비하는 경계의 자세를 취한 채 그를 노렸다. 미륵례는 개를 다시 꾸짖은 뒤, "얼릉 가씨요. 뭣 할라고 올라왔소? 이 개가 호랭이 잡은 개라요. 얼릉 가씨요. 다시는 올라오지 마씨요." 하고는 개의 머리를 쓸었다. 개가 땅에 엉덩이를 붙이고 쭈그려 앉더니 고개를 젖혀 미륵례의 손을 핥았다.

그제서야 그는 손을 털고 일어나서, 엉덩이와 팔꿈치에 묻은 흙을 떨었다. 가슴이 벌렁거리고, 온몸에 맥이 빠져 있었다.

"아, 아따, 뭐, 뭔 개가 그런다우?" 하고 떠듬거리며 미륵례의 얼굴을 건너다보았다. 미륵례는 그를 거들떠보지도 않고 개의 머리만 쓰다듬으며, "얼릉 내려가란 말이오." 하고 짜증스럽게 말했다. 개가 쪼그려 앉은 채 그를 노려보았다. 그는 개의 멀겋게 살기 어린 눈을 내려다보면서, "나, 나 미륵례한테 할 얘기가 있어서 와, 왔소. 그 개 조깐 뭐, 뭣으로 무, 묶어놓으씨요" 하고 떠듬거렸다. 그는 아직도 후들후들 떨리는 몸을 어렵사리 가누고 있는 형편이었다. 미륵례는 그에게 눈길 한번 보내질 않고 개의 머리만 쓰다듬으며, "이야기고 뭣이고 다 쓸디없은께 얼릉 가기나 하씨요. 그러고 있다가는 이 개한테 참말로 뭔 일 당할지 모를 것이오잉" 할 뿐이었다. 그는 원망스럽게 미륵례의 얼굴을 건너다보았다. 마흔이 넘었다고는 하지만, 주름살 하나 잡혀 있지 않은 해맑은 얼굴이 마치 서른대여섯 살 정도의 여자로밖엔 보이지 않았다. 그 얼굴은 싸늘하게 굳어 있었다.

"그, 그거 참말로 하, 하는 소리요?"

그는 울상을 지은 채 애원하듯이 물었다.

"여러 소리 할 것 없은께, 얼릉 내려가란 말이오."

미륵례의 목소리는 역시 쌀쌀했다.

하는 수 없었다. 뱃강쉬는 넓바위를 향해 돌아섰다. 미륵례의 어머니와 언니인 야실이에게 마구 총질을 하던 죽은 형이 원망스럽고, 그 여자의 오빠들을 죽인 아버지가 원망스러웠다. 목구멍으로 뜨거운 덩어리가 밀고 올라오고 있었다. '우, 우리 지, 지내간 일은 다 잊어뿔고 나, 나하고 삽시다. 우, 우리는 천생연분으로 태어난 사람들 아, 아니오?' 하는 말이 목구멍으로 기어 넘어오는 것을 목구멍 너머로 삼키고 그는 속절없이 발을 옮겼다.

어깨를 축 늘어뜨린 채 걸음을 추적추적 옮기던 그는 문득 멈추어 섰다. 조금 전에 개한테 당한 것이 못내 분했고, 그 개가 그

같이 사납게 구는 것으로 보아, 개가 어쩌면 미륵례의 남편 구실을 하고 있는지도 모른다는 생각이 들었다. '이런 개잡년을 어째사 쓸꼬' 하고 생각하니, 사지가 다시 부르르 떨렸다. 그는 돌아서서 개의 머리를 쓸어 만지고 있는 미륵례를 향해, "그 개 싸, 싸나워서 못쓰겠소. 내, 낼 그놈 잡아 묶어뿝씨다" 하고 말했다.

미륵례가 악이라도 쓰듯, "잔소리 말고 얼릉 가란 말이오!" 하고 소리쳤다. 개가 귀를 쫑긋 세우고 그를 향해 돌진할 자세를 취했다.

내일 아침에는 튼튼한 몽둥이를 하나 들고 와야겠다고 생각하면서, 그는 일단 넓바위 위로 내려와 섰다. 어둠이 짙게 깔려들고, 찰락거리는 잔물결소리가 하룻머릿골 뒷산 골짜기를 왁왁 울리고 있었다. 먹딸기 빛깔의 하늘에 별들이 하나씩 둘씩 나타나고 있었다.

12

이날 밤을 내내 그는 모래밭을 헤매어 다니기도 하고, 각시봉과 서방봉을 휘달려 오르기도 하며 새웠다. 미륵례 앞에서 그 송아지만 한 개한테 어이없이 당한 전날의 수모가 못내 분하기만 했다. 이놈의 개를 어떻게 잡아 죽일까. 각시봉을 휘질러 서방봉을 오르면서 이를 갈았다. 한달음에 꼭대기에 있는 사마귀바위 위까지 올라갔다. 그때, 그의 몸 속에는, 기침고개 앞을 흐르는 득량만의 해류처럼 꿈틀거리는 게 있었다. 그는 아름드리 바윗

돌들을 마구 굴려 내렸다. 와장창 와장창 산 허물어지는 듯한 소리가, 어둠 속에서 별 무늬를 그리며 일렁거리고 있는 바다와 산골짜기를 울려댔다. 보리밭에 은신했던 꿩들이 화드득 날아 각시봉 쪽으로 가고 있었다. 어둠 속을 나는 꿩을 보면서 그는 손뼉을 쳤다. 바로 이것이다 했다. 날이 새기가 바쁘게 회령 포구로 가서 꿩약(사이나)과 쇠고기 한 근을 사오리라 했다. 그걸 적당히 묻혀 구운 것으로 개를 간단히 없애리라 했다.

새벽녘이 되어, 옷자락에 찬 기운을 싸안은 채 큰몰로 들어온 그는 골목길에서 껑껑 짖어대는 개소리를 들으며, 자기가 얼마나 비굴한 생각을 하고 있었는가 하고 혀끝을 물어뜯었다. 호랑이도 때려잡을 덩치를 가진 주제에, 송아지만 한 개 한 마리 못 때려죽여서 꿩 잡는 약으로 개를 죽일 꾀를 쓰자고 하다니, 얼마나 병신 같은 생각인가 말이었다.

미륵례를 꼼짝 못하게 사로잡기 위해서는 미륵례의 눈앞에서 개의 머릿골을 몽둥이로 콱 쪼개버려야 한다 했다. 그의 오막집으로 가, 잠 한숨을 붙이는 둥 마는 둥 하고, 이튿날 아침 일찍 그는 난데없이 오징어 그물 만들 준비를 서둘러 차려가지고 집을 나섰다. 어머니가, "아가, 너 그년하고 기어코 살아볼라고 이러냐, 시방?" 하고 주름살투성이인 얼굴을 일그러뜨리며 물었다. 그는 잠시 고개를 떨어뜨리고 있다가 몸을 돌렸다. 그의 어머니가 간밤 마을에서 일어난 일을 그에게 귀띔해주었다.

간밤 갑자기 마을에는 전혀 새로운 모의 하나가 쉬쉬하면서 이루어졌다는 것이었다. 그것은 하룻머릿골에서 살다가 큰몰로 들어와 사는 영득이와 달보를 중심으로 해서 이루어지고 있는 것인데, 미륵례와 뱀강쉬를 다함께 이 마을에서 쫓아내자는 것이라 했다. 이때껏 뒷구멍에서만 논의되곤 하던 '뱀강쉬 쫓아내자'는 얘기가 미륵례가 들어오면서 본격적으로 불거져 나온 모양이었다.

"그 짐승 같은 것들이 마을 안에서 죽치고 살아보소, 망하네 망해. 하룻머릿골이 어째서 망했간디? 바로 그 두 것들 때문에 망했네."

이게 영득이의 입에서 나온 것인지, 달보의 입에서 나온 것인지 알 수는 없었지만, 이것은 땅에 떨어지기가 바쁘게 곧 살이 붙고 뼈가 생기고 심줄이 생기고 날개가 돋쳐서 온 마을 안을 휘돌고 있다는 것이었다. "살(煞)이 붙은 예펜네라 시가집에서도 쫓겨났제잉" 하는가 하면, "그 예펜네가 사는 동네에서는 머리 큰 사람이 다 죽는닥 하데" 하기도 하고, "개서방하고 사는 잡년을 그냥 들어오게 내버려두다니 큰몰도 인제는 다 망했구마, 다 망했어" 하기도 했다. 이러한 말들이 시끄럽게 나도는 것으로 미루어, 마을회의가 열리기만 하면 당장 "두 연놈을 쫓아내자" 하고 결의되어 버릴지 알 수 없지 않느냐는 것이었다.

그 말을 듣고 뱀강쉬는 한동안 우두커니 서서 땅을 내려다보다가 "걱정 마씨요, 어머니" 하고 무뚝뚝하게 내뱉고 사립을 나섰다. 큰몰에서 쫓겨나면 하룻머릿골의 미륵례네 헛간에서 살면 되지 않느냐는 생각을 한 것이었다. 어쨌든 저녁에는 들어오는 대로 영득이와 달보를 한번 만나 따져보겠다는 생각을 하며 하룻머릿골로 나갔다. 그랬다가 그는 미륵례에게서 아주 희한한 일을 하나 발견했다.

하룻머릿골에 들어선 그가, 그물과 새끼뭉치 담긴 바지게를 짊어진 채 넓바위 위에 서서 미륵례네 헛간을 건너다보는데, 미륵례는 찬샘 있는 골짜기를 건너 노루목 쪽으로 가고 있었다. 송아지만 한 개는 미륵례를 어김없이 뒤따르고 있었고, 미륵례의 손에는 바구니 하나가 들려 있었다. 마침 썰물이 지고 있는 판이라, 어쩌면 문어를 잡으러 가는 것인지도 모른다 싶었다. "하!" 하면서, 그는 바지게를 넓바위 위에다 아무렇게나 벗어던지고, 그 자리에 주저앉아 담배 한 대를 뽑아 물었다.

미륵례와 개의 모습이 사태밭 언덕 너머로 사라진 것을 보고, 그는 폐촌으로 들어섰다. 미륵례가 들어 사는 찌그러진 헛간으로 갔다. 헛간 문에는 가마니때기가 처져 있었다. 그걸 젖히고 안으로 들어가보았다. 그 안에는, 한 해 전까지만 해도 멸치어장을 하던 사람이 쓰던 멸치 널이 가마니들이 쌓여 있었는데, 그것들이 헛간 안의 땅바닥에 고루 펴져 있었다. 그 위에는 꾀죄죄하게 검은 때가 엉긴 데다 주글주글한 이부자리가 반듯하게 깔려 있었다. 한쪽 구석에는 양식이 담긴 듯한 자루 두 개가 있었다. 문 쪽 구석에 목침덩이만 한 돌 두 개가 놓여 있고, 그 위에 거무죽죽하게 그을은 양은솥이 걸려 있었다. 간이 아궁이었다. 바람벽에 박힌 납작한 배못에, 나들이용인 듯한 검정 치마 한 벌과 잿빛 바탕에 은빛 반짝이 무늬가 있는 저고리 한 벌이 걸려 있었다. 그런 것들을 대강 둘러보고 질펀히 깔려 있는 꾀죄죄한 이부

자리 옆으로 갔다. 이부자리를 걷어젖히고 거기에 쪼그려 앉았다. 요때기의 검붉은 호청 위를 살폈다. 쿠릿한 여자의 몸 냄새와, 가마니때기에 엉겨 있던 상한 멸치의 비린내가 콧속을 쑤셨다. 구역질이 나올 것만 같아 눈살을 찌푸렸다. 그 붉은 요때기가 수없이 흘린 오물로 더럽혀져 있고, 군데군데 개의 검은 털과 흰 털들이 묻어 있는 것을 발견하고 그는 이를 갈았다. "이런 개 잡년을 어떻게 찢어 죽일까" 하고 중얼거리며, 그는 퉤 하고 침을 헛간 바람벽에 뱉고 밖으로 나왔다. 새삼스럽게 전날 개한테 당한 일이 분하게 생각되었다. 이런 찢어 죽일 년한테 어떻게 맛을 보여줄까 하고 머리를 짜던 그는, 역시 그 개를 때려잡아 먹어버리는 길밖에는 없다고 생각을 했다.

모래밭을 달려, 노루목으로 넘어가는 사태밭 언덕으로 올라갔다. 그 언덕에서 내리 이어지는 바위가 거멓게 몸을 드러낸 채 줄곧 갯벌밭으로 뻗치어 바닷물 속에 발부리를 적시고 있었다. 노루목 다리였다. 그 바다 끝이 드러날 절도로 썰물이 많이 지면, 예전 하룻머릿골 아낙네들은 그 끝으로 나가서 해삼이나 문어 등을 잡기도 하고, 여름철이면 청각이나 우뭇가사리나 딱지조개를, 겨울철이면 파래, 돌김 따위를 긁어 따기도 하였었다. 한데 바구니를 옆에 낀 미륵례가 송아지만 한 개를 데리고 그 노루목 다리로 가고 있는 것이었다.

마침 기회가 좋다고 했다. 당장 미륵례를 뒤쫓아가자고 했다. 그러나 송아지만 한 그 개가 자꾸 마음에 걸렸다. 육로를 통해 미륵례에게 접근한다면, 그 개가 필시 덤벼들 것이 뻔했다. 아무래도 개와 정면충돌을 한다는 것은 위험하다고 생각했다. 노루목으로 넘어가는 사태밭 언덕을 내려오면서, 그는 입술을 빨았다. 넓바위 옆에 있는 선착장을 바라보았다. 순간, 그는 깨소금같이 고소한 수가 하나 생각났다. 배를 타고 문어를 잡고 있는 미륵례에게 접근하여 가자고 한 것이었다. 썰물이 진 뒤라, 자기네 배는 갯벌 위에 얹혀져 있었지만, 물로 밀어내서 타고 가자 했다. 갯벌 위에 얹혀진 배는 쉽게 밀어낼 수 있었다.

문어 잡히는 이 늦은 봄철에는 해삼도 심심치 않게 잡힐 것이라, 우선 그는 넓바위에 벗어놓은 바지게에서 낫과 바가지를 가지고 갯벌에 얹혀 있는 배로 갔다. 아무리 영특하고 사나운 개라 할지라도 물로 뛰어내려서까지 덤벼들지는 못할 것이라고 생각하며, 그는 바짓가랑이를 걷어 올렸다. 갯벌로 들어섰다. 여자들은 보통 문어잡이를 허릿물에서 하게 마련이었다. 아랫도리옷을 모두 벗어붙이고 문어를 잡는 미륵례 옆으로 가서 해삼을 잡아야겠다고 했다. 배를 물로 밀어냈다. 처음, 배의 밑뿌리를 떼기가 조금 힘들 뿐, 일단 미끄러지기 시작하자, 배는 저절로 물을 향해 내려갔다. 배에 타고 삿대를 짚었다. 한 길 깊이의 물에 이르러 노를 걸어 저었다.

13

노루목 다리 끝에 닿았을 때, 그는 또 한 번 희한한 꼴을 목격했다. 미륵례는 주글주글한 밤빛 나는 치맛자락을 걷어 올리고 있었는데, 훤히 드러난 피둥피둥하고 허연 허벅다리가 늦은 봄의 뱀 혓바닥 같은 햇살에 휘감기어 번들거렸다. 허리 위쪽으로 치맛자락을 걷어 올리면서 치맛말을 풀어 동이자 빨간 팬티 하나만을 걸친 동그란 엉덩이가 드러났는데 그것은 숫제 편편하게 느껴질 정도로 컸다. 그것을 본 그의 가슴은 뛰고 얼굴이 뜨거워졌다. 그는 얼떨결에 배이물로 가서 닻을 던졌다. 닻이 떨어진 수면에서 철펑 하고 물이 튀겨 올랐다. 청각이나 우뭇가사리들이 누르께하게 돋아 있는 바위 끝에 두 발을 걸친 미륵례의 가랑이 사이의 하얀 속살 근처에다 코를 가져다 대고 냄새를 맡던 개가 그를 향해 희고 뾰족한 이를 드러낸 채 왕왕 짖어댔다.

미륵례가 놀라 걷어 올렸던 치마를 풀어 내릴지도 모른다는 생각을 하며 그는 고물로 가서 앉았다. 미륵례는 배 위에 있는 그를 아랑곳하지 않고 문어잡이 준비만을 서두르고 있었다. 치맛자락을 젖가슴 근처에다 올려서 치맛말을 잘끈 동여맨 뒤, 바구니에서 빨간 벳조각을 꺼냈다. 그것을 한쪽 성문다리와 무릎 둘레에다 친친 둘러 감았다. 이때, 한동안 그를 향해 짖어대던 개가 하는 짓들이 정말 볼 만한 구경거리였다.

개는 배 위에 있는 그를 향해 짖는가 하면, 낑낑거리면서 미륵례가 하늘로 두른 엉덩이와 가랑이 사이에 주둥이를 가져다 대면서 냄새를 맡기도 하고, 주위를 빙글빙글 두어 바퀴 도는가 하면, 달걀빛 털이 돋은 아랫배에 철렁하게 늘어진 페니스 케이스 속에서, 여름철 두엄더미에 돋아나는 붉은 말둑버섯의 끝처럼 뾰족하고 빨간 것을 내놓은 채 미륵례의 가랑이 사이에 주둥이를 들이밀기도 하는 것이었다. 미륵례를 개가 하는 짓을 전혀 아랑곳하지 않았다. 성문다리와 무릎 둘레에 빨간 벳조각 감기를 마치고, 바구니를 한팔에 끼더니, 일어서서 배 위에 앉은 그를 흘끗 보고 물속으로 들어섰다. 그 여자의 긴 다리가 시푸른 물속에 잠겼다. 점차 팬티에 감싸인 엉덩이 부분까지 물이 올라왔다. 이윽고 배꼽 근처까지 잠겼다. 이때 개는 거의 미친 듯이 들썽거렸다. 그 여자와 함께 물로 뛰어들려는 것처럼 바위 끝으로 다가섰다가, 뒤로 물러서면서 낑낑거리고 꼬리를 흔들었다. 이쪽저쪽으로 갈팡질팡하였다. 미륵례는 개를 아랑곳하지 않고, 바위 끝의 벌어진 틈에 몸을 바싹 들이대더니, 붉은 벳조각 감싼 맨다리를 바위틈으로 들이밀었다. 개는 그 여자를 내려다보면서 계속 낑낑거렸다. 그러다가 빙글빙글 돌았다. 한참을 돌더니 우뚝 멈추어 서서 꼬리를 흔들며 서둘러댔다.

미륵례는 바위의 일부분이 되어버린 듯 꼼짝을 않고 있었다. 그것은 음험한 문어라는 놈을 후리는 자세였다. 문어 그놈은 참 괴상한 놈인 것이었다. 그놈은 눈이 비상하게 좋아서, 색깔을 분간하기까지 하는 것이었다. 특히 핏빛으로 빨간 것을 좋아해서, 그게 어른거리면 은신하고 있던 바위틈에서 슬며시 기어 나와, 수없이 많은 빨판이 있는 여덟 개의 발로 그 빨간 것을 덥석 덮치는 것이었다. 빨간색을 좋아하는 그놈은 음험하게 탐욕이 많은 놈인지도 모르는 것이었다.

그래서 이 해변 지방의 여자들은 예로부터 그놈이 빨간 색깔을 탐하는 것을 이용하여, 그놈을 잡곤 하여왔다. 요즘 들어서는 그런 방법으로 문어잡이 하는 아낙들이 드물지만, 예전 미륵례가 처녀일 적만 하여도, 이 하룻머릿골 아낙들은 이런 방법으로 많은 문어를 잡곤 했었다.

미륵례가 바위에 붙어 움직이지 않자, 개는 앞발로 바위 끝을 두어 번 긁어대더니, 다시 이리저리 서성거렸다. 거의 우는 듯한 소리로 "어후 어후" 하고 괴상스럽게 짖어대더니, 이어 낑낑거리면서 미륵례가 붙어 선 바위 끝에서 맴을 돌았다. 미륵례가 물에 빠져 죽기라도 한 것으로 생각을 하는 것인지도 몰랐다.

그 개가 얄미워 죽을 지경이었지만, 그도 미륵례처럼 개의 하는 짓을 그저 모르는 척해버리기로 하였다. 뱃전에 걸터앉으며 호주머니를 더듬었다. 미륵례가 문어 한 마리를 잡는 것을 보고, 그 옆으로 삿대를 짚어 배를 접근시키리라 했다. 새마을담배 한 개비를 꺼내 물었다. 바람을 등지고 성냥을 그어 불을 붙였다. 담배 연기를 듬쑥듬쑥 빨아 뿜었다. 입 안에 감도는 니코틴의 맛을 혀끝에 굴리며 낫을 들었다. 삿대 끝을 깎았다. 해삼잡이 대창을 만들려는 것이었다. 해삼잡이 대창 끝은, 찔린 해삼이 빠져나가지 않도록 화살 끝같이 만들어야 하기 때문에 매우 조심스럽게 깎아야 했다. 그런데 벌거벗은 미륵례를 본 뒤부터 가랑이 사이에서 내내 들썽거리는 것이 있었기 때문에 낫을 잡은 그의 손은 자꾸 떨리고 있었다.

대창을 만든 뒤에, 그는 아래옷을 활활 벗었다. 팬티를 입고 들어설까 하다가, 그것마저도 벗어버렸다. 자기의 벌거벗은 모습을 미륵례에게 보여주려는 심산이었다. 벌거벗은 가랑이에 큰 생식기를 덜렁거리면서 이물로 가 닻을 걷어 올리고 삿대를 짚어 배를 미륵례 옆으로 옮겨가다가, 물로 첨벙 내려섰다. 늦은 봄 무렵이라곤 하지만, 물은 써늘하게 차가웠다. 온몸에 소름이 돋고 떨려왔다. 그는 얼굴을 일그러뜨리면서 이를 물었다. 그렇게 성가시게 들썽거리던 그의 생식기가 어느 사이엔지 움츠러져 있었다. 그만큼 물은 차가웠다. 그러나 미륵례는 눈꼬리 하나 움직거리지 않고 있었다. 조금도 춥지 않은 모양이었다. 여자는 확실히 독한 동물이라는 생각이 들었다.

그 생각을 하던 뱀강쉬는 속으로 탄성을 질렀다. 6·25가 지나간 뒤 어느 해 이른 봄이던가 벌채를 하는 각시봉 기슭에 땔나무를 주우러 갔다가, 때마침 벌채를 하는 어른들이 샛거리(간식)를 먹으며, 썰물이 져 훤히 드러난 노루목 다리를 내려다보고 하던 말들을 들은 적이 있었기 때문이었다. 그때 노루목 갯벌에는 바지락이나 고둥을 잡는 아낙네들이 수없이 있었는데, 특히 시커멓게 드러난 노루목 다리 끝에는 젊은 아낙 셋이 아래옷을 벗고 들어가 문어잡이를 하고 있었다. 그 모든 것들이 각시봉 기슭에서는 모두 그리 멀지 않게 한눈에 내려다보였었다.

"저그 저 보소. 시방 저 문어잽이하는 예펜네들이 누군지 알 겠는가?"

"덕봉이 각시하고, 삼수 각시하고, 또 하나는 억보 각시 아닌가?"

"모도 홀엄씨들뿐이로구만잉."

"저 세 년들이 어째서 하필 문어잽이를 한 줄 안가?"

"오소! 쓸디없는 소리 하지도 말소."

"하아, 이 사람…홀엄씨가 사철 가운데서 이 봄철 지내기가 그중 어려운 법이시. 참나무 몽둥이도 잘라 묵는다는 철 아닌가?…수절하는 여자들이 어쩐지 안가? 밤에 자다가 남자 생각이 나면, 동지 섣달에도 찬물을 막 뒤집어쓴다네."

뱅강쉬는 자신이 생겼다. 미륵례가 왜 하필 이 차가운 물속에서 문어잡이를 하고 있겠는가. 모르긴 몰라도 미륵례는 열을 식히고 있는 것이라는 생각이 든 것이었다. 그는 가슴이 뜨거워졌다. 닻을 들어다가 바위틈에 박아놓고 대창을 든 채 미륵례 옆으로 갔다.

미륵례가 한 손으로 바위를 잡은 채 휘청 넘어지기라도 하듯 큰 윗몸을 옆으로 기웃하면서 오른 다리를 번쩍 들더니, 빨간 벳조각 감은 다리에 붙은 문어를 잡아떼어 바구니에 담았다. 그는 감탄하듯, "아, 아따 큰놈 자, 잡었소잉" 하고 미륵례의 차갑게 굳어진 얼굴을 바라보면서, 발끝으로 돌 틈을 더듬거렸다. 미륵례는 못 들은 척하고 다시 바위틈에다가 빨간 벳조각 감은 다리를 가져다 댔다. 그는 발끝으로 돌 틈을 더듬거리면서 미륵례 옆으로 바싹 다가섰다. 그러자 바위 끝에서 낑낑거리기만 하던 개가 그를 향해 허옇고 뾰족한 이빨을 드러낸 채 으르렁거렸다.

상관할 것 없었다. 제아무리 영악한 놈이라 하더라도 물로 뛰어 내릴 수는 없을 것이니 말이었다. 설사 뛰어내린다 하여도 무서울 게 없는 것이었다. 내린다면, 간단히 물속에 가라앉혀 죽일 수 있을 것이기 때문이었다. 그는 일부러 미륵례의 허벅다리에

다가 그의 무릎을 붙이면서, "미, 미륵례, 지난 일 다 잊어뿔고 나하고 사십시다" 하고 말했다. 묘하게도 이때에 미끈하고 물컹한 것이 발끝에 감지되었다. 해삼이었다. 그는 대창 끝을 물속으로 넣어, 발가락 밑에 밟혀 있는 해삼에다가 찔렀다. 대창 끝을 들여다보니, 검정소의 혓바닥만큼 한 해삼이 등을 찔린 채 활등같이 구부러져 있었다. 그것을 창끝에서 뽑아 들고, "여, 여기다가 조깐 담읍시다이, 우선" 하고 미륵례의 바구니에 던져 넣은 뒤, 그는 또 미륵례의 얼굴을 살피면서 일부러 한쪽 다리를, 그 여자가 바위틈에 빨간 벳조각 감은 다리를 넣느라 앙바틈하게 벌린 가랑이 사이로 들이밀었다. 발끝으로 돌 틈을 더듬거렸다. 바위의 홈 팬 곳을 붙잡은 미륵례의 손목을 잡았다.

"미륵례, 차, 참말로 나하고 삽시다."

눈살을 찌푸리고 물속을 들여다보고 있던 미륵례, 그의 손을 힘껏 뿌리쳐버리며, "쓸디없는 생각 말고 해삼이나 잡으씨요" 하고 무뚝뚝하게 쏘아붙였다. 그러더니 그의 다른 한 손에 들린 대창을 보고 몸을 떨었다. 그 여자의 얼굴이 얼핏 굳어졌다.

"어, 어째서 쓸디없는 새, 생각이여?"

그의 말을 아랑곳하지 않고 미륵례는 물속을 향해 고개를 떨어뜨렸다. 그런 여자의 얼굴은 부아가 끓어오른 사람처럼 부어올랐다. 입술이 되새 부리처럼 튀어나왔다. 그는 히죽 웃으면서 허벅다리를 그 여자의 가랑이 속으로 밀착시키고, 바위 끝에서 으르렁거리는 개의 낯바닥처럼 찌푸려진 그 여자의 얼굴을 들여다보았다. 어쩌면 이 여자가 저 개 때문에 자기하고 살 생각을 하지 못하는 것이라 여기고, "미륵례, 오늘 저놈의 개새끼부터 자, 잡아묵읍시다. 몸보신이나 하게" 하고 내질러보았다. 미륵례가 그를 향해 허옇게 눈을 굴리면서, "저 개가 뭔 갠지나 아요?" 하고 코웃음을 쳤다.

"뭐, 뭔 개는 뭔 개라우? 지가 암만 여, 영특하다고 한닥 해도, 우리 사람이 잡아묵는 개새낄 테제, 아, 안 그러요?"

미륵례는 그에게로 몸을 돌리면서, "이 사람이 어쩐다고 어저께부터 꾼질꾼질 거머리같이 붙을라고 성가시게 이래 싼다냐? 참말로 나 알 수가 없구만잉" 하고 짜증스럽게 말하며, 으등카리같이 찌푸린 얼굴을 물밑으로 떨어뜨렸다. 그런 미륵례의 눈동자와 볼에 가는 주름살이 잡히고 있었다.

"어, 어쩐다고?"

그가 대들 듯이 말하며 그 여자의 가슴 앞으로 다가섰다. 그는 이미 추위를 잊고 있었다. 가슴이 뜨거워지고 있었다. 물결에 스치며 허벅다리 살결에 부딪고 있던 그의 늘어진 생식기가 건 듯 일어서고 있었다.

"어, 어쩐다고 그래? 아니, 호, 홀애비가 홀엄씨한티 꾼질꾼질 붙어갖고 같이 살자고 하는 것도 머시기 때, 때려죽일 일이란가? 다 뻔한 속이제?"

그의 이 말에 미륵례가 그의 얼굴을 빤히 바라보면서, "그 대창 뭣 할라고 만들었소? 나 죽일라고 만들었소?" 하고 독살스럽게 쏘아붙였다.

"어허, 이, 이거 뭔 소리란가?"

"우에, 내 말이 틀렸소? 당신 아부지가 우리 오빠들을 꼭 그렇게 생긴 대창으로 찔러 죽였은께, 인제는 당신이 그놈 갖고 나 찔러 죽일 차례제잉?"

밴강쉬는 기가 막혔다. 가슴속이 온통 빽빽해져 견딜 수가 없었다. 내 아버지가 설사 자기 오빠들을 죽이는 데 가담했다고는 하더라도, 나는 그 오빠들을 구해내려고 얼마나 애를 썼는데…. 미륵례는 그러한 내 속을 알아줄 만하기도 한데, 이 무슨 악담이란 말인가.

"미륵례는 어째서 내 속을 그렇게 몰라주요?"

그는 탄식하듯 말했다. 미륵례가 바위틈을 향해 돌아서면서, "하늘이 두 쪼각이 나드라도 당신하고는 철천지웬수여라우. 알기를 그리 알고, 쓸디없는 생각은 애초에 말고 얼릉 가씨요. 누가 볼까 무섭소. 나도 문어 잡어사 쓰겄은께 얼릉 가씨요" 하고 볼멘소리를 하고 입을 다시 되새부리로 만들었다. 그는 혀끝을 깨물면서 형과 아버지를 원망하고, "지나간 일은 다 이, 잊어뿝시다. 모두 시국이 한 일 아, 아니오? 그러고 내 말대로 하, 합시다. 혼자 삼스롱 문어 잡으면 뭐 할 것이오? 그, 그것도 서방이 있어사 재미도 나고 어쩌고 하, 할 것 아니오?" 하고 말했다.

"뭣이 어쩌고 어쩌라우? 나도 돈 벌어서 우리 새끼들한티 보내줄라고 그러요."

"새, 새끼들이라니라우?"

미륵례는 귀찮다는 듯 찌르레기처럼 사납게 지껄여댔다.

"왜라우? 아들은 군대 가고, 딸은 방직공장에 댕긴다우. 왜, 그

새끼들까지 잡아다가 죽여뿌러사 속씨원하겄은께 물어보요?"

이 말에 그는 가슴이 꽉 막혀왔다. 혀를 물었다. 미륵례네 식구들을 죽인 형과 아버지가 새삼 원망스러웠다.

"미, 미륵례는 시방도 나를 웬수로 생각하고 있소?"

"그러면 은인으로 생각하고 있으까만이?"

미륵례가 꽥 소리를 지르며 그를 노려보았다. 그 여자의 볼에 얼핏 경련이 일더니, 그게 눈 가장자리로 퍼져갔다. 그는 계속해서 빌붙듯이 말했다.

"그, 그런께 내가 말 안 하요? 지, 지내간 일은 다 잊어뿔고 나하고 살자고 말이여. 나하고 살면, 어쩌면 미륵례 아부지랑 어무니랑 오빠들이랑은 저승에서 조, 좋아락 할 것이로고만 그래?"

"뭣이 어쩌고 어째라우?"

미륵례의 눈에는 물이 괴고 있었다. 그걸 보이지 않으려는 듯 그 여자는 물속의 문어라도 살피는 것처럼 눈길을 떨어뜨렸다. 그는 어떻게 해서, 이 노루목의 다리같이 거멓고 단단하게 굳어져 있는 미륵례의 마음을 풀어놓아, 자기에게 돌아서게 할까 하고 궁리를 했다. 그는 다시 빌붙었다.

"드, 들독이 성님도 나한테 분명히 말했어라우. '너는 우리하고 남 되어서는 안 된대이' 했어라우. 내, 내가 거짓말을 하면 죽어서 지옥에도 못 갈 것이오."

이 말에 미륵례는 대꾸를 하지 않았다. 미륵례가 어쩌면 자기의 말에 수그러지고 있다고 생각하며 그는 달래듯이 말했다.

"우, 우리도 인제 많이 안 늙었다고? 나도 느, 늙은 우리 어메

죽으면 나 혼자 똑 떨어진단 말이여라우."

그의 목소리에는 물기가 어리고 있었다. 그는 자기의 말에 가슴이 저리어오는 것을 느꼈다. 코끝이 시큰해지고 있었다.

"미륵례도 마, 마찬가지 아니오? 늙디늙은 저그 저 개가 살면 얼마나 살 것이오? 아, 안 그려요?"

미륵례는 고개를 들지 않았다. 개는 이제 그를 향해 껑껑 짖어댔다. 그는 개를 아랑곳하지 않고 미륵례 옆으로 더 다가섰다. 미륵례의 피둥피둥하고 허여멀쑥한 허벅다리에 손을 가져다 대고 쓸었다. 그때 그의 가랑이 사이에서 곤두선 주먹 같은 힘이 그의 눈앞을 순간적으로 아찔하게 했다. 동시에, 강제로라도 부부가 되는 수밖에 없도록 만들어야 한다는 생각이 머릿속을 주름잡았다. 그는 미륵례를 덥석 끌어안으면서, 한 손으로 그 여자의 엉덩이에 거추장스럽게 걸쳐져 있는 빨간 팬티의 고무줄 넣은 부분을 잡아 낚아챘다. 그게 쭉 찢어졌다. 그 여자가 돌아서면서 그의 가슴을 걷어 밀었다. 그는 미륵례를 더욱 세차게 끌어안았다.

"워메, 이 징한 놈 조깐 보소!"

그 여자가 그를 힘껏 밀어붙이고 휘청 넘어졌다. 그 여자의 윗몸이 물속으로 묻혔다. 그 여자는 짠물을 꿀꺽 삼키며 허우적거렸다. 그러다가 일어선 그 여자가 바구니에서 기어나가려는 문어와 해삼을 떼어 담으며, "디질라고 환장을 했구마이, 참말로 환장을 했어, 이 웬수놈이!" 하고 그를 향해 악다구니를 썼다. 바위 끝의 개가 물로 뛰어내릴 듯한 기세로 그를 향해 짖어대고 있었다. 머리카락이나 스웨터자락, 그리고 젖가슴께로 올려 동인 치맛자락에서 물이 줄줄 흐르고 있는 미륵례 앞으로 다가가기가 무섭게, 그는 그 여자의 손에 들린 바구니를 빼앗아서 바위 끝의 개를 향해 돌팔매질하듯 던졌다. 개가 그걸 피해 물러서면서 한층 사납게 으르렁거리며 짖어댔다. 그는 물에 빠진 생쥐 꼴이 된 미륵례를 덥석 끌어안고 물속으로 가라앉아 들어갔다. 미륵례가 갯물을 꿀꺽꿀꺽 삼켜댔다. 그는 만일 그 여자가 자기와 함께 살겠다고 하지 않으면, 이 물속에 처박아 죽이겠다고 외쳤다.

"마, 말해라, 이년아, 개잡년아. 나하고 살래, 여그서 무, 물귀신이 될래?"

그는 눌속에서 허우적거리는 미륵례를 물 밖으로 번쩍 들어올렸다. 삼킨 갯물을 토해내려고 건구역질을 하는 미륵례를 끌어안으면서, 이번에는 달래듯이 말했다.

"어쩔래? 나하고 살 것이냐, 여기서 내 손판에 주, 죽고 말 것이냐?"

미륵례는 건구역질을 하고 침을 뱉다가 "이 썩어빠진 놈이 미치고 환장을 했구마잉" 하고 악을 썼다. 그도 지지 않고 소리쳤다.

"오, 오냐. 미치고 환장했다. 나, 나하고 못살겄그덩 내 손판에 어디 주, 죽어보라" 하고 이를 갈았다. 그는 말은 그러면서도, 미륵례를 배에 올려 실은 다음에, 아주 일이 비뚤어지지 않도록 단단히 말뚝을 박아놓고 말겠다는 생각을 했다. 미륵례의 손목을 틀어쥔 채 배의 닻줄을 잡아당겼다. 그 여자는 그의 손을 뿌리치려고 버둥거리면서, "이 썩은 놈이 인제 하나 남은 나까지 아주 죽일라구 하구마잉. 이 웬수놈이!" 하고 악다구니를 썼다.

그가 끌어당긴 배가 가까이 왔으므로, 그는 미륵례를 안아서 배 위로 실으려고 했다. 미륵례가 그를 뿌리치고 물로 넘어져 허우적거렸다. 개가 악을 쓰듯 짖어대면서 으르렁거리다가 바위 끝에서 맴을 돌았다. 그가 허우적거리는 미륵례에게로 쫓아갔으나, 미륵례는 재빨리 몸을 가누고 바위 위로 기어 올라가면서 이를 갈았다.

"오냐, 이놈 어디 두고 보자. 이따가 넓바위에서 한번 보자, 우리 꺼멍이를 시켜갖고, 니놈을 각각 씹어뿔라고 할 것인게."

이 말에 그가 지지 않고 물에 우뚝 선 채 소리쳤다.

"뭣이 어 어쩌고 어째? 어디 한번 해보자. 이 대창으로 그놈의 개 아, 아구창을 콱 쑤셔 죽여뿔 것이다. 이, 벼락을 딱 맞을 놈의 개…" 하면서, 그는 물에 뜬 대창을 들고, 그를 내려다보며 바위 끝에서 으르렁거리는 개를 향해 뾰족한 끝을 겨누었다가 힘껏 찔렀다. 개가 껑충 뛰면서 그 끝을 피하더니, 금방 물에 선 그를 향해 뛰어내리기라도 할 듯이 콧등을 젖히고 허여멀쑥한 이를 드러낸 채 으르렁거렸다. 미륵례가 젖가슴께에 둘러맨 치맛자락을 풀어내려 벗겨진 흰 아랫도리를 감추고, 시울로 기어나오고 있는 문어대가리를 떼어 바구니 한가운데다 담으면서, 물 위의 그를 향해 날뛰는 개의 머리를 쓰다듬었다. 그는 대창을 든 채 배 위로 뛰어 올라갔다. 고물로 간 그는, "그러고저로고, 오,

오늘 저녁에나 내일은 내가 그 개새끼를 콱 때려잡아 갖고, 기어코 보, 보신탕을 해묵어뿔 것인께 그리 알고 있기나 하, 하씨요" 하고 조롱하듯이 말을 던졌다. 미륵례가 이를 뽀득 갈고 살기 어린 눈으로 그의 다리에 돋은, 햇살에 번들거리는 돼지털들을 노려보더니 북받치는 분함을 어떻게 주체하지 못하고 개에게 말했다.

"꺼멍아, 저것 봐라, 저놈이 내 웬수닌께, 저놈을 콱 물어뜯어뿌러라, 이따가."

바구니를 팔에 끼면서 몸을 돌렸다. 그를 보고 으르렁대며 쪼그려 앉아 있던 개가 그 여자를 따랐다.

"예, 예 말이오, 미륵례. 내가 잡어준 해삼이나 주고 가사 쓸 깃 아니오?" 하고 그는 항의라도 하듯 말했다. 그 여사가 바구니에서 해삼을 집어 배로 던졌다. 그것이 배 안에 깔린 널빤지 위로 툭 떨어졌다. 그는 널빤지 위로 떨어진 해삼을 집어들고 고물로 가서 걸터앉은 채 한입 뚝 베었다. 우적우적 씹다가 그 나머지를 모두 한입에 넣어 씹어댔다. 그러면서 자기의 가랑이 사이에 붙은 해삼덩이를 물끄러미 들여다보았다. 그러던 그가 번쩍 고개를 들었다.

"미, 미륵례야, 이 개잡년아!" 하고 미친 듯이, 울컥 목이 멘 소리로 외쳐댔다. 아랫배 밑을 두 손으로 감싸 쥐고 몸부림쳤다. 그의 목구멍에서는 덩치 큰 야수의 울음 같은 신음소리가 흘러나오고 있었다.

14

 바지를 주워 꿰고 노를 걸어 저으면서 뱅강쉬는 하룻머릿골 뒤쪽의 각시봉 언덕에 마을 사람들이 허옇게 우글거리고 있음을 발견했다.

 "저런 육시럴 것들 잔 보소이" 하고 그는 투덜거렸다. 이때껏 자기가 미륵례에게 붙이는 수작을 마을 사람들이 거기 앉아서 들 다 구경하고 있었음에 틀림없었다.

 그러니까 마을 사람들은 그가 이날 아침, 여느 때의 그 같지 않게 오징어 그물 만들 준비를 해서 지게에 짊어지고 나올 때부터 살금살금 하룻머릿골로 나왔던 모양이었다. 그가 미륵례를 쫓아다니는 것을 본 것은 달보와 영득이 둘뿐일 텐데, 역시 그놈들이 소문을 내었기 때문에 저렇게 몰려들었으리라 싶으니, 달보와 영득이가 얄밉기 이를 데 없었다. 미륵례가 쌀쌀히 굴면서 돌아간 것도 울화가 끓어오르는 판에, 그것을 하나도 빼지 않고 마을 사람들이 모두 지켜보았으리라는 생각을 하니 기가 막혔다. 저 사람들이 마을로 돌아가면 또 무슨 말들을 퍼뜨릴 것인가. '뱅강쉬는 문어 잡느라고 물속에 들어가 있는 미륵례를 보듬고 어떻게 할라다가 못하고 말았다네' 하는 따위의 말들을 도시락 싸들고 다니면서 만들어 띄워 댈 것이 뻔했다. 그는 얼굴을 찌푸리고 이를 물었다. 이제 빼든 칼이었다. 이대로 물러앉을 수는 없는 일이었다. 이날로 아주 결판을 내고 말겠다고 했다.

 만일, 미륵례를 아내로 맞이하지도 못한 채 하룻머릿골을 넘나들면, 마을 사람들은 그를 더욱 실없는 미치광이로 생각할 게 뻔하고, 이제야말로 쫓아내야 한다고 입들을 모을 것이 아닌가. 그렇게 되면 늙은 어머니의 처지는 또 어떻게 되어갈 것인가. 미륵례, 이년을 오늘 중으로 기어이 거꾸러뜨려야 한다 했다.

그러나 이년이 데리고 있는 개가 자꾸 마음에 걸렸다. 전날 그 개한테 어이없이 당하고 말았던 일이 눈앞을 가렸다. 보통 개가 아니었다. 호랑이 잡은 개라더니 정말 무서운 개였다. 설불리 건드렸다가는 어떻게 더 큰 봉변을 당할지 모르므로 조심해야 한다 했다. 어쩌면 미륵례가 그같이 뻣뻣이 나서는 것도 그놈을 믿고 하는 짓임에 틀림없었다. 어쨌든, 그놈부터 때려잡아야 미륵례가 그의 말을 고분고분 들을 것이므로 어차피 쳐들어가긴 쳐들어가야 한다고 노 젓는 팔뚝에 힘을 주었다.

하룻머릿골 앞바다로 왔을 때는, 밀물이 많이 져 있었다. 넓바위 옆의 선착장에 쉽게 배를 정박시킬 수 있었다. 그것은 점심때가 훨씬 겨운 때였다. 배에서 내리면서, 그는 혹시 미륵례가 개를 데리고 넓바위 너머에서 자기에서 복수를 하기 위해 기다리고 있을지도 모른다 하며, 대창과 낫을 단단히 쥐었다. 넓바위 주변이나 폐촌 구석 어디에도 미륵례와 개의 모습은 보이지 않았다. 개와 미륵례는 노루목에서 아직 하룻머릿골로 넘어오지를 않고 있었던 것이었다.

이 개잡것들이 노루목에서 무엇을 하고 자빠져 있느라고 아직 넘어오지를 않고 있는 것일까. 그는 금방 분심이 끓었으나 이를 물고 기침고개를 넘었다. 큰몰에 있는 그의 집으로 가 점심을 먹기가 바쁘게 도끼자루로 쓰려던 참나무 몽둥이 한 개를 쓰기

좋게 깎았다. 그걸 들고 기침고개를 넘어 하룻머릿골로 왔다. 개가 덤벼들기만 하면 간단히 휘둘러 머리통을 부숴놓겠다 했다.

저녁 무렵이 되면서부터 서풍이 불고 있었고, 굵다란 파도가 밀려들어 모래톱에서 철썩거렸다. 희끗희끗한 누엣결이 일어난 바다를 내다보던 그는, 그것처럼 일어나고 있는 가슴속의 힘을 느끼고, 안간힘을 썼다. 여느 때, 바다의 파도가 굵어지면 자기도 모르는 사이에 힘이 솟곤 하는 그였다. 참나무 몽둥이를 쥔 손아귀에 힘을 주고, 넓바위 위로 올라가면서, 폐촌 안에 유일하게 남아 있는 미륵례네 헛간을 바라보았다. 그 주위는 조용했다. 개나 미륵례의 모습이 보이지 않았다. 어디를 갔을까. 미륵례가 찬샘골엘 갔으므로 개가 거기에 따라가 있을지도 모른다 싶었다. 그는 노루목 쪽으로 걸어가다가 찬샘골을 쳐다보았다. 거기에도 개와 미륵례는 보이지 않았다. 혹시, 밥 끓일 땔나무를 주우러 산엘 갔는지도 모른다는 생각이 들어 하룻머릿골 뒷산 숲을 둘러보았다. 그 숲에는 그들의 모습은 보이지 않았다. 노루목엘 갔을까. 그는 고개를 저었다. 만조가 되어 있기 때문에 무슨 갯것을 하러 갔을 리도 없는 것이었다. 그는 우두커니 선 채 모래톱을 철썩철썩 때리는 물결을 바라보았다. 머릿속에, 치마를 걷어올리고 물속에 몸을 담그던 미륵례의 하얀 다리가 떠올랐다. 숫제 펑퍼짐하게 느껴지던 엉덩이의 빨간 팬티가 눈앞을 온통 붉게 물들였다. 동시에, 자기가 팬티를 죽 찢어내렸던 일과, 미륵례가 검은바위 위로 올라서면서 벌거벗겨진 몸을, 젖어 물이 줄줄 흐르는 치마폭으로 내려 덮던 모습이 떠올랐다. 미륵례가 말은

"웬수야, 웬수야" 하고 이를 갈아붙이면서도 사실은 자기를 그렇게 미워하지만은 않고 있을 것이라는 생각이 들었다.

순간, 미륵례와 개가 어쩌면 지금 헛간 속에 들어 있을 것이라는 생각이 들었다. 아침나절, 물속에서이긴 했으나, 자기 쪽에서 미륵례를 알몸으로 만들었고, 그 알몸을 끌어안은 채 비비대었기 때문에, 미륵례는 몸이 불같이 달아 노루목에서 돌아오는 대로 헛간의 이불 속에 죽치고 누운 것인지도 모른다 싶었다.

그는 참나무 몽둥이를 든 손아귀에 다시 한 번 힘을 모두어주면서 폐촌으로 들어섰다. 전날처럼 개한테 당해서는 안 된다고 하며, 발소리를 죽였다. 개가 헛간 모퉁이에 웅크리고 있다가 쏜살같이 튀어나오기라도 하면, 사정없이 참나무 몽둥이를 휘두르겠다 했다. 헛간 모서리에 멈추어 서서 주위를 살폈다. 그 주변 어디에도 미륵례와 개의 그림자는 보이지 않았다. 그의 귀는 자동적으로 헛간 안쪽으로 기울여졌다.

그는 "이런 개잡년을 어쩌사 쓸꼬" 하며 이를 물었다. 헛간 안에서 개의 낑낑거리는 소리가 들려났는데, 그 낑낑거림이 예사소리가 아니라는 게 직감되었다. 그는 헛간 출입문에 문짝 대신 쳐 늘어뜨린 가마니 자락 사이로 눈을 가져다 댔다. 헛간 안은 햇빛이 차단되어 어두컴컴했다. 어둠에 익어 있지 않은 그의 눈은 아무것도 볼 수가 없었다. 낑낑거리던 개가 엄포를 놓듯 굵은 소리로 으르렁하였다. 이때, 그의 눈은 점차 헛간 안의 어둠에 익어졌고, 그 헛간 안에서 벌어지고 있는 상황을 한눈에 훑어 읽을 수 있었다.

"요, 요런 죽일 것들!"

그는 눈에 불이 번쩍 튀겼다. 가마니 자락을 젖히고 안으로 뛰어 들어갔다. 미륵례가 뉘었던 윗몸을 일으키면서, "디질라고 환장했구마잉!" 하고 악을 썼다. 그는 미륵례를 아랑곳하지 않고 개의 정수리를 노려 몽둥이를 내리쳤다. 개가 재빨리 몸을 움츠렸으나 주둥이를 한 번 얻어맞은 듯 캥 하고 펄쩍 뛰었다.

"멱아지를 콱 물어 죽여라."

미륵례의 앙칼진 소리에 개가 그를 노렸다. 미륵례가 허리에 치마를 두르더니 그에게 대들었다.

"왜 이래 응? 나 하나 살아 있는 것이 그렇게도 눈꼴셔 못 보겄는가, 못 보겄어?" 하더니, 개를 향해 "꺼멍아, 내 웬수다. 멱아지를 콱 물어 죽여뿌러라" 하고 악을 쓰듯 소리쳤다. 개가 미륵례의 말에 용기를 얻은 듯 더욱 사납게 으르렁거리며 그의 앞으로 한걸음 다가섰다. 그는 눈을 부릅뜬 채 참나무 몽둥이를 어깨 위로 둘러멨다. 개가 그의 눈을 쏘아보면서 이리저리 피하는 척하고 몸을 잽싸게 놀리더니, 멀겋게 날이 선 이빨들을 모두 내놓은 채 그의 목줄을 향해 몸을 날렸다. 순간, "나 몰라, 도망가란 말이여어!" 하고 미륵례가 부르짖으며 뱃강쉬 옆으로 달려들었다.

그것은 그가 옆으로 슬쩍 비켜서면서 몽둥이를 내리친 뒤였다. 개는 간단히 옆으로 나동그라졌다. 그의 일격에 앞다리와 주둥이를 얻어맞은 것이었다. 개는 발을 절름거리면서 다시 미륵례의 등 뒤로 몸을 숨겼다. 미륵례로서는 전혀 예상하지 못한 일이던 모양이었다. 뱁강쉬가 뒷걸음질 치다가 이번에야말로 개에게 목줄을 물어뜯기고 나자빠질 줄만 알았던 모양이었다. 그러나 얼마나 다행스러운 일인가. 개한테 그가 물려 죽기라도 한다면, 동네 사람들이 몰려들어 개를 때려죽일 것은 뻔한 일이 아닌가…. 이런 생각을 했었는지도 몰랐다. 그렇지만 미륵례는 개가 그의 손에 맞아 죽는다고 생각하니 분해 견딜 수가 없는 듯 금방 두 눈에 불을 켜고 덤벼들었다.

"이 웬수놈아, 나 죽여라, 나 죽여!"

그의 가슴을 걷어밀면서 악다구니를 썼다. 그가 뒷걸음질을 치는데, 미륵례의 치마폭 밑에 몸을 숨기고 있던 개가 그의 바짓가랑이를 물고 끌어당겼다. 그는 뒤로 넘어질 것같이 휘청했다. 그가 넘어지기만 하면, 개는 간단히 한 이빨에 그의 목줄을 물고 늘어질 것임에 틀림없었다. 그의 눈에 다시 불이 튀었다.

"이, 이런 개잡것들!" 하고 소리치며 몸을 재빨리 가눈 그는 개의 등을 향해 몽둥이를 내리쳤다. 개가 캑 하고 앞다리를 꾸부린 채 주저앉았다.

미륵례가 그의 얼굴을 마구 할퀴어댔다. 눈두덩과 콧등과 볼과 입술이 얼얼해왔다. 그는 미륵례의 부스스하게 헝클어진 머리를 훔켜잡아 뙈기라도 치듯 휘둘러서 이불 위로 밀어붙였다. 이어, 경련이 일어난 듯 두 발을 꾸부렸으면서도, 아직 그를 향해 허연 이를 드러내고 있는 개의 정수리를 향해 몽둥이를 내리쳤다. 이번의 내리침에는 퍽 소리가 났을 뿐이었다. 눈이 허옇게 뒤집힌 채 사지를 옆으로 뻗은 개의 몸에는 마지막 단말마의 경련이 지나가고 있었다. 미륵례가 달려가서 개를 얼싸안고, "워메, 워메, 내 개 어째사 쓸고!" 하면서 주저앉은 채 엉덩방아질을 하고 울부짖었다.

그는 몽둥이를 한편 구석으로 던졌다. 한동안, 금방이라도 터져 나오려는 오줌을 참아낸 여자아이처럼 엉덩방아질을 하기도 하고, 불에 덴 벌레처럼 몸부림을 하기도 하던 미륵례가 몸을 일으키더니, 그에게 덤벼들었다. 두 주먹으로 그의 가슴을 꽝꽝 두들겨댔다. 그는 그 여자에게 마음대로 두들겨대라는 듯 옷고름을 우두둑 뜯어, 시꺼먼 털이 부스스한 가슴팍을 내밀어주면서 히죽 웃었다.

"나도 죽여라. 이 악마 같은 놈아, 니 성놈은 울 아부지 울 어메, 우리 성 잡아묵고, 니 애비 놈은 울 오빠들 다 잡아묵었은께, 인제 너는 나 잡아묵어라, 이 날도둑놈아!" 하고 울부짖던 그 여자가 그의 가슴을 얼핏 끌어안는 듯하더니, 앙 하고 가슴팍 한 곳을 물어뜯었다. 그는 "아얏!" 하고 소리치면서 미친 듯 날뛰는 미륵례를 걷어밀었다. 미륵례는 나뭇둥치처럼 펼쳐진 이불 위로 나둥그러졌고, 그 위에서 뒹굴면서 엉엉 울어댔다. 머리칼이 부스스 헝클어진 채, 치마로 아랫도리만을 간신히 가렸을 뿐인 그 여자가 뒹구는 것은, 흡사 불을 맞고 버둥거리는 암소 모양이었다. 한참을 뒹굴던 그 여자는 네발짐승처럼 엉금엉금 기어가서 죽은 개를 끌어 안은 채, "나는 몰라, 내 개, 내 개, 나는 몰라. 인제 나는 죽어, 참말로 나는 못 산단 말이여어. 나는 인제 참말로 죽는단 말이여어, 이 날도둑놈아, 이 웬수야!" 하고 마구 욕설을 퍼부었다. 그 여자의 입가에는, 살랑거리는 마파람을 맞으려고 구멍에서 기어나온 꽃게가 내놓은 것 같은 허연 거품이 들솟고 있었다.

그는 따끔거리고 쓰린 젖가슴 부근을 쓸었다. 개를 때려잡기 위해 용을 쓰느라고 가빠진 숨결을 투후 하고 내뿜었다. 머리칼이 헝클어진 채 개를 끌어안고 엉덩방아를 찧고 있는 미륵례의 눈물범벅된 얼굴을 물끄러미 내려다보았다.

미륵례의 울음이 격조가 점차 낮아지는 것을 보고, 그는 미륵례를 이불 위로 끌어당겼다. 미륵례는 이제 체념을 한 듯 이불에 얼굴을 묻은 채 꿈틀거리기만 했다. 그는 죽은 개의 뒷다리를 끌어다가 헛간 밖으로 던져놓은 뒤 미륵례 옆으로 갔다. 미륵례가 일어나 그의 따귀를 냅다 후려쳤다.

"나도 죽여라, 나도 죽여!"

그는 그런 미륵례를 얼싸안았다. 미륵례가 한 손으로 그의 멱살을 잡아 죄면서, 다른 한 손으로 가슴팍을 두드렸다. 그의 바람벽 같은 가슴이 둥둥 울렸다. 그것이 그의 씨근거리던 숨결을 더욱 질풍같이 거칠어지게 만들었고, 발동선의 기관처럼 뛰게 했다. 그는 짐승처럼 웃고, 미륵례를 안은 채 모로 넘어졌다. 이어 미륵례의 아랫몸을 타고 엎드린 채, "뭐, 뭣이 그렇게도 서럽소? 암만 그래도, 개서방보다는 사, 사람서방이 더 나을 것이오" 하고 말했다. 그의 몸에 돌출되어 있는 부분은 살인자의 핏발 선 살의처럼 충혈되어 있었고, 활의 시위처럼 탱탱하게 켕겨져 있었다. 그의 배 밑에 깔린 미륵례는, "니 애비, 느그 성은 우리 식구들 다 죽였은께, 인제 너는 나 잡아묵어라, 이 웬수야" 하고 울부짖으며 그의 시커먼 가슴팍을 걷어밀어댔는데, 그런 그 여자는 홑치마 바람일 뿐이었다.

산그늘이 헛간 위로 내려와 있었고, 그 무렵부터 유별나게도 하늬바람은 극성을 부렸는데, 넓바위 앞바다는 발칵 뒤집힌 채, 이날 죽은 개의 화신이라도 되는 양 하룻머릿골을 내내 뒤집어엎어버릴 것처럼 으르렁거리고 있었다.

15

이날 밤, 큰몰 공회당에서는 마을 어른들의 회의가 있었다. 그것은 영득이와 달보가 서둘러 뛰어다니며 소집한 회의로, 느닷없이 개 한 마리만을 데리고 들어온 미륵례와, 그간 많은 물의를 일으키고 마을 사람들을 불안스럽게 만든 장본인 뱀강쉬를 쫓아내자는 것이 주 의제였다. 여기에 적극적으로 찬성을 하는 사람들은 거의가 하룻머릿골에서 살다가 큰몰로 들어온 사람들이었는데, 그들이 그렇게 찬성하는 이유로 내세우는 것들이 볼 만했다.

첫째, 미륵례는 짐승과 어울려 사는 여자이므로, 그런 짐승 같은 여자를 마을에 들여놓을 수 없다는 것이었다. 또, 그 여자에게는 횡액을 붙어다니기 때문에 그 시가 마을에서도 쫓겨온 여자라는 것이었다. 둘째, 뱀강쉬 또한 어디서 어떤 경우에 어떤 아낙이나 남의 집 처녀를 겁탈할지 모르는 짐승 같은 사람이라는 것이었다. 그가 충분히 그럴 수도 있는 사람이라는 것은, 이 날 낮에 노루목 다리 끝에서 미륵례를 겁탈하려 한 것을 보면 짐작할 수 있다는 것이었다. 셋째, 뱀강쉬라는 괴물 같은 사람이 혼자 살고 있을 때도 마을 안이 온통 시끌시끌했었는데, 거기에 횡액이 붙어다니는 괴물 같은 여자가 함께 살게 되었으니, 이제부터는 어떤 일이 더 크게 벌어질지 모르지 않느냐는 것이었다. 넷째, 하룻머릿골이 폐촌으로 되고 만 원인은, 따지고 보면 뱀강쉬와 미륵례의 집안 때문이었고, 또 그 집안이 그렇게 된 것은 곧 그 두 거인들이 안고 있는 횡액 때문임에 틀림없다는 것이었다. 그러므로 그들이 만일 큰몰로 들어오면, 이 큰몰 또한 하룻머릿골처럼 될 게 뻔하다는 것이었다.

여기에는 하룻머릿골에 살다가 들어온 영감들이나, 큰몰 이른들이 절대적으로 입을 모아 찬성의 뜻을 표했기 때문에, 여기에 반대를 하고 나선 이장인 성칠이나, 바깥바람 쐬어 개화된 몇몇 젊은이들의 의견은 간단히 묵살되어버렸다.

"그러고저러고, 우리 큰몰이나 하룻머릿골 안에서만은 못 살게 하세."

일단 그들을 추방시키자는 의견이 모아진 뒤, 마을 사람들은 그 구체적인 추방 방안을 마련했는데, 그것은 젊은이들로 단을 짜 일차적으로 닷새 동안의 여유를 준다는 경고를 내려두자는 것이었다. 그 단을 앞장서서 이끄는 것은 힘깨나 쓰는 데다 간혹 씨름판에 나가 송아지를 한두 번 끌어온 경력이 있고, 마을의 유지로서 제법 말자리나 할 줄 아는 영득이와 달보로 정해졌다.

영득이와 달보가 청년들 여남은 명을 이끌고 하룻머릿골에 유일하게 남아 있는 미륵례네 헛간에 나타난 것은 이날 밤이 깊었을 때였다. 그들은 손에 손에 몽둥이들을 들고 있었다. 달보가 문 대신 늘어뜨려놓은 가마니때기 앞으로 나서면서, "밴강쉬!" 하고 불렀다. 헛간 안에서는 아무 대답이 없었다. 드르렁드르렁 코고는 소리만 흘러나오고 있었다. 달보가 다시 소리쳐 불렀을 때에야, "누, 누구여?" 하는 밴강쉬의 잠에 취해 있는 목소리가 울려나왔다. 그때, 영득이가 플래시를 가마니때기 사이로 넣어 헛간 안을 비췄다. 부윰한 빛살이 헛간 안의 어둠을 이리저리 더듬었다. 그들은 바닷물 속에 산다는 황구렁이가 곁고틀고 있는 것같이 휘감겨 있는 네 개의 다리를 보았다. 영득이가 흠칠하고 플래시를 거두어들이면서, "저, 우리 말이시, 동네서 나왔는디 말이시, 나쁘게는 생각하지 말소. 앞으로 닷새 동안 여유를 줄 텐께, 그동안에 다른 데로 나가소. 동네서 회의를 해서 결정된 일인께 그리 알소" 하고 말했다. 그러자 안에서, "뭐, 뭣이 어째여?" 하는 밴강쉬의 목소리와 함께 부스럭거리는 소리가 들렸는데, 이때 영득이와 달보의 등 뒤에 있는 청년들 가운데 누군가가 화닥닥 도망쳐버렸다. 이어 달보, 영득이만을 남기고 모두 도망쳐버렸다.

"아니, 이 바보 같은 사람들 보소이?"

영득이와 달보가 기막혀하는 사이에 밴강쉬가 가마니때기를 들치고 나왔는데, 그때는 영득이와 달보마저도 도망치는 무리를 따라 달리고 있었다.

"네, 네 이놈! 달보야, 여, 영득아, 느그가 참말로 까불래?"

가마니때기 문 앞에 선 밴강쉬가 이렇게 소리쳤을 때, 영득이와 달보는 넓바위 위에 올라가 있었다.

"우리는 동네 사람들의 회의석상에서 결정된 것을 알려주었을 뿐이시. 닷새 동안 여유를 줬는디도 안 나가고 있으면, 동네 사람들이 모도 쫓아올 것인께 그리 알소. 미리 알아서 다른 데로 나가기나 하소."

누군가가 소리쳐 말하는 것이, 으르렁거리는 파도소리 속에 섞여 들려왔다. 밴강쉬는 하늘을 향해 허허 웃었다. 그리고 소리쳤다.

"골대가리 활딱 까서 뒤집어보면 보아도 또, 똥밖에 아, 안 들었을 새끼들아! 느그가 어, 언제부터 그렇게 되되해졌냐? 언제부터 큰몰에서 유지 행세를 했디야? 느, 느그나 나나 이 하룻머릿골 배, 뱃놈의 새끼들이긴 마찬가지 아, 아니냐?"

이렇게 소리쳐대는 그의 목소리는 울음이 섞이어 있었다.

그때, 그를 쫓아내자는 데 반대 의견을 내놓았던 이장 성칠이와 몇 명 젊은이들이 그의 헛간 옆으로 오고 있었지만 그는 "느, 느그나 나나 이 하룻머릿골 배, 뱃놈의 새끼들이긴 마찬가지 아, 아니냐?" 하는 소리를 자꾸 되풀이해서 부르짖어대고 있었다.

16

이튿날 아침, 밤새 들썽거리던 바람은 죽은 듯이 잤고, 득량만 건너 소록도와 금당도 사이에서, 불덩이 같기도 하고 전날 미륵례가 흰 엉덩이 살을 감춘 빨간 팬티 빛깔 같기도 하며, 또 어찌 보면 미륵례 아버지나 어머니나 야실이나 두 오빠들이 죽으면서 쏟은 핏덩이 빛깔 같기도 한 해가 아주 천연덕스럽게 솟아 득량만의 시푸른 물결을 온통 핏빛으로 물들여놓았는데, 하룻머릿골 폐촌 옆의 찬샘골에서는 젖빛 짚불 연기가 피어오르고 있었다. 그것은 뱬강쉬가 꼿꼿하게 박은 목나무 끝에 개를 매달아 꼬시르는 짚불 연기였는데, 그가 그러고 있는 언덕 옆의 찬샘가에서는 미륵례가, 여느 아낙들이 한참 신이 나가지고 빨래를 하거나 물일을 하면서 내곤 하는 '시시 시이 시시 시이' 하는 소리를 하며 부산스럽게 솥을 씻고 있었다.

석유 등잔불

 한재 큰산의 검푸른 숲과, 바야흐로 추수가 끝난 밭들이 이어지는 큰동네 뒷산의 밭 언덕은 다도해의 허여멀쑥한 바다를 내려다보며 내덕도국민학교의 왜식 목조교사를 옆에 낀 채 축 늘어진 문어발처럼 느슨하게 흘러내렸다. 소나무 숲에 얹힌 하늘은 구름 한 점 없었다.

 책보를 가슴팍에 가로 동여매거나, 어깻죽지에서 등과 가슴으로 비스듬히 동여맨 학생들이 새텃몰로 넘어가는 밭두둑길을 걸어가고 있었다. 그들은 우김질을 하고 있었다. 한 편은 "이남이 이긴닥 하더라" 하고 우겼고 다른 한 편은 "이북이 이긴닥 하더라" 하고 우겼다. 4학년에 다니지만, 서너 살씩이나 학령을 벗어난 그 아이들은 세상 돌아가는 속을 그들의 부모나 주위 사람들에게 들어서 알 만큼은 알고 있었다.

 식은 그들에게서 몇 걸음 뒤쳐져서 걷고 있었다. 그들에 비해 나이가 서너 살이나 아래인 식은 여느 때 그들에게서 따돌림을 받곤 했다. 이 우김질 속에도 그는 끼이지를 못하고 있었다.

 가뜩이나 식의 아버지는 일제 때부터 어협총대나 구장을 해왔고, 더러 김장사 같은 것을 하여서 논밭을 사들였으므로 새텃몰 안에서는 가장 많은 농사를 짓고 있었다. 새텃몰 사람들은 대개가 농사 한두 마지기 짓는 것이 고작이었다. 서너 마지기 짓는 사람은 중농이었고, 대여섯 마지기를 짓는 사람이면 상농이었다. 자연 열 마지기 농사를 짓는 식이네는 이 마을에서 제일가는 부자였다. 해태 양식이나 고기잡이 등으로도 농사짓는 사람 부러워하지 않고 살아오는 새텃몰 사람들은 논을 장만하는 것보다 배나 그물 장만하는 데에 신경을 쓸 뿐 농토 마련에는 힘을 기울이지 않았다. 그러면서도 그들은 농토 많은 사람들을 미워했다. 식이네 아버지가 김을 뜯거나 김장사를 하거나 해서 모은 돈으로 논도 사고 밭도 사고 한 것이었지만, 사람들은 그가 구장이나 총대를 하면서 공금을 긁어먹고 부자가 된 것이라 하며 미워하곤 했다. 그리고 식이네가 하는 일마다 안 되고 망하기를 바라곤 했다. 어른들이 흉보며 쑤군대고 하다 보니, 아이들이 그걸 따라 식을 미워하고 따돌리곤 하는 것이었다.

해가 큰산 마루에 걸리고, 자줏빛 산그늘이 뒷등 언덕으로 흘러내리고 있었다. 배가 고팠다. 배가 고픈 것은 식뿐이 아니었다. 이부 수업을 마치고 집으로 돌아가고 있는 아이들 모두가 다 그런 것이었다. 그러나 그들의 걸음은 빠르지 않았다.

"여수, 순천에서 난리 난 것 모르냐?"

앞뒤꼭지 삼천리인 영철이 철우를 향해 소리쳐 말했다.

"반란군 때려잡는 것은 시간문제락 하더라."

철우가 지지 않고 대꾸를 했다.

마을에는 여수와 순천이 반란군의 수중에 들어갔고, 머지않아 광양, 보성, 장흥까지도 반란군의 세상이 될 것이라는 소문이

나돌고 있었다. 동시에 이남 전체가 공산당의 세상이 될 것이라든지, 그렇게 되지는 않을 것이라든지 하는 논의가 분분했다. 그러한 논의가 이 아이들의 우김질로 나타나고 있는 것이었다. 아이들은 큰동네의 구수홍 씨네 밭둑을 지나가고 있었다. 목화밭이었다. 아직 멍대를 거두지 않고 있었다. 구수홍 씨네는 머슴이 경비대엘 가버린 뒤로 다른 머슴을 들이지 못한 때문에 가을걷이 일이 더딘 것이었다. 식은 그것을 아버지한테 들어서 잘 알고 있었다. 목화나무 잎은 검붉게 단풍이 들어 있었고, 다래는 하얀 목화송이를 내놓은 채 벌어져 있었다. 그 목화송이 사이에 철 늦게 핀 보랏빛 꽃 몇 송이가 보였다. 유백색 꽃들도 간혹 보였다. 대추만큼 하기도 하고 개살구만큼 하기도 한 어린 목화다래가 검붉은 잎사귀 밑에 날리어 있었다. 찬바람 맞은 어린 목화다래는 꿀처럼 달았다. 하나 따서 먹고 싶었다. 그러나 식은 참았다. 구수홍 씨는 아버지와 친구였다. 그리고 그걸 따먹으면 문둥이가 된다고 하던 것이었다.

밭둑의 비름이나 바랭이나 명아주풀들은 검붉거나 황달이 들거나 한 채 여문 씨를 달고 있었다. 풀색 옷 입은 방아깨비가 알 밴 몸을 무겁게 날렸다. 날개 치는 소리가 가르르 했다. 밤빛 바탕에 잿빛 반점이 있는 메뚜기가 뒤를 따랐다.

가무잡잡한 얼굴에 손톱자국 많은 삼수가 꼽추처럼 동여맨 책보 속의 필통을 딸랑거리며 앞장서서 달려가다가 목화밭으로 한 발 들여놓고 윗몸을 굽혔다. 목화나무에서 어린 다래 하나를 재빨리 훔쳐 따내면서, "땅개비 하나 잡았다" 하고 말했다. 그걸 입에 넣었다. 뒤따르는 애들을 돌아보고 어린 다래를 따먹으면 문둥이가 되니까 너희들은 따먹지 말라면서 능청스럽게 다래를 이 끝으로 자르고 속을 까먹고 있었다. 식은 침이 꿀꺽 넘어갔다. 고개를 쿡 떨어뜨리며 참았다.

"말도 말어라, 어떻게 되든지 간에 이북이 이긴닥 하더라."

영철이 철우를 향해 소리치면서, 삼수가 하듯이 어린 다래 하나를 따가지고 입으로 가져갔다. 영철의 사촌형은 여수에서 반란군이 되어 있을 것이라고 했다. 놈은 단연 이북 편이었다. 식은 이북 편을 들고 있는 영철이 싫었다. 십 년을 내리 어협총대를 하여온다는 아버지는 어쩌면 이남 편인 듯하던 것이었다. 순경들도 이따금 철우 아버지와 함께 아버지를 찾아오곤 하였다. 와서 사랑방에 앉아 낮은 소리로 소곤거리곤 하던 것이었다.

"모르는 소리 하지 말어라. 이남이 이긴닥 하더라. 이승만 대통령 처갓집이 어딘지나 아냐?" 하고 말하며 철우도 삼수처럼 어린 다래 하나를 따다가 입에 넣었다. 철우 아버지는 이장을 하고 있었다. 식은 철우의 말이 옳을 것이라는 생각을 했다. 그게 옳아야만 할 것 같았다. 뒤따르는 아이들이 목화밭으로 뛰어 들어가서 제각기 어린 다래 한 개씩을 따다가 입에 넣었다. 어린 다래를 뜯긴 목화나무가 흔들렸다. 검붉은 잎사귀 아래 숨은 보랏빛 꽃들이 겁에 질린 듯 떨고 있었다. 그 꽃들은 학교 교정에 핀 무궁화처럼 생겨 있었다. 무궁화를 왜 하필 우리 국화로 삼았는지 모르겠다고 담임선생이 말한 적이 있었다. 무궁화나무 잎사귀는 진딧물이 좋아한다고 했다. 국화처럼, 우리나라는 외국 사람들이 진딧물 들끓듯 하는 것인지 모른다는 것이었다.

식은 잠시 발을 멈춘 채 큰동네를 내려다보았다. 콧수염을 나비처럼 기른 구수홍 씨가 아래편에서 쫓아올 것만 같았다. 큰동네 쪽에서 이쪽을 보고 있는 사람은 없었다. 길 아래편에서 보릿고랑을 내는 어른들이 몇 있었고, 목화밭과 잇닿은 밭에서 쟁기질을 하는 어른 한 사람이 있었지만, 그들은 아이들이 하는 짓에 신경을 쓰지 않고 있었다. 바쁘게 괭이질을 하거나 소를 몰아 쟁기질을 하고 있거나 할 뿐이었다. 영철이가 철우를 향해 다시 우겨댔다.

"김일성이는 귀신 같은 사람이락 하더라."

철우도 지지 않고 대들었다.

"이승만이는 어짠 사람인디야?"

"잔소리 말어. 이북 뒤에는 쏘련이 있은께 어짜든지 이북이 이긴단 말이여."

"이남 뒤에는 미국이 있는디야?"

"미국이 쏘련한테 해본다냐? 쏘련이 이 세상에서 질로 무서운 나라란 말이여. 미국 같은 것은 아무것도 아니락 하더라. 세계지도도 못 봤냐? 쏘련이 미국 세 배는 되겄더라."

"땅만 크면 장땡이라냐? 과학이 질로 발달한 나라가 미국인디?"

"미국이 지아무리 과학이 발달했어도 쏘련이 중공하고 같이 덤비면 꼼짝도 못한단 말이여."

힘이 센 영철이 발을 멈추고 철우를 노려보며 소리쳤다. 철우는 움찔해서 한 걸음 물러섰지만, 지지 않고 대들 듯이 말했다.

"중공이 덤비면 호주는 가만 있다냐? 호주는 이승만 대통령 처갓집인께 원조해준닥 하더라. 그라고 원자탄을 질로 많이 맹글어놓은 나라가 미국이락 하더라. 원자탄 두 뎅이만 가지면 중공이고 쏘련이고 오므락달싹 못한닥 하더라."

영철이 픽 웃으면서, "이 새끼야, 쏘련은 수소탄이 있는디? 수소탄 한 뎅이는 원자탄 두 뎅이보돔 더 무섭닥 하더라" 하고 빈정거리듯이 말했다. 철우는 미국의 B-29 위력을 이야기하고, 영철은 소련 장갑차의 위력과 중공의 신출귀몰한다는 팔로군의 전술을 이야기했다. 철우는 장갑차나 팔로군도 원자탄 앞에서는 새 발의 피임을 주장했고, 영철은 또 수소탄이 원자탄의 몇 배 되는 위력을 가졌음을 내세웠다.

그들의 우김질은 끝이 없었다. 그들을 뒤따르는 아이들은 두 아이의 우김질 속에 나오는 말들이 한결같이 새롭고 신기하고 놀라운 사실들이었으므로, 말없이 들으며 따르고 있을 뿐이었다.

덕산마을과 새텃몰로 갈리어지는 세 갈림길에 이르렀을 때, 앞에 가던 삼수가 우김질하는 영철과 철우를 돌아보면서 낮은 소리로, "야 새끼들아, 반동자 새끼 듣는 디서 그른 소리 하지 말어라" 하고 말했다. 밭두둑길에 늘어선 아이들이 걸음을 멈추더니 뒤처진 채 따라오는 식의 얼굴을 돌아다보았다. 순간 식의 얼굴은 화끈 달았다. 가슴이 풀쩍거렸다.

언젠가 삼수가 "우리 동네는 반동자가 꼭 한 집 있닥 하더라" 하고 말한 적이 있었다. 그때, 철우가 "반동자가 어짠 사람이라냐?" 하고 물었다. 옆에 있던 영철이 "이 펜도 저 펜도 안 드는 사람이제잉" 하더니 어디서 누구에게 들어 안 것인지, "세상에서 제일로 무서운 악질은 반동자락 하더라. 반동자락 할 때 '반'이란 글자가 반쪽을 나타내는 말 아니냐? 그렇게 반동자는 이 펜도 저 펜도 안들고, 박쥐같이 쥐 펜을 들었다가 새 펜을 들었다가 하는 사람이란다. 제일로 먼저 죽여사 쓸 사람이 반동자락 하더라" 하고 말을 했었다.

그 일이 있은 뒤, 아이들은 어찌된 셈인지 식에게 말을 걸려고도 하질 않고 있는 것이었다.

식은 금방 목에 메었다. 눈시울이 뜨거워졌다. 가슴에서 울음이 밀고 올라왔다. 아버지는 왜 이남 편을 들려면 이남 편을 들고, 이북 편을 들려면 이북 편을 들고 할 일이지, 박쥐처럼 반동자가 되어 있는 것일까. 철우 아버지는 분명 이남 편인 모양인데 말이었다. 아버지는 그 철우 아버지와 순경들과 가까이 지내곤 하면서도 왜 이남 편을 들지 않고 있는 것일까. 왜 태도를 분명히 하고 있지를 못하는 것일까. 아버지가 원망스러웠다. 입을 열기만 하면 금방 울음이 터져 나올 것 같았다. 혀를 물었다. 식의 눈에 눈물이 가득 담기고, 울음을 참느라고 어깨를 들먹거리는 걸 본 삼수가 밭 언덕길을 달려 내려가며, "반동자 새끼하고 말도 하지 마라" 하고 소리쳤다. 식의 옆에 선 아이들이 삼수를 따라 달렸다. 철우도 그들을 따랐다.

갈림길에는 식만 동그마니 남아 있었다. 식은 기어이 울음을 터뜨렸다.

"울 아부지한테 안 이른가 봐라."

아이들이 하던 모든 말을 일러바치리라 하며 식은 소리쳐 울었다. 그러나 집에 들어섰을 때 집 안은 텅 비어 있었다. 식구들이 모두 들논의 나락을 묶으러 간 것이었다.

이날 밤, 식은 날카롭게 터지는 금속성에 놀라 잠을 깨었다. 방 안에 잠긴 어둠이 휘저어놓은 먹물통처럼 술렁거렸다. 아랫목에 나란히 누운 어머니와 아버지가 낮은 소리로 두런두런 말을 주고받고 있었다. 총소리가 날아들어 방안에 가득 찬 어둠을 휘저었다. 한재산 골짜기와 마을을 찢어대고 있었다. 이어 "잇샤, 잇샤!" 하는 남자들의 외침이 아련히 울려왔다.

"분명히 널펜이하고 한수란 놈이 왔는갑구만."

널펜이는 영철의 사촌형이요, 한수는 삼수의 형이었다. 이젠 정말로 반란군의 세상이 되어가는 모양이었다. 반동자인 아버지는 논이나 밭을 모두 뺏기게 되고, 식구들은 모두 굶어 죽게 될지도 모른다는 생각이 들었다. 아버지는 왜 반동자냐고, 얼른 어느 편이 되든지 되라고 말해주고 싶었다. 일어나 앉은 아버지가 어둠 속에서 담배를 말고 있었다. 종이에 말리는 써레기 부스럭거리는 소리는 죽창 문살을 울리고 바람벽을 들썩거리게 했다. 어머니가, "여수, 순천은 반란군들 세상이락 합디다" 하고 아버지 쪽으로 돌아누우며 말했다.

"헛말이시. 보면 봐도, 저 새끼들이 시방 쫓겨 왔을 것이네."

아버지의 말이 끝나자, 방 안에는 "잇샤, 잇샤!" 하는 외침이 흘러 들어와 어둠을 더욱 짙고 칙칙하게 반죽하듯 이겨대고 있었다. 어머니가 길게 한숨을 쉬었다. 담배를 입에 문 아버지가 화롯불을 뒤적이고 있었다. 구리 화로의 달그락거리는 소리가 유달리 크게 들렸다. 불이 다 사그라져버린 듯 아버지가, "불을 어떻게 담았는가" 하고 퉁명스럽게 말했다.

"풀나무 부시레기를 뗐드니 그란갑소. 부시 조깐 치씨요."

어머니의 말에 꼬리를 물고, "잇샤, 잇샤!" 하는 외침이 점차 또렷하게 밀려들었다. 널펜이와 한수를 옹위한 청년들이 윗골목으로 들어서고 있는지 몰랐다. 잠시 아버지의 부시쌈지 여는 소리가 들렸다.

"예 말이오."

어머니가 밭은 침을 삼키며 잠긴 소리로 아버지를 불렀다. 부시쌈지 달그락거리는 소리만 들렸다.

"당신, 어디로 피해버리씨요. 얼릉."

어머니는 안달을 했다. 아버지는 대답이 없었다. 부싯깃 넣는 대롱이라도 찾고 있는지 몰랐다.

"예 말이오."

그제서야 아버지가 퉁명스럽게, "쓸디없는 소리 하지도 말소. 내가 뭔 죄 있단가?" 하고 말했다.

"새텃몰에서 반동자는 당신밖에 없다는디."

어머니의 말에 아버지가 홍 하고 콧방귀를 뀌며, "뭣이 어짠께 반동자란가? 일제 때 구장, 총대 했은께 반동자란가?" 하고 따지듯이 말했다.

"알겄소, 내가?"

어머니가 한숨 쉬듯 말하자, 아버지가 탄식이라도 하듯, "참, 나, 더런 세상도 살겄네" 하였다. 어머니가 맞장구를 치듯, "즈그들끼리 만내면 그렇게 주둥이들을 놀리는갑습디다. 친일판께 반동자라고" 하고 받았다.

"어짠께 친일파란가? 일본 놈들하고 가깝게 지냈은께 친일파란가? 개 같은 놈들, 공출 작게 나오게 해주라, 건흥(建興) 물자 많이 나오게 해주라, 해우 일등품 많이 맞게 해주라고 돈 걷어줌스롱 갖다가 바치라고 한 놈들은 누군디…이용해 묵을 때는 언제고, 인제 와서는 친일파니 반동자니 한단가" 하고 투덜거리던 아버지가, "와이, 부싯대롱이 없네" 하고 짜증스럽게 말했다. 목소리가 떨리고 있었다. 식은, 아버지가 분명 반동자인 모양이다 싶으니 눈앞이 아찔해졌다. 멀미를 하는 것처럼 가슴이 울렁거렸다. 귀가 표옹 하고 울었다. 방 안의 어둠이 칠흑처럼 진해졌다. 깊은 물속으로 한없이 가라앉아가고 있는 것만 같았다. 가슴이 답답했다. 가슴을 펴고 심호흡을 했다. 이때, 방문 앞 댓돌 위에서 터지기라도 하는 듯한 총소리가 방 안을 채웠다. 그 쇳소리가 앞메와 한재 골짜기를 찢어발기며 내달렸다.

"저것들이 오늘 밤에 뭔 일통을 내든지 낼라는갑구만, 정녕."

아버지가 투덜거리듯이 낮게 말했다. 부시가 방바닥에 떨어져 쨍그랑했다. 그 소리가 식의 귓속을 찌릿하게 우볐다. 그는 소름을 쳤다. 아버지가 담배를 피우지 않았으면 좋겠다 싶었다. 부시 치는 소리를 듣고 누군가가 달려들어와 아버지를 끌고 갈 것만 같은 생각이 들었다. 어머니가 일어나 앉았다. 아버지의 옆구리를 질벅거리며, "당신 저 외양간으로라도 들어가서 숨어 있으란 말이오" 하고 안달을 했다. 담배를 입에 문 아버지는 부시를 치고만 있었다. 부싯돌에서 튕겨난 불똥들이 물뿌리개에서 쏟아지는 물방울처럼 우수수 쏟아졌다. 쏟아진 불똥이 방 안을 훤뜩 밝혔다. 부싯불똥에 비친 아버지의 얼굴이 푸른 이끼 돋은 망부석처럼 차갑고 단단해 보였다. 탁, 탁, 몇 번이고 부시를 쳤다. 이윽고 부시 치는 소리가 그쳤다. 부싯깃에 불이 붙었는지, 연기를 빨아 뿜었다. 이처럼 아버지가 둔하고 미련스러워 보인 적이 없었다. 왜, 어머니가 숨으라는 대로 숨지를 않는 것일까. 아버지가 힘껏 빠는 담뱃불이 칠흑 같은 방 안의 어둠을 어슴푸레하게 밝혔다. 써레기담배 타는 냄새가 코로 스며들었다. 아버지는 담배를 거푸 빨고 있었다.

"구장이나 총대 지낸 놈이 반동자면 살아남을 놈 몇 되겠다고?"

이때, "잇샤, 잇샤!" 하는 외침이 바로 담 너머에서인 듯 가까이 들렸다. 아버지의 담배 빠는 속도가 더 빨라졌다. 어머니가 아버지의 어깨를 질벅거리면서, "얼릉, 외양간으로 조깐 가 있으란 말이오" 하고 애달픈 소리로 말했다.

"뭣이 무서워서 그렇게 벌벌 떤가?"

"당신 겁도 없소잉, 저 사람들은 앞도 뒤도 모르는 사람들 아니오?"

어머니가 이렇게 말하고 밖으로 귀를 모았다. "잇샤, 잇샤!"

하는 소리가 멀어져 가고 있었다. 한재 고개 아래 번덕지를 오르고 있기나 하는 모양이었다. 어쩌면 고개를 넘어갈 참인 듯했다. "잇샤, 잇샤!" 하는 소리가 한동안 같은 거리에서 계속되었다. 그러다가 일시에 뚝 그쳤다. 총소리도 더 이상 나지 않았다. 벌써 재를 넘어간 것은 아닐 텐데 이상한 일이었다. 아버지의 담배 연기 빨아 뿜는 소리만 방 안을 감돌았다. 놈들이 무슨 모의를 하는지 몰랐다.

"어짠 일이께라우. 동네로 도로 내려오는 것 아니께라우?"

어머니가 불안스러워했다. 아버지는 쌈지를 부스럭거렸다. 담배 한 대를 또 말고 있었다. 꽁초가 된 담뱃불에 붙여 빨 모양이었다.

"저것들이 정녕 지서 습격을 할 모양이구만."

아버지가 하는 말에 어머니가, "난리구만이라우, 참말로 난리여" 하고 떨리는 목소리로 말했다.

아버지는 말이 없었다. 아버지의 담배 마는 소리만 바스락거렸다. 한재 골짜기를 감돈 바닷물결소리가 와르르 흘러들었다.

그 바닷물결소리 같은 소문이 이튿날 마을 안을 감돌았다. 반란군의 떨거지인 한수와 널펜이는 간밤, 새텃몰과 진맷몰 청년들을 이끌고 큰동네 구수홍 씨를 잡아 죽이려고 그의 집을 둘러쌌는데, 구수홍 씨는 어느새 한 길 반 높이인 흙담을 뛰어넘어 달아나고 없었다는 것이었다. 구수홍 씨는 큰동네에서 남로당에 가담한 청년들을 하나씩 둘씩 꾀어 자수를 시킨 악질 반동자라고 했다.

한수와 널펜이는 또 청년들을 이끌고 학교로 가서 교장, 교감을 죽이려고 했다는 것이었다. 교장, 교감은 한수와 널펜이가 경비대에 들어가기 전에 그들을 교실 마룻장 밑에 숨겨주곤 한 마 선생을 밀고하고 그 마 선생의 지시에 따라 남로당 연락병 노릇을 한 6학년의 진멧몰 아이들을 모두 퇴학시켜 가지고 회령 파출소로 넘겨버린 반동자들이기 때문이라는 것이었다.

한데 그들이 어느새 알고 몸을 피해버리고 없었기 때문에 한수와 널펜이는 하는 수 없이 교장 관사에다가 불을 질러 분풀이를 하고는 지서 습격을 하기 위해 나룻배를 타고 회령으로 갔다는 것이었다. 그런데 순경들 또한 지서를 비우고 도망가고 없었다는 것이었다. 그들이 그 지서를 불 질러버린 것은 말할 것도 없다고 했다. 이렇게 되었으니, 이젠 내덕도 일대도 반란군들의 세상이 된 것이나 다름없지 않느냐는 말이 거기에 덧붙어 나돌았다.

여기서 묘한 일은 한수와 널펜이가 어디론가 자취를 감추어버린 것이었다. 또한, 밤새 그토록 널펜이와 한수를 옹위하고 새텃몰 바닥을 들썩거리게 한 청년들이 새벽같이 배를 타고 때 없이 주낙질을 나가기도 하고, 경비대엘 지원하기 위해 그런다면서 면소엘 나가기도 했다.

이날, 이부제 수업을 받기 위해 이른 점심 대신에 고구마 몇 뿌리를 먹고 허리에 책가방을 두른 채 사장나무 밑을 내려가던 식은, 갑작스럽게 달려든 독수리한테 쫓긴 참새 새끼처럼 사장나무 밑으로 기어들었다. 국방색 털모자를 쓰고 풀색 군복을 입은 군인들 사오십 명이 벌떼같이 몰려들었던 것이었다. 그들은 논둑길을 내려가는 아이들을 모두 불러서 사장나무 아래 모았다. 키가 훤칠한 군인 하나가 사장 한가운데 서서, 손 안에 든 권총을 들어 올리고 잿빛 장어구름 낀 하늘을 향해 파팡, 하고 공포를 쏘았다. 군인들 이십여 명이 아랫골목과 윗골목으로 줄달음질쳐 들어갔고 다른 이십여 명의 군인들이 마을 주변의 논과 밭으로 몰려갔다. 보리갈이를 하고 있거나, 나락을 짊어지고 들어오거나, 아침 물때에 밭을 옮기고 들어오거나 하던 사람들을 순식간에 사장나무 밑으로 끌어 모았다. 널펜이네 식구들과 한수네 식구들을 한편으로 불러냈다.

다음은 널펜이네의 작은집인 영철네와 한수의 큰집인 종수네도 불러냈다. 키가 훤칠하게 큰 군인 한 사람이 널펜이의 아버지와 한수의 아버지를 사장 밑에 있는 논바닥으로 끌고 갔다. 그 군인은 한 손으로 카빈총의 총목을 잡은 채 집게손가락 끝으로 방아쇠 당길 채비를 하고 있었다. 먼저 그 두 사람부터 총살을 시킬 모양이었다. 땅딸막하면서 뚱뚱한 널펜이 아버지와 보통 키에 빼빼한 한수네 아버지를 논 언덕 밑에 꿇어앉혔다. 총을 들어 그들을 겨누었다. 사장에 모인 사람들은 샛바람에 산파래 떨듯 하고 있었다. 털모자에 게다짝 같은 금빛 계급장을 붙인 군인이 사장나무 옆에 있는 들독 위에 서서 연설을 하듯이, 여수·순천에 일어난 반란군이 국군에 의해 이미 소탕되었다는 것이며, 자기들은 흩어져 달아난 반란군들을 잡으러 다니고 있다는 것이며, 그것들을 소탕하는 것은 시간문제이니 여러 어르신들은 오직 생업에만 충실해 달라는 것이며를 말하고 있었으나, 그 말이 귀에 들어올 리 없었다.

이때, 한수네 아버지와 널펜이네 아버지를 꿇어앉힌 채 논둑 밑에 선 군인의 총에서 하늘색 연기 같은 것이 얼핏 보이는 듯하더니 총성이 울렸다. 다시 한 방이 울렸다. 사람들은 널펜이네 아버지와 한수네 아버지가 그 총에 맞아 죽었을 것이라는 생각들을 했다. 사장나무 밑에서 다른 아이들과 함께 겁먹은 병아리 떼같이 벌벌 떨고 있던 식은 눈을 꼭 감아버렸다. 가슴이 풀쩍거렸다.

눈을 떴을 때, 구레나룻이 턱과 볼을 꺼멓게 덮은 군인 한 사람이 성큼성큼 식의 앞으로 다가왔다. 식은 모여 있는 아이들의 맨 앞에 붙어 서 있었다. 군인들이 고함을 치거나 총을 쏘거나 할 때마다 아이들은 자꾸 뒷걸음질치기도 하고 뒤로 몰려 들어가기도 했기 때문에 힘이 약한 식은 맨 바깥쪽으로 밀려나간 것이었다. 식은 눈앞이 아득해졌다. 이때껏 한 번도 보아보지 못한 어둠이 눈앞을 막고 있었다. 그 어둠은 군인이 쏘던 총의 총목 근처에서 피어난 파란 연기 같은 것이었다. 그 눈앞을 막는 어둠 속에 반딧불의 빛깔 같기도 하고, 어쩌면 구름 끼고 습기 많은 여름 밤에 앞메 잔등 너머의 바다를 오가곤 하던 도깨비불 같기도 한 별무늬가 흘렀다. 동시에 쇠붙이로 철판을 긁을 때 나는 삐걱 소리와도 같은 피요옹 소리가 귓속을 가득 채웠다.

"너 이리 좀 와."

구레나룻이 시꺼먼 군인은 식의 손을 끌었다. 식은 아득한 어둠 속으로 끌리어 들어가면서 사장나무 아래 모여 있는 마을 사람들 속에서 아버지와 어머니의 얼굴을 찾았다. 보이지 않았다. 한가운데 박혀 있는 모양이었다. 식의 손을 잡은 군인은 널펜이네 아버지와 한수네 아버지가 끌려 내려간 논배미로 들어섰다. 총에 맞아 죽은 줄만 알았던 한수네 아버지와 널펜이네 아버지가 꿇어앉은 채 눈을 꿈벅거리고 있었다. 아까 쏜 총은 공포였던 것이었다.

식은 그들이 꿇어앉아 있는 논의 아랫배미로 끌려 내려갔다. 거기까지 끌려가는 동안, 식은 도무지 발로 땅을 디디고 걸어간 것 같지가 않았다. 허공 속을 허우적거리며 간 것만 같았다. 군인은 식을 꿇어앉히고 다짜고짜로, "너 바른 대로 말해야지, 안 그러면 어떻게 된다는 것 알지?" 하더니, "니네 학교에 굴 있지? 사람들 들어가 숨는 굴 말이야" 하고 말했다.

그게 있다는 것을 다 알고 있기는 하지만 확인해보기 위해서 묻는다는 듯이 식을 빤히 건너다보았다. 그 눈에 핏발이 서 있었다. 식은 가슴이 펄럭거리고 있었다. 세차게 밀려드는 홍수나 밀물 속에 휩쓸리고 있는 듯한 아득함 속에서 그는 "예" 하고 대답을 했다.

학교에 굴이 분명 있기는 있었다. 그것도 한두 개가 아니었다. 운동장 가장자리에, 한 학급 학생들이 들어갈 수 있도록 연못처럼 파둔 게 네 개 있었고, 교사 뒤편 언덕에 동굴처럼 깊이 파놓은 게 둘이나 있었다. 그 굴은 선생님들이 교무실 앞의 종을 어지럽게 두드려대면서 "구식개요, 개가이개요" 하고 소리치면서 학생들을 그 속으로 몰아넣곤 하던 것이었다. 그것들은 식이 학교에 들어가던 해 8월 어느 날 밤, 동네 청년들이 독립만세를 온 동네가 욱신거리도록 부르고 난 지 한 달인가 두 달인가 뒤에, 학부형들이 몰려와서 메우고 석축을 해버렸기 때문에 이미 형체도 없어져 버린 것이었다. 꿇어앉은 채 굴이 있다고 대답을 한 식은 군인에게 그러한 내막을 상세히 말해야만 했다.

식은 겁에 질려 떨고 있었다. 군인은 수첩을 꺼내가지고 식의 학반을 적고, "굴이 어디 있지? 전에 있던 마 선생이 파놓은 굴 말이야" 하고 물었다. 식은 울음이 터져 나왔다. 마 선생이 파놓은 굴에 대하여 모르고 있는 것이었다. 또한, 자기가 굴이 있다고 한 대답을 다시 어떻게 번복하거나, 거기에 무슨 말을 덧붙이거나 할 수가 없었기 때문이었다. 자기가 한 대답에 대한 두려움이 가슴속에 울음을 쌓고 있는 것이었다. 울음을 참느라고 혀를 물었다. 식은 군인이 다시, 굴이 학교 뒤뜰 언덕에 있지 않느냐고 젖혀 물었다. 자기도 모르는 사이에 또 "예" 하고 울면서 대답했다. 군인은 눈을 부릅뜨고, 울긴 왜 우느냐고 호통을 치고서, "학교 뒤에 있지, 틀림없지?" 하였다.

식은 눈앞을 보얗게 가린 푸른 연기 같은 어둠 속에서 고개를 주억거렸다. 그걸 마 선생이 팠는지 어쨌는지 알 수는 없지만, 해방이 된 뒤로 어른들이 그걸 흙이나 돌로 모두 메워버리고 없다는 말을 해야 한다고 생각했다. 그러나 식의 가슴에는 울음이 가득 차 있었고, 입은 그것을 숨 가쁘게 뿜어내고만 있었다.

군인의 손에서 놓여난 식은 아이들과 함께 학교로 갔다. 군인이 무얼 묻더냐고 아이들이 파고들었지만, 입을 열지 않고 그저 울기만 했다. 큰동네 모퉁이를 돌았을 때, 털모자 쓴 군인들이 아이들을 앞질러 갔다. 그들의 걸음은 나는 듯 빨랐다. 순식간에 교문 있는 언덕길로 접어들었다. 옆의 아이들이, "어디로 간다냐?" "학교로 가는갑다" "진뗏몰로 간다야" 하며 서로 궁금해하였다. 철우가, "우리 얼릉 가보자" 하고 달려갔다.

옆의 아이들이 뒤따라 달렸다. 아이들의 가슴팍에 동여진 책보 속의 필통들이 딸랑거렸다. 그 소리가 멀어져갔다. 식은 그들을 따라 달리지 않았다. 오금이 저렸다. 가슴이 풀쩍거리고 눈앞이 아찔했다. 눈앞에 또 푸른 연기 같은 어둠이 밀려들었고 도깨비불 같은 별무늬가 흘렀으며, 귀가 피요옹 하고 울었다. 식은 걸음을 멈추었다. 앞서 달려간 아이들이 교문 있는 언덕길로 접어드는 게 보였다. 식은 교문을 들어선 군인이 거짓말을 한 자기를 잡으러 쫓아올 것만 같은 생각이 들었다. 발길을 돌려 산언덕길로 들어섰다. 그리고 올라가면 교사가 비스듬히 건너다보이는 것이었다.

지난해 나무를 캐러 올라가서 운동장과 조회대와 교무실 앞의 국기봉을 내려다본 적이 있었다. 거기 숨어서 보면, 학교 안에서 일어난 일을 소상히 알아낼 수 있을 것이었다.

하라지 앞바다에는 꽃섬과 장구섬들이, 해방되던 해 봄 내내 구르릉거리며 떠 있곤 하던 시꺼먼 군함들처럼 버티고 있었다. 그 바다가 헐레벌떡 산 위에 오른 식을 빨아 마실 듯이 더 넓고 더 가깝게 다가서고 있었다.

그가 숨어든 산언덕 솔숲 밑으로 동백나무숲이 있고, 그 숲엔 한쪽 귀가 묻힌 왜식 목재교사가, 쭈뼛한 국기봉 하나를 치켜올린 채 거무튀튀한 모습을 비스듬히 드러내고 있었다. 한수와 널펜이가 불을 질렀다는 교장 관사는 동백숲에 가려 보이지 않았다. 교사 앞으로는 성냥갑만 해 보이는 조회대가 놓였고, 그 조회대 주변에는 군인들이 서 있었다. 그들은 국기봉을 치켜올리고 있는 교무실을 향하고 있었다. 운동장이 너무 흰 때문인지, 군인들의 제복이 곰솔빛으로 보였다. 바닷모래 깔린 운동장은 가을 햇살을 받아 하얗게 빛나고 있었는데, 군인들은 거기에 박힌 듯 서 있는 것이었다.

식은 솔두병 속에 몸을 숨겼다. 가슴이 펄럭거리고 관자놀이와 귓속이 욱욱거렸다. 그 욱욱거림에 따라 눈앞에 펼쳐진 풍경들이 아득하게 멀어졌다가 가까워졌다가 했다. 밭은 침을 삼키며, 교정에서 들려오는 소리에 귀를 기울여보았다. 바람이 불고 있었다.

솔숲이 우우 소리를 냈다. 교무실 문이 열리더니, 땅딸막하고 뚱뚱한 교장 선생과 호리호리한 교감 선생이 나오고 털모자 쓴 군인이 뒤따라 나왔다. 그 뒤로 가이네 선생이라는 별명이 붙은 식이네 담임선생이 따라 나왔다. 오전반인 1~3학년의 수업이 끝났으므로 집으로 돌아가는 아이들이 개미 떼처럼 교정을 메워야 할 터인데, 교정에는 하얗게 깔린 바닷모래의 반짝거림과 박힌 듯 서 있는 군인들의 곰솔빛 모습뿐이었다. 선생님들이 교실 안에서 애들을 지키고 있는 모양이었다. 오후반인 4학년 아이들이 교문을 들어서기가 무섭게 교사 모퉁이로 달려 들어가고 있었다. 호랑이 선생이 그리로 불러들이고 있는지 몰랐다. 시꺼먼 기관총을 멘 털모자의 군인은 조회대 앞에 데리고 나온 교장 선생과 교감 선생을 나란히 세웠다. 그리고 그들 앞에 마주섰다. 아까 식을 논바닥으로 끌고 간 그 구레나룻 시꺼먼 군인임에 틀림없었다. 그 군인은 무엇인가를 묻고 있었다. 뭐라고 소리치는 말이 어렴풋이 들려오고 있었다. 교장이 그 말에 대답을 하고, 교감도 무슨 말인가를 하는 듯했다. 그걸 알아들을 수 없었다. 기관총의 군인이 악을 쓰듯 소리를 지르더니 어깨에 멘 총을 벗어 들고 그들의 가슴에다 겨누었다. 바바방, 네댓 발의 총성이 거듭 울렸다. 총소리가 산줄기를 찢고 솔두벙 속에 숨은 식의 가슴을 쳤다. 가슴이 철렁 무너지는 듯했다. 눈앞이 아찔하고 귀가 피요옹 하고 울었다. 다행히 군인 앞에 선 세 사람은 아무도 주저앉거나 쓰러지거나 하지를 않았다. 그들 발부리 근처의 운동장 바닥에다 총알을 쏘아 박은 모양이었다. 한가운데 선 교감 선생이 뭐라고 소리치면서 그 군인 앞으로 한걸음 나섰다. 군인이 교감의 가슴에 총을 겨누었다. 교장이 교감 앞을 막고 나서면서 손을 저었다. 뒤에 섰던 군인들이 몰려들었다. 군인들이 빙 둘러선 속에서 교감을 중심으로 한 교장과 기관총의 군인과 가이네 선생이 한 덩어리가 되어 있었다. 한동안, 그들은 밀고 밀리고 했다. 그러더니 빙 둘러선 군인들이 물러섰다. 교장이 앞장서서 군인들을 데리고 교사 모퉁이로 갔다. 뒤뜰로 가려는 모양이었다. 뒤뜰은 동백나무 숲에 가려 보이지가 않았지만, 거기에는 변소와 목욕탕 건물과 교장 관사가 있고, 그 뒤쪽 언덕에 방공호를 석축하여 메운 흔적이 남아 있는 것이었다.

　교장이 '뒤편 언덕에 굴이 있다니까 가서 확인해 보면 되지 않겠소?' 하면서 그들을 데리고 가기라도 하는지 몰랐다. 총을 옆구리에 낀 군인들이 모두 동백나무 숲 밑으로 들어가 버렸다. 텅 빈 운동장에는 가을 햇살 아래 하얗게 보이는 조회대가 동그마니 그 운동장을 지키고 있었다.

　식은 숲 사이로 열린 하늘을 쳐다보았다. 얼굴이 달아오르고 가슴이 펄럭거렸다. 골이 지끈지끈 아파왔다. 등줄기에 식은땀이 흘렀다. 이마에도 땀이 맺혔다. 가슴이 답답했다. 가슴을 펴고 숨을 깊이 들이쉬었다. 그래도 답답하긴 마찬가지였다. 뒤뜰 언덕에 굴이 있을 리 없을 것이고, 굴이 없으면 구레나룻 더부룩한 군인은 거짓말을 한 이편을 찾을 것이었다. 만일 그 군인이 이편의 이름을 대고 이편이 거짓말했음을 말한다면, 교장, 교감, 담임선생님은 모두 이편을 두들겨 패주겠다고 펄펄 뛸 것이었다. 그리고 그들은 이편을 퇴학시킬 게 뻔하고, 그러면 이편은 아버지한테 죽도록 매를 맞을 것이었다. 식의 눈앞에는 또 푸른 연기 같은 어둠이 짙게 퍼졌고 도깨비 같은 별무늬가 흐르면서 귓속이 피요옹 하고 울었다.

　이윽고 군인들이 조회대 앞을 지나 교문으로 나가고 있었다. 교문으로 따라 나간 교장, 교감이 기관총 든 군인과 악수를 하였다. 군인들은 교장, 교감을 향해 거수경례를 붙이고 총총 진멧골 쪽으로 가버렸다. 군인들이 사라진 뒤 교장과 교감이 무슨 말인가를 주고받으면서 교무실로 들어가고 있었다. 이어, 일부 수업을 받은 1~3학년 아이들이 교문으로 몰려나갔다.

해가 산 너머로 떨어지고 이부 학생들과 5학년 학생들의 교문을 나설 무렵, 식은 산에서 내려왔다. 다리가 발발 떨렸다. 등줄기에서 식은땀이 흘렀다. 발끝에 차인 돌멩이가 굴렀다. 흠칫 놀라서 사방을 두리번거렸다. 솔숲이나 언덕 아래 어디서 털모자의 군인이 쫓아올 것만 같았다. 아니, 땅딸막한 교장과 호리호리한 교감과 가이네 선생이 다가와서 뒷덜미를 잡아챌 것만 같았다. 뒷등길이 내려다보이는 숲 속에 주저앉았다. 새텃몰로 가는 아이들이 지나가기를 기다렸다.

이윽고 4~5학년 아이들 여남이 지나가고 있었다. 삼수, 영철, 철우 등이 보였다. 무슨 이야기들을 하는지 시끄럽게 떠드는 말을 확실하게 알아들을 수가 없었다. 그러나 식이 어쩌고저쩌고 했단다 하는 말이 섞여 있는 듯만 싶었다.

"식이 학교 뒤에 굴이 있다고 말을 해버려서 군인들이 교장하고 교감을 총으로 쏴 죽일라고 했다고 하더라" 하는 말들을 하고 가거니 싶자, 온몸에 힘이 쭉 빠졌다.

이날은 아이들이 목화밭에 뛰어들어 어린 다래를 따먹지도 않고 떠들어대기만 하면서 지나갔다. 식은 아이들이 지나간 뒤로도 한참이나 더 숲 속에 머물러 있다가 길로 내려왔다.

이날 밤, 식은 회령으로 간 군인이 자기를 잡으러 오면 어쩔까 하는 생각을 하다가 잠이 들었다. 그랬다가 총에 맞아 죽는 꿈을 꾸었다. 총을 쏜 사람이 털모자의 군인이었는지, 영철의 사촌

형인 널펜이였는지, 삼수의 형인 한수였는지 알 수 없었다. 어쨌든 그 사람은 식의 어머니, 아버지, 그리고 동생인 웅에게 먼저 총질을 했다. 식은 식구들이 총을 맞고 버르적거리는 것을 보고 소리쳐 울다가 총을 맞았던 것이었다. 여기서 더욱 무서운 것은, 어머니나 아버지나 웅이가 총에 맞고 쓰러지자 마을 사람들이 박수를 치며 날뛴 것이었다. 그 마을 사람들 속에는 그를 반동자 새끼라고 욕해주곤 하던 삼수와 영철이 끼어 있었다. 식은 가슴에 총알이 박히는 순간 사지를 버둥거리면서 악을 썼다.

웬 꿈을 그렇게 꾸느냐고 흔들어 깨운 것은 어머니였다. 한밤이 가까웠을 때였다. 식은 잠이 깬 뒤에도 답답한 가슴을 부둥켜안은 채 숨을 헐떡거렸다. 아버지가 그의 이마에 손을 얹고 있었다.

"오늘 학교 가다가 많이 놀랐던 것이로구만."

아버지가 어머니를 향해 말했지만, 어머니는 아랑곳하지 않고 식의 얼굴을 들여다보며, "뭔 꿈을 그렇게 꿨냐?" 하고 근심스러운 듯이 물었다.

"어디 아프냐?"

아버지도 이마의 주름살을 굳히면서 물었다.

"이 애기가 저녁밥을 통 안 묵더랑께."

어머니가 울상을 지으며 식의 얼굴을 들여다보았다. 식의 얼굴은 땀에 흠뻑 젖어 있었다. 식은 얼굴을 일그러뜨리며 모로 돌아누웠다. 석유 등잔불이 어슴푸레하게 방 안을 밝히고 있었다. 그 불에 비친 아버지의 거무튀튀한 얼굴이 얼핏 구레나룻 더부룩한 군인의 얼굴처럼 보였다. 가슴이 후두두 뛰었다. 등줄기와 이마에 땀이 솟았다. 그는 끙 하고 신음을 했다. 아버지가 가슴에 손을 대보면서, "너 오늘 누구한테 맞었냐?" 하고 물었다. 식은 고개를 저었다.

이튿날도 식은 학교에 가지 못했다. 교감 선생이 눈을 부라리면서 교무실로 끌어다가 종아리를 때리고, 종일토록 마룻바닥에 꿇어앉혀 둘 것만 같아서였다. 전날과 마찬가지로 학교 뒷산 솔숲으로 갔다. 운동장에는 이부 수업을 기다리는 아이들이 뛰놀고 있었다. 깽깽이도 하고, 대꼬다이도 하고, 자치기도 하고, 쫓고 쫓기기도 하고, 주저앉아 땅뺏기 놀이도 하고 있었다. 그 아이들의 떠드는 소리가 솔숲으로 새어들었다. 솔두병 속에서 식은 우두커니 앉아 있었다. 교무실 앞의 종이 울리고, 일부 수업을 마친 1~3학년 아이들은 교문으로 쏟아져 나가고, 4학년 학생들이 교실로 들어갔다.

식은 마른 잔디 위에 누워버렸다.

마른풀 냄새가 코를 찔렀다. 솔숲 사이로 흘러든 햇살 아래에 파르께한 쑥부쟁이꽃이 드문드문 피어 있었다. 맹감나무숲에서 꼬리를 치켜든 채 팔짝팔짝 뜀질을 하던 굴뚝새 한 마리가 식을 흘끗 보더니, 도토리나무 숲으로 날아갔다가 다시 등성이 저편으로 날아가버렸다. 굴뚝새의 날갯짓이 솔숲 밑의 자줏빛 그늘을 출렁거리게 했다. 그 출렁거림이 식의 가슴을 흔들었다. 등성이의 숲에 쪽빛 하늘이 걸쳐져 있었다. 그때, 등성이의 숲에서

깍깍 하는 소리가 들렸다. 식은 화닥닥 일어났다. "이놈" 하고, 누군가가 달려오는 것만 같았다. 솔두병 속에 몸을 움츠렸다. 솔숲 사이로 뚫린 하늘이 깜짝 움츠리는 듯했다. 숲속을 까릉까릉 울려놓고 있는 까치였다.

그는 답답한 가슴 깊이 숨을 들이쉬었다. 식의 머리 위에서 울던 까치가 등성이 너머로 날아갔다. 까치가 사라진 뒤로도 그는 웅크린 몸을 펴지 않았다. 얼마나 그러고 앉아 있었을까. 식은 어렴풋이 자기의 이름을 외쳐 부르는 소리를 듣고 몸을 일으켰다.

그것은 분명히 "식아아!" 하는 소리였다. 그 소리는 한 사람만의 외침이 아니었다. 수없이 많은 아이들이 한꺼번에 소리치고 있었다. 그 소리가 계곡을 울렸다. 그가 숨어 있는 숲을 가득 채웠다.

이때 아래쪽 언덕에서 달려오는 게 있었다. 토끼였다. 엉겁결에 식이 숨어 있는 숲을 스쳐 등성이를 뛰어 넘어갔다. 아이들이 쫓아오는 게 분명했다. 그는 토끼가 달아난 등성이를 뛰어 올라갔다. 이날, 이편이 산언덕 길로 들어서는 것을 누군가가 보고 담임선생한테 일러바쳤는지 몰랐다. 담임선생한테 붙들리면 큰일이었다. 학교로 내려가는 대로 교감 선생 앞으로 끌리어가게 될 것이며 그러면 매를 맞을 것이었다. 등성이를 오르는 다리가 팍팍했다. 발발 떨렸다. 숨이 가빴다. 가슴이 풀쩍거리고 눈앞이 아찔했다. 발이 미끄러졌다. 머리끝이 곤두섰다. 등줄기에 찬물을 끼얹는 듯한 전율이 전신에 흘렀다. 솔가지를 잡고 일어섰다.

무릎이 얼얼했다. 등성이를 넘었다. 거기서부터는 돌자갈밭이었다. 돌자갈밭에는 시누대나무나 개암나무들이 우거져 있고, 그 주변으로는 맹감나무나 도토리나무들이 무성했다.

"식아아!" 가느다란 듯하면서 쨍 울리는 데가 있는 담임선생의 목소리가 뒤쫓아왔다. 식은 돌자갈밭을 건너가서 칙칙한 도토리나무숲 속에 숨어야 붙잡히지 않을 것이라는 생각이 들었다. 떨리며 맥이 없는 다리에 힘을 주었다. 재빠르게 발을 옮겨 디뎠다. 돌자갈밭에 얽힌 시누대나무와 개암나무의 숲을 뚫고 달렸다. 그러다가 발을 헛디뎠다. 앙상한 돌자갈 틈바구니로 처박혀 들어갔다.

요 며칠 사이에 보이곤 하는 하늘색의 푸른 연기 같은 어둠보다 더욱 짙고 아득한 어둠이 눈앞을 가렸다. 일어나 뛰었다. 도토리나무 숲에 들어섰을 때, 이마가 짜개지는 듯 아프고, 눈으로 끈끈하고 뜨거운 것이 흘러들었다. 손바닥에 떼찔레의 가시가 박힌 듯 따끔거리고 무릎이 화끈거렸다. 울음이 터져 나왔지만 참았다.

이윽고, 등성이를 오르는 발소리들이 그의 욱욱거리는 귓속을 파고들었다. 눈을 감아버렸다.

창백한 이마와 콧등에 땀방울이 맺힌 담임선생님에게 손목을 잡히면서 식은 엉엉 울었다. 담임선생은 뛰어 올라오느라고 숨이 찬 듯 작은 코를 벌름거리면서 손수건을 꺼내가지고 그의 이마에서 흐르는 피를 닦아주었다.

울지 말라고, 어서 내려가자고, 왜 이러고 있느냐고 네가 학교에 나오지 않으니까 교실 안이 숫제 텅 빈 것 같더라고, 집에서 누구한테 무슨 꾸중을 듣거나 매를 맞거나 한 모양인데 자기하고 함께 가면 괜찮아진다고, 다시는 꾸중 듣거나 매를 맞거나 하지 않게 하여줄 테니 걱정 말고 가자며 끌고 내려갔다. 식은 눈물 속을 걸었다.

해질 무렵, 이마의 상처 때문에 허연 붕대로 머리를 싸맨 채, 담임선생의 손에 끌려와서 엉엉 울어대는 식을 끌어안듯이 한 아버지는, "어쩌다가 이랬냐?" 하기도 하고, "우지 마라, 우지 마" 하며 달래기도 했다. 식은 어떻게 울음을 그칠 수가 없었다. 그의 목은 경련이 인 듯 굳어져 있었고, 가슴은 울음을 밀어올리고 또 밀어올리고 있을 뿐이었다. 담임선생이 아버지의 귀에다가 무슨 말인가를 오랫동안 하고 돌아간 뒤, 식은 어머니의 손에 끌려 부순방에 가서 누웠다. 누워서도 식은 울고 또 울었다. 그러다가 지쳐 잠이 들었다.

어머니가 구운 고기의 살점을 밥숟가락에 올려 든 채 깨워서야 식은 일어나 앉았다.

어머니는 식이 큰 병에 걸린 것으로 생각하고 있었다. 밥 한 숟가락을 받아먹었다. 입 속에 들어간 밥알은 모래알처럼 그저 굴러다닐 뿐이었다. 아버지가, "대고 막 먹어라. 대장부가 뭣이 무서워서 학교도 안 가고 그렇게 도망댕기기만 했냐?" 하고 물었다. 식의 옆에 앉으면서 등을 토닥거렸다. 식은 또 목이 울컥 메었다. 아버지의 얼굴을 흘끗 쳐다보았다. 아버지의 거무튀튀한 얼굴에 웃음이 담겨 있었다. 쌍꺼풀진 눈이 거슴츠레했다.

석유 등잔불이 야울거렸다. 아버지에게 묻고 싶은 말이 있었다. 아버지는 왜 반동자냐고, 아버지가 반동자이기 때문에, 우리는 이남과 이북 가운데 어느 쪽이 이겨야만 살 수 있게 되느냐고, 아버지는 어느 쪽에 가까우냐고, 묻고 싶은 것이었다.

어머니가 왜 밥을 씹고만 있느냐고, 꿀꺽 삼키라고 재촉을 했다. 뻣뻣하게 굳어진 목구멍 너머로 밥을 삼켰다. 어머니가 다시 한 숟가락을 입에 떠 넣으려고 했다.

식은 고개를 저었다. 어머니가 붕대 감긴 이마의 뒤통수를 짚어보며, 머리가 많이 아프냐고 물었다. 고개를 저어주었다. 어머니가 그러면 왜 이렇게 밥을 먹지 않느냐고, 입맛이 없더라도 억지로 먹으라고 짜증스럽게 말했다.

식은 고개를 떨어뜨렸다. 아버지가 웃으면서 등을 토닥거려주고, 어서 먹으라고 했다. 그 목소리가 우렁우렁 방 안을 울렸다.

"아부지" 하고 불러놓고 식은 또 울음을 터뜨렸다.

아버지가 대관절 왜 그렇게 우느냐고, 무엇이 무서워서 그러느냐고, 안타까운 듯 눈살을 찌푸린 채 물었다. 한참 만에 가까스로 숨을 돌린 식은 꺽꺽 딸꾹질 같은 재채기질을 하면서 눈을 딱 감은 채, 아버지는 왜 반동자냐고 물었다. 아버지가, "반동자?" 하고 되물으면서 어머니의 얼굴을 보았다. 어머니의 눈에 흰자위가 확대되고 있었다. 아버지는 고개를 쳐들고 천장을 향해 너털웃음을 터뜨렸다.

"누가 그런 소리 하디야?" 하고 묻더니 앞으로 만약에 또 그런 소리를 하는 놈이 있거든 말하라고 했다. 그러면 그놈들을 모두 잡아다가 파출소로 넘겨버리겠다고 했다. 앞으로는 조금도 무서워 말고 학교엘 나가라고 하면서 식의 등을 두드려주고 다시 너털너털 웃어댔다. 어머니는 "누가 그런 소리 하디야?" 하면서 숟가락을 놓았다.

"아니, 요것들이 우리 식이를 뺑 돌려 빼놓고 놀려먹어 싼께, 그것이 무서워 정녕 학교를 못 가는 모양이구만" 하고 분해했다.

식은 어머니의 말에 아랑곳하지 않고 아버지의 얼굴을 물끄러미 건너다보았다. 아버지가 이남 편을 드는 것을 보니까 반동자는 아닌 모양이다 싶었다. 일단 안심이 되긴 했다. 그러나 새삼스런 두려움이 엄습했다. 또한 좀 전에 아버지가 모두 잡아다가 파출소에다 넘겨줘버릴란다 하던 말이 마음에 걸렸다. 이남 편을 들다가 만일 이남이 이북한테 싸움을 해가지고 지면 어떻게 하려고 그러느냐고 묻고 싶었다. 그것은 생각뿐이었다. 그의 얼굴은 후끈 달아 있었고, 가슴은 풀쩍거리고 있었으며, 목은 경련이라도 인 듯이 메어 있었다. 그는 잠긴 소리로 아버지를 불렀다. 아버지의 얼굴을 건너다보았다. 왜 그러느냐고 하면서 거무튀튀한 아버지의 얼굴이 그의 앞으로 다가왔다. 그의 눈앞에 총을 쏠 때 피어나던 파란 연기 같은 어둠이 퍼지고, 도깨비불 같은 별무늬가 흐르면서, 귀가 피요옹 하고 울었다.

'미국하고 쏘련하고 쌈을 하면 어디가 이긴다우?' 하는 말이 입 안에서 뱅뱅 돌았지만 식은 끝내 이 말을 입 밖에 내지를 못했다.

정말 미국이 소련보다 더 싸움을 잘하는 나라일까, 이북하고 싸움하다가 이남이 지게 되면 미국은 이남 편을 들어 덤벼줄까, 하는 생각이 머릿속에서, 쌀을 일 때 흔들리는 바가지 속의 물처럼 이리저리 일렁거리고 있었다. 식은 눈을 감은 채 후드득 소름을 치곤했고, 그때마다 그의 얼굴은 식은땀을 쏟고 있었다. 석유 등잔불이 야울거리는 속에서 밤은 깊어가고 있었다.

참 알 수 없는 일

1

 참 알 수 없는 일이었다. 내가 정씨네 문중의 도장손인 정수복을 본 것은 그해 3월 초순 무등산정엔 아직도 희끗희끗한 눈이 남아 있던 어느 날이었다. 대덕에서 중학교를 마치고 광주 어느 고등학교에 들어가게 된 아들놈이 자취를 한다기에, 냄비며 바께쓰며 밥그릇이며를 사주려고 그놈을 따라 양동시장엘 나갔는데, 그가 한 이동복점 앞에서 서성거리고 있었다. 그의 행색이 너무 초라했다. 쇠털색 잠바에 작업복 바지를 입는다고 입었지만, 그것은 거뭇거뭇한 땟국이 흐르고 있었으며, 발에는 흙투성이인 검정 고무신이 철떡거리고 있었다. 이발하고 빗질한 지가 오래인 듯 머리칼은 부스스하게 흐트러져 있었고, 구레나룻과 코밑수염은 길게 자라 있었다. 거기에, 돌이 갓 지났을까 말까 한 아기 하나를 허름한 군용 담요에 싸서 등에 업고 있었다. 그 아기가 흘러내리지 않도록 띠를 앞가슴에서 가새질러 두 어깻죽지 너머로 걸쳐 맸는데, 그러한 그의 모습은 흡사 거지 행색이었다.

 정말 너무 어처구니없는 일이었다. 이날 밤, 아들놈의 자취방으로 돌아온 나는 내내 그와 관련된 이런저런 생각들 때문에 잠을 이룰 수가 없었다.

2

정수복, 그는 해방 전후까지만 하더라도 덕도의 새텃몰 안에서는 떵떵거리고 살던 정씨네 삼대 독자였으며, 날아가는 새도 떨어뜨릴 만큼 세도를 부리던 아버지 정만수 씨의 힘을 업고, 당시 또래 아이들을 지렁이 밟듯 하던 사람이었다.

수복이는 여느 아이들보다 두 살이나 많아서 학교엘 들어갔기 때문에, 반 아이들 가운데서 힘이 제일 세었다. 거기에 아버지 정만수 씨가 학교 후원회 임원이어서 담임선생은 그를 옹호하였고 맡아 놓고 반장을 하곤 했었다. 마을의 또래 아이들은 학교를 오가는 길엔 그를 뒤따라 바다가 내려다보이는 산굽이길을 돌아 오가야 했으며, 가을철 같은 때엔 그의 지시에 따라 고구마 밭이나 수수밭이나 무밭에 뛰어들어, 고구마, 수수, 무, 당근 따위를 훔쳐다가 그에게 바쳐야 했다. 한데, 산굽이길 주위의 밭에 훔쳐오도록 지시할 건덕지가 없는 이른 봄이나 여름철 같은 때엔 묘한 심술을 부려서 또래 아이들을 골탕먹이곤 하였다. 그가 노상 두고 쓰곤 하던 방법은, 아이들을 모두 한데 몰아 세워놓은 다음, 두어 걸음 마을 쪽으로 가서, 허리춤을 툭 까고 고추를 꺼내 오줌을 갈겨, 실뱀 길바닥을 동강이내어 놓고 "이 오짐 금 넘어오는 놈은 내 아들놈이고, 즈그 어메는 내 각시다" 하고 선언을 한 다음, 싱글거리며 길 가장자리 풀밭에 주저앉거나 밭덕에 걸터앉아, 오줌 금 건너편의 아이들을 하나씩 훑어보는 것이었다. 아이들은 무르춤히 선 채 자기들의 갈 길을 막는 오줌 금을 멍히 내려다보기만 했었다. 물론 이 방법을 그가 처음 썼을 때, 몇몇 약삭빠른 아이들은 그 오줌 금을 피하여 산언덕 쪽이나 길 밑의 골짜기 쪽으로 우회하려고 했었다. 그러나 풀밭에 버티고 앉아 있던 그가, "야, 새끼들아, 이 오짐 금은 여기서 이쪽으로는, 산을 넘고 또 넘고 또 넘고 해갖고 저그저 시베리아 벌판까지 쭉 뻗어 있고, 또 저쪽으로는 이 바다를 건네갖고, 저 섬을 넘어갖고 태평양 너머에서 반듯하게 한정 없이 그어졌은께, 그 골짝으로 내려가 갖고 오그나, 그 언덕으로 올라가 갖고 오그나, 내 아들놈 되고 즈그 어메가 내 각시 되기는 마찬가시란 말이여. 민약에, 여그 건네와 갖고 나보고, '아부지'라고 안 하는 놈은 꽉 잡아 쥑일 텐께 그리 알어라" 하고 엄포를 떠는 바람에, 산언덕 쪽이나 바다 쪽 골짜기로 내려섰던 아이들은 그 자리에 우뚝 멈춰서고 말았던 것이었다. 그런 일이 있은 후부터 아이들은, 그가 오줌 금을 그어두고 심술을 부리기 시작하면, 당분간 그쪽에서 무슨 조건을 제시하고 나올 때까지 기다리곤 하였다. 어느 때고, 한동안 오줌 금 건너에서 우물거리고 있는 아이들을 바라보던 그는 이윽고, "그럼, 내일 쌀 다섯 주먹 갖고 올 사람은 그냥 건네와도 내 아들놈이라고 안하께 건네온나" 하고 조건을 내놓곤 하기 때문이었다. 이 조건에 순응하기로 하고 건너오지 않는 아이가 없었고, 대부분의 아이들은 이튿날 학교에 나오면서, 자기들 집에서는 기껏 꽁보리밥알들을 서로 엉기게 하느라고 얻어먹는 정도이기 때문에, 금싸라기같이 깊숙이 보관하 곤 하는 마루 구석의 찻독그릇 속에서 쌀을 식구들 몰래 호주머 니에 퍼 담아 오게 마련이었다. 만일 그걸 이행하지 않으면, 다음 날로 기한을 연기해주는 대신 열 줌으로 불려 가져오게 하고, 다음 날 또 어기면 스무 줌으로 불려 가져오게 하기 때문이었다.

또 아이들은 자기 집에 제사가 있거나 무슨 잔치가 있거나 하면, 이튿날은 반드시 떡이나 과일 같은 것을 가지고 와서 그에게 바쳐야 했다. 그렇지 않았다가는 언제 그로부터 불벼락을 맞든지 맞게 되는 것이었다. 그 불벼락이란 대개 이런 것이었다. 학교에서 돌아오는 길에 그는 그가 지목한 한 아이만을 남기고 다른 아이들을 앞에 가서 기다리고 있게 하였다. 그리고는 그 아이 앞에 오줌을 갈기고, "이 오줌 금 건네는 놈은…" 하고 선언한 뒤 기다리고 있는 아이들에게로 가는 것이었다. 만일, 지목된 그 아이가 집에 돌아가는 대로 자기 아버지한테 일러바치겠다고 하며, 이를 갈고 울면서 그 오줌 금을 건너오기라도 하면, 그는 기다리고 있는 아이들로 하여금 "누구는 수복이 아들이고, 누구 즈 그 어메는 수복이 각시라네" 하고 소리쳐 놀려대도록 하는 것이었다. 그러면 그 아이는 별수 없이 개밥에 도토리 신세가 되어버리는 것이었다.

저녁 무렵에 산에 땔나무를 주우러 갈 때도, 그는 또래의 아이들을 거느리고 다녔고, 또래 아이들은 맨 먼저 주워온 땔나무를 그의 나무 지게에 그가 만족해 할 만큼 가득 짊겨놓은 뒤에야 자기들의 몫을 주우러 다니곤 하였다. 그렇게 하기 싫어서 딴 데로 피해 가는 아이가 있으면, 그는 또 기어이 그 아이에게 복수를 하는 것이었다. 때문에 아이들은 싫으나 좋으나 그를 따라다닐 수밖에 없었다.

간혹 아이들이 자기 부모에게 수복이의 소행을 일러바치고 복수해주기를 바라는 경우가 없잖아 있었지만, 그 부모들은 대개 그의 아버지 정만수의 앞뒤 가리지 않고 덤벼드는 사나움과 어려운 때 돈 얻어 쓸 구멍이 막히게 될 것을 염려하여, 극히 조심스럽게 자식을 타이르는 정도로 말아버리곤 하였다.

나도 그의 발아래서 지렁이 밟히듯 밟히면서 살아온 아이였음은 말할 것이 없었다.

이러한 그로 하여금 고향을 등지도록 한 것은 6·25였는데 내가 알기로만 하여도 그 6·25는 그에게 아주 많은 것들을 가져다주었고, 또 **빼앗아갔다**.

그는 장흥읍에 있는 중학교 1학년엘 다니다가 인민군이 밀고 내려오자 고향으로 돌아왔는데, 그 난리통에 그의 아버지가 보안서로 끌려갔던 것이었다. 풀물을 들인 군복에 붉은 완장을 두른 보안서 사람들이나 마을의 세포위원들은 거의 날마다 그의 집으로 몰려들었고, 몰려들어서는 뒤란의 곳간에 쌓인 쌀이며 보리며를 자꾸 보안서로 가져오라고 지시를 하곤 하였다. 모든 사유 재산을 공산화한다는 바람에 머슴이 나가버렸다. 그의 집에는 보안서 사람들의 요구대로 쌀가마니를 보안서로 날라다 줄 힘센 사람이 없었다. 하릴없이 난리 몰려오면서부터 맥이 쭉 빠져버린 그의 어머니와 그의 손위 누님이 쌀가루를 이고, 그가 등에 엉기지 않은 지게에 보릿자루 쌀자루를 얹어 짊어지고, 칠팔월 땡볕 속에서 땀을 멱 감듯이 하며 하눌재를 넘어 보안서엘 가곤 하였다. 그러던 것을 나도 한두 차렌가 본 적이 있었다. 요구하는 대로 가져다 바치면 아버지 정만수 씨를 풀어줄 줄 알았던 모양이었다. 보안서 놈들도 낯짝이 있긴 있는 놈들이었던지, 한 달인가 동안이나 가두어두었던 정만수 씨를, 아침저녁으로 살랑살랑한 바람이 불어들기 시작한 어느 날, 땅거미가 기어들 무렵에 풀어 내주었다. 그러나 그날 밤으로 마을의 세포위원들 손에 숙청을 당하고 말았던 것이었다. 마을 앞 바다의 넓바위 틈에 정만수 씨가 피투성이가 된 채 구기박질러져 있더라는 소문이, 그때 마을을 조용한 가운데 술렁거리게 했다. 한데 그 사건에는 바로 그 마을 정씨 문중의, 평소에 정만수 씨를 '당숙'이라고 부르거나 '성님'이라고 부르던 청년들이 수없이 관련되어 있었다.

경찰이 밀고 들어오자, 그때 열여덟 살 나던 그는 학도호국단에 들어가게 되었는데, 그것이 그로 하여금 고향을 등지게 한 결정적인 요인이 되었다.

그의 아버지 숙청 사건에 관련되었다가 입산을 했거나, 이 마을 저 마을로 피신을 했거나 한 사람들을 쫓아다니느라고, 수복되던 그 이듬해까지를 다 허비하였을 때 그는 어느덧 스무 살이 되어 있었고, 그제서야 아차 큰일이다 싶어 다니던 학교엘 다시 들어가려 했지만, 돈 벌어 대줄 사람이 없었다. 아버지가 돌아가신 이후 몸져누워 있기만 하는 어머니와, 금방 마땅한 자리만 있으면 시집보내야 할 누님, 학교에 다니고 있는 누이동생이 있을 뿐인데, 누가 농사일을 돌볼 것이며, 김 막는 철이 된다 하더라도 누가 있어 김발을 막으며, 또 그걸 뜯는 철이 된다 하더라도 누가 그걸 뜯어 돈을 만들 것인가. 이때, 그에게 신체검사 통지서까지 날아들었다. 이해 겨울, 그의 어머니는 그의 누님을 장터 옆의 연평마을로 시집보냈는데, 바로 그 무렵에 그는 병무청으로부터 군 소집영장을 받았다. 이때껏 몸져누워 있던 그의 어머니가, 그를 군대에 보내느니 차라리 죽고 말겠다고 하는 바람에, 연평 사위가 나서서 면사무소의 병사계 직원과 짜고 암암리에 일을 벌인 것이었다. 먼저, 그해 김 팔아 모은 돈을 끌어다가 대어 일차적으로 면제받도록 도와주었다.

탈은 여기에 있었다. 그가 돈을 씨시 군대엘 가지 않게 되었다는 것을 냄새 맡은 사람들이 몰려들기 시작한 것이었다. 한 번은 병무청 쪽에서 날아왔고, 다음엔 보안서 쪽에서 날아왔다. 그 다음은 경찰서 쪽에서, 또 그 다음은 헌병 파견대 쪽에서 날아왔다. 그들은 한꺼번에 몰려오는 법이 없었다. 마치 약속이라도 한 듯이 윤번으로, 번갈아가며 다녀가곤 했다. 그들이 한 번씩 다녀갈 때마다 그의 집에서는 그들에게 그들이 만족해 할 만큼 먹고 마시고 집어넣고 갈 국물을 제공해야 했다. 김이 한창 나는 철이라 여기저기에 나도는 돈들을 끌어다가 댔다. 소를 팔아 갚기로 하고, 논을 팔아 메우기로 하고…. 허나, 그것도 한두 번이지 일년 내내 거의 여남은 차례를 계속 당하고 보니, 더 이상 끌어낼 빚돈이 없었다. 어찌할 수 없이 어머니는 그를 골방 속에 들어앉아 있게 하고, "논 몇 마지기 값을 손에 들려서 내보냈는데, 서울 어디로 갔는지, 부산 어디로 갔는지 알 수가 없다" 하는 소문을 퍼뜨렸다.

이게, 내가 스무 살 나던 해 늦은 여름의 일이었다. 이때, 나의 어머니나 아버지는 이해 봄에 신체검사를 한 나를, 입대하기 전에 장가들게 하겠다는 생각으로, 같은 마을에 사는 홀어미로서, 정월이라는 딸을 가진 진도댁한테 은밀하게 중매쟁이를 들여보내곤 했었다. 그걸 눈치챈 나는 나대로 정월 어머니 쪽에서 얼른 허락해주기를 바라고 있던 참이었다.

한데, 수복 어머니가 퍼뜨린 소문 말고, 또 하나의 묘한 소문이 같은 무렵에 퍼지기 시작했다.

"수복이하고 정월이하고 배가 딱 맞어부렀닥 하더라."

이 소문은 삽시간에 온 마을 안을 들썽거리게 하였다. 이 마을에서 정월이는 비록 진도 어디선가 살다가 굴러 들어온 홀어미의 딸이라고는 하여도, 그 미모며 육덕이며가 크렁크렁하고 태깔이 고와서, 그녀를 욕심내지 않는 청년들이 없었다.

이 소문에 아연실색을 한 것은 중매를 선 탱자나뭇집 할머니의 밑을 부지런히 긁어서, 정월이네 집에 들여보내곤 하던 어머니와 아버지였다. 거기에 못지않게 맥 풀려버린 것은 나였다. 중매쟁이가 들랑거리기 시작하기 전부터, 아니 열 몇 살 먹었을 때부터, 나는 은근히 정월이의 얼굴을 가슴 깊숙한 데 묻어놓은 채 속을 태우곤 하여온 것이었으니 말이었다.

그래도 입이 건 중매쟁이 할머니는, 이미 맥이 풀려버린 우리

집엘 와서, 그 소문이 맹랑한 것이라는 것을 누차 말뚝 박은 다음, 정월이네의 말이, 양친 엄연히 살아 있는 내 쪽을, 난리 중에 억지죽임 당한 정만수의 아들한테 어떻게 비할 수 있겠느냐고 분명히 말했었다며, 금방 승낙할 것이니 걱정 말라고 했다.

그 중매쟁이의 혀 짧은 소리가 있은 이튿날, 마을에는 수복이가 정월이를 데리고 밤봇짐을 쌌다더라는 소문이 돌았다.

그것은 사실이었다. 그때 우리 집안 사람들은, 남의 훗국만 마시려다가 그것도 못 마시고 꿩 떨어진 매 신세가 되었다고 마을 사람들이 비웃을 일을 생각하며 바깥 출입을 하지 않았고, 나는 울화가 끓어 방바닥에 번듯이 누워 있기만 했었다. 해변에 사는 여자답지 않게, 살결이 배꽃같이 흰데다가 육덕이 좋고, 태깔 있는 정월이를 아내로 맞지 못하게 되었다는 아쉬움도 아쉬움이었지만 하필 정수복이라는 놈한테 그 정월이를 빼앗겼다는 분함과 억울함이 가슴을 들끓게 하기도 하고, 아프고 쓰리게 하기도 하던 것이었다.

사흘을 꼬박 엎치락뒤치락하기만 하다가 나는 도망이라도 치듯 군대엘 들어가버렸고, 제대를 하자마자 지금의 아내한테 장가를 들었었다. 그리고, 정수복 그놈과 정월이 그년이 잘살면 얼마나 잘사나 보자, 너희들보다는 기어이 내가 더 잘살 것이다. 두고 보아라, 하는 생각으로 이를 갈고 팔뚝을 물어뜯으며, 논밭을 일구기도 하고 바다에 나가 김발을 막아 돈을 건져내기도 했다. 그렇게 살아온 보람인지 내 나이 마흔이 되는 오늘날, 우리 마을에서는 상에서도 상 쪽에 드는 부자가 되었다. 아들 농사 또

한 꽤나 잘 지은 쪽이어서, 큰놈이 대덕중학교 안에서는 늘 일등을 차지하곤 해쌓으므로 나는 비록 못 배웠지만 이놈만은 기어이 대학까지 보내주리라 작정한 터였다. 아들 농사도 정수복보다는 잘 지어야 한다. 암, 그래야 하고말고. 정수복이, 그놈이 내 앞에서 무릎 꿇을 날이 있고야 말도록 하여야 한다…. 이런 다짐으로 어스름 새벽부터 곤한 잠 몰아가며, 소를 돌보기도 하고 논밭을 둘러보기도 하고 바닷일을 하러 나가기도 하면서, 아들놈 중학교에 보내고부터는 술, 담배마저도 피우고 마시는 횟수를 줄여보자고 애를 쓰면서 살아오고 있는 것이었다.

3

그런데 이날 본 정수복의 모습은 너무나 비참한 것이었다. 놈은 등에 업은 아이의 옷이라도 하나 사려는지 어쩌려는지 아동복점 안을 기웃거리고 있었다. 나는 아들놈과 함께 양은그릇 점포 안에서, 튼튼하고 모양새 있는 것으로만 고른 냄비며 바께쓰를 앞에 놓고 흥정을 하고 서 있다가 그의 모습을 발견했던 것이었다. 나는 한동안, 길 건너편 아동복점 앞에서 수복이가 하는 양을 물끄러미 바라보면서, 그가 내 쪽으로 돌아서기를 기다렸다.

그는 그 울긋불긋한 옷들이 주렁주렁 걸려 있는 아동복점 앞을 그냥 지나쳐 가고 있었다. 나는 산 물건들을 들고 나가자고 아들놈을 재촉하였다. 정수복을 뒤쫓아가서, 그동안에 쌓인 회포를 나누어보고 싶었다. 거짓말 손톱만큼도 안하고 그때 내 가슴속에는, 평소에 그를 향하고 있던 울분이나 증오심 같은 것은 씨도 없었고, 그가 어찌하여 그런 거지 행색을 하고 있는가 하는 것이 마냥 궁금하였으며, 동시에 안쓰런 생각이 앞서 있기만 하던 것이었다. 내가 냄비와 밥그릇 등속을 넣은 바께쓰를 집어들고 황망히 나서려는데, 아들놈이 "아버지, 돈 치러야지라우" 하였다. 그제서야 나는 아차 하고 호주머니에서 돈을 세어 주었다. 거스름돈을 받아들고 옷점들이 늘어서 있는 상가로 달려갔다.

그 사이에 어디로 박히었는지, 정수복의 모습은 보이지가 않았다. 아들놈에게 바께스 등속을 모두 맡기어둔 채 이 골목 저 골목을 휘돌고, 주변의 싸구려 간이음식점이며 포장집들을 기웃거려보았지만, 그것도 허사였다.

그에 관해 전혀 새로운 소식을 들은 것은 내가 고향엘 내려와서였다. 고향 마을에 돌아온 날 밤, 마침 회관에서 회의가 있었다. 그 회의는 봄보리에 쓸 비료 배분에 관한 논의였기 때문에 집집의 어른들이 다 모였다. 거기서 나는 문득 생각난 것처럼, "아니, 나 참 이참에 광주 갔다가 묘하게도 수복이를 봤네" 하고 말한 다음, 나도 미처 캐어내지 못한 그 정수복에 관한 궁금증을, "하고 댕기는 꼴로 본께 정녕 아조 불쌍하게 돼뿌렸는갑데" 하고 털어놓았다가, 그에 관한 소식을 들었던 것이었다.

병영에 처가가 있는 칠성이가, "글씨 말시" 하고 나서더니, 자기는 오랜만에 친정엘 다녀온 자기 마누라한테서 들었다면서, "참말로 안됐데, 안됐어" 하고, 쓴 입맛부터 다셔놓고 말을 잇던 것이었다.

"글씨, 여그서 그 좋다는 전답들 몽땅 팔아갖고 나간 것을 어떻게 볶아묵고 지져묵었는지 몰라도, 언제부턴가 술장시를 하드락 하등만, 그란디 또 정월이란 년이 이때까지 새끼를 낳으면 죽고 낳으면 죽고 해쌓다가 얼마 전에 또 아들 하나를 낳기는 낳았든가 보데. 그란디 그년이 돌도 안 지낸 새끼를 놔두고 어느 놈과 붙었는지, 도망을 가부렀닥 하드란께."

이 말에 누군가가 "정월이, 그년이 원래 화냥기가 있는 년이었제" 하였고, 이어 칠성이가 "그란께, 제일 첨에는 저 대덕 장터로 나가서, 차표도 끊고 어짜고 함스롱 까딱없이 안 살든가? 그런디, 수복이가 장흥읍으로 소리 배우러 댕기는 당골네 딸 한나를 봤닥 하든가 어쨌닥 하든가…. 그런께 그냥 정월이가 그 꼴을 죽어도 못 보겠단다고 기어이 장흥읍으로 이사를 가자고 들볶았든 모양이데. 읍으로 가서도 처음에는 참 쓸 만한 가게를 열었든 모양이드구만. 그란디, 가게 옆에다가 술을 놓고 폼스롱 일이 붙었든 모양이여. 또 그쩍에는 정월이가 어느 놈하고 붙었든가 보제. 일이 요렇게 됀께, 수복이가 서둘러서 부랴부랴 강진으로 갔든가 보데. 그래 갖고 거그서 어쩌다가 그냥 사기를 당해갖고, 병영으로 갔든 모양인데" 하였고, 다시 또 누군가가, "종자는 못 속이는 법이시" 하던 것이었다.

따지고 보면, 정월이는 그런 여자였는지도 모를 일이었다. 어디서 무엇을 하다가 굴러 들어왔는지 알 수 없었던 홀어미의 딸인 정월이는, 눈이 서글서글한 데다 항상 축축하게 젖어 있는 듯한 입술로, 이 남자를 보고도 쌩긋거리고 저 남자를 보고도 쌩긋거리곤 하던 것이었다. 그렇기 때문에 정월이가 처녀로 있을 때, 이 마을에 살던 총각 쳐놓고 그년한테 홀리지 않은 사람이 한 사람도 없었을 정도였다. 어쩌면 그만큼 줏대가 실하지 못한 여자였는지도 몰랐다. 종자가 그러한 종자인 것인지, 정월 어머니 또한 묘한 여자이던 것이었다. 마을 사람들은 그 여자를 마을의 사랑방 모퉁이 같은 데 놓아둔 '오줌받이 통'에 비유해 말하고들 있었다. 말하자면, 정월이가 수복이하고 배가 맞아 나가버린 이후로, 이 마을에 사는 중년 남자나 노총각인 머슴들 쳐놓고 그 여자를 보듬어보지 않은 남자가 없었다는 것이었다. 또 당시 마을에 흘러 다니던 말대로 한다면, 정월 어머니는 원래 진도의 어느 마을에서 살았있는데, 그 마을에서도 그와 같은 못된 잡년질 때문에 똥물벼락을 맞고 쫓겨났다던 것이었다.

회관엘 다녀온 날부터, 나는 또, 정월이가 어느 놈을 얼싸안고 어디로 도망을 쳤을까 하는 생각 속으로 빠져들어갔다. 광주 양동시장에서 본 수복이의 행색으로 보아, 돌이 갓 지났을까 말까 한 아기를 등에 짊어진 채로 그 정월이를 찾으러 다니는 모양이던데, 좁다면 좁고 너르다면 너른 세상에서 과연 그 여자를 찾아내기가 할까, 찾아낸다면 그는 그 여자를 어떻게 족쳐댈까 하는 궁금증이 좀처럼 가시지를 않았다.

그것도 져근덧이고, 바쁜 살림살이에 쫓기면서 차차 수복이에 관한 것들을 잊고 말았다. 그랬다가 내가 다시 수복이를 만난 것은, 그로부터 몇 달이 지난 이른 가을, 바야흐로 수수 모가지가 패기 시작하고 그 밭언덕에 억새풀들이 무성하게 어우러질 무렵의 어느 날이었다.

해가 설핏해졌을 때, 덕도와 우산도 사이의 간척지 논의 나락을 대강 둘러보고, 낭떠러지 밑으로 호수같이 펼쳐진 득량바다가 내려다보이는 산굽이길, 어린 시절 학교를 오가던 그 솔숲길을 돌아오는데, 정씨들 선산 있는 골짜기에서 남자의 컬컬한 노랫소리가 들려오던 것이었다.

나는 걸음을 멈추고, 한국의 재래종 소나무 숲이 거멓게 덮인 정씨네 선산을 쳐다보았다. 컬컬한 듯하면서도 카랑카랑하게 맑은 구석이 있는 그것은 분명 정수복의 목소리라고 직감되었다.

산천은 험준하고
수목은 침잡헌디…

그는 〈적벽가〉 중에서, 몰상당한 조조의 백만 군사가 새로 환생하여 조조를 원망하면서 우짖고 있음을 내용으로 한 '새타령'을 뽑고 있었는데, 어쩌면 애끓는 탄식이 서린 듯한 그 소리는 자줏빛 그늘이 잠긴 골짜기를 울리고 그 밑으로 펼쳐진 수수밭 언덕을 스쳐 낭떠러지 아래의 잔잔한 해면으로 스미어가고 있었다.

산굽이길을 돌아 수수밭 언덕길로 들어서면서 나는 담배 한 개비를 꺼내 물었다. 밭주인의 낫 끝에 모질어진 찔레꽃나무 한 무더기 주위로 억새풀 포기들이 무성하게 어우러진 밭두둑에 앉았다. 그가 내려오기를 기다릴 참이었다. 묘하게도 내가 앉은 밭언덕은, 어린 시절에 그가 길 한복판에 오줌 금을 그어두고, 그 건너편에서 우물거리고 서 있는 또래 아이들을 건너다보며 히물거리고 앉아 있곤 하던 그 자리였다.

> 만학은 눈 쌓이고
> 천보의 바람이 칠 제
> 화초목실이 바이없어
> 애모 원한이 그쳤는디…

그의 노랫소리가 가까워졌을 때, 나는 담배 연기를 깊이 들이마시고 바다를 내려다보았다. 우산도 끝의 검은바위 아래에서, 저물녘의 불그스름한 햇살을 받은 쌍돛단배 한 척이 나타나고 있었고, 바다는 더욱 짙은 쪽빛으로 밋밋하게 다져지고 있었으며, 소록도나 녹동 뒤편으로 피어난 구름 끝은 꽃처럼 불그죽죽하게 물들어 있었다.

수수밭 두둑길로 들어서면서 그가 노래를 그쳤으므로, 나는 꽁초가 다된 담뱃불을 발아래 놓고 밟으면서 일어섰다. 그는 나를 보자마자 발을 멈추고 우두커니 서서 내 얼굴을 건너다보기만 했다. 나 또한 아무 말도 나오지가 않아 그저 마주보았을 뿐이었다.

그와 나는 너무 대조적이었다. 나는 이해 들면서, 아내가 시장에서 가는 베 비슷한 테토론이라는 옷감을 떠다가, 간편히 걸쳐

입을 수 있도록 중의적삼을 지어주었는데, 바로 그것을 입고 있었으므로 아주 산뜻한 '샌님'의 모습이었을 것이었다. 그의 모습은 몇 달 전 광주 양동시장에서 보았던 것 이상으로 험했다. 아기를 업지 않은 홀몸인 그는 구레나룻과 수염이 터불터불하게 긴 얼굴에, 몇 달 전의 쇠털색 잠바와 검정 작업복 바지를 그대로 입고 있었는데, 그 잠바의 팔꿈치나 바지의 무릎 부분이 너덜너덜해져 있었다.

"워메, 어짠 일인가 수복이 자네?"

나도 모르는 사이에 흘러나간 내 말에, 수복이는 고개를 떨어뜨리고 서 있더니 내 옆으로 걸어왔다. 내 손을 두 손으로 감싸 잡으면서 밭두둑에 주저앉았다.

내가 담배 한 개비를 건네고 불을 붙여주자, 온 얼굴에 수염이 터불터불한 수복이는 소록도 위로 피어오른 구름을 멀거니 바라보면서, "이렇게 됐네야" 하고 울음 우는 듯한 웃음을 입가에 띠는 것이었는데, 잠시 후 나는 그의 등에 아기가 없어졌음이 궁금해지기도 하여 "금년 봄에 광주 갔다가 양동시장에서 자네를 보기는 봤는디 말이시, 물건 산 돈을 조깐 주고 나온께 금방 어디로 가고 없드라 말이시, 어떻게 서운하든지…" 하고 말을 했다가, "맞네, 그때 그년을 찾아 나섰드니, 찾기만 찾는 날에는 아주 너 죽고 나 죽자 하고 말이시" 하고 시작하는 그의 이야기를 모두 들을 수 있었다. 정씨네 선산 너머에서 바야흐로 저녁놀이 벌겋게 피고 있었는데, 그 저녁놀은 우리들이 내려다보는 바다는 물론, 우리를 에워싼 수숫잎마저도 숫제 핏빛으로 물들여놓고

참알수없는일 • 161

있었다.

4

 갔으면 어디를 갔을 것이냐고, 기껏 이 남한 땅에 있을 것이 아니냐고, 정월이하고 붙어 나간 놈이, 기껏해야 시장 길목 같은 데서 싸구려 옷점을 벌이고 떠벌리는 재주밖에는 없는 놈이므로, 그저 간단히, 이 전라도 지방의 시장 변두리만 샅샅이 훑으면 잡아낼 수 있으리라는 생각만 한 채, 찾아 나선다고 찾아 나선 것이 참 무모하고 미련한 짓이었다는 것이었다.
 전셋돈 빼낸 것을, 이를 갈고 아끼어 쓰면 그걸로 오 년은 버티어낼 수 있으리라는 단순한 생각을 한 채, 그걸 전대에 말아 허리에 묶고, 등에 돌이 갓 지난 아들을 짊어진 채 나선 것은 보통 독심을 품은 행위가 아니었다. 돈이란 참 허망한 것이어서 그가 해남, 목포, 무안, 영암, 나주, 남평, 영산포 근방의 면 소재지에 서는 장바닥을 훑고, 읍 소재지의 상설시장을 더듬고, 광주에 들어가는 대로 시내에 산재한 상설시장들을 샅샅이 뒤진 것은, 막연히 찾아 나선 지 두 달이 조금 더 지난 때였는데, 그때 벌써 전셋돈 반 이상을 써버렸던 것이었다. 그는 그저 하루 두어 끼, 아무거나 닥치는 대로 먹으면 되었지만 등에 업은 아기는 때에 밥 씹어 먹이는 것 외에도, 목이 마르거나 배가 고프거나 한 듯 칭얼거릴 때마다 비스킷을 사서 들려주기도 하고, 우유 같은 것을 사서 빨려보기도 하고, 과일 같은 것을 사서 들려주기도 하곤 하여야 했기 때문에, 여인숙에서 잠자고 차비로 내주곤 하는 돈 외에도 돈이 검불처럼 헤프게 나가던 것이었다.

　귀가 빠지는 영광, 법성포를 둘러 나와서 담양, 곡성, 구례를 돌아보고, 광양, 순천, 여수를 훑고 났을 때는 광주를 떠난 지 석 달이 조금 못된 세월이었지만, 그간에 삼 분의 이에 가까운 돈을 써야 했다. 거기다가 순천에 들어왔을 때부터 등에 업은 아기가 아프기 시작했다. 이질 배앓이가 생겼던지 어쨌던지 자꾸 뻗지르면서 울어대곤 하여, 그때마다 약방으로 가서 약을 사먹이곤 했다. 가뜩이나, 여수에 갔을 땐 순천에서 먹인 약의 효험이 없었던지, 아기의 몸이 불같이 달기 시작했다. 아기를 업은 등덜미가 화롯불이라도 짊어진 듯 뜨겁고, 아기가 숫제 악을 쓰고 울어댔다. 별수 없이 해안통에 있는 중앙병원이란 델 갔다. 의사의 말이 이질 배앓이에 홍역이 겹쳤다고 했다. 꼬박 닷새나 입원을 하여 치료를 하니 열이 내리고 우는 횟수도 주는 것을 보고, 더 치료해야 한다는 것을 그냥 도망치듯 퇴원했다. 그만큼 치료를 했으면, 이젠 그럭저럭 약방 약을 쓰면서 완쾌시킬 수 있을 것이라는 생각에서였다. 벌교를 거쳐 보성, 화순을 둘러보고 전라북도 쪽을 더듬을 생각으로 버스를 탔다. 그런데, 벌교 역 앞에 내렸을 때, 홍역이 덜 떨어진 데다 갑자기 바람을 쐬고 흔들린 탓인지, 아기의 온몸이 불덩어리가 되면서 숨결이 급해졌다. 거기서 제일 영하다는 남도의원으로 달려갔다. 원장이 급성폐렴이 겹쳤다고 하면서, 한 스무 날 정도는 입원을 하여 치료를 해야겠다고 하였다. 원장의 말대로 입원을 시켰다. 이때 돈은 기껏 팔구만 원이 남았을 뿐이었으므로, 그는 조급한 생각이 들었다. 그래도 일주일 동안이나 입원을 한 채로 치료를 시켰다. 아기의 얼굴에 제법 화색이 돌고, 밥을 씹어 먹이면 뻗지르지 않고 조금씩 받아먹는 것을 보고 도망치듯 퇴원을 했다. 전대 속에든 돈도 생각해야 했기 때문이었다. 입원비를 치르고 났을 때엔 기껏 사만 원이 남아 있었을 뿐이었다. 돈이 줄고, 아기가 칭얼대거나 악을 쓰고 울어대거나 하면, 그는 부득부득 이가 갈렸다. 이년을 잡기만 하면 가랑이를 찢어 죽이겠다고 혀를 깨물었다.

득량, 조성에 장 서는 것을 기다렸다가 더듬어본 뒤 보성으로 들어갔다. 이날 밤에도 아기가 열이 많고 계속 칭얼대는 것이었으나 약방 약을 지어다가 먹여 재웠다. 이튿날 상설시장을 둘러보고, 이양면 소재지에 시는 장을 훑고 저녁때 기차를 탔다. 화순에 내렸을 때엔 밤이었다. 싸구려 여인숙에서 하룻밤을 묵었다. 한데, 아기가 먹여주는 약을 모두 토해내고 밤새도록 뻗지르고 울어댔다. 불덩어리처럼 열이 나고 숨이 가빠져 있었다. 목까지 부었는지 들이쉬는 숨소리가 항아리 깨진 소리였다. 그때가 새벽 두 시쯤이나 되었을 것이었다. 들쳐 업고 나와 시내를 돌면서 약방문을 두드리고 다녔다. 어둠이 잠긴 골목 골목을, 숫제 아기의 울음소리를 짊어진 채 누비었지만 약방들은 문을 열어주려고 하지도 않았다. 이번엔 화순 안엔 셋밖에 없는 병원 문을 두드리고 다녔다. 이 병원에서 문을 안 열어주면 저 병원으로 가서 문을 두드리고, 저 병원에서 안 열어주면 다시 다른 병원으로 가서 문을 두드렸다. 그때, 지나가던 방범대원이 보기가 딱했던지, 한 병원의 문을 두드려주었다. 그 병원 의사는 주사 한 대를 놓아주고, 광주 대학병원으로 빨리 가보라고 했다. 이 말을 듣는 순간, 이제 이 아기를 살리기는 틀린 것이라는 생각이 들었다. 그때, 아기는 주사약 기운으로인지 밤새 울다가 지친 때문인지, 눈언덕이 꺼진 눈꺼풀을 내리 감은 채 가쁜 숨만 쉬었다. 그래도 열이 설설 끓고 있는 것은 마찬가지였다. 그는 방범대원이 택시를 불러주겠다는 것을 마다하고 아기를 짊어진 채 화순 너릿재 밑의 터널을 향해 걸었다. 광주 대학병원으로 가야 한다는 생각을 한 것도 아니요, 살리지 못할 바에야 아기를 너릿재 기슭 어디에다가 파묻어버려야 한다는 생각을 한 것도 아니었는데, 그냥 그렇게 가고 있었다.

참 가엾은 목숨이었다. 너릿재 터널을 빠져나왔을 때, 아기의 숨소리에 가래 끓는 소리가 섞이어 있었다. 등에서 내려 안아보니, 이놈의 숨이 가고 있었다. 놈은 입을 벌린 채 드글드글 끓어대는 가래 속으로 간신히 들이쉴 숨을 뽑아들이고 있었다. 풀섶에 주저앉았다. 그때, 놈이 눈을 허옇게 뒤집으며 온몸에 경련을 일으켰다. 뽀드득 이를 갈면서 숨을 거두고 있었다. 그것을 들여다보는 순간, 어뜩 현기증이 일어나는가 했는데, 눈앞이 온통 캄캄해졌다. 그런 그의 머릿속에는 달아난 그년의 얼굴만 그려졌다. 이놈의 주검을 그년의 눈앞에 기어이 보여주어야 한다는 생각이 머릿속을 채웠다. 그리고, 고향 마을의 어부들이 여름철이면, 잡아온 고기를 소금에 절이던 것이 생각났다.

그놈의 주검을 들어다가 보리밭 고랑 속에 숨겨두고 시내로 들어갔다. 날이 밝기가 무섭게 학동 상설시장에서, 정부미 자루에다가 소금 한 말을 사 담았다. 그걸 어깨에 걸메고, 아기의 주검을 놓아둔 너릿재 밑의 보리밭 고랑으로 갔다. 이를 갈면서, 놈의 입과 코와 눈과 귀와 항문 속에다가 소금을 쑤셔넣었다. 다음, 소금 자루 속에다가 아기를 파묻어 담고 자루를 죄어맸다. 그 자루를, 이때껏 아기를 싸가지고 다녔던 담요로 둘둘 말았다. 그것을 띠로 얽어 짊어졌다.

육칠월의 때인지라, 소금으로 절인다고 절였지만, 사흘이 지나면서부터 아기의 주검은 썩어 문드러지기 시작했고, 그걸 짊어진 그의 코에도 물씬물씬 피어나는 송장 썩은 냄새가 맡아졌다. 다시 비닐종이를 사다가 몇 겹으로 쌌다. 그러나, 결국 장성을 거쳐 정읍에 들어서 가지고, 들통이 나고 말았다.

장성에서 정읍으로 가는 버스를 탔다가, 그 버스 안에 탄 사람들이 소동을 일으킨 것이었고, 낌새를 챈 버스 운전수가 파출소 문전에다 버스를 세웠던 것이었다.

5

"애기를 뺏기고, 문초를 받었제. 참말로 기맥힌 일 다 당했구만. 글쎄 나보고 고의적으로 새끼를 죽였다고 말이여. 모가지를 졸라 죽였는가, 독약을 먹여 죽였는가 본다고 말이여, 새끼를 토막토막 잘라 두 벌 죽음 세 벌 죽음 시키고…. 결국 보름 만에 내보내주기는 내보내주데마는…."

벌겋게 물들어 있던 저녁놀이 스러지면서 땅거미가 기어들고 있었는데, 그 땅거미 속에 밋밋하게 펼쳐진 바다를 내려다보며, 한숨을 내쉬는 수복이의 얼굴에는, 그 땅거미와 같은 어둠이 서리어 있는 것 같았다.

"따지고 보면은 새끼를 내가 죽였다는 말도 틀린 말은 아닌 것 같어. 그 모진 목숨한테 무슨 죄가 있다고, 금메 소금에다가…."

격한 소리로 울부짖으려던 그는 고개를 떨어뜨리더니 실성한 사람처럼 키들키들 웃었다.

나는 그가 자기 아들의 시체를 매장하고 오는 길임에 틀림없다고 생각하며, 조금 전에 그가 내려온 그의 문중산 골짜기의 검은 소나무 숲을 바라보았다. 삽이나 괭이는 고사하고 호미 한 자루 없이 어디다 어떻게 가져온 시체를 매장했을까 하는 생각이 들어, 다시 그의 차림새를 더듬어보는데, 그가 몸을 일으켰다.

회진 쪽을 향해 두어 걸음 걸어가더니 "들어가소, 동네 사람들한테는, 나 만났다는 소리 하지 말소" 하고 말했다. 내가 두어 걸음 쫓아가면서 "이 사람아, 이래서 쓴당가? 들어가서 우리집서라도 하룻밤 자고 내일이나 가소. 그라고, 웬만하면 그 사람 찾을 생각 걷어치우고 그냥 농사나 지음서 살소. 새사람 얻어갖고…" 여기까지 말했을 때, 그는 벌써 몸을 돌려 몇 걸음 걸어가서 고개를 젓고 이어 손을 저었다. 한데 하필 그가 그렇게 손을 저으며 잠깐 서 있던 그 자리는, 어려서 그가 고추를 꺼내어 오줌 금을 그어둔 뒤, "이 오짐 금 건네는 놈은…" 하고 선언하였기 때문에, 또래 아이들이 감히 건너오지를 못하고 우두커니 서 있 곤 하던 바로 그 자리였다. 내가 그의 이름을 소리쳐 부르며 달려가 그의 소매를 잡으려 했지만 그는 도망치듯 어둠에 잠기고 있는 숲길로 묻혀버렸다.

    백만 군사를 자랑터니
    금일 패군이 웬일인가.

〈적벽가〉 중에서 '새타령' 한 대목을 뽑는 그의 카랑카랑한 노랫소리가 산비탈의 숲을 울리고, 그 숲 위로 열린 불그레한 하늘과 그 하늘 아래 밋밋하게 열린 해면으로 절절하게 사위어가고 있었다.

출렁거리는 어둠

1

김 목수는 나의 처이숙 되는 분으로, 소리를 뽑아내는 솜씨가 일품이었다. 평소에 말소리를 들어보면 목이 약간 쉰 듯 컬컬한 데가 있지만, 일단 소리를 뽑을 때엔, 컬컬한 목소리의 어디에 그렇게도 카랑카랑한 것이 들어 있었느냐 싶게 측기 있는 소리를 내놓곤 하는 분이었다.

내가 처이숙을 좋아하게 된 것은, 물론, 그분이 구슬프게 뽑는 소리 때문이었다. 한데 그분한테는 그 소리 말고도 나를 그분 곁으로 끌어당길 힘이 있었고, 일단 당겨진 나를 떨어지지 않게 풀칠을 해두는 묘한 마력 같은 것이 있어 일종의 불가사의한 데가 있는 분이었다. 그분의 그러한 불가사의한 점을 내가 훔켜잡은 것은 이해 봄 무렵이었다. 그분은 어디서 어떻게 누구한테서 소리를 익혔는지 말하려고 하지를 않았다. 장인어른한테 물었더니, 옛날 유성기에서 귀동냥으로 배우기도 하고 새끼 목수 시절에 오야 목수한테서 배우기도 했다는데, 장인어른의 말로는 그의 소리 솜씨가 그냥 사랑방 구석 사람들의 그것 정도만이 아니라고 했다.

처이숙이 특히 존경한다는 사람은 '임방울'이었는데, 그래서 그런지 그분의 소리는 얼핏 전축을 통해 들을 수 있는 임방울의 소리와 비슷한 데가 있는 것 같기도 했다. 그분의 소리는 특히, 바윗덩이를 정으로 꽝꽝 쪼아대자 그 속에 들어 있던 향 맑은 물이 와르르 쏟아지는 것처럼 생명력이 넘치는가 하면, 흙탕물 속에서 퐁퐁 치솟는 생수처럼 촉기가 있었는데, 그 촉기는 마치 피를 뿜듯이 뻗쳐올리는 대목에서, 그걸 듣는 내 가슴을 써르르하게 울려놓곤 하였다. 나는 어려서, 이른 봄 소쩍새가 울면서 한 방울 한 방울 토해낸 핏방울이 결국 진달래꽃이 된 것이라는 이야기를 들은 적이 있었다. 울음과 한이 서렸다고 해야 할지, 피가 맺혔다고 해야 할지 알 수 없는 그분의 찌릿한 뻗쳐올림 소리를 들으면서, 나는 늘 그 진달래의 애절하고 한스러운 모습을 머리에 그려보곤 했다.

나는 이 촉기 어린 뻗쳐올림의 아슬아슬하고 가슴 아픈 대목을 듣기 위해 간혹 처이숙을 찾아가곤 하였다. 처이숙은 소주를 좋아했다. 소주도 독한 삼십 도짜리 삼학을 좋아했다. 안주로는 김치 아니면 된장에 풋고추나 마늘이 있으면 족해했다. 그리고, 두 홉들이 한 병만 사다 대접을 해드리면 내 쪽에서 원하는 대로 소리를 들려주시곤 하는 것이었다.

이해의 이른 봄 무렵, 장모는 우리집엘 와서 자기 집의 소방도로에 인접한 부속건물의 방을 길 쪽으로 차내고 구멍가게라도 하나 차리고 싶다고 했었다. 그리고, 내가 처이숙 집엘 더러 드나든다는 것을 안 장모는, 만일 '저네 처이숙'이 일을 하러 나다니지 않고 집에서 노는 기미가 보이거든 그 일을 해달라고 하라

하였었다.

 마침 그분의 소리를 들은 지가 꽤나 오래여서 한번 들으러 가고 싶던 차에 장모가 다녀간 이튿날이 알맞게 일요일이었으므로, 나는 소주 한 병을 사들고 그차저차해서 풍향동 교육대학 입구에 있는 처이숙 댁엘 갔었다. 갑자기 일이 생겨 작업 현장엘 나갔을지도 모른다는 생각을 한다고 하긴 했었지만 그래도 혹시나 하고 헛걸음 삼아 간다고 갔는데 마침 계셨다. 배라도 아픈 듯 부순방에 배를 깔고 엎디어 있다가 처이숙은 엎드려뻗치기를 하는 사람처럼 두 손을 짚고 윗몸을 일으키며 나를 반겼다.

 "편찮으신디…."

 일어나지 말고 누우시라고 해도 처이숙은 아무데도 아프지 않음을 보이기 위해서인 듯 두 팔을 양 옆으로 휘둘러대며 "아프기는?" 하고 고개를 젓고, 얼른 안주를 내어오라고, 내 뒤에 서 있는 처이모에게 소리쳤다.

 이날 나는 그분에게서 참으로 희한한 이야기를 들었다. 간밤 술이 좀 지나쳤으므로 속이 쓰리던 김에 마침 잘되었다며 소주 석 잔을 거듭 마시고 난 그분은 "이 서방, 나 참말로 기맥힌 꼴을 다 보고 사네" 하더니, 그 기막힌 꼴이라는 것을 나한테 들려주기 시작했다. 이 이야기를 듣고 나는 이때껏 그분을 범상하게 대해온 나의 눈을 수정하지 않을 수가 없게 되었던 것이다.

2

"내가 원래 평생 못대가리만 두드려 묵고 살도록 점지된 사람 아닌가. 못이라는 놈이 원래 그렇네. 망치로 두드리는 만큼만 들어가주지 더 이상은 들어가 주지를 않는단 말이시. 반드시 그런 못대가리만 두드리고 살아왔대서가 아니라, 나한테는 지독스럽게 싫은 말이 있네. 요즘 뭐라고 하드라, 그 '인간적'으로 어짜고저짜고한다는 말 안 있는가. 나는 이 말을 들으면 금방 구역질이 날 지경으로 속이 메슥메슥해진단 말이시. 그렇게 이참에 나한테 골탕을 묵은 박 선생도, 실은 내가 지독스럽게 싫어하는 그 말을 지껄인 때문이네. 따지고 보면, 내가 기분 상한 것이 비단 열흘 전에 비롯했던 것만은 아녔제. 박 선생이 우리집엘 와서 나한테 일을 맽겼을 때부터 니는 사실 기분이 집쳐뿌렀드니. 그래도 그때는 참었제. 대부분 사람들은 처음 만났을 때는 대뜸 혓바닥이라도 베어줄 듯이 달디단 말을 늘어놓제마는, 일이 일단 시작되면 싹 달라져서 일전 일리(一錢一理)를 톡톡 떨어낸게 말이여. 어쨌든지 내가 참아낸 덕택으로 나는 그 사람 일을 맡을 수 있었제. 그 사람한테서 맡은 일이란 것이 실은 뭐 별다른 것은 아니네. 문화동 뒤에서 두암 쪽으로 넘어가는 언덕에다가 이태리식 집을 한 채 짓는 것이었은게. 그것도 내가 청부를 맡은 것이 아니고, 그 사람이 직영을 하고, 나는 필요한 물건을 사오라고만 해가지고 인부를 끌고 와서 일을 하는 것이제. 그런게, 그 사람은 내 머리를 십분 활용하는 것이고, 그렇게 활용하는 대신 나한테 노임을 돈 천 원씩 더 얹어주는 것이 고작이네. 왜 그렇게 해사만 되냐 하면, 내 입이 열림에 따라서 서끝에 걸 나무의 굵기가 달라지고, 거기 따라 돈의 액수에 어마어마한 차이가 생겨지는 때문이제. 그 사람도 그걸 십분 감안한 듯 나한테는 언제나 곰살갑게 굴드구만. 호리가다를 파고 시멘트를 다지고 벽돌을 쌓고, 목재소에서 나무를 사다가 깎고 하는 사이에, 그 사람은 내 정확한 계산과 정결함에 매양 고마워하곤 하데. 필요 없는 인부를 쓰지 않는 것은 물론, 물자도 직신직신 죽에묵지 않는 게 평소 내 일하는 태도인디 말이여, 그게 그대로 나타난 데다가, 내 밑에서 일한 인부들한테 그날그날 주어사 쓸 공임 외에는 돈을 끄집어낼라고 하지를 않은께 더욱 그랬을 것이로구만. 언제 받든지 받을 돈인께 미리 받아 쓴다든지, 한데 모아두었다가 일이 다 끝난 다음에 받는다든지 하는 것을 나는 제일 싫어하네. 안 그런가? 바지가 질면 저고리가 짧고, 저고리가 질면 바지가 짧아지게 마련인 것이 우리 목수들의 일인께 말이여. 안 그런다고? 미리 받으면 나중 받을 것이 없고, 나중 받기로 하면 지금 답답하고 따분하기로 마련 아니라고? 나는 언제든지 못대가리 두드려 박는 식으로 일을 하도 돈을 받는단 말이시. 박으면 박은 만큼 못이 들어가 주어사 쓰는 것이시. 들어가 주지 않는 못은 휘거나 튕겨쳐서 달아나게 마련 아닌가? 그런께, 그날 일한 만큼의 돈을 받아가면 되는 것이란 말이시. 이것이 제일로 부담 없고 뱃속 펜한 노릇이라네. 대부분의 일을 시키는 사람들은 우리들의 이런 질서를 깨뜨려놓기 일쑤란 말이시. 그것이 바로 그 사람들이 말하는 '인간적'이라는 것이시. 인간적으로 볼 때, 날마다 삼사천 원의 노임을 위해서 '고드록 포도록' 일하는 것이 안타깝고 짠하니, 며칠분을 한꺼번에 주는 선심을 쓰겄다는 것이시. 한꺼번에 주고, 한꺼번에 받으닌께 오죽 좋은 노릇이냐고 할 사람이 있을지 모르제. 그러제마는, 이건 전혀 다르네. 나로 볼 때는 손톱만큼도 좋은 것이 없네. 오히려 이것이야말로 모멸이네. 사기네. 아니, 은근한 착취 행위제…. 그런디, 이참에 박 선생이 나한테 이런 '은근한 착취 행위'를 할라고 대들드란 말이시. 그런께, 어제였네. 우리는 그 박 선생네 집에 기와를 얹었드니. 박 선생 집의 공정은 예상 밖으로 빠른 것이었제. 물론, 박 선생이 내 주문대로 물건을 잘 대주고, 우리들 노임을 그날그날 잘 줬기 때문이기도 했겄제마는, 내가 또 그 일을 그렇게 해사만 쓸 사정이 생긴 것이란 말이시. 두 달 전엔가 길거리에서 자네 장인을 만났는디, 혹 틈이 생기면 자네 처갓집 모퉁이방 안 있든가 거? 그것을 점포로 차내는 일을 맡아서 해줘사 쓰겄다고 부탁이를 하드란 말이시. 자네 장인어른하고 나하고 어뜬 사이라고, 나 바쁜께 못하겄소 해불고 말겄든가? 금방 해드리마고 했제. 그랬는디 이놈의 일이 자꼬 끝내고 나면 또 생기고 또 생기고 해서, 와하이, 이거, 일을 해드리마고 한 지 벌써 석 달이 다 되어가네. 그래서, 박 선생 일을 막 끝내고는 귀 콱 뚜드려 막고 그 일을 해줘뿔라고 작정을 하고 있든 판이라, 한사코 일을 재촉해오는 것이었제. 자네, 들어보소마는, 사실 말해서, 우리 목수쟁이들의 곤조라는 것이 그렇네. 정말로 기분만 잘 맞으면, 하루 동안에 이틀 일을 해낼 수도 있고, 사흘 할 일을 할 수도 있네. 그놈의 것 맘묵고 찍어내고 깎어내고 짜르고 뚜드려 박으면 뭐 지겹지겹 되는 일인게 말이여. 그런디 그 박 선생이 나한테 그런 어리숙한 수작을 걸어옴으로 해서 나는 생각이 싹 달라졌단 말이시. 박 선생은 그날 기와를 얹고 나서 이러드란 말이시. '김 목수, 날마다 돈을 찔금찔금 준께 나도 귀찮고, 김 목수도 성가실 텐께 아주 메칠 것을 한꺼번에 가져가뻔지시오' 함스롱 글쎄 십만 원을 내 손에 잽혀주지 않었는가? 그라고, 공정이 자기 예상 이상으로 빨리 진척되는 것이 고마워서 그런다고 함스롱, 거기다가 만 원짜리 한 장을 더 얹어주고는, '이건 애기들 과자나 조깐 하고, 아주머니 옷감이라도 한 벌 떠드릴 수 있도록 하십시오, 작습니다마는' 하드라 마시. 나는 거절을 했제. 그럴수록 강경하게 박 선생은 떠다밀등만, 어짜겠는가? 감사하다고 하고 호주머니에 넣었제. 그런디 이날 밤 나는 새끼 목수, 벽돌쟁이, 잡인부들한테 하루 노임을 지불하고 남은 돈 구만 원을 넣고 돌아섬스롱, 가슴이 화끈 뜨거워지는 것을 느꼈단 말이시. 이것은 참 나도 알 수 없는 일이었제. 거기다가 또 박 선생이 '내일은 일요일인께 내가 일찍 나와서 시멘벽돌 실어오는 것 볼랍니다. 푹 쉬고 조깐 느직하게 나오십시오' 하고, 크게 무슨 선심이나 쓰대끼 말을 하드라 말이시. 이 말에 나는 홍, 하고 콧방귀를 뀜스롱 발을 돌렸드니. 좋다, 이거였제. 너는 지금 나한테 아주 주어버리는 것도 아닌 노임 십만 원을 선불해주고, 거기다가 뽀나쓰 만 원을 얹어주었다는 것으로 해서 백만장자라도 된 듯한 만족감을 맛보았을 것 아니냐? 나를 수단으로 백 퍼센트 기분 좋았을 것이다. 이런 생각이 들드란 말이시. 즉, 말하자면, 역시 돈이란 좋다, 받고 나서 기분 나빠하는 놈은 없다. 돈을 십만 원 선불해주는 것하고 거기다 만 원을 더 얹어주는 것이 앞으로 얼마만큼 효력을 발생할 것인가…하고 생각하고 있을 것 같드란 말이여. 돈 만 원의 웃돈을 받은 목수 놈은 지금 감격하고 돌아가고 있다. 저놈은 내일부터는 참말로 부지런히 착실하게 일을 감독할 것이다. 시멘트를 알맞게 배합하고, 나뭇대를 크지도 작지도 않은 것으로 알맞게 사다가 쓸 것이며, 인부들을 요령껏 얼러감스롱 부릴 것이다. 그런께, 얹어준 웃돈 만 원은 십만 원 이상의 효력을 나타나게 할 것이다…하고 박 선생은 회심의 미소를 지을지도 모른다는 생각이 들드란 말이시. 그런 어수룩한 박 선생 심보를 못 알아채릴 내가 아니시. 나는 그래서 분했고, 이를 부득부득 갈아댐스롱 가래침을 퉤퉤 뱉어댔제. 이날 밤, 그런께 어젯밤이시. 나는 내가 늘 댕기는 '제비집'이란 데를 가서, 갈보 하나를 끼고 농탕을 침스롱 밤새 술을 마셌드니. 나도 그런 디에 술 마시러 댕길 중도 아네. 갈보 년들한테 일금 이천 원 정도만 팁을 주면 어짠지 안가? 서비스가 보통이 아니시. 안 그란가? 뜨겁고 끈끈하고…. 한 말로 말해서 요것들은 팁이 선불되면은 그냥 사죽을 못쓰니. 그냥 눈을 휘둥굴림스롱, 골방을 흘끔거리기도 하고, 남자들 가슴에다가 얼굴을 묻고 꼭 암말같이 훙훙거리기도 하고, 남자 아랫배 밑으로 손을 가져가기도 하고, 흐흐흐…. 그년들은 돈 이천 원을 그저 공짜로 받아묵어서는 죄가 되기라도 한다는 듯이 그 이천 원 값어치를 하느라고 요동을 치는 셈이제. 어젯밤에는 특히 더하데. 자꼬 골방에서 술자리가 끝나기를 기다리느라고 골방 안을 흘끔거리기도 하고, 그러다가 거기서 안주시켜 들어가는 것을 눈여겨봄스롱, 뭔놈의 술을 저릏게 진창나게 처묵을까? 하고 투덜거리기도 하드란 말이시. 나를 그 골방으로 데리고 들어가서 나한테 그 이천 원어치 서비스를 해주고 싶은디, 골방 안의 술자리가 오래갈 것 같은께 짜증이 날 것 아니겠는가? 그러든 차에 내가 주문한 술이 떨어졌제. 그런께 그년이 내 말도 안 듣고 술하고 안주하고를 더 청하드니, 그것은 자기가 사주는 것이라고 함스롱 권하기 시작하데. 이 바람에 나는 골방이 비워진 뒤로, 그리고 들어가서 밤새 그년을 껴안고 농탕을 칠 수밖에 없이 되어뿌렀제. 그년은 분맹히 나한테서 돈 이천 원을 받고 나서 감격한 나머지 만 원 이상의 서비스를 한 셈이었단 말이시. 새벽에 나는 그년이 활딱 벗은 채 시체같이 늘어져 있는 몸뚱이를 그대로 두고 집으로 돌아왔제. 자네 이모가 까치집 모냥으로 부스스하게 된 머리를 긁어댐스롱 나를 그때까지 기대리고 있데. 눈 한번 깜박 안하고 기대린 모양이여, 흐흐흐…. 하도 불쌍하고 미안해서, '어디서 자빠졌다가 오요' 하고 따지고 드는 것을, 노름판에서 한판 하고 오는디 조금 땄은께 걱정 말라고 함스롱 달랬드니. 그라고, 호주머니 속에 들어 있는 구만 원에서 삼만 원을 빼갖고 줌스롱, '찬바람 나기 전에 연탄도 띠고, 새끼들 내의도 조깐 사주소' 하고 말을 했드니. 그래도 자네 이모는 찌뿌둥해 있데. 이럴 때 해주는 방법이 안 있는가, 거? 예펜네 화내는 것 달래기는 홍어 대가리 안주를 씹어대는 것보다 쉬운 법이시. 흐호호…. 아침에 일찌감치 쇠고깃국을 끓여갖고 자네 이모가 깨우데. 일어나 그걸 둘러 마시고 다시 자리에 누워버렸드니. 이불을 뒤집어쓰고 누웠는디, 박 선생의 얼굴이 떠오르데. 흥, 어제는 기분 좋았을 것이다, 오늘부터 그 기분 좋았던 것만큼 골탕을 한번 묵어봐라. 미안하지마는, 나한테는 그런 어리숙한 수작이 통하지 않을 것이다. 덤으로 건네주는 척하고 준 웃돈 만 원으로 그것 몇 배 되는 착취를 할라고 하는 수작이 나한테 통할 것 같으냐? 그것은 아직도 숫보기 갈보 년들한테나 통하는 수작일 뿐이다. 이런 생각들을 머릿속에 굴리다가 잠이 들었는가 했는디, 새끼 목수 영보가 나를 데리러 왔데. 열두 시가 가까워 있드구만. 사실은 말이시, 오늘 내가 나가야만, 미장이를 불러오는 일이랑, 문 집에 문 맽기는 일이랑, 새끼 목수한테 중천장 만들고 마루 놓을 나뭇대 깎도록 시키는 일이랑을 할 수 있게 된단 말이시. 박 선생은 아마 늦어도 열 시경까지는 내가 나오리라고 기대했다가, 나한테서 아무런 연락이 없은께 새끼 목수를 보낸 모양이었어. 나는, 언제 보아도 천연덕스럽든 박 선생이, 오늘 한낮이 됨스롱부터 우거지같이 얼굴을 일그러뜨린 채, 치민 울화를 삭이지 못하고 안절부절못하고 있을 것을 머릿속에 그려보았제. 속으로 박 선생을 실컷 비웃고 나서 새끼 목수를 일부러 들어오라고 했드니. 나는 방바닥에 배를 붙인 채 몸살에 배탈까지 겹쳐서 도저히 나갈 수 없다고, 일부러 끙끙 앓는 소리를 섞어감스롱 말을 했제. 그런께, 새끼 목수가 미장이 불러오는 일이랑, 문 집에 문 맽기는 일이랑을 자기에게 지시를 해주면, 자기가 연락을 해서 착수하도록 하겠다고 말을 하드라 마시. 이 말을 들은께 그냥 가슴에서, 이렇게 주먹같이 뭉쳐진 것이 막 끓어오르드란 말이시. 나는 엎드리고 있든 몸을 벌떡 일으키고, '잔소리 말고, 아침나절 일만 한 것으로 하고 쉬란 말시, 낼 아침에 내가 연락할 것인께' 하고, 목에 심줄을 세우고 소리를 질렀드니. 그런디 이 잡놈이 소가지 없이 '시방 잡일꾼도 둘이나 나와 있는디 어짜 꺼시오?' 하는 것이 아닌가. 나는 뭣 할라고 그 사람들을 불러왔냐고, 당장 들여보내라고 했제. 그런께 또, 와이, 이 미련한 자식은 글쎄, 또, '박 선생은 오늘하고 낼하고 해서 방 놓고 벽 바르고 했으면 좋을 요량이등만…' 하고 주둥이를 놀리고 안 있는가? 나는 끓어나는 심통을 어찌지 못하고 다시 요때기 위로 드러누워 뿌렸제. 새끼 목수는 암만해도 내 속셈을 짐작 못하겠는지 어쩌겠는지, 쓴 입맛을 다시고 돌아가뿔데. 그런 뒤로 막 잠을 한숨 붙일라고 하는 판인디, 마침 자네가 찾아왔구만. 돈을 뭉청 선불한 다음 날부터 당장에 맛보게 되는 낭패 땀시 속이 쓰라려 견딜 수 없어 할 박 선생을 한번 생각해 보소, 흐흐흐…. 직장에 나가지 않는 오늘 같은 일요일에, 하루종일 목수들 일하는 것을 감독하겠다고 잔뜩 별렀다가, 그것이 틀려뿌렀으니 어쩌겠는가, 흐흐…."

3

말을 마치고 난 그분은 "참, 이차시에 자네 처가 점포 차내뿌러사 쓰겄네" 하고 말했다. 나는 그 박 선생이란 자가 딱하게 여겨져서 "그래도 그 일 끝낸 다음에나 시작해사제, 그래서 된다요?" 하고 말했다. 그러자, 그분은 "쓸데없는 소리 말소. 낼부터 자네 처갓집 일을 시작할란께 집에 가는 대로 전화로다도 말을 해두소" 하는 것이었다. 처이모가 뚱뚱한 몸을 기우뚱거리며 들어오다가 듣고 "아니, 당신, 시방 짓고 있는 집 일도 다 안 끝내고 뭔 일을 해준다고 그라씨요?" 하고 눈을 휘둥굴렸다. 처이숙은 "당신이 뭣을 안다고 참견이여. 당신은 벌어다 준 돈 쓸 연구만 하면 돼" 하고 일축하더니, 자기가 박 선생을 골탕 먹이는 것은 아주 당연하고 떳떳한 일이라고 했다. 설사, 박 선생 쪽에서 따귀를 치면서, "이 사람이 나를 완전히 호인 취급하고 있어?" 하고 따지고 들더라도, 자기는 자기대로 할말이 있디는 것이었다.

그 뒤로 내가 처이숙을 만난 것은, 그로부터 닷새쯤 지난 날 처가에서였다. 내 처가는 황금동의 술집들이 즐비한 서광주 세무서 입구에 있었는데, 그분은 그러니까, 이날까지 계속해서 처가의 점포 차내는 일을 하여온 듯했다. 내가 처가엘 들어선 것은 봄 날씨답지 않게 선뜩선뜩한 토요일의 저녁 무렵이었는데, 처이숙은 새끼 목수를 데리고 점포의 양철로 된 덧문짝 다는 일을 하고 있었다. 들어서는 나를 보자 그분은 씩 웃으며 "뭔 놈의 처가는 그르쿨로 보지란히 댕긴가?" 하고 우스갯소리를 하였다.

이날 나는 그분하고 겸상을 하여, 처제들이 차린 저녁을 먹으면서, 다시 그 박 선생에 관한 이야기를 들었다.

"박 선생이란 사람한테는 무슨 말을 해두기나 하고 이러십니까, 어쩌십니까?" 하는 나의 물음에, 그분은 고개를 몇 번 주억거리면서 쿡쿡거리고 웃더니, "새끼 목수를 시켜서, 날마다 병원에 댕긴다고 하라고만 했제. 그랬드니, 박 선생, 이 사람 그냥 요동을 치고…우리집을 거의 매일 오다시피 하드락 하등만, 그란디 그때마다 집사람이 병원에 갔다고 속여왔든 모양이여. 그것도 하루 이틀이제, 아무리 학교 선생질로 늙어왔기 때문에 세상 물정에 어두운 그 사람이라고 눈치가 그렇게 막혀만 있으란 법이 없었을 것 아닌가. 그로부터 나흘째 되던 날, 그런께 바로 어지께로구만. 그 사람이 여길 왔드란 말이시. 어지께 생각으로, 오늘까지는 점포 일이 다 끝날 것 같아서, 모레부터나 박 선생 집으로 가야겠다고 생각함스롱, 새끼 목수나 잡일꾼들한테 간조(노임 지불)를 하고 있는디, 어떻게 찾았는지 헐레벌떡 달려왔데, 그 사람, 아따 그냥 나를 막 대함스롱, 얼마나 분이 끓고 있는지, 한참 동안 가슴만 벌떡거리고 있데. 이거 화 한번 되게 났구나, 하고 나는 그 사람 앞으로 썩 나섰제. 이런 때일수록 태연스럽게 상대를 요리하는 아니리를 잘 구사하는 것이 내 장기 아닌가 흐흐…. 나는 우선 눈을 휘뒹굴림스롱 반가와서 어쩔 줄 모르는 흥내를 냈제. '아니 박 선생님, 어짠 일이시오?' 내가 이런께, 박 선생이 이를 꼭 물고 코를 벌름거리기만 하등만. 마침 기어드는 땅거미가 붉으락푸르락하는 그 사람 얼굴을 감싸고 있었기 땀시, 나는 그 사람 표정을 못 읽은 척할 명분이 섰제. 나는 그냥 그 사람 얼굴만 물끄러미 들여다보고 있었제. 그랬드니, 한참 만에 그 사람이 '여기가 병원이요?' 하고 떨리는 목소리로 따지듯

문데. '아이구, 박 선생님 농담은…' 하고 잠시 얼버무리고, 나는 '그렇잖아도 모레부터는 박 선생님 집일을 하러 갈라고 금방 생각을 하고 있든 참이오, 아, 생각해 보시오. 일이라는 것이 그라는 뱁입니다. 원래, 기와를 막 얹어놓고 안일(내부 공사)을 하면, 암만해도 그것이 실하지 못한 뱁이오. 집장수 놈들은 얼릉 뚝딱뚝딱 끝내서 폴아묵을 생각으로, 지붕 올림서, 안일 함서 합디다마는…. 그래도 박 선생이 일부러 저한테 믿고 맽기신 일인디, 지가 그냥 지 일만 생각하고 쑤염에 불끄대끼 해줘 뿌러서 쓰겄소?' 하고 장황한 아니리를 농창거렸드니. 하기사 나도 물론, 그 박 선생이 내 수작에 넘어가기라고 생각하고 그런 것은 아니었제. 사실은 말이시, 너는 이 세상 살아가는 데 있어서 잘 참아내는 훈련을 받아왔을 깃이고, 기왕에 나를 인간적으로 이해하고 있다고 내세우든 판일 것인께 아주 한 번 더 참아두어라, 하는 생각으로였제. 그런께, 박 선생이 '이젠 나도 더 일을 해주씨요, 어짜시오, 하고 쫓아댕기지 않을 텐께 알아서 하십시오' 하고는 힁 돌아가뿔데. 그래서 나는, 빌어묵을…. 지가 안 쫓아댕기고 어떻게 할 것이여? 하늘을 잡아서 뙈기치는 재주가 있어서, 가만 앉어 갖고 나를 잡어다가 족침스롱 일을 부릴 권세 같은 것이라도 있단 말이여? 지가 나를 무슨 재주로 어떻게 하겠다는 것이냔 말이여? 이런 생각이 아니 드는 게 아녔제. 그라제마는, 고양이도 낯짝이 있어사 망건을 쓰드라고 말이여, 내가 아무리 박 선생을 골탕먹이기로 작정을 했다고는 하여도 꼬박 일주일 동안이나 일을 중단한 채 있었으니, 나도 박 선생한테 너무 지나쳤다는 생각이 들드란 말이시. 그래서, 오늘 완전히 점포 일을 끝냈은게, 내일부터는 가서 착실하게 일을 해주기로 했네" 하고 말했다.

4

이날 저녁, 식사를 마친 처이숙이 돌아간 뒤, 나는 그분이 왜 그토록 상대방의 선의를 악의로 해석해서 골탕을 먹이는가 하는 것이 마냥 궁금해서 견딜 수가 없었다. 그런 내 뜻을 장인어른한테 이야기했고, 그 어른한테서 처이숙의 어머니에 관한 이야기를 듣게 되었다.

"그런께 사람마다 다 자기 본위로 세상을 사는 벱이다" 하고 말을 하고 난 장인어른은 이렇게 이야기를 꺼냈다.

"느그 처이숙이란 사람 모친 되는 분이 거참 지독스럽게 고생을 많이 하신 분이다."

한데, 그분이 그렇게 고생할 수밖에 없었던 것은 처녀 시절에 당한 어처구니없는 일 때문이라는 것이었다. 아니, 그것은 어처구니없는 일이라기보다 어쩌면 당연한 일이었는지도 몰랐다. 그때, 그분 어머니의 처녀 시절 이름이 그냥 '가이네'였다. 가이네는 '계집아이'라는 뜻의 전라도 지방의 사투리이니 결국 그분의 어머니는 이름이 별도로 없던 여자인 셈이었다. 가이네가 열여덟 살 나던 해 봄부터, 평소 소주가 신기하게 잘 취한다고 즐겨 주막을 쫓아다니며 마시곤 하던 아버지는 배를 깔고 엎디어

버렸다. 이렇게 되니, 이해엔 김발을 막지 못했던 것이었다. 이 해야말로 김 풍년이 들어서 김을 흥청흥청 건져내는 굿인 데다가, 김 시세 또한 좋아서, 돈이 그 김 다발같이 집집에 굴러들곤 하는 것이엇는데, 가이네 집은 아버지가 누운 때문으로 콧짐이 썰렁한 겨울을 보내야만 했었다. 하기야, 돌부처도 운다는 고추알바람에 바위 끝에 성에가 허연 날, 무릎 치는 갯물에 들어가 김 이삭을 주워다가 한두 속(束)씩 떠 널곤 하긴 했었다. 그러나, 그것으로는 아버지의 약시시하기에도 바빴다. 가이네와 어머니는 날이면 날마다 오리발처럼 빨갛게 부은 다리로 물을 디딘 채 김 이삭을 주웠다, 그때 세상이라고 어찌 허벅다리에까지 차오르는 장화가 없었으랴마는, 그것을 살 엄두도 못 낼 처지인 그들이었으므로, 물에 들어살 제는 오리발이 되어야만 했었다. 해가 떨어지고 껌껌해지는 물때에도, 그들은 물에 뜬 한 방울 두 방울의 김잎을 바가지로 떠서 바구니에 받아댔다. 그래도 그런대로 그 겨울 한철을 별 탈 없이 살아오는가 했었다. 그러나, 이해 들어 가장 썰물이 많이 져서 물 아래에 있는 김발까지가 모두 거멓게 드러나는 섣달 그믐 무렵의 늦은 저녁 물때에 일이 벌어졌었다.

"멀리 가지 마라, 엥간히 하고 들어가자이."

어머니가 이렇게 말하는 것이었으나, 가이네는 "어멘 먼저 가소. 나는 조깐 더 건져갖고 들어갈란께" 하고 노루목 쪽으로 계속 나아가면서 김 이삭을 주웠다. 김발 밑을 뀌어다니며 김 달린 대쪽 떨어진 것을 줍기도 했다. 석돌이네가 살짝 귀띔을 해준 말이 있었기 때문이었다. "껌껌해지면, 보는 사람 아무도 없은게, 그때 아무 발에서나 닥치는 대로 조간씩 뜯어 담제 어째?" 하고 말하던 석돌이네는 벌써 노루목 쪽으로 들어서고 있었다. 석돌이네는 홀로 되어 있기는 했지만, 아직 서른 몇 살밖에 되지 않은 여자였다. 가이네는 부지런히 김발 밑을 꿰어서 석돌이네 뒤를 쫓았다. 이날은 기어이 한 바구니의 김 이삭을 주워야겠다는 생각이었다. 이렇게 이삭줍기를 하고 있다가, 바로 앞의 김발 너머에 있는 사람마저도 잘 보이지 않을 정도로 어두워지기만 하면, 꺼먼 김들이 늘어진 발대에서 여남은 주먹 뜯어 바구니는 채우겠다 했다. 어머니가 "가이네야, 고만 가자아" 하고 소리치는 게 아스라이 들렸으나, 가이네는 못 들은 척하고 김발 밑을 자꾸 꿰어 노루목 쪽으로 갔다. 땅거미가 내리고 있었다. 선창 쪽에서 물받침으로 쓰는 양철판 끌리는 소리들이 갯바닥을 울렸다. 잔물결들이 정강이 부근을 쓸었다. 이젠 물이 차다는 느낌이 없었다. 그저 온몸이 조금씩 으스스 춥곤할 뿐이었다. 어둠이 깔리자, 김발들이 시꺼먼 김 가닥을 실은 대쪽을 날개같이 늘어뜨린 채 걸리어 있었다. 밤중에 검은 하늘을 휘저으며 날아다니곤 하는 큰 괴물들이 잠시 갯바닥에 내려와 숨을 죽이고 엎드려 있는 듯했다. 그 발들의 시꺼먼 날개와 말목들 사이로 별들이 노하게 빛나고 있었다. 선창 위에서 지잉지잉 하고 징치는 소리가 득량만의 김 양식장을 채웠다. 그 징은 바닷일을 그만하고 들어오라는 뜻으로 치는 것이었다. 징소리를 듣고 김발을 손대는 사람은 그것이 아무리 자기 김발이라고 할지라도 도둑질을 하는 것으로 간

주하기로 되어 있는 것이 이 해변 마을의 법률이었다. 징소리는 가이네의 가슴속 깊숙한 자리까지를 절절히 채우고 있었다.

가이네는 징 소리를 들으면서 으쓱 하고 소름을 치고 까맣게 늘어진 김발 밑으로 들어갔다. 김발의 날개 속은 칠흑같이 어두웠다. 가슴이 콩콩 뛰었다. 꾸물거리고 있다가는 도둑김을 한 줌도 뜯어보지 못한 채 도둑으로만 몰리고 말게 되는 것이었다. 이 마을에선 도둑질을 하다 들키면, 도둑질을 한 사람은 물론이요, 그 가족들까지도 모두 마을 밖으로 쫓아내도록 되어 있었다. 그렇더라도 들키지만 않으면 되는 것이었다. 가이네는 이를 물고 김을 훔쳐 뜯었다. 그때, 아랫목 갯벌 쪽에서 물을 차는 발소리가 들려왔다. 석돌이네였다. 어느새 한 바구니 남짓을 뜯은 모양이었다. 석돌이네는 대연스럽게 가이네가 있는 쪽으로 걸어왔다. 석돌이네는 해해마다 겨울이 되면 그렇게 김 이삭을 주우면서도, 남 보기 싫게 신세타령을 흥얼흥얼 늘어놓는다든지, 궁색을 떨면서 김 구걸을 한다든지 하지를 않고, 그 겨울을 혼자 사는 여자 같지 않게 살아나곤 하는 여자였다. 얼굴이 반반한 데다 말말이 여물고 솜씨 신명스럽기로 이름난 석돌이네는 딴 데로 시집갈 생각도 하지 않고, 거미만 한 아들 둘을 보고 살아가고 있었다.

"엥간히 하소."

석돌이네가 낮게 말해주고 옆을 지나쳐갔다. 석돌이네가 지금 간다고 가긴 하지만, 실은 바구니의 김을 모래밭 언덕 어디에다 비워두고 다시 한 바구니 뜯으러 올지도 모른다는 생각이 들었다. 몇 주먹만 더 뜯으면 바구니가 찰 듯했다. 가뜩이나 얼어 부풀었던 손끝이라, 쩍에 걸려 찢길 때마다 눈에 불이 번쩍하도록 온몸이 찌릿찌릿했다. 이를 악물고 김을 뜯었다. 얼마를 어떻게 뜯었을까. 석돌이네가 사라져간 모래밭 언덕 쪽에서 모래를 거칠게 밟는 소리가 잔물결소리에 섞여 들려왔다. 김 뜯던 손을 멈추고 귀를 기울였다. 석돌이네가 한 바구니를 뜯었다고 그냥 갈 여자인가, 하고 가이네는 생각했다. 욕심이 부엉이 같은 그 여자가 분명히 조금 전에 들고 나간 김을 모래밭 언덕 어디다가 부어놓고 다시 한 바구니를 뜯으려고 오거니 하며, 다시 김을 훔치기 시작했다. 아까 석돌이네가 "노루목 담당이 질만인께 설사 들키드라도 눈감아준단 말시. 그런께 안심하고 나 따라오소" 하던 말을 생각했다. 석돌이네가 두 바구니 아니라 세 바구니를 뜯더라도 자기는 한 바구니만 뜯으면 나가겠다면서 손을 바삐 놀렸다.

한데, 이게 어찌된 일인가. 발소리는 점점 가이네가 몸을 숨기고 있는 김발 쪽으로 가까워지고 있는 것이었다. 아차, 도망갈 것을 이러고 있었구나, 하고 생각을 했을 때는, 이미 그 발소리를 낸 시꺼먼 그림자가, 가이네가 몸을 숨기고 있는 김발머리에 와 있었다. 김 훔치던 손을 멈추고 김발 그늘에 몸을 감추며 숨을 죽였다. 발머리에 나타난 검은 그림자가 우뚝 섰다. 노루목 연안의 아랫바다에서는, 바야흐로 밀려들고 있는 밀물이 거슬러 내리는 높바람을 헤치고 있었다. 거친 파도들이 와르르 갯벌로 밀려들었다. 거기서 일어난 왁악 하는 해조음이, 시꺼먼 어둠 속에 잠겨 있는 노루목 연안과 산언덕을 울리고 있었다.

"아까부텀 다 보다가 왔은께 좋게 이리 나오시오. 누구요?"

굵은 남자의 목소리가 낮게 연안을 울렸다. 가이네는 가슴이 콩콩 뛰었다. 눈앞이 아득해졌다. 이제 죽었구나, 하였다. 온몸에 힘이 빠졌다. 다리가 후들거렸다. 옆에 서 있는 말목을 꽉 부여안고, 부들부들 떨리며 허물어지려는 몸을 지탱했다. 검은 그림자가 말목 밑을 더듬으며 다가왔다. 가이네 옆에 와서 서면서 "누구요?" 하고 달래듯이 나직하게 말했다. 그것은 질만이였다. 가이네는 다리가 떨려 더 서 있을 수가 없었다. 말목을 부여안은 채 쪼그려 앉으면서, 두 손으로 얼굴을 감쌌다. 이 노루목 개포 책임자가 질만이라는 것을 미리 알고 있기는 했지만, 막상 도둑김을 뜯고 있는 현장에 그 질만이가 나타나니, 가이네는 더욱 가슴이 뛰면서 몸이 떨리고 맥이 빠져가고 있었다. 알 수 없는 일이었다. 이 마을의 구장을 하는 질만이는 꼭 친오빠처럼 가이네네 집안일을 잘 거들어 주곤 했다. 두 해 전에 금당도로 장가를 들었고, 이해 들어서는 딸을 낳아 기르고 있었는데, 그는 마을에서 배급 설탕을 나눌 때라든지, 배급 나온 보리나 안남미를 나눌 때에는 기어이 가이네네 어머니를 차례에 넣어주곤 하던 것이었다. 자기네를 평소에 잘 위해 주는 질만이한테 도둑김을 뜯다가 들켰다는 사실이, 가이네의 가슴을 더욱 아프게 하고 있는 것이었다.

질만이는 이 김도둑을 얼른 확인해 두기만 하고 가겠다는 듯 옆으로 바싹 다가서며, 얼굴을 감싼 가이네의 두 손을 떼어냈다.

그 얼굴 옆으로 눈을 가져다 댔다.

"아니?"

그는 전혀 예상 밖이라는 듯 놀라고 있었다. 가이네는 흑 하고 울음을 터뜨렸다. 아랫바다에서 밀려드는 해조음이 그들을 감싸고 돌았다. 질만은 하늘을 찌를 듯이 촘촘 박힌 김발의 말목들 사이로 빛나는 별들을 쳐다보고 한 걸음 물러서면서 "난 또 누구라고?" 하더니 가이네의 손을 잡았다. 시치미를 떼고 "가자, 울기는 어째서 우냐? 이삭 줍는 것도 죄라냐?" 하며 가이네를 모래밭으로 끌어냈다. 가이네는, 들통이 나는 한이 있더라도, 차라리 다른 사람 담당인 개초에 가서 도둑김을 뜯을 것을 그랬다고 혀를 깨물었다. 그러한 가이네의 심사를 짐작한 듯 모래언덕에 나온 질만은 가이네가 들고 있는 바구니를 들어보며 "아따, 이삭 많이 주웠다잉" 하고 너털거렸다. 그의 태도는, 도둑질했다고 적발하지 않겠으니 걱정 말라는 뜻이 들어 있었다. 가이네는 김 바구니를 든 채 고개를 떨어뜨리고, 질만의 뒤를 따랐다. 한데, 질만이의 태도는 노루목 뒷산기슭을 넘어가면서 달라졌다.

해송 숲이 거멓게 우거진 기슭 한가운데로 뚫린 길 옆에 무덤 두 봉이 있고, 주위에 여남은 평 정도의 벌이 있었다. 공동묘지가 건너다보이는 이곳은, 노루목 뒷산의 골짜기와 기슭을 오르고 굽잇길을 돌아야 하는 곳이어서, 한낮에도 이 길을 통해 다니는 사람들이 드물었다. 질만이 구태여 이 호젓한 길을 택해서 마을로 들어가주고 있는 것은, 오로지 도둑질을 한 가이네 쪽의 입장을 생각하여서인 듯했다. 그런데, 여기 이르른 질만이가 갑자기 돌아서서 뒤따르는 가이네의 손을 잡으며 "여그서 조깐 쉬어 가자" 하더니, 다른 한 손으로 가이네 손의 김 바구니를 빼앗아 무덤 옆에 놓았다. 가이네는 섬뜩한 생각이 들어 한 걸음 물러섰다. 가이네 쪽에서 그러리라 예상했던 듯한 질만이, 가이네의 손을 세차게 잡아당겨서 자기 옆에 주저앉혔다.

"달리 생각 말고 내 말을 들어봐라. 나도 니 입장을 잘 이해한다. 니가 해우 이삭을 왜 이롷게 주워쌓는가 하는 것을 말이여. 나도 도와주고 싶은 생각이 없는 것이 아니라 있기는 있어야. 그러제마는 옆엣사람들 이목이 있기도 하고, 혹시 예펜네가 알면 또 어쨀지도 몰겄고, 그래서…."

이렇게 말을 하여갔을 때, 가이네의 가슴에선 주먹같이 뭉쳐진 뜨거운 덩어리가 목구멍을 막았다. 두 눈에서는 불비 같은 물방울이 볼을 적셨다.

"죄될 생각인지는 몰라도 이런 생각을 다 해봤드니라. 내가 아직 장가만 안 갔으면, 참말이제 예펜네한테 딸린 새끼만 없다고 하면, 싹 쓸어 없애뿔고 너한테 새로 장가를 들겄어야. 그래갖고, 내가 느그 부모들을 모시고 살겄어야. 그란디, 일이 어디 맘대로 되기나 하냐? 이건 참말이다."

질만은 어느새 가이네의 손목을 두 손으로 부여잡고 있었고, 가이네는 숨길이 막힐 정도로 차오르는 설움을 이길 수가 없어, 모로 쓰러진 채 얼굴을 마른 잔디 속에 묻고, 더욱 뜨거운 눈물을 흘리고 있었다. 이때껏 아버지 약시시를 하기 위해, 가을철이면 날품을 들러 이리 뛰고 저리 뛰고, 겨울 들면서부터는 어스름 새벽 할 것 없이 김 이삭을 주우러 다니고…하는 속을 이렇듯 절절히 알아주는 사람이 어디 있기나 하던가. 더구나, 말이 김 이삭을 주웠지, 사실은 도둑김을 뜯은 것인데 이렇게 감싸주는 사람이 어디 또 있기나 할 것인가. 배급 보리가 나오면 차례에 닿지도 않는데도 한 줌이라도 주어보려고 애를 쓰곤 했지, 울력이 있으면 빼주곤 했었지…하던 이 모든 것들이 자기를 속으로 좋아한 까닭으로 그러한 것이었구나 싶으니, 가이네는 질만이의 가슴에 얼굴을 묻고 엉엉 울어버리고 싶어지기까지 하였다. 이때 질만이 "가이네야, 나 참말이제 섬으로 장가간 것 후회한다. 시방이라도 너한테 새장가 들었으면 좋겠다" 하고 말했다. 이 말을 듣고 펀득 고개를 들었을 때 질만이 가이네를 덥석 끌어안으면서 "가이네야, 나하고 살자. 내가 느그 어메 아배 잘 모실 것인께" 하고 거친 숨을 귀밑 목덜미에 뿜어댔다. 그리고, 무명베 몸빼 허리를 끌어내렸다. 워메, 이 일을 어찌할까. 가이네는 질만이가 자기를 어떻게 하려 하고 있다는 것을 짐작했다. 후닥닥 몸을 사리면서 질만이의 가슴을 걷어밀었다. 그러자 "가만 있어라이, 끽소리를 했다가는 너 죽고 나 죽는다잉" 하며 질만이가 가이네의 두 손을 잡아다가 한데 합쳐 잡고 "나하고 정 두고 살면, 내가 느그 어메 아배 걱정 없이 모시마" 하는가 하면 "우리 각시 쫓아내고 너를 데리고 살아뿔면 될 것 아니냐?" 하기도 하고 "만약에 내 말 안 들었다가는 참말로 좋지 못할 것이다잉" 하기도 하였다. 가이네는 어느새 자기의 허리 밑에 질만이 걸치고 다니던 갯두루마기가 깔리고, 그 위에 놓여진 자기의 엉덩이와 다리 살결에 찬바람이 스치고 있음을 의식하면서, 이를 악물고 몸부림쳤다. 질만이의 가슴을 걷어밀었다. 그러나 벌써 질만이의 벌거벗은 아랫몸이 밀착되어지고 있었다. 가이네는 눈앞이 아찔했다. 자기도 모른 새에 질만이의 가슴팍 걷어밀던 손을 내동댕이치듯 마른 풀섶 위에 놓아버렸다. 가이네의 볼은 흥건히 물에 젖어 있었고, 검은 해송 숲 끝에 달린 별들은 물이 퉁퉁 불어 부풀어 나고 있었으며, 밀물이 지고 있는 듯한 노루목 연안의 물결소리는 해송 숲 속으로 와르르 밀려들고 있었다.

이런 일이 있은 뒤부터, 가이네는 늘 이렇게 김 이삭을 저녁 늦게까지 줍곤 하였고, 질만은 그럴 때마다 노루목 주변을 빙빙 돌면서 가이네를 지켜주곤 하였다. 그리고, 장에서 김 판 돈을 쪼개두었다기 밤이면 만나 가이네의 손에 집혀주곤 하였다. 이런 일이 그 겨울 내내 계속되었다. 한데, 마을에는 누가 퍼뜨린 것인지 질만과 가이네가 그렇고 그런 사이라더라는 소문이, 왁악거리는 새벽 해조음처럼 파다해졌다.

이른 봄 들면서, 어머니는 부랴부랴 중매쟁이를 불러들였다. 이웃 장산마을에서 머슴살이를 하는 늙은 총각을 신랑감으로 정하고 날을 받았다. 가이네는 중매쟁이가 드나들면서부터, 집 안에 들어박혀 눈이 퉁퉁 붓도록 울기만 했다. 이때, 질만이는 갑자기 김장사를 한답시고 마을에서 김을 몰아쳐 가지고 나가버렸다.

노모를 모신 채, 서른이 넘도록 장가를 못 가고 있던 장산마을의 억보는, 가이네가 질만이를 안고 돌았다는 소문을 못 들은 게 아니라 듣긴 들었지만, 인물 좋고 심덕 좋은 가이네한테 그런 티가 없으면, 어떻게 너 같은 놈의 차지가 될 수 있기나 할 줄 아느냐는 중매쟁이의 말을 곧이곧대로 믿고, 이른 봄 들면서 감지덕지 싸안아갔다.

한데, 가이네가 하필 시집간 지 여덟 달 만에 아들을 낳아버렸던 것이었다. 가다가는 여자가 여덟 달 만에 아기를 낳은 경우도 있단다. '팔삭둥이'라는 말이 그래서 생겼단다, 하고 억보를 얼르는 사람도 있었지만, 대개의 사람들은 입을 삐쭉거렸다. 그 입 삐쭉거리는 사람들의 말을 옳게 들은 억보가 가이네의 머리채를 잡아 끌어 내동댕이치며, 이게 어느 놈의 아기냐고, 악을 써댔다. 이게 당신 아기가 아니면 누구의 아기일 것이냐고, 가이네는 통사정을 아니해본 게 아니라 수없이 하긴 해보았다. 그러나, 뚝심만 셀 뿐 빡빡하기가 모과 같은 억보는, 통사정을 하면 할수록 더욱 기세가 당당해져서, 숫제 머리채를 훔켜잡고 나댔다.

하는 수 없었다. 가이네는 아기를 안고 친정으로 왔다. 밤에 은밀하게 질만을 만나, 이게 아무래도 당신 아기임에 틀림없다며, 이제 부서진 내 팔자를 어떻게 하리냐고 울며불며 말을 해보았다. 질만은 펄쩍 뛰었다.

"이것이 어떻게 해서 내 아기란 말이여? 여덟 달 만에 난 애기도 수없이 많닥 하드라. 누구한테 억보 새끼를 떠다 넹길라고 이라냐? 참말로 나를 따러 살라고 했으면 말이여, 그때 시집을 가지 말었어사 쓸 것 아니라고? 그란디, 인자 와서사 이거 뭔 소리라냐? 말도 안되는 소리 하지도 말아라잉. 참말로, 너 이것 살인

날 소리다잉!" 하고 악을 써댔다. 가이네는 이러지도 저러지도 못한 채, 친정살이를 하며 아비 없는 아이를 키우게 된 것이었다.

5

"그 당신네가 참말로 억척스러웠든 모양이드라. 삼동가진 데다가, 얼굴 곱고, 일손 노릇하는 것이나 음식 맨드는 솜씨가 워낙 뛰어난께 더러 욕심낸 사람도 많고, 옆에서도 엥간히들, 좋은 자리가 있은께 작은방으로라도 들어가라고 들볶았제마는 귀를 콱 뚜드려 막고 어메 아배 모시고 느그 처이숙 한나만 키움스롱 그라고 살았드란다."

말을 잠시 끊고 있던 장인어른은 담배를 태워 물면서 "한디, 느그 처이숙이 커남스롱 또 어뚷게나 즈그 어메한테 잘하든지, 대덕면 관내서는 소문이 난 사람이다. 그란 데다가 손재주까지 있어서, 그 사람이 스무 살 되는 해부터는 대목(大木) 말을 들었고, 아주 그냥 단독으로 집을 맡아서 지으러 댕겼드란다" 하고 말했다. 이때껏 옆에서 듣고만 있던 장모가 "애비 없는 놈한테 시집보낼락 한다고 온 집안 식구들이 다 소댕이를 냈제마는, 울 아부지가 들어서, '놈은 여문 놈인께 지 계집 한나는 허리끈에 차고 댕기드라도 굶게 죽이지 않을 것'이라고 함스롱 동상을 그 사람한테로 여의었드라네" 하고 말참견을 하였다.

내가 장인어른한테서 이런 이야기를 들은 지 한 주일이 지나서, 그러니까 그 다음 일요일에 나는 일부러 처이숙을 찾아갔다. 물론, 그분의 카랑카랑한 소리를 듣고 싶은 생각도 생각이었지만, 그분이 박 선생네 집 일을 어떻게 매듭지어 주었는가 하는 궁금증이 나를 가만 앉아 있게 하지 않았기 때문이었다. 토요일 저녁 무렵에, 박 선생의 집을 짓는다는 곳이 문화동 어디라 하던 생각만을 짚고 찾아 나섰던 것이었다.

박 선생의 이태리식 건물은 문화동에서 두암으로 넘어가는 언덕배기에 세워져 있었다. 다져서 석축들을 하여놓았을 뿐 별로 집들을 짓지 않고 있는 그곳에, 석재를 써가며 쌓아올린 그 이층집은, 갓 얹은 지붕의 녹색 기와를 비낀 햇살 아래서 빛내며 동그마니 서 있었다.

처이숙은 이날 문달이 일을 했던 모양으로, 은빛 나는 철제문들을 이리저리 여닫아보고 있다가, 들어서는 나를 보고는 "어짠 일인가, 조카?" 하고 반기며 육각 벽돌을 간 마당으로 내려섰다. 여느 때와 달리 내 손을 덥석 잡았는데 그런 처이숙의 거친 손은 뜨거웠다. 소주를 몇 잔 한 듯 술 냄새가 확 풍겨왔다. 이날 저녁, 나는 그분을 막걸리집으로 모시고 "박 선생이 이제 쓸데없는 소리 않습디까?" 하고 물었다. 그랬더니 처이숙은 "천만에, 새로 일 시작한 지 꼭 사흘쨍가 되는 날 참말로 더러운 꼴 한번 봤드니" 하면서 어처구니없어 했다.

"그날 저물어서, 방매를 다한 미장이들을 돌려보내고, 새끼 목수하고 막걸리나 한잔 해사 쓰겄다고 생각을 하고, 이 밑에 있는 술집으로 갈라는디 박 선생이 부르데. 또 술을 대접하겠단다고 그런 모양이다 싶어, 마다고 했제. 그래도 박 선생이 우리를, 삼거리에 있는 '정들어'집으로 데리고 가데. 아마 그 집은 박 선생이 잘 댕기는 집인갑데. 뚱뚱한 과부가 혼자 장사를 하는 집인디, 나도 몇 번 댕게본 데더구만. 한디, 거그서 문제가 생겼단 말이시. 박 선생은 이런저런 안주를 시켜놓고는, '나야 뭐, 시방 짓고 있는 집이 문제가 아닙니다' 하고 말을 시작하드라마시. 그러드니, '나는 무엇보다도 김 목수하고 인간적으로 가까워지고 싶을 뿐입니다. 지내면서 보니까 김 목수 참 기맥히게 멋진 분이드구만요. 술 잘하지, 노래 잘하지, 일 잘하지, 그리고 그 하는 일들이 모두 시원시원하지…. 안 그렇습니까? 나 아주 오늘 저녁에 터놓고 말씀드리겠어요. 제 동료 직원들한테, 내가 집 한 채 지음서 목수하고 사이에 이러고저러고 헤서 복잡한 일이 있었노라고 말을 했드니, 나보고 미친놈이라고 그럽디다마는, 나는 그게 아니라고 생각합니다. 그 사람들 말이, 목수들은 원래 곤조가 있다고 그러데요. 목수들한테는 그날그날 돈을 줘야지, 만일 한꺼번에 잡혀주었다가는 단단히 물린다고 말이지요. 그렇지만, 나는 그렇게 생각하지 않습니다. 난 김 목수를 믿었습니다. 사실 말해서 나는 김 목수한테 선불해준 것 십만 원, 그 같은 것이야 아주 떼여도 좋다고 생각을 했습니다. 또 나는 김 목수가 쩨쩨하게 돈 십만 원 떼어먹고 내 일 안 해주거나 할 그런 사람이 아니라고 믿었습니다. 나도 상당히 사람 볼 줄을 압니다' 하드란 말이시. 박 선생이 이때까지는 놓고 치드니, 이제부터는 들고 치기 시작하는 셈이었제. 나 참 기가 맥혀서. 그렇게 이야기

하면 내가 당장 인간적으로 감화돼 갖고 우쭐해질 것이고, 그런 나머지 다음 날부터는 참말로 삭신 안 돌보고 일을 할 뿐만 아니라, 자기의 돈을 아껴줌스롱도 튼튼하고 실속 있게 집 일을 하여 갈 것으로 계산을 한 것임에 틀림없다 싶었단 말이시. 아니, 돈 몇 푼 들여 막걸리를 사줌서 나를 우쭐하게 추켜올려 준 뒤에, 내가 감개무량해 하고 들떠 있는 것을 건너다봄스롱은 나를 어디다가 더 이용했으면 좋을까 하고 연구하고 있는 수작임에 틀림없었단 말이시. 가령, 나하고 아주 짜고 집 지어 폴아묵기 장사 같은 것을 했으면 좋겠다든지 어쩌겠다든지 하는 수작 말이시. 어쨌든지, 박 선생 요놈이 수를 쓰고 있다는 생각이 들자, 나는 내가 마시는 막걸리가 너무 싱겁고 밍근하게 느껴지드란 말이시. 나는 보통 때 기분이 팩 상했다든지, 손끝이 덜덜 떨릴 정도로 기분이 들떠 있다든지 할 때는 술이 그렇게 싱겁고 밍근하게 느껴지곤 하네. 이럴 때 나는 소주를 몇 잔이고 마구 마심스롱 담배를 들입다 피워사 직성이 풀리곤 하네. 이런 경우, 내 허파 속에 있는 폐로란 놈들은 어쩌면 모다 입들을 떡떡 벌리고 담배 연기를 쭉쭉 뽈아들이고, 창시 속에 있는 융털들은 밤송이 가시들 모냥으로 살을 딱 벌린 채 들썩들썩함스롱 아루코루를 삼켜대는지 어쩌는지 알 수가 없어. 나는 소주 한 고뿌를 달라고 해서 내 막걸리잔에 부었드니. 새끼 목수하고 박 선생이 눈을 휘뒹굴리는 것을 모르는 척하고 그것을 단숨에 마셨제. 꼭 그렇게 거듭 석 잔을 타서 마시고 난께 속이 그냥 쓰르르 함스롱 눈앞이 금방 아찔아찔해지데. 이런 나를 보던 박 선생이, 내가 자기 말에 감동된 나머지 그러는 줄 알았든지 어쨌든지, 갑자기 덩달아 호주머니에서 예금통장을 꺼내더니, 그걸 후르르 넘기드라 말시. 그라고는 나를 보고 뻥긋 웃음스롱, '김 목수, 혹시 임금을 더 선불해 가실 필요가 있으시거든 말만 하십시오. 언제든지 꺼내드리겠습니다. 돈이란 건 역시 꼭 필요한 때에 필요한 만큼 있어서 유용하게 쓰는 데에 가치가 있는 것이지, 이걸 쌓아놓고 쓰는 데 가치가 있는 건 아닙니다. 그러니까…' 함스롱 그 통장을 접어갖고 호주머니 속에 집어넣드란 말이시. 순간, 내 눈앞이 빙그르르 돌데. 속까지 그냥 울렁울렁하고 온몸에 힘이 쭉 빠지데. 순전히 피가 거꾸로 흐르는 것 같드란께. 그란 데다가 목구멍 속에서 역한 술덩어리가 기어 넘어올라고 하드란 말이시. 그래도 이를 악물고 참았드니. 심호흡을 하느라고 두 어깨를 거들먹거림스롱 가슴을 짝 피었제. 이때 내 얼굴은 아마 종잇장같이 새하얘져 있었을 것이로구만. 그런께 쇠주를 너무 많이 타서 마세뿐 셈이여, 암만해도 토해뿌러사 쓰겄길래 벌떡 일어섰드니. 그런께, '왜 이리시오. 김 목수?' 하고 박 선생이 나를 쳐다봄스롱 눈을 크게 벌려 뜨더란 말이시. 나는 그 동그란 눈을 내려다봄스롱 '기분 좋았지라우, 박 선생님?' 하고 혀 꼬부라진 소리로 말을 했제. 박 선생이 몸을 일으킬라고 탁자에 두 손을 짚음스롱 엉거주춤한 자세를 취하데. 이때였제. 참말로 나도 알 수가 없다고, 내 속 어디에 그런 개뼉다구 같은 성미가 들어 있었는지 말이여. 그냥 내가 '야, 이 새끼야, 니가 돈이 많으면 얼마나 많으냐, 기껏해야 돈 이삼백만 원밖에 없는 새끼가 어디 와서 인간적으로 골탕을 멕일라고….' 이렇게 소리를 질러댄 것까지만 해도 좋았제. 그런디, 그만 내 입에서 시금털털한 막걸리하고 소주하고 낙지 안주하고 짬뽕된 것들이 왁 쏟아져 뿐 것이여."

이렇게 말을 하는 처이숙의 얼굴은 어둡게 일그러져 있었다. 나는 그 박 선생이란 자가 참 안됐다 싶어 "아이고, 이숙님이 너무해준 것 같소" 하고 말을 했다. 처이숙이 눈을 휙 치켜뜨고 나를 건너다보면서 "이 사람아, 나는 못대갱이만 두드려 묵고 사는 사람이시. 슬그머니 봐주는 척하고 등을 탁 쳐서 간을 쏙 뽑아 처묵는 놈들의 대갱이는 못대갱이 두드리대끼 꽝꽝 두드려줘사 쓰네. 젊어서부터 죽자사자 못대갱이를 두드렸는디도, 이렇다 하게 돈을 못 모은 것이, 내 이놈의 빌어묵을 창아지 때문인지 어짠지 모르기는 하네. 그라제마는 돈이란 것이 뭣인가?" 하고 쓰게 웃더니, 조카사위인 내가 권하는 술을 마시면 언제든지 이렇게 흥이 난다면서, 나에게 장단을 쳐보라고 하고 소리를 시작했다. 여느 때의 그 컬컬한 듯하면서도 촉기 있는 목소리가 좁다란 술집 안을 채웠다.

"쑥대머리 구신 헹용…"

임방울이 부른 더늠 그대로였다. 어머니의 한스런 그늘 속에서, 그 한스러움을 호흡하며 자란 그분은, 가슴 밑바닥 깊숙한 자리에, 조개가 진주를 키워가듯이 퍼렇게 멍이 든 듯한 주먹 같은 덩어리를 키워온 모양이고, 그 덩어리는 요술처럼 저렇게 카랑카랑한 목청을 통해, 이른 봄날 사태밭 언덕에 소쩍새가 흘린 핏방울로 핀다는 꽃망울 같은 모습으로 뿜어지고 있는 모양이었다.
 막걸리집 창 너머로 어둠이 밀려들고 있었는데, 그 어둠은 조용히 그 소리 속으로 빨려들면서 무겁게 출렁거리고 있었다.

앞산도 첩첩하고

1

 밤봇짐을 싸가지고 나간 딸아이가 갈 데가 그리도 없어, 하필 외할머니나 외할아버지 한 분도 살아 계시지 않은 외가엘 갔을까마는, 그 아이가 갔음직한 광주 호남전자공장이라든지, 서울 구로공단이라든지, 마산 수출자유지역이라든지를 둘러보고 뒤질 수 있는 데까지 샅샅이 뒤진다고 뒤졌으나, 끝내 찾아내지를 못하고 돌아오는 아버지 오달병 씨는, 청도로 들어가는 배를 타기 위해 회진에서 하룻밤 머물러야 하는 걸음에, 혹시나 하는 생각으로 그저 헛걸음 삼아 그 아이의 외가가 있는 덕도 쪽으로 발을 옮기고 있었다.

 그 아이가 갔으면 어디로 갔을 것인가. 일본으로 갔을 것인가, 미국으로 갔을 것인가. 삼천 리가 채 못 되는 이 강산의 반쪽 어디엔가 있기는 분명 있을 것이었다. 그 아이를 잡기만 하면, 그 아이를 꾀어가지고 나간 놈을 찾아, 갈기갈기 찢어 죽여야 한다고 이를 가는 그의 가슴에는, 얻어맞아 퍼렇게 멍이 든 눈두덩처럼 응어리진 주먹 같은 멍울이 담기어 있었다.

 꾀죄죄하게 땟국이 전 흰 바지저고리를 입은 그의 걸음걸이는 허공을 디디는 것처럼 허청거렸다.

십 년이면 강산도 변한다더니, 이십 년이니 바다가 숫제 산언덕과 들로 변해 있었다. 덕도도 이젠 연륙이 되고, 너른 전답이 생겨 살기 좋게 되었다더라는 소문을 듣긴 한 터였다. 그런데도 막상 발을 디디고 보니 그저 놀랍기만 하였다. 스무 해 전까지만 하여도 나룻배로 건너곤 하던 바다 한가운데엔 산언덕처럼 높은 둑이 막히어 있었다. 천관산 기슭과 덕도 큰산 발부리 사이로 썰물이 지기가 바쁘게 펼쳐지곤 하던 꺼먼 갯벌밭은 그새 바둑판처럼 쪼개어진 채 김제 만경의 너른 들이 무색할 만큼 아득한 들판이 되어 있었다.

둑 위에 선 채 그 아득한 들판을 바라보던 그는 회진 뒷산에서 흘러내린 자줏빛 그늘에 잠기고 있는 시퍼런 바닷물을 향해 돌아섰다. 이 모든 게 변했다고 놀라고 있는 자기가 우스워 보여, 그는 아무렇게나 고개를 끄덕거리며 둑을 건넜다. 아내와 함께 이 덕도를 등진 것이 벌써 이십 년 저쪽이요, 그 아내 죽은 지 어느덧 십 년하고도 팔 년이며, 그때 핏덩어리이던 딸아이가 벌써 열아홉 살로 시집갈 나이가 다되어 있질 않은가.

작은 항구도시같이 번창해버린 회진 포구에서 막걸리를 거푸 두어 잔 걸친 때문으로, 가슴이 후끈 뜨거워져 있는 데다, 딸과 아내의 생각이 겹쳐지고, 거기에 또 이 땅이 바로 아내가 나고 자란 고향이면서, 자기가 어디서인지는 몰라도 아버지의 등에 업히어온 이래 머슴살이로 잔뼈가 굵어진 곳이요, 또 그러는 중에 그 아내와 정이 맺어진 곳이라는 감회가 가슴 가득 넘쳐나고 있었다.

가슴속에 응어리 진 주먹 같은 멍울이 들썩거리고 금방 숨이 가빠지는 듯했다. 그것을 가라앉게 하기 위해서는 배때기에 안간힘을 쓰면서 목청껏 노래를 불러야 했다.

덕산마을을 지나 하눌재 큰산 기슭을 오르면서부터, 그의 가슴은 뜨겁게 달구어진 소리를, 카랑카랑한 촉기가 늪 속에 찔꺽거리는 물기처럼 배어 있는 목청을 통해 토해놓고 있었다.

"앞산도 첩첩하고/뒷산도 첩첩한디…."

이것은 그가 예전 이 산 너머 새텃몰에서 머슴살이를 하던 때에 나뭇지게를 지고 뒤따르거나, 사랑방에서 털매신을 삼거나 하면서, 나이 많은 머슴들한테서 들어 배운 것으로, 〈적벽가〉 중 '새타령'의 첫 비두 비슷한 것인데, 명창 임방울이 자기의 사랑하는 기생이 죽었을 때 즉흥적으로 지어 불렀다는 단가였다.

그의 목청은, 사랑방 주인네의 유성기에서 흘러나오는 임방울의 〈옥중가〉와 〈적벽가〉와 〈쑥대머리〉를 들어 익힌 것으로 열아홉 살 나던 시절부터 새텃몰 안에서는 빼어났다. 아니, 덕도 안에서는 모르는 사람이 없을 정도로 널리 알려지기도 했었다. 그도 그럴 것이, 그가 소리를 빼어 슬쩍 굴리는 듯하다가 치올려 부르는 대목은, 흡사 임방울의 목소리였다. 흙탕물을 젖히고 카랑카랑한 생수가 솟아나오는 듯 짜릿하고 고운 그 목소리는, 선지피를 한 방울씩 짜내는 듯한 애끊음이 있는 데다, 동굴 천장에서 떨어지는 물방울 소리처럼 향 맑은 촉기가 어리어 있어, 듣는 이의 심중을 전율치게 하는 것이었다.

이러한 그의 소리 한 자락은, 바야흐로 우거진 풋풋한 푸나무의 가지가지에 걸쳐졌다가, 골짜기에 어우러진 박달나무와 아카시아나무의 검푸른 숲을 감돌아서 오월 석양 무렵의 햇살이 비낀 산마루로 치올라, 그 위에 설핏 얹힌 쪽빛 하늘로 사위어갔다. 다른 한 자락은 계곡을 따라 흘러, 솔숲 사이로 내려다보이는 회진 앞바다의 남빛 수면으로 앙금져 가고 있는 듯하였다.

고개를 오르느라 가빠진 숨결을 고르기 위해 걸음을 늦추며 소리를 뽑던 그는, 산마루에 걸린 흰 구름 한 덩이를 쳐다보았다.

2

그가 뽑는 소리를 듣고 미치고 반하지 않는 사람이 없었다. 소리를 가르쳐준 나이 많은 머슴들이 먼저 반했고, 다음은 마을 어른들이 그랬고, 점차 마을의 아낙네나 처녀들이 그랬다. 그가 뽑아 올리는 소리를 듣고 오줌을 지리지 않은 여자가 없다 할 정도였다. 아니 사실은 그 모든 사람들이 이같이 미치고 반하기 전에 그 스스로가 자기의 소리에 미치고 반했다. 그래서 자꾸 부르고 부르고 또 불렀었다.

따지고 보면, 그 미치고 반할 것 같은 소리 때문에 그의 기구한 팔자는 시작되었던 것이었다. 그 미치고 반할 것 같은 소리를 할 줄 모를 때까지만 하여도, 그는 하는 일들이 힘들고 고되어서 그렇지, 그렁저렁 탈 없이 그날그날을 보낼 수 있었다. 아침에 일어나기가 바쁘게 소를 끌고 나가서 꼴을 베거나, 논갈이하는 큰머슴 억보를 따라가 논두렁 붙이기를 하거나, 두엄을 져내거나, 품앗이 논매기를 하거나 하는 일이 고작이었으니 말이다. 그러나 그가 소리를 배우고, 그 소리가 마을 안을 들썩거리게 하면서부터 그에게는 뜻 아니한 박해가 오기 시작한 것이었다.

맨 먼저 당한 박해는, 주인어른 강진양반의 매질이었다. 이제는 미우나 고우나, 그쪽 식구들이 다시 몽둥이찜질을 하거나 어쩌거나 간에 '장인어른'이라고 불러야 하게 되었지만, 그 당시에는 주인어른이었다. 그 주인어른에게서 매를 맞아야 했던 이유는 아주 간단한 것이었다.

열여덟 살 나던 해 늦은 가을의 어느 날, 그는 뒷등밭에서 땅거미가 기어들 때까지 주인어른의 딸 장례하고, 자꾸 허리가 아프다는 장례 어머니하고, 이따금 서울이나 부산을 한바퀴씩 돌아오곤 하는 바람잡이 아들 영만이하고 넷이서 수숫대를 뽑다가 돌아온 적이 있었다. 여기서 문제는 그 딸이었는데, 그 딸 장례는 그와 동갑으로 근동에서는 빼어난 미모였으며, 별로 바깥일을 하러 나다니지 않던 처녀였다.

밭갈이를 얼른 끝내고 보리씨를 들이고, 이어 머슴인 그를 바닷일 하는 데 나가 김발 옮기는 큰머슴 억보를 돕도록 해야겠다는 생각에서, 주인어른은 마지못해, 울 안에 담아 고이 키워 시집보내자 하였던 딸에게까지 수숫대 거두는 일을 거들게 하였다. 이날은 일이 묘하게 되려고 그랬던지 하필 주인어른은 수숫대 뽑는 일만 시켜놓고, 장산마을에 그렇지 못할 사이인 사람이 당한 상에 조문을 가야 한다며, 아침나절에 갔다가 밤이 이슥하여 돌아왔다. 그러니까, 일은 주인어른이 없는 사이에 수수대를 뽑는 과정에서부터 싹텄다.

  등덩 팔월의 짧은 해가 산머리에 걸리면서부터, 그들은 더욱 잽싸게 수숫대를 뽑아댔다. 수숫대 속에 괴어 있는 단물 냄새와, 그 수숫대보다 훨씬 젊고 풋풋한 주인집의 딸이 안간힘을 쓰면서 부르튼 손바닥을 불어가며 수숫대를 뽑는데, 그 옆에서 수숫대 서리를 하는 그가 어찌 신이 나지 않겠는가. 그는 온몸에 땀을 먹 감듯이 한 채, 옆에서 힘껏 뽑는다고 뽑아대는 주인아주머니나 주인집 아들이나 딸이 한 그루를 뽑을 때마다 두 그루 세 그루씩을 뽑아대면서 입으로는 연방 소리를 뽑았던 것이었다. 귀동냥으로 얻어 배운 〈쑥대머리〉며, 〈춘향전〉 중의 '옥중가' 한 대목이며, 〈호남가〉며, 〈적벽가〉 중의 '새타령'이며, 흥부 마누라가 매품팔이 갔다가 오는 남편 맞이하는 내목이며를 되는 대로 불렀다. 그의 소리가 한 굽이 한 굽이씩 돌아갈 때마다 주인집 아들은 "타아" 하고 추임새를 메겨주었고, 주인아주머니는 뽑아든 수숫대 뿌리에 묻은 흙을 툭툭 떨거나 아픈 허리를 한 번씩 펴는 것으로 장단을 대신함으로써 소리하는 그의 신바람을 돋우었다.

  머슴살이하는 놈의 소리가 아무리 출중하기로서니, 주인집 미모의 딸이 미치고 반할 리가 있으랴마는, 누가 지어 퍼뜨린 말인지는 모르되 그 이튿날부터 마을에는, 땅거미가 뒷동산 언덕을 먹어들어갈 무렵 그가 가슴 절절하게 뽑아대는 소리에 그 주인집 딸이 오줌을 벌벌 싸고 말았다더라는 말이 밑도 끝도 없이 날개를 달고 있었다. 그로부터 이틀째 되던 날 밤, 그는 마을의 사랑방에 모인 또래 머슴들의 입을 통해 그걸 확인하고, 그로서는 그 말이 과히 싫은 것은 아니었지만, 그러나 하늘 닿게 펄쩍 뛰면서, 그게 무슨 혓바닥 자를 소리들이냐고, 주인집 딸은 '사공의 뱃놀이' 같은 유행가를 좋아했으면 했지, 이런 소리 같은 것은 구식이 케케묵었다면서 싫어하는 여자인데, 무슨 오줌을 싸도록 반했겠느냐고 누누이 변명을 했다. 그런 말이 혹시 자기 주인어른의 귀에 들어갔다가는 정말 자기는 뼈도 못 추리게 될 것이니, 어디서건 그런 말이 나오거든 절대로 그런 일이 없었으며 그럴 리도 없다고 입을 막아달라고 부탁을 했다.

그러나 밑도 끝도 없이 생겨난 그 말이 어떤 입을 통해 어떻게 살이 붙여지고 꼬리가 달린 채 주인어른한테 들어갔던지, 마을의 사랑방에서 그런 이야기를 씹은 지 사흘째 되던 날, 그날은 바다에서 김발을 옮기느라 고되어서 마을의 사랑방으로 오기가 바쁘게 자리에 누워 있었는데, 한밤중쯤 해서 느닷없이 주인집 아들 영만이가 달려와 그를 깨웠다.

그가 주인어른한테 따귀 서너 대를 거푸 얻어맞고, 이어 목침 덩이로 허벅지와 등짝과 엉덩이와 옆구리를 여남은 차례 얻어맞은 채 방바닥에 너부죽이 쓰러진 것은, 자꾸 위아래 눈썹을 대붙이는 선잠을 손등으로 비벼 몰고 주인집 아들을 뒤따라 주인집의 사랑채에 있는 골방으로 막 들어선 순간이었다.

왜 때리느냐고, 무슨 죄가 있어서 이러느냐고, 한마디의 말을 던질 사이도 주지 않고 주인어른은 그를 녹초로 만들어버린 것이었다. 한순간의 벼락 같은 매질이 지나가고, 옆구리가 결리고 등짝이 쑤시고 신경줄이 끊어진 듯 다리 전체에 멍멍한 통증이 왔을 때, 그는 주인어른의 씨근거리는 숨소리를 들을 수 있었다. 주인어른이 목구멍 저 밑에서 끈끈하게 엉기어 있는 가래침이라도 퉤퉤 하고 뱉어내는 듯한 분노의 목소리를 들을 수 있었다.

"개새끼, 골골거리는 놈 등짝에 업혀서 버리적거리는 걸 쌀죽 쒀 먹여감스롱 키워놓은께, 뭣이 어쩌고 어째야? 장례가 오줌을 벌벌 싸고 사족을 못 쓰도록 소리를 뽑아갖고, 기어이 장례 서방이 되고야 말란다고야? 아나, 장례 서방 되거라. 아나, 장례 오줌 벌벌 싸도록 만들어라" 하더니 주인어른은 문밖을 향해, "영만아, 곳간에 가서 낫 한 자루 내갖고 온나. 이 새끼 혓바닥을 아주 싹 짤라버릴란다" 하고 소리쳤다. 문밖에서는 아무 소리도 없었다. 영만이기 마당 가운데나 인빙 툇마루 어디서 다 듣고 있기는 할 것이었지만 일부러 못 듣는 척하여버리는 모양이었다. 주인어른은 다시 문밖을 향해 좀 더 목청을 높여 같은 소리를 질렀다. 그래도 아무 반응이 없자, "인제 너도 클 만큼 컸은께 니 갈 데로 가거라. 내일 아침 당장에 나가사 쓴다. 만약에 안 나가면 멱아지를 콱 쑤셔버릴 것이다" 하고는 나가버렸다.

"허 참! 그래도, 요 새끼를 마땅한 데 있으면 장가까지 보내줄란다고 마음먹고 있었단 말이여."

마당을 걸어 나가면서 탄식하듯 투덜거리는 소리가 들리어왔다.

가물거리는 등잔불이 어슴푸레하게 비치고 있을 뿐 더 무슨 소리도 들려오지 않았다. 그는 이를 악물고, 숫제 뼈가 부서지기라도 한 듯 움직일 수가 없는 다리를 끌어당기고 일어나 앉았다. 자기가 무엇을 잘못했기에 이렇게 매질을 하느냐고 따질 생각은 애초에 없었다. 다시는 무슨 노래를 부른다거나 어쩐다거나 하지 않고, 엎드려서 그저 시키는 일만 하겠다고, 한번 빌어보기나 하겠다는 생각을 하였을 뿐이었다. 어디서 살다가 어떻게 아버지의 등에 업히어 왔는지도 알지 못한 채 이렇게 이 집안에 얹히어 살아가고 있는 자기가, 당장 나간다면 어디 가서 어떻게 밥을 빌어먹을 수 있을 것 같지가 않았기 때문이었다.

숨을 들이쉴 때마다 옆구리가 결리고 등덜미가 쑤시는 것을 이 악물어 참고 몸을 일으키는데, 문이 열리고 주인아주머니의 파랗게 성을 내고 있는 얼굴이 어슴푸레한 석유 등잔불에 비쳐 보였다. 주인아주머니는 옷 보따리 하나를 그의 무릎 앞에 떨어뜨려 주고 그를 한동안 노려보더니, "사람의 까죽을 둘러썼거든 은혜는 안 갚더라도 해코지나 말어사 쓰는 법이다이" 하고 문을 쾅 닫아버렸다.

이러한 그를 더욱 괴롭힌 것은, 밑도 끝도 없이 생겨나서 끈덕지게 마을 안을 감도는 소문이었다. 그가 쫓겨나와 마을의 사랑방 구석에 처박혀 끙끙대고 있는 며칠 동안, 마을에는 또, 목침으로 얻어맞아 퍼런 멍이 들어 있는 달병이의 등덜미에 찜질할 약풀을 뜯어다가 밤에 남몰래 가져다준 사람이 있다는데, 그게 누군지 알 수 없다는 둥, 사랑방 주인네가 밥 한 숟가락 가져다 넣어주지 않은 모양이라는데, 거기 누워 있는 달병이는 무엇인가를 늘 먹고 있곤 하더라 하니, 먹을 것을 남몰래 가져다주는 사람이 분명 있기는 있는 모양이 아니겠냐는 둥, 그러니까 달병이가 쫓겨나기 전에 그 집 딸하고 무슨 일인가를 저지르기는 저지른 모양이더라는 둥…. 이런 말들이 나돌았던 것이었다. 마을의 머슴들이, 억울하게 매를 맞고 쫓겨난 달병이의 복수를 하여주느라 암암리에 지어가지고 퍼뜨린 것인지 어쩐 것인지, 도저히 그 소문은 밑과 끝을 종잡을 수부터가 없었다.

장례네 어머니나 아버지는 두 눈에 불을 켠 채 밤낮을 가리지 않고 마을을 휘돌며, 이 말이 흘러나온 구멍을 캐내려 했고, 그러느라고 이 사랑방 저 사랑방의 머슴들과 시비도 많이 하였고, 혹은 이 머슴 저 머슴을 불러다가 목침 찜질도 하여본 모양이었다. 그러나 한 번 날개를 단 그 험한 말들은 수그러질 줄을 몰랐다. 그들 부부가 설치고 다니면 다닐수록 오히려 더 극성을 떨었다.

"방귀 뀐 놈이 성내는 법이여."

"도둑 때는 벗어도 비늘 때는 못 벗는당마는 그만저만 덮어두제…."

이렇게 투덜거리며 비쭉거리는 사람들도 있었다.

장례네 어머니와 아버지는 제풀에 지쳐 물러앉고 말았다. 어머니 쪽은 지쳐 물러앉은 정도가 아니라, 화병이 나 며칠 동안 죽게 됐다는 소문이 날 정도로 죽치고 누워 있기까지 했던 것이었다.

장례네 집에서 쫓겨난 지 사흘째 되던 날, 달병이는 마침 해의 머슴을 들이려고 벼르던 아랫마을의 우산양반네 집으로 들어가 머슴살이를 하게 되었는데, 그것이 또 장례와의 기막힌 인연을 맺게 하였던 것이었다. 우산양반네가 오륙 년 전에 윗마을에서 살다 아랫마을로 이사를 간 까닭에, 우산양반네 논밭 대부분이 장례네 논밭 이웃에 있는 것은 물론 김을 말리는 건장마저 이웃에 있었다.

3

머슴살이를 아랫마을 우산양반 집으로 옮긴 뒤부터, 그는 전처럼 벙긋거리며 웃는다든지, 카랑카랑한 듯하면서도 촉기가 어린 소리를 뺀다든지, 또래의 머슴들과 어울려 농지거리를 한다든지 하는 일이 없어졌다. 그럴 만한 즐거움이 솟아나지를 않았으며, 또 억지로 그런 즐거움을 내려고 하다 보면, 그를 에워싸고 있는 모든 사람들이 무섭게 느껴지기만 하던 것이었다.

그의 마음을 안 또래의 머슴들이나 나이 많은 머슴들은 짓궂게도 기어이 소리를 시키려 들곤 했다.

"아따, 한번 뽑아봐라."

"어디, 장례가 오짐을 벌벌 쌌다는 소리 한번 들어보자."

이럴수록 그는 입을 꼭 호라메웠다. 그 잘한다는 소리 때문에 매를 맞고 쫓겨나기까지 하였는데, 소리 그게 그렇게도 대단한 것이라고 목숨 걸고 하여댈 것이 무엇인가 하고서 말이었다. 그러면 머슴들은 술을 받아다가 먹여가면서 소리를 시켰고, 나이 많은 머슴들은 주먹다짐을 해가면서까지 소리를 시켰다.

"밥충아, 그렇게 뚜드려 맞고 나왔은께, 그 장례네 식구 보란 듯이 소리를 더 기막히게 잘해갖고, 인제는 참말로 그 집 식구들 모두가 오짐을 벌벌 싸게 해사 쓸 것 아니냐?"

"어야, 자네들 들어보소. 요 새끼가 인제부터 참말로 소리를 안 하기로 작정을 했다면, 이 동네서 남의집살이도 못하게 해버리세. 요런 오기도 없는 놈은 참말로 쫓아내 버려사 쓰네."

이런 정도였으니, 그 머슴들한테 따돌림을 받지 않기 위해서는 어쩔 수 없이 소리를 뽑아야 했다. 거의 하룻밤도 빼질 않고 소리를 뽑아대곤 했다. 점차 그도 그렇게 소리를 뽑음으로 해서, 답답하게 앙당그러져 있던 가슴이 풀리곤 하였으므로, 뽑아보라는 말이 떨어지기가 바쁘게 한 곡 두 곡 뽑아대곤 했었다. 여기에 우산양반이 또 얄궂은 사람이어서 더욱 많은 소리를 뽑아야 했었다. 배를 타고 김밭을 둘러보고 다닐 제나 김밭을 옮길 제나 김을 뜯어가지고 돌아올 제면 우산양반은 이물에 무릎을 착 괴고 앉아 무릎을 쳐 장단 메길 준비를 하고, 노를 젓는 그에게 소리를 청하곤 하던 것이었다.

그러는 사이에, 그는 또 소리하기에 버릇이 되었고, 혼자 있을 때면 그냥 콧노래 겸 흥타령 겸 해서 흥얼흥얼 한 곡조씩을 뽑곤 하였다. 김 구럭을 지고 잔등을 넘으면서도 뽑고, 김 건장에 김을 널면서도 뽑고, 김 뜯으러 노를 저어가면서도 뽑았다. 김 따는 철이 가고 농사철이 온 이듬해에도 그는 우산양반 집에서 계속 머슴살이를 하였는데, 이해부터 그는 더욱 많은 소리를 뽑았다. 품앗이나 품갚기의 풀베기, 두엄 옮기기, 두엄 져내기, 뒷간의 합수 퍼내기, 논갈기, 물잡기, 못자리하기, 모내기, 논매기, 나락 져들이기에 다니면서 탁한 농주 몇 잔을 걸친 나름으로는 향 맑고 카랑카랑한 소리로, 산과 들을 가득 채워 흔들어놓곤 하였다. 그의 선소리로 상사디여를 하며 모를 내면, 모내기꾼들이 엉덩이춤과 어깨춤을 추며 흥겨워했고, 그의 소리를 들으며 논매기를 하면, 흥에 겨운 일꾼들이 고달파하지를 않고 논바닥을 긁어대었으며, 밥이 되다든지 무르다든지, 술이 싱겁다든지 탁하다든지, 국이 짜다든지 맵다든지 하는 음식 투정을 하지 않았다. 이 마을의 모든 머슴들은 그와 품앗이를 하거나 품갚기를 함으로써 흥겨운 가운데 일을 죽여나가고 싶어했고, 농사 마지기나 짓는 집에서는 자기네 일을 하는 날 자기 머슴이 꼭 그를 데려와서 일을 하게 되기를 은근히 바라곤 하였다.

문제는 장례의 오빠 영만이가 이리저리 바깥바람을 쐬러 들락날락하다가 마침내 당시 창설된 경비대에 지원해 가버린 데다 젊은 시절부터 아프곤 한 허리앓이 때문에 장례 어머니가 힘든 일을 하지 못하고 집 안에 들어박히게 되어, 장례네 집의 일손이 머슴 하나의 손만으로는 태부족하게 된 데 있었다. 그게 6·25 사변이 터지기 한 해 전 가을의 일이었다. 달병이의 노래 때문에 딸이 밭 한가운데서 오줌을 벌벌 쌌다는 소문이 있은 뒤로, 딸을 바깥에 내보내지 않던 강진양반 내외도 농사일이 한창 바쁘게 되다 보니, 딸을 목화나 고추를 따러 내보내기도 하고, 참깨나무를 베어오게 하기도 했던 것이다.

이 무렵, 장례네 집에 중매쟁이들이 빈번히 드나든다더라는 소문이 비쳤고, 어쩌면 그 중매의 꼭지가 떨어져, 장례가 이 겨울 안으로 육지의 어느 마을로 시집을 가게 될 모양이더라는 소문이 그 꼬리를 물었다. 이 소문을 듣는 순간, 정말 그래야 할 아무런 이유도 없는데도, 달병이는 가슴이 꽉 막혀 있던 것이었다. 장례가 어디로 어떻게 시집을 가건 자기와 아무런 상관이 없는 일이었다. 이때껏 스무 해 가까이 장례네 집에서 머슴살이를 해 왔다고는 하여도, 그 장례의 손목 한 번 잡아보지 않았을 뿐만 아니라, 장례 쪽에서도 남몰래 버선 한 켤레라도 만들어준다거나 어쩐다거나 하는 따위로 자기를 특별히 위해 주는 것도 아니던 것이었다.

그런데도 그는 무척 아쉬운 생각이 들었다. 자기의 손 안에 든 먹음직스런 과일이 다른 사람의 손으로 넘어가기 직전에 느껴지는 아깝고 짠하고 억울한 생각이었다. 그 생각을 누구에게 내색할 수 있기나 할 처지가 아니라는 것을 너무나 잘 아는 그였다. 그 소문을 들은 그날 밤, 그는 여느 때나처럼 뜯어온 김의 물을 빼놓고 마을의 사랑방으로 갔다. 한데, 또래의 머슴들이 그를 에워싸고 극성을 떨어댔다.

"아니, 어찌쿨로 말뚝을 박었는디 딴 데로 시집을 간다냐?"

"쫓아가서, 죽으면 죽어도 딴 데로 시집 못 보낼 것이라고 엄포나 들어봐라."

"아주 좋은 수가 있다. 내 말만 잘 들어라. 장례한테 장가올라고 하는 놈을 만나갖고 담판을 지어버려라. 장례는 벌써 내 각시가 돼버렸은께 장가올 생각 애초에 그만두라고 말이여."

그는 구석으로 드러누워 버렸었다. 또래 머슴들의 말대로 하기로 한다면 못해낼 자기는 아니라는 생각이 들지 않는 바 아니었으나 그래야 할 이유가 없었고, 또 그럴 수 있을 만한 처지도 아니었다. 그는 눈을 꼭 감고 잠을 청했었다.

 이튿날, 마침 틈이 나서 그가 뒷등의 장례네 수수밭과 바로 잇대어져 있는 우산양반네 차조밭 구석에다 보리갈이 두엄을 혼자서 져내고 있었다. 장례가 시집을 가게 된다는 생각을 하자, 이날사말로 그의 가슴은 뜨겁고 끈끈하게 응어리지려고 하는 설움 같은 것을 소리로 밀어올렸고, 그의 목청은 더욱 물기 짙게 떨어주었다. 두엄을 지고 오르내리며 소리를 계속 했다. 저녁 무렵쯤 해서 하필 장례가 흰 저고리에 검정 숙수치마를 받쳐입은 채 머리에는 흰 수건을 쓰고 나와 있었다. 그의 가슴은 설레기 시작했고, 자꾸 정신이 몽롱하여져 두엄짐이 무거운 것을 몰랐다. 두엄을 네댓 차례 져냈을 때, 가을의 짧은 해는 벌써 뒷산 너머로 떨어졌고, 뒷등과 아랫마을은 자줏빛 그늘에 덮이었다. 그때까지도 장례는 키를 수숫대의 숲 속에 묻힌 채 익은 수수 모가지를 찾아다니고 있었다. 그는 얼른 날이 어두워지기를 바랐다. 그렇게 날이 저물어지더라도 장례가 그대로 수수 모가지를 자르고만 있기를 바랐다. 반드시 해주어야 한다고 별러온 것은 아니었지만, 갑자기 호젓한 들판에서 만나게 되니, 직접 무슨 말인가를 하여주고 싶은 맘이 생긴 것이었다. 다시 한 번 두엄을 짊어지고 뒷등으로 올랐을 때엔, 뒷산 너머로 빨갛게 타는 듯한 저녁놀이 앞산과 그 산 너머로 호수처럼 바라다보이는 바다를 온통 붉게 물들여놓고 있었다. 장례네 수수밭이 불그죽죽하게 물들었고, 그 속에 푹 빠져 허우적거리고 있는 듯한 장례의 머리 위의 흰 수건은 흡사 핏빛이 되어 있었다.

그가 두엄을 차조밭 귀퉁이에 부렸을 때엔 그 타던 놀이 스러지면서 이어 땅거미가 부욱하게 기어들었다. 수수 모가지를 자르러 다니는 장례의 모습이 그 어슴푸레함 속에 묻히고 있었다. 때마침, 여수-목포 간을 이틀에 한 번씩 정기 운행하는 여객선 한 척이 덕도 앞바다를 지나가느라고 길게 고동을 울리고 있었다. 그 소리가 산과 들을 휘감을 적마다 아이들이 "들안 논 팔아 갖고 조끼(여객선) 타러 오시오" 하고 따라 부르곤 하는 동요가 오늘따라 머릿속을 울리며 그의 가슴을 콩콩 뛰게 했다. 순간적으로 아찔한 현기가 눈앞을 가렸다.

그는 지게를 벗어놓고 수수밭으로 들어섰다. 숨이 가빠졌다. 몸에 수숫잎이 스치는 소리가 사그락사그락 밭 안을 울렸다. 그 소리를 분명히 들었을 것인데도 장례는 수수 모가지만 자르고 있었다. 그가 바싹 다가갔을 때에야 깜짝 놀라며, "누가 보면 어쩌려고 들어왔냐?" 하고, 수수목 한 단을 팔에 안은 채 수수밭 그늘 속으로 쪼그려 앉으며 몸을 웅크렸다. 그를 쳐다보는 장례의 얼굴은 불같이 달아 있었다. 장례를 따라 마주 쪼그려 앉으며, 그는 뛰는 가슴의 소리가 귀청을 욱욱 울리는 것을 느꼈다. 밭은 목에 침을 넘겼다. 풋내 나는 듯하면서도 비리직직하고 달콤한 수숫대의 냄새가 그의 콧속으로 스며들고 있었는데, 그것 속에 구리무의 톡 쏘는 듯하면서도 시큼한 냄새가 섞이어 있는 듯했다. 바야흐로 기어든 땅거미 때문인지 장례의 얼굴은 부은 듯

보송보송했다. 그 얼굴을 건너다보는 순간 그는 멀미를 하는 사람처럼 어질어질함을 느꼈다. 자기도 모르는 사이에, "나 참말이제, 그런 이야기 한 적 없다이. 내가 뭣이 잘났다고 너한테 장가를 갈 수 있겄냐? 내가 작년에 수숫대 뽑음스롱 노래부른 것도, 니가 반해갖고 어쩌라고 그런 것은 참말로 아녔어야. 나 억울하다. 나는 느그 어무니 아부지를 친어무니 아부지로 생각하고 살어왔는디…" 하였는데, 그런 그의 목소리에는 울음이 담겨 있었다. 그는 이 무슨 주책이냐 하며 몸을 일으켰다. 고개를 쿡 떨어뜨리고 있는 장례를 외면하고 돌아서서, 아직도 불그죽죽한 기가 덜 꺼져 있는 하늘을 쳐다보았다.

"얼릉 들어가거라. 캄캄해진다" 하고, 혹시 보는 사람이 있을세라, 수숫대를 헤치고 우산양반네 차조밭 귀를 향해 한 발을 옮겼다.

그런데 이때 무슨 죽일 놈의 심보가 갑자기 그렇게도 변했던지, 그때까지 고개를 떨어뜨리고 있는 장례 옆으로 발이 부두둑부두둑 옮겨지던 것이었고, 결국 저질러선 안 될 일을 저지르고 말았던 것이었다. 그는 흡사 암탉을 향해 날개를 편 수탉처럼 장례를 덮쳐누른 채 치마를 걷어 올렸던 것이었다.

"워메 워메, 어째사 쓸꼬, 너 어쩔라고 이러냐? 죽으려고 환장했냐? 워메, 어째사 쓸꼬잉, 누구 오면 어쩔꼬잉" 하고 앙탈을 하며 장례는 그의 가슴을 걷어밀다가, 드디어 자기의 몸속 깊숙하게 파고드는 그를 어쩌지 못한 채 발을 굴렀다.

"인제 참말로 나는 죽는다. 죽어, 죽어. 나는 모른다, 몰라."

장례가 몸부림치는 것을 덮쳐 누르면서, 그는 장례를 데리고 조금 전에 고동을 울리던 여객선을 타고 남모르는 데로 멀리 도망을 가서 살면 그만이라는 생각을 했었다. 얼마 후, 수숫대 사이에 얼굴을 묻고 우는 장례를 그런 말로 안심시키고 달랬다.

이튿날, 그는 면직원 한 사람이 찾아와 내미는 소집영장을 받게 되었다.

훈련을 받고 부대 배치를 받은 것은 경기도 양평이었는데, 그런지 한 달인가 있다가 무슨 전쟁이 어떻게 벌어진 줄도 모른 채, 지금 생각하면 꼭 꿈만 같은 그 후퇴의 북새통 속을 뚫고 부산까지 밀려갔다. 거기에서 다시 밀고 올라가는 차를 탔다가 다시 밀려 내려오고, 또 오르락내리락하다가 휴전이 되면서 제대를 한다고 하고 돌아왔다. 스물여섯 살 나던 해 늦은 가을이었다.

그때, 그는 깜짝 반겨줄 혈육 하나 없는 이 덕도 땅엘 들어서는 대로, 지난날 몽둥이찜질을 당하고 내쫓긴 장례네 집으로 가서 장례의 어머니와 아버지에게 인사를 드렸는데, 그것은 그 혼자만이 가지고 있는 어떤 생각, 말하자면 마음속의 장인 장모를 뵙는다는 생각 때문이었다.

그런데 무슨 운명줄이 닿았던지, 이때 뜻밖에 장례가 친정엘 와 있었다. 인사를 드리고 나오는데, 밖에서 물동이를 이고 들어오던 장례가 그를 보고 물동이를 금방 떨어뜨릴 듯이 놀랐다. 이어 얼굴이 온통 빨갛게 물들여졌다. 그는 장례를 향해 무슨 말인가를 던지기는 던져야 하겠는데, 마땅히 꺼낼 말이 없어 그저 멀거니 건너다 보기만 했고, 그러는 사이에 장례는 부엌으로 들어가버렸다. 아닌 밤중에 홍두깨를 맞듯이 군대에 들어가기 전에, 시집을 간다고 법석이었는데, 이때껏 시집을 가지 않고 있었더란 말이냐 싶게 장례는 그대로 처녀티가 나는 얼굴이요, 몸매였다. 그나마 머리마저도 쪽찐 것이 아니고 파마를 하고 있었다. 친정에 다니러 와 있기나 하는 것이겠지 하는 생각이 아니 드는 것은 아니었지만, 자꾸 장례가 친정에 들어 살고 있는 그 모양이 수상쩍어지는 것을 어찌하지 못한 채 사립을 나갔다. 자기하고 수수밭에서 저지른 일 때문에 쫓겨난 것은 아닐까. 그랬다면….

이날 밤, 그는 사랑방에서 장례의 남편이 사변통에 보안서 출입을 했기 때문에 수복과 더불어 죽었다는 말을 들었다. 죄 되어 죽어자빠질 말일지는 모르나, 그게 얼마나 다행스럽고 기쁜 일로 여겨졌는지 모를 일이었다. 이제 장례는 갈 데 없이 자기 아내가 될 것이라는 생각에서였다. 하필 헌 각시를 얻는다고 흉허물을 하여댈 사람들이 있을지라도 자기는 기어이 헌 각시인 장례를 아내로 맞아야겠다고 작정을 했다.

이튿날부터, 우산양반네 집으로 들어가 머슴살이를 시작했다. 젊은이들이라고 생긴 것이면, 눈고락쟁이, 귀머거리, 절름발이만 빼놓고 군대로 바깥바람 쐬러 다 나가고 없어, 우산양반네가 아직 머슴을 구하지 못하고 있다는 말을 듣고 자기 쪽에서 자청하다시피 하여 들어간 것이었다.

우선 착실하게 우산양반네 김 채취하는 일을 돌보아주면서 우산댁에게 장례와 자기 사이에 중매를 서달라고 할 셈이었다. 그게 성사되면 한 삼사 년 부지런히 남의집살이를 하여 논 마지기나 장만한 뒤에 딴살림을 날 생각이었다.

그가 자기의 그런 뜻을 우산댁에게 비친 것은, 이듬해의 이른 봄 어느 날 밤이었다. 김도 이젠 막판이라 홀치기를 대는 판이었으므로 별로 일이 고되지 않은 때였다. 흥정 붙이는 일이라면 발 벗고 나서는 우산댁이라, 그날 밤으로 장례네 집으로 달려갔던 모양이었다. 이튿날 그에게 그 결과를 말하는 우산댁의 얼굴이 밝지가 않았다. 하필, 댈 데가 그리도 없어서 근본도 없는 거지 자식인 데다 머슴살이하는 놈한테 대느냐고, 욕벼락이라도 한바탕 얻어맞고 온 모양이었다.

"잊어뿔고 부지런히 일이나 하시오. 새 큰애기만 얻자고 해도 일곱 도라꾸 반이나 된닥 합디다. 아, 남자들이 전장에 나가서 다 죽어버리고 난께 시집 못 가서 늙어가는 새 큰애기들이 시글시글한 시상인디, 뭣이 아쉬워서 헌 각시 얻을라고 그래 싸요? 가만 있으시오, 내가 존 데 있으면 중매설 텐께."

우산댁의 이 말에 그는 얼굴이 달았다. 하긴 우산댁의 말이 옳다 싶었다. 그러나 그는 기어이 장례를 아내로 맞고 싶은 생각뿐이었다. 이럴 때 영만이가 있다면, 피차 젊은 처지이니 속을 털어놓고 장례를 아내로 맞을 수 있게 해달라고 말이라도 해보겠는데, 영만이는 말뚝 박고 군대 생활을 할 셈인지 제대할 생각을 않고 있다던 것이었다. 어차피 한 번 칼을 뺀 이상 그걸 다시 칼집에 꽂을 수는 없다고 그는 생각했다. 장례를 직접 만나서, 장례의 입에서 나온 말을 들어야 할 것 같았다. 장례는 적어도 자기를 마다하지 않을 것이다 싶었다. 혹 반대하는 부모들 때문에 주저하기라도 한다면, 주저하고만 있을 수 없도록 다시 더 단단한 말뚝을 박아놓아야겠다고 했다.

이런 생각을 한 이튿날 저녁 무렵, 그는 건장에서 김을 걷고 있는 장례에게로 갔다. 누르께한 명주 목도리를 한 장례의 얼굴이 금세 빨갛게 달았다.

"뭣 하러 왔소? 얼릉 가시오. 누구 보면 어짤라우?"

몸을 낮추면서 울상을 짓는 것이었으나, 그는 태연스럽게 말했다.

"나 장례한테 꼭 할말 있소. 오늘 저녁에 좀 만납시다. 여기 건장막 안으로…저녁밥 묵고 나오시오."

"뭣 하게 만나라우?"

퉁명스럽게 말하며 장례는 땅으로 눈길을 떨어뜨렸다. 그러나 이날 밤 장례는 그가 지정한 건장막 속으로 나와주었다. 그들은 헌발장 위에 나란히 앉았다. 장례의 몸에서는, 낮에 건장 앞에서 만났을 땐 맡을 수 없었던 구리무 냄새가 짙게 풍기고 있었다. 죄 될 생각인지는 몰라도, 오빠와 달병이가 함께 군대 갔지만, 오빠보다는 달병이 쪽 생각만 했었다는 말을 했다. 요즘, 어머니 아버지가 부쩍 서두르기 때문에 중매쟁이들이 간혹 드나들곤 하는데, 모두가 귀찮기만 하다는 말도 했다.

"나한테 시집올 생각 없소?"

그의 말에 장례는 고개를 저었다. 자기는 그럴 자격이 없는 헌각시가 아니냐는 것이었다. 그렇게 말하는 장례의 목이 메어 있음을 알아차리면서 그는 장례의 손을 잡았다. 끌어안았다. 장례는 그가 하는 대로 잠자코 있었다.

"나는 기어코 장례하고 살아사 쓰겠소" 하면서 그는 자기의 굳은 결의를 행동으로 보이기 시작했다.

그로부터 사흘째 되던 날 밤, 그들은 밤봇짐을 쌌고, 이 재를 넘어 줄행랑을 쳤다. 청도로 들어가서, 그는 머슴살이를 했고, 장례는 이집 저집을 돌며 안일을 거들어주며 두 해를 지냈다. 그런 대로 네 해 동안만 더 그 짓을 하고는 살림을 차리자 했다. 한데, 그 사이 웬수가 되려고 그랬던지 장례는 배가 불러버렸고, 그와 장례가 함께 서른 살 되던 해 늦은 겨울 들어 몸을 풀었다.

남의 집 헛간방, 불도 지피지 않은 얼음방의 누더기 속에서, 그가 김을 뜨으러 가고 없는 사이에 몸을 푼 장례는 뱃속에 찬바람이 들었던지, 몸을 푼 이튿날부터 온몸이 붓기 시작했고, 그런지 열흘을 못 넘기고 눈을 감아버렸다. 그로부터 심봉사가 심청이를 키우듯 키워온 딸이었고, 그런 딸이기 때문에 그는 머슴살이를 하는 가운데서도 딸을 기어이 초등학교엘 보내 세상일에 눈을 뜨게 해주었었다. 했는데, 이제야 열아홉 살 나는 딸이 광주라든가 서울 어디라든가에서 온 하모니카쟁이를 따라 밤봇짐을 싸가지고 나가버린 것이었다.

4

딸아이가 잡히기만 하면, 그 아이를 꾀어간 놈을 찾아, 목을 비틀어 죽여놓고 말겠다고 이를 갈며, 그는 나무 그늘에 앉은 채 솔숲 사이로 뚫린 하늘을 쳐다보았다. 그의 눈에 아내의 하얀 얼굴이, 영락없이 그 하얀 얼굴을 빼어박은 듯한 딸아이의 얼굴과 함께 떠올랐다.

그는 가슴이 후끈 뜨거워지면서 답답하게 뒤틀리는 것을 느끼고 솔숲 사이로 앞산을 바라보았다. 산기슭의 보리밭에 번들거리는 푸른 물결이 일고 있었다. 그의 가슴에 응어리져 있던 주먹 같은 덩어리가 숨을 막고 있었다.

그는 갑자기 목을 길게 늘어뜨리고, 탁하고 끈적끈적한 듯하면서도 카랑카랑하게 맑은 데가 있는 소리를 빼면서 몸을 일으켰다. 그의 모습은 소나무숲의 그늘에 묻히고 있었는데, 그가 뺀 소리의 한 가닥은, 바야흐로 어우러지고 있는 오월의 신록 속의 자줏빛 그늘 사이를 지나 청청 높은 하늘을 향해 사위어갔다.

앞산도 첩첩하고
뒷산도 첩첩한디
혼은 어디로 행하는가….

목선(木船)

 봄부터 가을까지 채취선을 빌려다 쓰기로 하고, 지난해 겨울 동안 양산댁네 김 채취 머슴을 산 석주는 어처구니가 없었다. 양산댁이 하루아침에 마음이 싹 변하여 채취선을 못 내주겠다고 발을 하는 것이었다. 스물다섯에 홀어미가 되어, 올해 중학교에 들어가는 아들과 단둘이 사는 여자로, 이 마을에선 흔하지 않은 채취선을 한 척 가졌기로서니 이럴 수가 있느냐 싶었다. 그 채취선은 육 년 전 그녀가 양산에 있는 친정 산에서 나무를 얻어다 지은 것인데, 그것을 부리면서는 해마다 김을 잘 해먹었노라고 언젠가 그녀가 말했었다. 그래서 선뜻 내어주기가 아깝고 짠했는지도 모른다. 그러나 한 번 빌려주겠다고 단단히 하였던 약속을 이렇게 내리 씻어버릴 수 있느냐 싶었다. 석주는 꾀죄죄하게 검은 때가 엉겨붙은 마루 위에 걸터앉아서 담배 한 개비를 꺼내 물었다. 허우대가 큰 데다 누른빛 나는 머리칼이 더부룩하고 눈이 부리부리한 그는, 뾰로통해서 토라져 앉은 양산댁의 갸름한 얼굴을 건너다보았다. 양산댁은 작달막한 몸집에 거무스름한 얼굴빛이 조금 야윈 듯했다. 양미간과 볼에 잔주름이 한둘 잡혀 있었다. 이마가 넓고 코가 작았다. 사십대에 들어선 여자치곤 매끈하고 앳된 얼굴이었다. 그녀는 입술을 뾰족하게 오므리고, 부어오른 듯 부석부석한 눈두덩이 툭 까지도록 눈살을 찌푸린 채 바다를 바라보고 있었다. 걸핏하면 커다란 떡니를 하얗게 내어놓고 환히 웃곤 하던 여자가 어쩌면 저렇게도 사납게 일그러진 얼굴을 할 수 있을까 싶었다.

그는 버팀목 같은 뻐드렁니 때문에 더 튀어나온 두꺼운 입술로 담뱃개비 끝을 꼭 누르며 성냥을 그어 댕겼다. 담배 연기를 빨아들였다. 양산댁이 태수의 농간에 넘어가고 있음에 틀림없었다. 간밤 태수가 하얀 두루마기에 중절모자를 비뚜름하게 쓰고 쿠릿한 술 냄새를 풍기며 왔다. 볼일이 있어 읍에까지 나간 김에, 양산댁의 심부름으로 그녀네 아들 태범의 입학금을 학교에 넣었는데, 그 영수증을 넘겨주려고 온 것이라 했다. 영수증을 건네는 데 그처럼 오랜 시간이 걸릴까 싶었다. 태수는 두어 시간 동안이나 양산댁과 무엇인가를 도란도란 이야기하다가 돌아갔다. 모퉁이에 있는 방에 앉아서 이야깃소리가 들려오는 안방 쪽으로 귀를 기울여보았지만, 너무 작은 소리로 말을 했기 때문에 한마디도 알아들을 수가 없었다. 태수가 돌아갈 때 마당에서 하는 소리만은 귀를 기울이지 않고도 알아들을 수 있었다.

"어두워서 어찌께라우?"

"별이 환하게 비춰준께 괜찮겠소."

태수가 다녀가기 전까지만 하여도 양산댁은 그에게 채취선을 내어줄 채비를 하고 있었다. 전날, 노루목 등성이 너머로 해가 떨어질 무렵이었다. 양식장에 흩어진 말목들을 모두 빼다가 그녀네 집 모퉁이 옆에 쌓고 나자, 양산댁은 하얗게 떡니를 내놓고 그를 향해 웃었다.

"욕보셨소마는 내일 배 타고 갈라면 오늘 아주 깨끗이 닦아놓으씨요."

말목을 싣고 오느라고 채취선은 갯벌투성이가 되어 있었다. 그는 이맛살을 찌푸리고 양산댁을 향해 웃으며, 피로하니 내일 아침에 닦아 타고 가겠노라고 했다.

석주는 어제 그처럼 배를 시원스럽게 내어줄 듯이 말하던 양산댁의 웃는 얼굴을 생각하며 엉성한 돌담 너머로 모래밭을 바라보았다.

조개껍데기들이 하얗게 빛나고 있었다. 찰싹찰싹 모래톱을 핥으며 부서지는 물결들이 햇빛을 받아 고기비늘처럼 빛났다. 황소만큼 한 시절바위가 바닷물에 허리를 적시고 있었다. 그 앞에 갯벌투성이가 된 채취선 한 척이 일렁이는 물결을 따라 이물(船頭)을 끄덕거렸다. 다리뼈가 부러지더라도 저걸 빼앗아가든지, 자기가 죽고 말든지 하리라 했다. 문득 몸집은 땅딸막하고 조그맣지만 다부지고 오기 많은 태수의 툭 불거진 광대뼈를 생각하며 혓바닥으로 입 안을 쓸었다. 바특한 침이 혀끝에 뭉쳐졌다. 뱉었다. 모래가 하얗게 깔린 마당에 침방울이 떨어졌다. 스무 살 안팎 때엔 더러 씨름판에 나가 송아지를 끌어오기도 했다는 태수의 딱 바라진 가슴팍과 굵은 팔뚝을 생각하고 이를 물었다. 코가 주먹처럼 뭉툭하고 양 볼에 얽은 자국이 있는 얼굴을 험상궂게 일그러뜨렸다. 아무리 긴다 난다 하는 태수지만 무서울 게 없다고 생각했다. 하라지 끝에 내려오기만 하면 바닷물 속에 거꾸로 처박아주겠다 했다. 담배 연기를 들이마시며 바다로 눈길을 던졌다. 푸른 바다에는 한가로운 잔물결의 이랑들이 햇빛을 받아 반짝거렸다. 그 반짝거림 속에 떠 있는 오징어잡이 배들이 장난감 배들처럼 조그맣게 보였다. 올 봄 들어 오징어는 예년에 볼 수 없는 풍어여서, 하루 잡아 보통 쌀 두 말 벌이는 된다고들 했다.

어렸을 적에 머슴살이하던 집을 찾아가 헌 그물을 조금 얻어다 꾸미고 고기알붙이로 쓸 쑥대를 천관산에까지 가서 베어다 채우고 하려면 며칠은 걸릴 터인데, 그 사이에 이 풍어기를 놓칠까 싶었다. 손가락 끝이 따갑도록 타 들어간 담배꽁초를 퉁겨 던졌다.

"첨에 뭣이락 했소, 당신?"

양산댁을 향해 무뚝뚝하게 말했다. 굵은 침방울이 양산댁의 거무스름한 얼굴로 튀어갔다. 양산댁이 얼굴에 튀어온 침방울을 손바닥으로 닦으며 석주를 향해 돌아앉았다.

"그런께 내가 사정 이야길 안 하요?"

"무슨 사정 얘기가 그렇다우, 인제 와서?"

석주는 이마와 목줄의 정맥이 파랗게 튀어나오도록 소리를 질렀다. 양산댁이 다시 바다를 향해 돌아앉으며 볼멘소리를 했다.

"암만 그래도 못 할 것은 못 해라우, 나도 벌어묵고 살아야 쓰겄은께."

"나는 뭐 미쳤다고 석 달 동안이나 공머슴 살았는지 아요?"

"수공 준다 말이오, 근께?"

"수공 몇 푼 받을라고 머슴 살었드라우?"

"그건 당신 사정이제라우."

 양산댁이 아주 막말을 하였다. 석주는 뿌드득 소리가 나도록 이를 물었다. 닥치는 대로 물어뜯고 쥐어질러 죽이고 싶은 충동이 왈칵 일어났다. 문득, 아내 복님의 하얗게 웃는 얼굴과 오 년 전, 비록 소나무 널빤지로 지은 것이긴 했지만 노르스름한 빛을 띤 것이 제법 늠름하게 보이던 자기네 채취선의 모습이 눈에 보이는 듯했다. 복님은, 군대에서 제대를 하고 돌아와 보니 기어이 이웃에 살던 김장수 백철두하고 배가 맞아, 그가 신주 모시듯 아끼고 사랑하던 채취선을 팔아 도망가버리고 없었다. 자기의 주제에는 너무 예쁜 아내요, 자기의 재산으로선 너무 벅찬 채취선이었는지 몰랐다. 어쩌면 옛날이야기에 나오는, 둔갑한 여우가 아내로 들어와서 마련하여 준 채취선이었는지 몰랐다.

 열 살 때부터 머슴살이를 하여 모은 밑천으로 그는 복님에게 장가를 들었다. 스물일곱 살 나던 해였다. 건너편 우산도 부둣가에다 오막집을 한 칸 짓고 살았다. 꼬박 두 해 동안 부지런히 김을 뜯어 모은 돈으로 채취선을 한 척 지었다. 철이 들면서부터, 아내를 맞아들인 다음 내 것이다 하고 채취선을 한 척 마련해서 살아보겠다 했던 소망이 바야흐로 이루어지는구나 싶었다. 이젠 어느 누구도 부럽지 않게 살아갈 수 있겠다 싶었다. 한데 그해, 스물아홉 살 나던 해 가을, 뜻밖에 소집영장을 받았다. 호적상의 나이가 실제 나이보다 일곱 살이나 아래였던 것이다. 소집영장을 찢어버렸다. 예쁜 아내와, 비록 소나무 널빤지로 지은 것이긴 하지만 노르스름한 빛을 띤 것이 보면 볼수록 늠름해 보이는 채취선을, 한 해도 부려보지 않은 채 고스란히 두고 도저히 군대엘 갈 수가 없었다.

그 후로는 한시도 마음을 놓을 수가 없었다. 늘 조마조마했다. 그래도 서른다섯 살 되던 해 가을까지는 무난히 넘겼다. 하나 그해 겨울, 살갗을 깎아내는 듯한 북풍이 몹시 불어서 바다가 허옇게 뒤집힌 채 으르렁대던 어느 날 탈이 나고 말았다. 김장수 백철두하고 대판거리로 싸웠다. 예쁘장한 얼굴인 데다 하모니카를 여느 때 멋들어지게 불어대곤 하는 백철두와 아내와의 사이가 걷잡을 수 없이 가까워져 있었다. 겨울에서 이른 봄까지 김장사를 하고 사철을 빈둥빈둥 놀며 지내는 백철두한테 아내가 끌렸었는지 몰랐다. 조용히 백철두를 불러, 그의 아내한테서 당장 손을 떼라고 타일렀다. 백철두는 무슨 혓바닥 자를 소리를 하느냐고 따지고 들었다. 도둑이 매를 드는 것도 이만저만이 아니었다. 백철두의 멱살을 틀어쥐고 부두로 나갔다. 바닷물 속에다 처박아버렸다. 이튿날 그는 경찰의 손에 붙잡혀 군대엘 가고 말았다. 제대를 하고 왔을 때, 아내와 살던 오막집은 텅 비어 있었다. 세간이라곤 떨어진 양말짝 하나도 없었다. 부둣가에 둥실 떠 있어야 할 그의 채취선은 온데간데없었다. 아내가 섬에서 온 사람한테, 살림살이가 쪼들린다면서 팔아버렸다고들 했다. 분해서 견딜 수가 없었다. 오막집을 헐값으로 팔았다. 아내와 백철두를 잡아 죽이겠다 하며 서울로 갔다. 돈만 다 뿌려버렸다. 서울로 도망갔다는 것만 알았지, 서울의 어디에 박혀 있는지조차 모르는 그들을 찾겠다고 나선 자기가 얼마나 미련한 놈인가 하고, 혀를 깨물어 뜯으며 돌아왔다. 이때껏 여우한테 홀려 살아오다가 이제야 깨어났노라고만 생각하기로 했다.

한데 이번에 채취선을 빌려 쓰기로 하고 머슴살이를 한 일도 꼭 여우한테 홀리고 있는 것만 같았다. 어쩌면 복님이 양산댁으로 둔갑했는지도 모른다 싶었다.

집 판 돈을 다 뿌려버리고 와서부터 그는 매일 날품을 들었다. 태어난 고향이었지만 우산도에는 발도 붙이지 않고 덕도 일우만 쓸고 다니며 뒷간도 퍼주고 거름도 옮겨주었다. 지난 겨울, 호된 첫추위도 아직 오지 않고 연일 따뜻한 날씨가 계속되던 어느 날, 하라지 끝에 사는 양산댁네 뒷간 푸는 일을 해주었다. 그때 양산댁은 혼잣손이라 바쁘게 김을 떠서 널고 벗기곤 하고 있었다. 뒷간을 다 푸고 마루에 앉아 담배 한 대를 피우는데 양산댁이 술상을 내다 놓았다. 컬컬하던 김이라, 두어 잔을 단숨에 들이켜고 나자, 양산댁이 어색하게 웃으며 말했다.

"우산양반한테 어려운 청이 있소."

사근사근한 무김치를 씹으며 양산댁의 거무스름한 얼굴을 건너다보았다. 양산댁이 이마로 흘러내린 머리칼을 쓸어올리며 마주 건너다보았다.

"날품 들러 다니느니, 우리집에서 올 겨울 동안 해의(海衣)나 해주씨요."

"머슴 살자 그 말씀이시오?"

"날품 든 것보다 잣게 수공 드리께라우."

김 채취 머슴으로 있던 친정편 동생이 엊그제 군대엘 갔기 때문에 혼잣손이 되었다고 했다. 아들이 하나 있기는 하지만 국민학교 6학년이기 때문에 아침에 학교엘 갔다가 저녁 늦게 돌아오곤 하여 일을 부릴 수가 없다 했다. 바다에 있는 김은 갯마을 사는 태수가, 죽은 남편하고 살던 정 때문이라며 자기네 것을 뜯어오는 김에 한줌씩 뜯어다 주긴 하지만 그것으로 어디 분에 차기나 하느냐 했다.

"머슴 살면 뭣 할 것이오?"

퉁명스럽게 내뱉었다. 열 살 때부터 머슴살이를 한 밑천으로 아내를 구하고 채취선까지 얻게 되었었지만, 지금 남은 것은 빈 손바닥 두 장뿐인 자기였다. 또 머슴살이를 하겠다고 나설 생각이 없었다.

"그럼 밤낮 날품만 들어 묵고 살다 늙어 죽을라우?"

양산댁의 신경질적인 대꾸에 말이 막혔다. 그쪽의 말이 옳다고 생각되었다. 지금은 젊으니까 그럭저럭 지내도 되지만 늙어지면 몸을 의탁할 만한 곳이 있어야 할 것이었다. 막걸리를 한 사발 들어 단숨에 들이켰다. 투우 하고 거칠게 숨을 내쉬었다.

"손해나게는 안 해드리께, 우리 집에서 머슴 삽시다."

얼른 대답을 않고 있자 양산댁이 바싹 졸라댔다.

"원하는 대로 수공으로 달라면 수공으로 드리고, 내년 봄부터는 배를 놀려두게 될 텐께 배를 빌려달라면 배를 내어드리께라우."

채취선을 내어줄 수도 있다는 말에 귀가 번쩍 뜨였다. 머슴살이를 해서 돈을 모아 채취선을 마련하기란 너무 까마득한 일이어서 포기하는 게 좋을 일이었다. 그러나 채취선을 당장 내어주겠다 하는 데는 마다할 수가 없었다. 채취선만 손에 들어온다면 혼잣손으로라도 한밑천 마련할 자신이 서는 것이었다.

"정말이오?"

"뭣 할라고 거짓말해라우?"

"그럼 내년 봄부터 가을까지 배 내어주고, 수공은 수공대로 줄라우?"

양산댁이 대번에 그렇게 하자고 했다.

석 달 동안 부지런히 일했다. 바다에 나가서 모든 일을 자기의 마음 내키는 대로 서둘러 하다 보니, 머슴살이하는 것 같지가 않았다. 집 안에 들어와서도 마찬가지였다. 양산대이 건장에서 해가 기울도록 바쁘게 허덕거리는 것을 도와, 다 못 벗긴 마른 김을 나란히 앉아 벗겼다. 그런 날 밤이면 양산댁이 김을 굽는다, 매생이국을 끓인다 하여 저녁상을 무겁게 차려 들이곤 하였다. 그러다 보면 얼핏 양산댁과 자기가 아주 정다운 부부인 것만 같은 착각이 들곤 하였다. 착각인 줄 알면서도 그 착각 되씹는 것이 싫지 않았다. 거기다 이듬해에 채취선을 빌려 쓰게 된다는 것을 생각해 보면 기쁘기 한이 없었다. 그것으로 봄엔 오징어잡이를 하고 여름엔 장어 줄 낚시라도 하면, 가을에는 다 찌그러진 것일지라도 자기 것으로 채취선 한 척을 구할 수 있을 것이니 말이었다. 이듬해 봄, 여름에 더 부지런히 벌면 김발을 막을 수 있을 것이었다. 그렇게 되기만 하면 마음 고운 여자를 아내로 맞아들이겠다고 하였다. 도망간 아내가 깜짝 놀라고, 양산댁이 부러워 못 견딜 만큼 재미나는 살림살이를 꾸미겠다 하였다.

그 꿈이 산산이 부서진 것이었다. 마루에 걸터앉아 멍청히 바다를 내다보던 석주는 벌떡 일어서면서 소리쳤다.

"그래, 죽어도 배는 못 내주겠다 그 말이지라우?"

"허리에 치마는 둘렀어도 빈말은 안 하는 사람이오."

양산댁이 바다를 바라보며 싸늘하게 내뱉었다. 눈살을 찌푸리고 있었다.

석주는 흥 하고 콧방귀를 뀌며 마당으로 내려섰다.

마루에 걸터앉아 있던 양산댁이 벌떡 일어섰다. 마당으로 내려서서 잠시 서성거렸다. 툇마루 밑에서 새끼줄 토막을 몇 개 주워 둘둘 말아 쥐었다가, 그것을 마당 가운데다 아무렇게나 팽개쳐버렸다. 바가지를 찾아 들었다. 팽개쳐버렸던 새끼줄 토막을 다시 주워 들었다. 시절바위 앞으로 갔다. 채취선 위로 뛰어 올라갔다. 바닷물을 퍼서 뱃전에다 끼얹고, 말아 쥔 새끼줄 토막으로 문질렀다. 뱃전에서 시꺼먼 갯벌물이 흘러내렸다.

마당 가운데 우두커니 서서, 그녀의 신경질적으로 서둘러대는 모습을 물끄러미 바라보던 석주는 문득, 그녀와 함께 바다로 김을 뜨으러 갔던 날 저녁의 일이 생각났다. 겨울철에 어울리지 않게 궂은 비가 이틀 동안이나 계속 내리다 갠 날이었다. 양산댁이 집 안에서 건장의 일을 할 게 없다며 김을 함께 뜨으러 가자고 했었다. 마침 날이 저물어지면서 썰물이 지곤 할 때라, 어두워지기 전에 두 사람이 힘을 모아 욕심껏 김을 뜨어오겠다는

목선(木船) • 233

심산이었다. 그날은 저녁놀이 유독 붉었다. 바다의 물결이 붉고 푸른 물감을 온통 칠해놓은 듯 찬란하게 빛나며 출렁거렸다. 멀지 않게 바라다보이는 하라지 끝의 시절바위는 한쪽이 새까맣게 물들었는데, 다른 한쪽은 피에 젖은 듯 빨갛게 불타고 있었다. 김발에 채취선을 붙이고 뱃전 앞에 쭈그리고 앉아 바쁘게 김을 뜯고 있던 그는 갑자기 채취선이 한쪽으로 기우뚱하기에 깜짝 놀라 고개를 들었다. 옆에 앉아서 김을 뜯던 양산댁이 일어서서 이물 쪽으로 걸어가고 있었다. 덕판 앞까지 간 그녀는 물 묻은 손을 갯두루마기 자락에다 닦으며 돌아섰다. 고물〔船尾〕로 갔다. 사방을 둘러보았다. 양식장 여기저기에서는 마을 사람들이 김을 뜯고 있었다. 그녀는 다시 이물로 달려갔다. 덕판 앞에서 우뚝 섰다. 잠시 망설이며 그를 바라보았다. 이맛살을 찌푸린 채 엉거주춤 옆으로 돌아앉으며 통 넓은 갯바지를 끌어내렸다. 그녀의 얼굴이 저녁놀에 빨갛게 물들어 있었다. 그는 고개를 떨구고 김을 뜯었다. 갑자기 이쪽도 오줌이 누고 싶어졌다. 참았다가 조금 어두워지면 누리라 했다. 파란 물결을 들여다보며 김을 뜯기는 뜯지만, 머릿속에는 자꾸 저녁놀에 빨갛게 물든 그녀의 얼굴이 그려졌다. 뱃전을 찰락찰락 두드리는 물결소리에 섞여, 뱃바닥에 괸 물로 내리뻗치는 그녀의 오줌줄기 소리가 쉬이 하고 들렸다. 그 소리를 들으며 김을 한 줌 뜯었다. 다시 한 줌 뜯었다. 아직 그 소리는 줄곧 줄기차게 뱃바닥을 울리며 그의 가슴속으로 전류처럼 울리어왔다. 그 울림이 배꼽 아래로 번져갔다. 쉬이 소리가 점차 약해졌다. 군침이 입 안에 괴었다. 꿀꺽 삼켰다. 쉬이 소리가 멎었다. 자기도 모르는 사이에 흘끗 덕판 앞을 바라보았다. 그녀가 일어서면서, 오줌을 누기 위해 엉덩이 밑으로 끌어내렸던 속옷을 올려 입고 있었다. 저녁놀 때문에 빨간 물이 든 것처럼 보이는 하얀 속옷이 상어의 등처럼 둥그런 살결을 덮고 있었다. 그녀가 그를 힐끔 바라보며 재빨리, 역시 빨간 물이 든 것처럼 보이는 하얀 속치마를 털어 내렸다. 그 위로 통 넓은 갯바지를 끌어올려 입었다. 그녀의 얼굴이 타는 듯이 빨갰다. 그는 고개를 떨구고 김을 뜯었다. 그녀가 이쪽 옆으로 걸어와서 김 구럭 옆에 쭈그리고 앉았다. 아직 시울도 차지 않은 김을 다독거렸다. 어쩌다 한 가닥씩 섞여 있기 때문에 골라낼 필요도 없는 파래 가닥을 골라내고 있었다. 이쪽 옆으로 다가앉아 김 뜯기를 주저하고 있었다. 하나의 고용인으로만 대수롭지 않게 생각했던 그가 갑자기 자기의 육체 일부를 보아버린 하나의 어엿한 남성으로 그녀의 가슴속에 나타나고 있었는지도 몰랐다. 그러자 수절을 하고 있는 과부인 그녀로서는 이쪽과 단둘이 조그마한 채취선 위에서 나란히 앉아 김을 뜯기가 서먹서먹해졌는지 몰랐다.

이쪽도, 쉬이 하는 오줌줄기 소리와 하얀 속옷과 상어의 등처럼 둥그런 엉덩이를 바라보면서부터 새삼스럽게 양산댁이 하나의 여자요, 더구나 임자 없는 과부라는 사실에 가슴이 설레고 있었다. 분위기가 갑자기 어색하게 느껴졌다. 무슨 말을 꺼내야 될 것만 같았다.

"얼른 뜯으시오, 저물겠소."

파란 바닷물 속에 눈길을 묻은 채 말했다. 고용인으로서 주인에게 할 성질의 말이 아니라는 생각이 들어 더욱 어색한 느낌이 들었다. 그녀가 용기를 내어 이쪽 옆으로 다가앉으며 김을 뜯었다. 저녁놀이 꺼지면서 땅거미가 깔리고, 그 땅거미가 몰고 온 듯 쌀쌀한 바람이 불기 시작했다. 양식장 여기저기에서 삐그덕삐그덕 노 젓는 소리가 들려오기 시작했다. 김을 구럭에 가득히 뜯어 담은 채취선들이 갯마을 앞 부두로 돌아가고 있었다. 오줌을 누어야겠다고 생각하며 고개를 들었다.

"석주, 고만 가세."

옅은 어둠이 깔린 김발 아래쪽에서 태수가 낡은 채취선을 저어가며 말했다. 그와는 마주앉아 술 한잔 나누며 정담 한번 건네본 일 없는 사이였지만, 여느 때처럼 태수 쪽에서 다짜고짜로 '하시오' 하지 않고 '하소' 하니까 할 수 없이 그도 '하소'로 받으며 말만은 허물없는 사이처럼 하고 지내는 처지였다.

"먼저 가씨요. 두 말뚝 새만 더 뜯어갖고 갈라우."

양산댁이 고개를 들고 받았다.

"좀 뜯어주리라우?"

태수가 노를 놓으며 돌아다보았다.

"말이라도 고맙네."

그가 김 한 줌을 구럭에 던져넣으며 퉁명스럽게 받았다. 방광이 뻐근하게 아파왔지만 이를 악물고 참았다. 좀 더 어두워지면 오줌을 누리라 했다. 거멓게 우거진 김발 사이로 스며들 듯 미끄러져 가는 낡은 채취선 위에서 태수가 그를 향해 말을 던졌다.

"달 밝은게 천천히 해갖고 오소."

거먼 소록도 위에 턱이 조금 찌그러진 하얀 달이 둥실 떠 있었다. 좀 더 짙은 어둠이 밀려드는 듯하자 달이 더욱 하얗게 빛났다. 바다는 온통 은물을 칠해놓은 듯 하얗게 출렁거리며 빛났다. 뱃전에 와 부딪는 물결이 하얗게 부서졌다. 그 물결 속에서 저녁 놀을 받아 붉게 물이 든 듯하던 하얀 속옷과 상어의 등처럼 둥그렇던 엉덩이의 살결이 보이는 듯했다.

찰락거리는 물결소리에 섞여 쉬이 하는 오줌줄기 소리가 뱃바닥을 타고 가슴속으로 찌릿하게 울려오는 듯했다. 그 찌릿한 울림은 이상한 열기를 뿜게 하였다. 아내 복님의 하얗게 웃는 얼굴이 떠올랐다. 불처럼 뜨겁게 달아 가슴속을 파고들던 부드러운 살결이 생각났다. 그 살결이 파들파들 몸부림칠 때 그가 내뿜던 열기가 지금 코끝에서 뜨거운 김으로 솟고 있었다. 방광이 터질 것 같았다. 더 참을 수가 없었다. 몸을 일으켰다.

"고만 가께라우?"

구럭의 시울 위로 두둑이 올라온 김을 다독거리며 양산댁이 말했다. 그는 고물로 성큼성큼 걸어가다 말고, 달빛을 하얗게 받고 있는 그녀의 얼굴을 멀거니 바라보았다.

'갑시다' 했어야 할 여주인이 '가께라우?' 한다는 사실이 신기했다.

물 묻은 손을 갯바지에 쓱쓱 닦아 씻고 허리띠를 풀면서 고물 쪽으로 돌아섰다. 참았던 오줌이 요도를 통해 빠져나가자 온몸에 오싹 소름이 쳐졌다. 오줌이 물로 떨어지면서 하얀 물방울을

목선(木船) • 237

튀겼다. 그 주르르 하는 소리가 그녀의 가슴속에 전류 같은 울림을 가져다줄지도 모른다 싶었다. 문득 주위가 바다인 데다 조그마한 채취선이라는 한정된 장소 안에서 단둘이 있을 뿐이라는 사실이 가슴 뿌듯하게 했다. 침을 삼키며 허리춤을 여미고 돌아섰다. 또 저녁놀에 젖어 빨간 물이 든 것처럼 보이던 하얀 속옷과 속치마와 상어의 등처럼 둥그렇던 살결이 머릿속을 꽉 채웠다. 홀로 사는 여자를 홀로 사는 남자가 한 번쯤 만져주었다고 죄가 되면 얼마나 되랴 싶었다. 그녀의 얼굴을 빤히 들여다보았다. 달빛에 젖은 그녀의 얼굴이 스무 살 안팎의 처녀 같았다. 가슴이 두방망이질을 하듯 뛰고 코와 입에서 뜨거운 김이 새어나왔다. 그녀가 그를 흘끗 보더니 일어서서 이물로 갔다. 덕판 밑에 앉으며 새우등치럼 몸을 웅크렸다. 성큼성큼 그녀 앞으로 걸어갔다. 팔짱을 낀 그녀의 한쪽 손을 훔켜잡았다.

"양산댁, 나하고 삽시다."

"미쳤소?"

그를 향해 어처구니없어 하는 투로 날카롭게 말했다.

"안 미쳤은께 이러요."

"목 벨 소리 하지 말고, 얼릉 갑시다."

"당신하고 한번 살아봤으면 원이 없겠소, 죽어도."

"춥소, 집에 가서 이약합시다."

"시방 대답해 주씨요."

그녀의 손을 끌어당겼다. 가슴을 끌어안았다.

"이 양반이, 여그 못 놓겄소?"

유리병을 깨뜨리는 듯한 날카로운 목소리로 말했다.

"좋소, 만고에 홀애비가 홀엄씨를 한번 건드렸다고 죄 될랍디여?"

한 손으로 목을 끌어안고 다른 한 손으로 그녀의 통 넓은 갯바지 허리띠를 잡아챘다. 허리띠가 끊어졌다. 갯바지를 잡아 내렸다.

"미쳤소? 얼어 죽고 싶어서? 집에 가서 이약하잔께?"

그녀가 안간힘을 쓰고 아랫몸을 비비 꼬며 바지를 붙잡았다. 그녀의 발끝에 걸린 바지가 찢어졌다. 그녀가 사람 살리라고 비명을 지르며 그의 몸에 찰싹 달라붙었다. 순간, 팔뚝의 살점이 떨어져 나가는 듯한 아픔을 느끼며, 끌어안았던 그녀를 놓고 모로 벌렁 나가둥그러졌다.

그녀가 팔뚝을 물어뜯은 것이었다. 그녀는 갯바지를 벗어 던지고 덕판 위로 뛰어오르며, 뱃전을 잡고 바닷물로 뛰어들 자세를 취하였다.

"가까이 오기만 해봐라, 콱 빠져 죽어뿔 것인께."

앙칼스럽게 소리쳐 말했다. 그는 이를 갈며 몸을 일으켰다. 이렇게 된 바에야 기어이 그녀의 몸을 범하고 말든지 목을 비틀어 죽이든지 하리라 했다. 그녀에게 덤벼들었다. 설마 물로 몸을 던지지는 못할 것이라 생각되었다.

"어디 죽어봐라 이년, 이 우악스런 년아."

그녀가 물로 몸을 던졌다. 풍덩. 그녀의 몸이 잠긴 물 위로 물결이 하얗게 부서지며 솟아올랐다. 그는 몸서리가 쳐졌다.

목선(木船) • 239

"양산댁, 내가 죽일 놈이오."

그녀는 미리 닻줄을 한 가닥 붙잡고 물로 뛰어들었기 때문에 쉽사리 배 위로 기어 올라왔다. 그는 그녀의 그악스러움에 질려 버렸다. 그날 밤 양산댁이 잠든 뒤에 그는 부엌으로 가서 몰래 안방 아궁이에다 불을 지펴주었다. 수절하는 과부를 짓밟아주려고 한 자기는 죽어야 마땅한 놈이라 하며 혀끝을 물어뜯었다.

날이 밝으면 어떻게 양산댁과 그녀의 아들 태범이를 대할 수 있을 것인가 두렵기만 했다. 채취선을 빌려다가 한밑천 장만하겠다 했던 꿈이고 뭐고 다 팽개치자 했다. 멀리 낯선 곳으로 가서 날품이나 들어 먹고 살자 했다. 불을 다 지펴주고 모퉁이방으로 가서 옷 보따리를 챙겼다. 마당으로 나왔다. 차가운 달빛이, 히얗게 서릿발 깔리는 마당을 비추고 있었다.

고개를 떨구고 꺼먼 달그림자를 밟으며 사립문 앞으로 갔다. 살며시 문고리를 벗기고 밀었다. 대로 엮어 만든 사립문이 삐그덕 하고 소리를 냈다. 그때 안방 문이 열리고 하얀 속치마 바람의 양산댁이 마루로 나오며 나지막한 목소리로 말했다.

"그거 뭔 짓이오?"

깜짝 소스라치며 혀를 물고 그녀를 멀거니 바라보았다. 모래톱을 핥는 잔물결소리가 찰브락찰브락 마당 안으로 가득히 굴러들고 있었다.

"가드라도 팔뚝이나 다 나아갖고 가씨요."

"나 같은 놈의 팔뚝 같은 것 떨어져 나가도 싸지라우."

다시 사립문을 밀었다.

그녀가 하얗게 서릿발이 깔리는 마당에 비치는 달빛처럼 싸늘하게 떨리는 목소리로 말했다.

"남자가 왜 그런다우? 올겨울 해의 다 해주기로 약속해놓고. 그라고 왜 그렇게 무서워서 벌벌 떠요? 서로 말만 안 내면 될 것 인디, 왜 그렇게 대가 무르다우?"

목이 메어 말끝을 흐리며 돌아서서 방 안으로 들어갔다. 방문을 쾅 닫았다. 소리가 밖으로 새어나오지 않게 이불을 뒤집어쓰고 흐느껴 우는 듯한 소리가 간헐적으로 들려왔다. 은물을 칠해놓은 듯 하얗게 번쩍번쩍 빛나며 출렁거리는 바다를 멍청히 바라보았다.

석주는 담배 한 개비를 꺼내 물고 성냥을 그어 댕겼다. 양산댁이 새끼줄 토막으로 뱃전을 닦고 나서 물을 끼얹자 갯벌이 묻어 꺼멓던 채취선이 노란 몸을 드러냈다. 일렁이는 물결을 따라 이물을 주억거릴 때마다 맑은 햇빛을 받아 금빛으로 반짝반짝 빛났다. 양산댁이 한쪽 뱃전을 다 닦고 다른쪽 뱃전에 물을 끼얹기 시작했다.

"왜 그렇게 대가 무르다우?" 하던 양산댁의 말을 생각하며 이를 악물었다. 모래밭으로 걸어갔다. 발목이 모래밭에 흠씬 묻힐 만큼 빠졌다. 노루목 응달을 향해 걸었다. 기다란 부두가 파란 바다 가운데로 죽 뻗어 있는 노루목 응달의 모래밭에는, 갯마을 사람들이 오징어 그물을 꾸미고 거기에 쑥대를 다느라고 개미 떼처럼 우글거렸다. 태수는 거기에서 오징어 그물을 꾸미고 있을 것이었다. 태수의 멱살을 끌고 내려오리라 했다. 양산댁이 보는 앞에서 태수를 죽이든지 자기가 죽든지 하리라 했다.

어엿하게 아내까지 거느린 데다 아들 둘 딸 둘을 낳아 기르면서, 양산댁네 아들 태범이의 진학 문제 때문입네, 홀로 하는 살림살이를 보아줍네 하고, 자꾸 찾아와서 밤 늦게까지 도란거리다가 돌아가는 것 같은 것이야 그와 아무 상관도 없는 일일 수 있었다. 그렇지만 그가 빌려놓은 채취선을 가로채는 것까지를 용납할 수는 없었다.

석주는 흰 바지저고리를 입은 태수를 데리고 하라지 끝으로 갔다. 노루목 응달에서 하라지 끝을 향해 뻗어간 모래밭길을 걸었다. 고개를 떨구고 기다란 두 팔을 흐느적흐느적 흔들면서, 석주는 태수를 흘끗 곁눈질해 보았다. 대수는 떵떨막한 몸을 꼿꼿이 세운 채, 시절바위 앞에 정박한 채취선 위의 양산댁을 바라보며 걷고 있었다. 자기가 오징어잡이를 함께하자고 양산댁을 꾀지는 않았으니 오해하지 말라고, 태수는 조금 전에 자신 있게 말했다. 그가 채취선을 빌려가기로 하고 머슴살이한 줄은 정말 몰랐었노라고 시치미를 뗐다. 석주는 이를 물었다. 물 묻은 뱃전이 햇빛을 받아 눈부시게 빛나는 채취선의 덕판에 물을 쫙쫙 끼얹고 있는 양산댁의 뒷모습을 바라보았다. 모래를 걷어차며 성급하게 걸었다.

그들이 거칠게 모래를 밟으며 시절바위 앞으로 다가가도 양산댁은 모르는 체, 물이 줄줄 흐르는 덕판을 새끼줄 토막으로 문질러대기만 했다. 태수가 걸음을 멈추기가 바쁘게 석주에게 말했다.

"물어보소, 내가 먼저 양산댁한테 오징어잡이를 함께 하자고 했는가, 양산댁이 먼저 그랬는가, 원대로 물어봐."

석주의 턱을 쥐어지를 듯이 삿대질을 했다. 석주는 태수의 거무죽죽한 얼굴을 빤히 바라보았다. 이를 악물었다. 태수의 시꺼먼 속이 훤히 들여다보였다. 간밤, 태수가 양산댁에게 붙였을 수작이 눈에 보이는 듯했다. 오고가던 말끝에 태수가 문득 생각난 듯이 이렇게 말했을 것이었다.

"참말로 배 내줄라우?"

"놀려두기 그런께 내줘뿔라우."

"오징어잽이하제 잘못한 것 같소."

"누구하고 할 것이오?"

"아무하고라도 맘에만 맞으면."

"마음에 맞는 사람이 어디가 있소?"

양산댁이 가볍게 한숨을 쉬자 태수가 대끔, "글쎄라우, 나도 작년에 같이했던 사람이 마음에 안 맞아서 다른 사람을 골라보고 있는디, 그것이 영 곤란하요"라고 말했을 것이었다.

그러자 양산댁이 반색을 하며, "아니, 순덕이 아부지도 아직 어울려 오징어잽이할 사람 못 구했소?" 하며 응수를 했을 것이었다.

석주는 태수의 멱살을 재빨리 움켜잡았다.

"요 새끼, 그런 걸 따지자고 널 데리고 내려왔는 줄 아냐? 양산댁 보는 앞에서 물속에다 콱 처박아 죽일라고 그런다."

주먹을 부르쥐어 태수의 눈앞에다 들이댔다. 태수는 가소롭다는 듯이 석주가 하는 대로 몸을 맡겨주며 말했다.

"어디, 너 하고 싶은 대로 해봐라."

"안 죽고 싶으면 바른 대로 대라."

"뭐어?"

태수는 석주의 손을 비틀어서 뿌리쳐버렸다. 석주는 날쌔게 빠져나간 태수를 붙잡으려고 쫓았다.

양산댁의 얼굴은 하얗게 질렸다. 새끼줄 토막과 바가지를 뱃바닥에 내던졌다. 덕판 앞에 우뚝 서서, 두 사람의 으르렁대는 꼴을 바라보며 부들부들 몸을 떨었다.

태수가 두어 걸음 뒷걸음질을 치며 피하는 체하더니 석주의 가랑이 속으로 파고들이갔다. 씨름을 하듯 석주의 가랑이를 걸어서 배에 붙였다가는 냅다 내리쳐버렸다. 석주는 태수의 허리띠를 틀어쥔 채 모래 위로 나가떨어졌다. 태수는 나가떨어진 석주의 가랑이 속에 끼여 함께 나동그라졌다. 석주는 태수의 허리를 끌어안았다. 두 다리로 태수의 아랫도리를 감았다. 눈을 감고 데굴데굴 굴렀다. 등줄기와 뒤통수가 질퍽 바닷물 속에 잠겼다. 잔물결이 여리게 찰싹거리는 모래톱에까지 뒹굴어온 것이었다. 순간 석주는 가슴팍의 살점이 한 점 떨어져 나가는 듯한 아픔을 느꼈다.

"으윽."

태수가 그의 가슴팍을 물어뜯은 것이었다. 석주는 이를 갈며 다시 한 번 뒹굴었다. 태수가 물속에 잠겼다. 석주는 태수의 머리를 가슴으로 덮쳐 눌렀다. 태수는 물속에서 석주의 팔을 뿌리치려고 기를 쓰고 허우적거렸다. 바닷물을 삼켜댔다. 마치 빈 병을 물속에 처넣었을 때처럼 둥그런 공기방울만 한두 개씩 올라왔다.

"실컷 퍼묵어라, 내 가슴 뜯어묵은 새끼야, 배가 터지도록 퍼묵어라."

석주는 몸을 떨면서 허우적거리는 태수의 몸을 전신으로 누르고 소리쳐 말했다. 태수가 두 손을 석주의 겨드랑이 사이로 뻗어 내젓자, 양산댁이 치맛자락을 걷어 여밀 사이도 없이 "사람 죽네, 사람 죽어"라고 앙칼스럽게 외치며 물로 뛰어내렸다. 주먹으로 석주의 등을 때렸다.

석주는 태수의 멱살을 잡아 일으켜서 시절바위 앞으로 밀어던졌다. 태수는 허리춤이 잠기는 물속으로 거꾸러졌다. 허우적거리며 일어섰다. 간신히 시절바위의 모서리를 붙잡고 섰다. 숨을 가쁘게 쉬며 석주를 돌아다보았다. 몸을 떨면서도 석주를 날카롭게 쏘아보았다.

양산댁은 잠시 두 사람을 번갈아 보다가 채취선 위로 뛰어올라가며 말했다.

"배 못 내주겠소. 아무한테도 못 내줘라우."

시절바위에 맨 밧줄을 풀고 덕판으로 달려가서 닻을 캤다. 채취선이 바다를 향해 둥실 떠나갔다. 석주는 픽 하고 웃었다.

"이번엔 니 차례다, 이년아."

바닷물로 뛰어 들어갔다. 배를 향해 헤엄쳐 갔다.

닻을 캐어 실은 채취선은 시절바위 쪽으로 이물을 빙그르르 돌리더니 바다 가운데로 밀려갔다.

석주는 네댓 걸음 헤어 가서 채취선의 뱃전 위로 한쪽 손을 걸쳤다. 몸을 솟구쳐 배 위로 올라갔다.

닻을 덕판에 얹고 노를 걸어 저으려던 양산댁은 우두커니 서서, 머리칼과 옷에서 물이 줄줄 흐르는 석주의 험상궂게 일그러진 얼굴을 바라보았다. 그녀의 얼굴은 하얗게 핏기가 가셨다. 그녀는 눈을 밑으로 내리깔며 고개를 돌렸다. 뱃바닥에 주저앉았다. 석주는 몸에 착 달라붙은 옷자락을 털며 그녀의 앞으로 걸어갔다.

"쌍년아, 사람을 어떻게 보냐."

왁 울음이 터져 나올 것만 같았다. 이를 악물었다. 양산댁의 파랗게 질린 얼굴을 노려보았다. 양산댁은 노루목 응달로 눈길을 뻗었다. 노루목 응달의 모래밭에는 마을 사람들이 오징어 그물을 꾸미느라고 우글거리고 있었다. 모두들 바쁘게 서두르고들 있었다. 석주는 양산댁의 저고리 앞섶을 움켜잡았다.

"대 무른 놈한테 한번 죽어볼래? 이 여우 같은 년아."

목이 메었다. 아내 복님의 하얗게 웃는 얼굴이 눈앞에 보이는 듯했다. 닥치는 대로 쥐어지르고 걷어차서 바닷물 속에 내리꽂아 죽이고 싶은 충동이 온몸을 떨게 했다.

"배 가져가시오."

양산댁이 체념을 한 듯 풀 죽은 소리로 말했다.

배는 둥실 바다로 떠밀려갔다. 서풍이 불고 있었다. 양산댁이 먼 바다를 바라보며 말을 이었다.

"그런디 나는 배 없이 어떻게 살 것이오? 한시도 못 살어라우, 배 없이는 죽어도…"

양산댁의 눈에 물이 괴고 있었다. 석주는 양산댁의 저고리 앞섶을 움켜쥔 채 바닷물이 흘러들어 쓰린 눈알을 껌벅거렸다. 여우 같은 양산댁이 또 자기를 꾀고 있다 싶었다. 양산댁을 물속에 처넣어주어야 한다고 생각했다. 그러면서도 그는 멍청히 양산댁이 바라보는 먼 바다의 한 점을 바라보고만 있었다. 먼 바다에는 한가로운 잔물결의 이랑들이 햇빛을 받아 금빛 고기비늘처럼 반짝거리고, 그 반짝거림 속에 오징어잡이 배들이 장난감처럼 조그맣게 보였다.

한(恨) ① — 어머니

1

미역장사를 해야겠다고 이를 악문 채, 왼팔과 오른손에 든 지팡이를 부지런히 내저으며 윗마을로 들어서는 늙은 어머니는, 비루먹은 황소 등허리의 털 빠진 살갗처럼 희끗희끗 쌓인 앞산의 눈을 쓸어 검은 들판을 건너온 찬바람이 마을 앞 사장의 늙은 팽나뭇가지를 스치고, 흰 가는 베 치맛자락과 반백의 머리털을 쥐어뜯을 듯이 싸고 돌았을 때 쿨룩 히고 기침을 하기 시작했는데, 그게 시작되자 쪼그리고 앉아 윗몸을 움츠리며 연거푸 쿠울룩 쿠울룩 소리를 터뜨려놓았다.

점차 자지러진 쿨룩 쿠울룩 소리를 계속 흘려놓더니, 창자가 오그라져 들어가는 듯 그걸 끌어안고 한참 동안 숨이 끊어질 때 내는 곪 고옮 소리만 내다가 자꾸 헛돌던 치차(齒車)가 무언가 잘못되어 드륵 제 톱니에 걸리듯 "으, 으으음" 하는 앓는 소리를 하고, 마른 침을 뱉으며 일어서서는, 활개만 부지런히 내저으면서 매듭이 촘촘 박힌 지팡이를 앞으로 앞으로 내어 짚을 뿐으로, 몸은 별로 나아가는 것 같지도 않게 윗마을로 향하고 있었다. 그런 늙은 어머니가 그렇게도 억척스럽게 미역장사를 하는 데는 그럴 만한 이유가 있었다.

이 겨울 널빤지 위에서 올골골 떨고 있는 막동이, 원 세상에, 소같이 큰 몸뚱이에 눈알이 소눈깔같이 크다는 것, 그것이 죄라면 죄일 뿐으로 그 이상 유순할 수가 없는 그놈이 풀려나올 때까지는 면회를 다녀야겠다는 것이었고, 그러는 데 필요한 여비를 마련하여야겠다는 것이었다.

  물론, 그런 정도의 노비를 마련해 줄 만한 큰 자식들이 있기는 있었지만, 면회 그것도 한두 번이지, 이해 들어 벌써 여남은 번을 줄곧 다니고 나니, 이젠 '면'자만 들먹여도 큰아들 일현은 눈살을 으등카리같이 싹 짚어지고 "그놈으 반디 그만저만 댕기씨요. 그라다가 길바닥에서 죽으면 어짜실라우" 하면서 휙 돌아앉아 곰방대에 써레기나 쑤셔넣곤 하였고, 며느리란 년은 궁상스럽게 축 처진 볼을 흐물거리며 이쪽의 늙은 마음을 위로해 준답시고 "아제도 아제제마는 어마니가 살어사 안 쓰겠소?" 할 뿐, 노비를 주는 것은 고사하고, 그것 마련할 걱정 같은 것을 손톱만큼이라도 내비칠 엄두마저 내지 않는 것이니 어이할 것인가. 개잡놈 같으니라고, 주둥이에 퍼넣을 술 한 잔 값 아끼고, 노름판엘 한 번만 안 가면 그만한 돈은 마련해 줄 수 있을 것 아닌가.

  그렇다고는 하여도, 어지간하면 또다시 졸라보기라도 하련만, 한 달 전 어느 날이던가 면회를 갔다가 아침부터 세 끼를 굶은 채 뱃가죽이 등가죽에 붙어 들어오는 어미를 보고, 또 어디서 한잔 걸치고 노름판에서 얼마를 때려 엎었는지, 괜스레 분풀이를 하느라고 그러는 것임에 틀림없는 그런 태도로 "막동이만 자식이고 나는 자식 앵이오, 앵여? 나도 묵고 살기 탁탁한디, 뭔 놈의 면회만 댕긴다고 싸댕기요, 그릏게?" 하고 악다구니 쓰던 것을 생각하면, 그놈 앞에서 혀를 물고 돌로 된 장승님이 넘어지는 것같이 죽는 한이 있더라도 다시 그런 말 빼지 않겠다고 작정을 한 터였다.

늙은 어머니는 허우허우 지팡이를 옮기고 활개를 저으면서 윗마을로 가고 있었는데, 그것은 작은아들 이현이한테 미역장사 할 밑천을 말해볼 셈에서였다.

"빙할 놈, 급살 빙할 놈."

늙은 어머니는 큰아들 일현을 향해 입에 못 담을 욕을 뇌까리다가 "아야, 나 잔 봐라" 했다. 그 큰놈도 갯논 다섯 마지기 묵갈림으로 붙여 번다고 벌어보았자, 겨우 쌀 다섯 가마니 처지는 것이 고작일 것이라, 어느 누구한테 비할 데 없도록 어렵고 갑갑할 것이라는 생각이 들어서였다. 그러나 어머니는 금방 혀를 깨물어 뜯으며 큰아들 일현을 욕했다. 아무리 죽겠네 갑갑하네 해싸도, 이 한겨울에 콩밥 먹으며 널빤지 위에서 동태가 되는 신세보다 더할 것이랴 싶은 생각이 가슴을 눌렀다.

"독한 놈, 독사보다 더 모진 놈."

2

큰아들에게 입에 못 담을 욕을 하며 작은아들의 집으로 가기는 가는 것이었지만, 역시 뾰족한 수가 없을 수밖에 없는 것은, 작은아들 이현이 빠듯이 저나 먹고 살 수 있을 정도로 가난한 칙간 목수에 지나지 않는 데다가, 그나마 겨울철이라 어디서 일자리 하나 나지 않기 때문에 부순방에 배 깔고 엎드려 일 생기는 봄철의 해 길어지는 때를 기다리고만 있을 것이기에였다.

"와마, 이 바람 속에 뭔 일이라요, 어머니?"

툇돌로 내려서서, 늙은 어머니의 북어 껍질 같은 손을 잡아 방으로 끌어들이고, 가르릉거리는 어머니의 해수기 걱정부터 해드리는 것이지만, 그 어머니는 자기의 외롭고 슬프고 원통함을 울음으로 터뜨려놓기부터 하는 것이었다.

"너는 따뜻한 부순방에 자빠졌음스롱, 그도 추와서 요때기를 덮고 있냐아?"

늙은 어머니가 이렇게 서두를 빼고 북어 껍질 같은 살가죽이 멀겋게 펴지도록 주먹을 그러쥐어 앙가슴을 찍고는, "새끼 새끼 우리 새끼는, 이 엄동설한에도 얼음장 같은 판자때기 바닥에서 꽁꽁 얼어갖고, 온 살이 푸릿푸릿하게 부었드라. 참말로, 눈에서 피가 빠져서 눈 뜨고는 못 보게 되었는디. 이 독사같이 모진 느그들은 면회 한 번 가잣수 않고, 동상 어짷느냐고 한번 물어보잣수도 않고…" 하며 목이 메어 말꼬리를 삼켰다. 사철 가야 허리에 두른 것이라고는 그것 하나뿐인, 무명베에 검정물을 들인 치맛자락을 가져다가 코를 풀면서 같이 울어주는 며느리의 젖무덤에 붙어 있던 세 살배기 손자놈은 허옇게 눈알을 굴리며 할머니와 어머니를 번갈아볼 뿐이고, 핫걸레 속에 묻힌 그 손자놈의 아비인 이현은 물 건너 손자 죽는 꼴을 건너다보고만 있는 바보스런 할아버지의 모습으로 괴춤에 두 손 찌른 채, 찬바람에 풀썩거리는 문풍지만 바라보는 것이었다.

"이 간도 쓸개도 없는 새끼들아, 느그도 사람 껍데기를 둘러 썼그덩 가서 봐라. 날이면 날마당 면회 댕김스롱, 쇠괴기다 닭괴기다 끓에다 먹이는 꼴을 보면 느그가 얼마나 독사같이 모진 새끼들인중 알 것이다. 내가 뭣 할라고 그짓말할 것이냐, 내가 요물스런께 요물을 비리냐 어짜냐?" 하고 퍼붓던 어머니가 차오른 설움을 참느라고 숨을 뽑아들이더니, "나 암만 해도 담배 한 대 피워야겄다. 글 안할락 했다가도 생각나면 그냥, 여그 여 옴막가슴 위로 요러튼 것이 차오르면 금방 죽을 것만 같단 말다" 하고 헉헉거리며 북어 껍질 입혀놓은 듯한 주먹을 앙가슴께에다 대어 보이더니, 봉창 문턱 아래 놓인 곰방대를 집어들었다.

아들 이현이 써레기 한 무더기를 곰방대에 디져 불을 붙여주자, 그것을 빨던 늙은 어머니는 기침을 쿨룩 시작하더니, 또 그 창자를 그러쥐고 숨 넘어가는 콜록 소리를 간드러지게 잇달아 늘어놓다가, 코를 풀던 며느리와 멍청히 앉아 있던 이현이 눈을 휘둥굴리며 놀랄 때서야 "으, 으음" 하고 기침을 거두면서 가래 끓는 소리를 섞어, "나 미역장사해사 쓰겄다" 하고 말했는데, 그 말에 며느리와 아들은 약속이나 한 듯이 고개를 저으며 그것만은 안 될 말씀이라고, 북어 껍질 입혀놓은 듯한 어머니의 손을 잡았다. 그러나 아무리 늙었다고는 하지만 젊어서부터 대쪽 같기로 소문난 그 어머니가, 큰 자식들 있다고 해보아야 어느 한 놈도 믿을 수 없으니 막동이 자식 마룻바닥에서 동태 되지 않게 하기 위해서는 스스로 떨치고 나설 수밖에 없노라 하는 것을, 무슨 말 무슨 재간 있어 막아낼 수가 있겠는가.

 이현이 가진 재주라고는 그저 농사짓고 살기 넌덜머리 나니 너나 뛰어난 기술 얻어 이 가난 면하고 살아보라는, 수년 전 돌아가신 아버지의 등쌀에 못 이겨, 열두 살 나던 해부터 건넛마을의 김 목수양반을 따라다니며 익힌 나무 깎고 툭턱툭턱 못대가리 두들기는 재주밖에 없는데, 그나마 이 겨울 들어 못대가리 하나 두드릴 자리가 나지를 않으니 무슨 돈 만져볼 수 있어, 그 어머니 미역장사 못하게 하고 그렇게도 발싸심을 하는 면회를 보내드릴 수 있노라고 장담을 할 수가 있겠는가 말이었다.

 며느리로 말한다 하여도 이보다 더 나을 게 없는 것이, 작달막한 키에 얼굴 하나는 반반하고 마음씨 또한 더 착할 수가 없다 하지만, 원래 부모 없이 자란데다가 남의 집 아기업개나 부엌데기로만 커 시집온 터라, 길쌈을 한다거나 품을 팔아 잔돈을 마련하여 살림 늘릴 시샘 한 톨 가진 바라고는 애초에 없고 그저 서방이 벌어오는 대로 지져 먹고 볶아 먹고 이웃이나 형제간 좋자 하는 대로 푼푼이 나누어 먹을 줄만 알 뿐이며, 남편 끌어안고 잠자고 애 낳는 일 외에 무슨 장사라든지 왼데 출입을 하여본 바 없으므로, 그 해수(咳嗽)가 이 겨울 들어 더 심해진 시어머니의 장삿길을 무슨 재주 부려 막을 수는 없는 터였다.

 늙은 어머니는 자기의 손을 꼭 잡은 채 커다란 눈에 눈물만 그렁그렁 담는 아들과, 자꾸 검정 무명베의 치맛자락을 들어 올려 코를 훔치는 며느리의 더 말 못 하는 마음을 모르는 바 아니어서, '에라, 내가 독살스럽고 모진 년이구나, 시상에 즈그들이 나이 서른은 넘었닥 해도, 남 모양으로 출중나게 배우기를 했는가, 천 장 만 장 쌓아준 노적가리를 보듬고 저저금(分家)을 냈는가, 지질지질 봄부터 가을까지 못대가리만 두드려서, 즈그들 목구녕 풀칠하기도 어려울 것인디, 그 위에 이 못된 창아지가 더 독한 소리를 하고 있으니, 내가 모진 년인다. 내가 독사다' 하고 맘을 돌리며, 아무래도 쌀말값이나 얻을 수 있을 데라고는 비록 섬일지라도 이 면 관내에서는 내리지 않게 산다 하는 집안으로 시집을 가서 사는 바라대기 딸뿐이라 생각하며 몸을 일으켰다. 며느리는 핫걸레 같은 누더기에 싼 세 살배기 손자 녀석을 내려놓고 일어서며 진지나 잡숫고 볕이 두꺼워지면 가시라고 말이라도 하였는데, 아들 이현이는 그저 어머니가 봉창문 앞 재떨이 위에 걸쳐두었던 곰방대를 뻐금뻐금 빨면서, 풀썩거리는 문풍지만 멀거니 바라보고 있을 뿐이었다.

'이도 자석, 저도 자석인디, 내가 너무 독한 소리만 해싸서 속에 빙이나 나면 어짤꼬' 하고 근심이 된 늙은 어머니는 "복자가리 없어 콩밥을 묵는 놈은 묵드라도 느그들이나 푸덕푸덕 성해 갖고, 놈 보란 듯이 잘살어라. 내 걱정은 말고…. 나사 느그들이 이렇게 다 이녘 목구녕 구안하고 살 만한 거 보았은께, 저 뒤퉁이 막동이만 나오는 거 보고 죽으면 고만인께" 하며 검버섯이 낀 얼굴에 억지웃음을 띠고, 아들 이현을 바라보며 문을 밀려고 하자, 아들 이현이 고개를 들고 "어무니, 조깐만 앉어 기시씨요" 하며 굼뜨게 몸을 일으키는 것이었다.

3

 이제 그만 낳아야겠다 했는데, 느닷없이 배가 불러와 가지고 낳은 딸, 이걸 언제 키워 여의고 죽을 것이냐, 그냥 낳는 대로 엎어버리거나, 아들딸 하나도 못 낳은 불쌍한 사람들한테 키우라고 줘버리거나 어쩌거나 하자는 의논을 영감하고 몇 번이나 하기는 했지만, 그게 막 나오면서부터 소리가 쨍 맑은 데다 얼굴이 해맑으며, 눈이나 코가 하도 또록또록 맑고 오뚝하여 그냥 노리개 삼아 키우자 하였고, 그래 이름을 바라대기라고 지었던 딸, 그것이 그래도 얼굴 곱고 이웃 어른들께 하는 말이며 인사결이 곱다고 소문이나, 이 늙은 어머니네 집안의 밭뙈기 하나도 없는 푼수로선 아무래도 분에 넘치는 집안으로 시집을 간 뒤로, 큰아들 일현이 "덕 본 일 없다, 덕 본 일 없다" 하고 억지소리를 밥 먹듯이 하곤 하지만, 철마다 쌀말씩을 얻어다 먹는 정도의 덕을 보아오는 터인 딸네 집으로 가는 늙은 어머니의 발걸음은 가벼웠다. 작은아들 이현이, 이 마을에서는 유일하게 모두 제 논으로만 삼십여 마지기를 벌고 사는 구장네에게 봄 들어 생기는 일을 모두 해주기로 하고 쌀 한 말 값을 얻어다 준 때문이었다.

 이걸 가지고, 딸네 집 건너에 있는 약산섬에 가 미역 한 둥치를 받아와서, 딸네 동네서 김으로 바꾸어다 광주에 가 팔면, 왕복 여비가 되고도 막동이에게 쇠고깃국을 한 번 끓여 먹일 수 있을 것이며, 잘만 남으면 다시 더 장사를 이어 해나갈 수도 있으리라 싶었다. 그 어머니는 지팡이를 들지 않은 손에 국 끓일 냄비를 미역 쌀 보자기로 둘둘 말아 싸들고 있었다.

검은 벼그루들이 점점이 박혀 있거나, 두둑보리를 간 들판이 바둑판 모양으로 갈라져 있는 간척지의 농로를 밟아가면서, 늙은 어머니는 후유 한숨을 쉬는데, 쿨룩 하고 기침이 나왔다. 곧 창자를 그러쥐고 간드러진 쿨룩 소리를 연발하면서 눈앞이 아득해지는 걸 느끼고, 그 자리에 주저앉아 곪 고옮 소리만 내다가, 이윽고 "으, 으으음" 하면서 일어선 늙은 어머니는 막동이를 원망했다.

"지 같은 것이 뭣이 잘났다고, 한 일 년만 은신한 셈치고 살다가 들어오란께…. 애꿎은 죄만 둘러쓰고…."

기침 때문인지, 아들에 대한 그리움과 가슴 아프도록 짠한 생각 때문인지, 스스로의 소갈머리 없음에 대한 회한 때문인지, 두 눈에 괴는 눈물을 소매 끝으로 훔치면서, 부지런히 활갯짓을 하고 지팡이를 옮겨 짚었다. 이날로 시오릿길이 훨씬 넘은 회진 포구에까지를 가야 하는 것이었다. 실팍한 사람의 걸음으로야 한나절은 더 잡아야 할 것이었으므로, 서둘러 걸을 수밖에 없었다.

저수지의 차가운 수면을 스쳐 둑을 타넘는 매운 바람, 그 바람을 피해 둑 밑으로 내려서면서 "아야, 아야, 이 새끼야" 하고 흥얼흥얼 콧노래를 부르는 그 늙은 어머니의 눈물 그렁그렁한 눈에는, 비록 묵갈림으로 벌던 농사라고는 하지만, 그래도 봄이면 그놈이 꺾어 피리를 만들어 불던 수양버들가지같이 야들야들하고 홍청홍청하게 여문 나락짐을 짊어지고, 이 둑을 올라서던 그놈의 모습이 어른거렸다.

그때, 붙여 벌던 다섯 마지기 묵갈림 농사, 그 농사일을 틈틈이 어슴새벽으로 하고 품을 든 것으로만 해서도 막동이는 쌀 몇 말씩은 넉넉히 물어들이곤 했는데, 어머니 생각으로는 그 막동이의 피땀으로 물어들인 쌀 몇 말 그것만은 죽어도 솥에 삶아 먹어 없애지 않으리라 하여, 색갈이로 불리기도 하고, 송아지로 바꾸어 도짓소로 내어주었다가 받아들이기도 해서 그놈의 장가 밑천을 만들려고 하지 않은 바 아니었으나, 그게 그놈의 이런저런 뒷바라지로 하여 다 들어가버린 게 못내 가슴 아프고 원통하기만 하였다. 아니, 이제 와서 그 늙은 어머니의 가슴을 더 아프게 하는 것은, 그 막동이에게 대처로 나가라고 들쑤신 것이 다른 사람 아닌 자기라는 생각이었다.

"아야, 아야, 이놈의 소가지야."

이래 죽었건 저래 죽었건, 어쨌든지 한번 죽어버린 아비 이야기를 아들들한테 해주는 것이 아니었는데, 조개껍데기에 긁어 담아도 한쪽 귀퉁이에도 못 찰 이 어미의 소갈머리가 그걸, 그도 울면서 터뜨려놓았던 것이었다.

4

아비가 늑막염을 앓기 시작한 것은, 돌아가시기 전해의 겨울부터였는데, 그걸 앓게 되도록 옆구리에 얼이 든 것은 그해 늦은 가을의 일이었다.

수확 때문이었다.

나락 이삭이 누렇게 익어 고개를 숙이면, 참봉네 마름은 묵지를 넣어 집게로 집은 서류를 들고, 참봉네 소유로 된 논들을 찾아다니며 수확을 매기던 것이었다. 이삭에 맺힌 이슬에 날개 젖은 고추잠자리가 아직 푸드득거리지도 못하는 이른 아침, 앞 산마루에서 마을 어귀로 파르스름한 아침의 안개가 산기슭을 돌아나갈 무렵부터 나온 마름은 맨 먼저 이 저수지 둑 아래서부터 수확을 매겨가기 시작했는데, 그때 붙여 짓던 묵갈림 농사 다섯 마지기는 상토란 어림도 없고, 중토에서도 조금 아래로 묶는 논이므로, 많이 거둔다 해보아야 마지기당 기껏 두 섬 반 정도밖엔 못 거둘 것을 석 섬 반으로 매기겠다고 나선 것이었다. 말하자면, 마지기당 두 섬 가까운 나락을 빼앗아가겠다는 것인데, 이 논이 기껏 두 섬 반지기이니 일 년 내내 피나게 농사지은 대가로 남는 게 얼마란 말인가. 다섯 마지기 논에서 기껏 다섯 가미니기 남는데, 이걸 가지고 쪽박에 밤 주워 담은 것 같은 자식들하고 어떻게 먹고 살기나 하겠는가.

성질이 급하고 뚝심 세기로 이 근동에서는 이름난 아비는 눈앞이 아득해졌지만 경위가 경위인지라 석 섬 반은 너무하니 석 섬으로 매겨주면 명년 한 해 더 잘 지어보겠노라고 하였었는데, 그쪽에서 "자네한테 논 맡게놨다간 수를 많이 못 받는 것은 그만두고라도, 논까지 버리겠네"면서 딱 자르고, 석 섬 반 매기는 게 그렇게도 억울하면 논을 아주 돌쇠네에게로 넘겨주겠다고 하였기 때문에, 더 이상 입을 떼지 못하고 말았던 것이었다.

한데, 기어이 일이 터지고 만 것은, 바로 이 논의 나락을 겨들이던 날 저녁 무렵이었다.

그 직위가 일개 면서기에 지나지 않기는 해도, 당시 이 관산 면사무소 안에서는 일본 놈 면장의 신임을 가장 두터이 받는다고 떵떵거리던 참봉네 아들 최 주사가 면사무소에 나갔다가 이 농로를 타고 돌아오고 있었다. 그를 이 저수지 둑에서 만난 이편 아비가 때마침 얼근히 취해 있던 참이기도 했으려니와 어려서부터 고추자지 맞잡고 자란 사이기 때문에 별 어려움 없이, 세상에 이렇게 억울할 수가 있느냐고, 이 나락을 한번 보라고, 이래 가지고 어떻게 석 섬 반 나락을 훑어낼 수 있기나 하겠느냐고, 수확을 두 섬 반이나 석 섬으로만 매기면 살 것 같으니 그렇게 좀 마름한테 말해달라고, 금년에는 자기가 농사를 잘못 지어 이런 것일지도 모르니 너그러이 보아 명년에 한 번 더 부지런히 지을 기회를 달라고, 매긴 것이 너무 과하다고 따지는 것을 고깝게 여겨 숫제 이 논을 돌쇠네로 넘겨주겠다고 으름장을 놓는 것은 너무하는 일이 아니냐고, 최 주사의 소매를 잡고 울면서 하소연을 한 것이었는데 그게 바로 화근이었다.

어디서 농주라도 한잔 얻어 걸쳤는지 이편 아비와 마찬가지로 얼근해 있던 참봉네 아들은, 소같이 덩치가 큰 막동이네 아버지의 두 눈에 달린 눈물방울을 보다가 한동안 너털너털 웃더니 "아니 그래 이것이 석 섬 반 나올 나락이 못된다, 그 말인가?" 하면서 지게 위의 나락 모가지를 손에 들고 흔들었다.

"내가 어째서 거짓말 하겄는가? 코째기 내기를 하세. 우리 마당에다 나락 다 져 들여놨은께 최 주사 보는 앞에서 쭉 훑어갖고 가마니에다가 한번 담아보면 봐도 석 섬 이상은 못 나오네. 만약, 석 섬 반은 그만두고 석 섬만 나온다 하면, 지푸라기 하나도 달라는 소리 않고 옴씨래기 다 져다 드림세."

그러자, 참봉 아들이 날카롭게 눈을 빛내고 이편 아비를 쏘아보며, "작년엔 얼마 매겼는디?" 하고 물었다.

"나쁘게 생각은 말으시소마는, 사실 말해서 이 논이 원래 두 섬 반 이상은 내묵기 에러운 논이시. 작년에도 그랬드란가? 마름 영감님 말씀이 '멩년에 두 섬 반으로 잡어줄 텐게, 금년에는 눈 딱감고 석 섬 반 잡는 대로 가만있어 주소' 하대. '최 주사하고 친한 사이인 자네가 투정을 해서 되겠는가?' 함스롱 말이시. 내 말이 거짓말인 성부르면 마름 영감한테 물어보씨요. 사실 말해서, 이 논 나락에다가 석 섬 반 매긴 것은 너무한 일이네. 이 나락을 이만큼 내묵는 것도, 내가 참 심이라도 씨어서, 저 왕골 고랑에서 복새(왕모래)도 져다 넣고 어짜고 했기 땀시 이렇기라도 한 것이시. 그른 속이나 알아사 쓸 것이네."

죽어라고 힘들여 말했는데, 참봉네 아들은 시원찮디시원찮게, 그러나 점잔을 빼며 "마름한티나 가서 한 번 더 말해보소" 한 것이었다. 그러자, 아비가 한 번 더 늘어붙은 것이었다.

"최 주사, 한 번만 널리 돌봐주씨요. 금년 한 해만. 자네 말고 누구한테 사정을 하겠는가. 주렁주렁한 새끼들하고 굶어 죽지 않은 것이 모다 최 주사 자네 덕택인 중을 내가 어째서 모를 것인가?"

그러자 최 주사가 한 번 말을 했으면 그대로 하지 않고 왜 이렇게 빌붙고 야단이냐는 듯, 퉁방울 같은 눈을 까뒤집고 이편 아비를 쏘아보다가 몸을 휙 돌렸는데, 그때 나락짐을 지고 있던 이편 아비가 얼른 또 빌붙은 것이 탈이었다.

"최 주사!" 하고 그의 양복 자락을 잡는다는 것이 나락짐을 짊어진 채로 최 주사와 함께 둑 아래로 굴러 떨어져버린 것이었는데, 지게 통발이 최 주사의 성문다리를 호되게 짓눌러버렸던 것이었다. 그러자 둑 아래서 나락짐을 젖히고 간신히 일어선 최 주사가 한동안, "아이구, 나 죽네" 하고 엄살을 떨다가 발끈해가지고 "이 새끼가 누구한테 어덕 씨름을 할라고 이란다냐?" 하면서 구둣발로 아버지의 옆구리를 내질러 차버린 것이었다.

아비는 그 나락을 다 훑어 담지 못한 채, 열이 오르고 옆구리가 아프다면서 얼굴을 찡그리곤 하더니 그 겨울부터는 완전히 방 안에 누워버렸다. 한약을 지어다 먹이고 온습부도하는 등 하지 않은 게 없었지만, 별 효험을 보지 못한 채로 해를 넘기면서부터는 배가 붓고 점차 온몸이 붓더니, 위아래로 먹피를 쏟으면서 죽은 것이었다.

이 이야기를, 거짓말 손톱만큼도 보태지 않고, 복수를 해달라는 뜻으로 한 것은 참말로 아니었다. 큰놈 일현이 툭하면 술 퍼마시고 노름판에 끼어드는 데다 집에 들어서서는 이 어미한테 대들기도 하려니와, 그러다가 제 마누라 머리채 끌고 메어치는 걸 밥 먹듯 하고, 그걸 말리기라도 하면 마구 주먹다짐을 해버리는 게 예사여서, 네놈의 아비가 어째서 펄펄 뛰는 젊은 나이에 죽었는가 보아라, 이 이야기를 듣고도 속 못 차리면 병신이지 사람이 아니다, 세상 돌아가는 일 알기를 똑똑히 알고 살아라 하는 뜻으로 한 번인가 울면서 말해준 것이었는데, 이현은 그저 이만 갈 뿐으로 어쩌지를 못하더니, 큰아들 일현과 막동이가 종내 일을 저지르고 말았던 것이었다.

그게 그놈 스물한 살 나던 해의 일이었다.

5

해방을 맞기 몇 해 전이던가, 소 뜯어먹일 풀마저 불질러 태우며 꼭 알맞게 말라버린 흉년이 이 근동을 휩쓸고 간 이듬해 봄, 어디 한 군데서 품 한나절 들어 삯을 받아 죽이라도 끓여 먹을 수 없어 스무 살 넘은 아들들을 질펀히 방바닥에 엎어놓은 이 어미가, 저렇게 굶겨 죽이게 될 줄 알았으면 징용에 보내겠단다고 순사들이 마름 영감을 앞세우고 잡으러 나왔을 때마다 귀를 쫑그리고 지켜 피신을 하게 하지 말고, 그런 데라도 가서 넉넉히는 못 먹는다 치더라도 때나 거르지 않고 얻어먹을 수 있게 내버려둘 것을 그랬다 하며, 쑥이라도 캐려고 집을 나섰다가 참봉네 마름이 관리하는 못자리 논 옆에 심은 자운영 한 줌을 뜯은 것이 화근이었다.

그것은 정말 사소한 일이었다. 처음에 물론 쑥만 캐겠다고 논둑으로 들어섰던 것이었으나, 자운영이 하도 부드럽기에 그걸 한 줌 캐어 담았던 것이었는데, 달려온 마름네 머슴 놈이 바구니를 빼앗아 논바닥에 놓고 납작하게 밟아서 찢어버린 것이었다. 그뿐이 어미 몸에 손찌검 한 번 하지 않은 것을 보면, 밤이면 몰래 마을 사람들이 자운영을 다 캐어가버리기 때문에 그걸 지키지 못한다고 노상 마름 영감한테 꾸중을 듣곤 하여, 화가 끓을 대로 끓어 있는 그 마름네 머슴들 나름으로는 이 어미의 세 아들을 생각하고 그렇게 심히 군 것은 아니었던 것이다.

그런데 이 데퉁맞고 못난 소갈머리가 그만 대성통곡을 하면서 집으로 돌아와, 방바닥에 엎드려 있는 두 아들의 가슴에 불을 질러놓고 만 것이었다.

자세히 일의 전후를 따져 묻지도 않고 먼저 뛰쳐나간 것은 큰아들 일현이었고, 다음 자초지종을 캐묻고 이를 물고 나간 것은 막동이였다. 얼마 후, 일현이 "동네방네 사람들아, 다들 좀 보소이, 풀씨(자운영) 한 주먹 뜯었다고 볿아뿐 이 바구니 좀 보소오" 하고 소리쳤다.

이렇게 외친 것을 듣고, 저 사람들이 오늘 무슨 일을 내려고 저런다냐 하며 근심스런 얼굴을 하고 바라대기 딸이 달려나갔다. 둘째아들 이현은 한나절 일해준 품삯이라 해보아야, 그도 보릿가을 한 뒤에야 보리 한 되를 받기로 하고, 산 너머 마을에 똥장군을 수선해주러 가고 없던 참이었다.

이 무렵, 마름 영감의 손가락질 하나로 아들을 징병이나 징용에 보낸 사람들이 한둘이 아닌 데다, 그 자운영 밭을 얼씬거리다가 마름네 머슴들한테 머리채를 잡힌 아낙네가 또한 셀 수 없었으며, 마름이나 참봉집에 색갈이를 얻으러 갔다가, 이때껏 가져다 먹은 것 갚자 해도 이해 묵갈림 농사지은 것을 모두 떨어 바쳐야 할 판이 이미 되어 있었기 때문에, 한마디로 싹 거절을 당하고 나온 대부분의 마을 사람들은 싯누렇게 뜬 얼굴을 한 채 '불이야!' 하고 외치는 듯한 큰아들 일현의 부르짖음에 따라 골목을 나서고 있었다. 마을 사람들이 허옇게 뒤따르는 것을 안 일현은 곧장 마름집의 대문을 걷어차고 안으로 들어가면서, "동냥은 못 주드라도 바가지는 안 깨사 쓸 것 아니냐, 이 살쾡이 새끼들아" 하고 외쳤다. 그러나 일현은 마당 안으로 들어서지도 못하고, 사랑채에서 달려 나온 두 머슴놈에게 팔을 붙들리기가 무섭게 대문 밖으로 끌리어 나왔고, 그들이 휘둘러 엎어버리는 대로 나가 거꾸러질 수밖에 없었는데, 그걸 본 막동이가 달려들어 그 머슴들을 하나씩 둘러엎고 후려쳐버렸다. 씨름판이 열릴 때마다 송아지를 끌어오곤 하던 막동이라, 이 봄 들어 굶기를 밥 먹듯이 했다 하지만 성난 호랑이가 달려드는 개들을 각각 앞발 하나씩으로 쳐서 엎어버리는 것처럼 간단히 처리해버린 것이었다. 그러자 하얗게 모인 마을 사람들 가운데 누군가가 "마름놈 죽여라" 하고 소리쳤고, 막동이는 대문을 박차고 뛰어 들어갔다. 마름 영감은 육십이 가까운 나이인데도 벌써 한 길이 넘는 담장을 뛰어 도망가버리고 없었기 때문에, 막동이는 그길로 마을 앞에 있는 마름네 못자리 논으로 달려가 분풀이를 했던 것이었다. 자운영 밭을 쿵쿵 밟고 뒹굴면서 쥐어뜯었는데, 그를 뒤따라 온 마을 사람들이 우우 몰려들어 삽시간에 자운영을 모두 짓뭉개버렸다. 더 이상 밟아 뭉갤 자운영의 푸른 잎사귀가 하나도 없게 되자, 마을 사람들 가운데서 누군가가 "이 도둑놈 곳간을 털어다가, 우리 밥이라도 한 그릇씩 해묵어 보세" 하며 부추겼고, 마을 사람들은 모두 마름집으로 우우 몰려가 곳간 문을 열어젖히고 거기 쌓여 있는 나락이며 보리며를 퍼내가기 시작했다.

 "위메 위메 어쩌사 쓸꼬, 왜들 이라요, 왜들 이래애."

 이 어미 혼겁을 한 채 마을 사람들을 떠밀어내면서 말렸지만, 그들은 굶주린 이리 떼처럼 곳간을 파고들었기 때문에, 어떻게 한 여자의 힘으로는 막아낼 수 없는 일이었다.

 이윽고 그 곳간을 다 털어낸 마을 사람들이 참봉네 곳간으로 가자고 나섰던 무렵, 방망이를 든 순사들을 앞세운 마름 영감이 마당으로 들어서고 있었다.

 눈치가 싼 청년들은 담장을 넘어 도망을 쳤는데, 거기에 막동이도 끼여 있다는 것을 알고 우선 이 어미는 안도의 숨을 쉴 수 있었다. 그러나 미처 도망가지 못한 청년 대여섯과, 나락이나 보리를 퍼서 이고 나오던 아낙네와 영감네들 몇 사람이 함께 끌려간 것이 자꾸 마음에 걸리던 것이었다. 이 일이 어떻게 터졌는가를 따지다보면 자기 아들 막동이가 걸려들게 마련일 것이기 때문이었다.

 이날, 어디로 피신했다가 들어오는 것인지, 옷자락에 찬 이슬을 묻힌 채 한밤중이 가까워서 들어온 막동이가, 자기 대신 잡혀간 청년들을 끌어내기 위해 주재소로 가겠다고 했을 때, 이 어미는 혀가 껄껄하도록 당분간 윈데 나갔다가 이 일이 잠잠해지거든 들어오는 것이 좋을 게 아니냐고 얼러댔었다.

 "다 쓸데없어야, 내가 우선 살고 봐사제. 니가 언제 마름네 곳간에서 나락 퍼가라고 했디야? 즈그들이 괜히, 니가 쫓아 들어가는 것을 뒤따라 들어가 갖고 그랬제?"

그래도 자꾸 고개를 저으며, 혼자 몸을 멀리 피해버린다는 것은 체면이 아니라고 버티던 막동이였지만, 이 어미가 울면서 "니가 나 죽는 거 볼라고 그러냐? 나는 느그들 푸덕푸덕 성한 거 보고 사는 것이 낙인디, 니가 가막소에 가면 나는 어떻게 살 것이냐?" 하고 하소연하는 데는 그놈도 더 어쩌지 못하고, 노비 몇 닢만 구해다 달라고 하였다. 이 어미가 이날 새벽 이리 뛰고 저리 뛰면서, 쌀 다섯 되 값을 간신히 구해다 잡혀주자, 이젠 다시 고향에 돌아오지 않겠다면서 집을 떴던 것이었다.

"그런 소리 하지 말고 부디 몸조심해라이. 어디 가서 품이나 듦스로 그저 죽은 대끼 있다가 맹년에나 들어오느라. 혹시 뭔 일이 있드라도 나서지 말고, 한사코 죽은 대끼…. 에미 걱정은 하지 말고."

먼동이 번히 터오던 때, 이 어미의 손을 꼭 쥐어주고 장터를 향하는 막동이의 모습이 지금도 눈에 선하였고, 그로부터 한 해가 아직 다하지 않은 겨울철에 광주의 근교에 있는 한 농장에서 머슴살이를 한다는 내용의 편지가 왔을 때, 그 편지를 들고 동네방네를 춤추며 돌아다닌 기억이 새로운 어미였다. 그 편지 속에는, 주인이 새로 만들고 있는 과수원이 잘 가꾸어지기만 하면 사오 년 내로 자기가 관리인이 될 것 같기도 하니, 그때 어머니를 모셔가겠다는 말이 씌어 있었던 것이다. 마름 머슴들이 병원에서 치료를 받는 비용이라든지, 마름네 곳간을 털어다 먹어버린 것을 온 마을 사람들이 공동으로 부담해 물어준 것이라든지로 하여, 막동이가 벌어놓았던 쌀 두 가마니가 모두 날아갔지만, 그까짓 것이 대수로운 것은 아니었다. 그까짓 쌀 두 가마니로 아들을 살 수 있을 것인가 하는 생각에서였다. 막동이가 과수원 관리인만 된다면 그 이상의 것도 생겨지리라 해서였다. 그것도 그것이지만, 그날 일로 해서 파출소로 끌려간 젊은 사람들이 모두 징용엘 갔다는 걸 전해 들은 어머니는 막동이를 밤에 멀리 보낸 것이 천만번도 잘했다 싶던 것이었다.

하였는데, 해방이 된 이듬해, 그 이듬해 가을, 그 막동이한테서 느닷없는 편지가 온 것이었다. 아니, 그것은 막동이가 보낸 것이 아니라, 형무소장이 보내온 것이었는데, 거기에는 귀 자제 막동이가 본 ○○형무소에서 탈 없이 복역 중이라는 내용이었다. 청천의 벽력도 유분수지, 대관절 덩치가 크고 힘이 세다는 것이 죄라면 죄일까, 세상에 그렇게도 유순하고 곰살가울 수가 없는 그 막동이한테 무슨 죄가 있다고 형무소에 가둬두고 있단 말인가.

발만 동동 구르고 있을 수만은 없어 도짓소 내어준 것을 팔아, 그래도 제깐에는 세상 물정에 귀가 뚫렸다 하는 작은아들 이현을 광주로 보냈는데, 거길 갔다 온 그놈의 말이 국회의원에 입후보한 독립투사였던 사람을 암살한 범인이기 때문에 징역을 산다더라는 것이었다. 한데 또 그렇게도 답답할 수가 없던 것은, 언제까지 산다더냐, 언제 나오게 될 것이라더냐 하여도, 이현이 대꾸를 하지 않고 고개를 푹 숙이고 있기만 했던 것이었다.

"뭔 일이란가, 뭔 일이여?"

그게 무슨 벼락 맞을 소리냐고, 우리 막동이는 그럴 아이가 아니라고, 그건 다른 사람이 뒤집어씌운 것일 거라고 펄펄 뛰어보는 것도 마냥 쓸데없는 일이었고, 이때부터 열흘 걸러 한 번씩 허우허우 보성으로 달려가서 기차를 타고, 광주 땅에 내리기가 바쁘게 동명동 형무소 면회창구에 면회신청을 하여, 두 손을 묶이어 나오는 푸르스름한 죄수복의 막동이, 그놈의 허옇고 부석부석한 얼굴을 보면서 쓰라린 마음을 달래곤 했었다. 그러면서 그놈에게 늙은 어머니는, 누가 너에게 그런 죄를 씌웠느냐고 울며불며 물어보곤 했지만, 그놈은 멀거니 이 어미의 얼굴을 건너다볼 뿐 입을 꼭 다물고만 있곤 할 뿐이었다. 그놈의 그런 태도로 미루어, 그놈의 심중에는 어느 누구한테도 말하지 못할 어떤 사정인가가 있기는 있는 모양이지만, 그걸 무슨 말로 어떻게 해서 비춰야 할 것인지, 알 수가 없는 것이었다.

늙은 어머니는 그 막동이를 그렇게 만들어놓은 게 모두 소갈머리 없는 자기 때문이라 하며 혀를 깨물고 칵 죽어야 한다고 생각해보지 않은 건 아니었지만, 마룻장 위에서 올골골 떨고 있는 그 막동이를 그대로 둔 채 눈을 감을 수란 도저히 없는 일이므로, 하루하루가 마냥 답답하고 기막히다 할지라도 이미 그놈한테 내리덮인 그 죄를 어떻게 벗겨줄 길이란 없는 일이니, 이제 그놈이 벗어 나오는 날까지 이렇게 면회를 가서 얼굴이라도 볼 수 있는 것만도 고맙게 여기면서, 부지런히 면회를 다니는 길밖에 없다 했다.

한데, 그 면회나 자주 다닐 수 있었으면 하련마는 그놈이 집에 있을 때 품 팔아 받아들인 쌀값으로 마련한 송아지를 도짓소로 준 것, 그것을 팔아 면회를 다니며 써버린 뒤로는 왔다 갔다 할 차비에 먹고 잘 돈, 면회 다니면서 그놈 먹고 마시게 할 돈…. 그걸 마련 못 해주겠다고 앙탈을 하는 자식들의 소행이 못내 섭섭하고 노여워, 늙은 어머니는 그 저수지 둑 밑에 주저앉아 다리를 죽 뻗고 통곡이라도 해버렸으면 시원할 것 같은 심사를 억누르고, 부지런히 활갯짓을 하면서 오른손에 든 지팡이를 옮겨놓았다.

그때 복받치는 격정이 목구멍을 막아 쿨룩 기침을 했고, 그 사이 들이마신 찬바람 때문에 그 기침은 연거푸 터져 나오기 시작하여, 늙은 어머니는 쪼그려 앉아 오그라져 들어가는 뱃가죽을 그러쥐고, 숨이 발딱 넘어가는 곰 고옵 소리를 내다가, 헛돌던 치차가 잘못되어 달칵 지르륵 하고 걸려 돌아가는 것처럼 "으음" 하고 목을 가다듬으며 일어섰다.

6

이날 저녁, 그 늙은 어머니가 회진서 배를 타고 금당도로 건너가 미역 다섯 다발을 받아 이고, 덕도 딸네 집으로 온 것은 이튿날 겨울의 짧은 해가 하눌재 마루에 걸릴 무렵이었다.

"어메, 어메, 이 바람 속에 울 어메가 뭔 일이란가?"

둥둥하게 부른 배 때문에 굼뜬 몸을 이끌 듯이 하면서 부엌에서 밥솥에 불을 지펴놓고 김 건장으로 마른 김을 가지러 달려가던 딸이 들어서는 어머니를 맞은 것이었다. 상놈의 집구석에서 며느리를 얻었다고 사돈네 보기를 거지 보듯하는 시어머니 시아버지 아래 살면서도, 어머니가 언제 어느 때 어떠한 행색을 하고 들어서든지 이렇게 우르르 달려 나와 뜨겁게 맞곤 하였는데, 이 근년의 겨울 들면서는 어머니의 해수가 숫제 피가 터져 넘어올 정도로 심하다는 것을 잘 아는 터에 이날따라 살갗을 깎아낼 듯이 부는 찬바람 속을 뚫고 오는 어머니였으니, 그 딸의 심사가 어떠하였을 것인가. 딸은 어머니 머리 위의 미역 다발을 내려 한 옆구리에 끼고, 다른 한 팔로 어머니를 얼싸안으며 소리 안 나게 목울음을 울기까지 하는 것이었다.

늙은 어머니는 이 딸아이가 얼른 달떡같이 살빛 고운 고추장이를 아무 탈 없이 펑 낳아야 할 것이란 생각을 하면서, 두 손비닥으로 딸의 볼을 붙안고 침침하게 흐린 눈으로 낯빛을 살피었다. 바닷바람을 쐬었기 때문이라고는 하지만, 그렇게도 박꽃같이 희던 살빛이 거뭇거뭇하게 검어진 딸의 얼굴에는 콧등과 광대뼈 부근에 몇 점 기미까지 끼어 있고, 눈이 퀭하게 커져 있으며 백정 보고 떼라고 해도 살점 하나 뗄 수 없도록 깡말라 있었다. 어머니가 그 딸의 얼굴을 보면서 "아니, 어째 이렇게 얼굴이 못돼간다냐?" 하고 침침한 눈에 물을 담자, 딸이 억지로 웃으며 "내 얼굴이 어째서라우? 밥 잘 묵고 잘산디" 하고 말했다.

감옥살이하는 오빠에 비하면 자기 하는 고생이야 정승살이와 다를 바 없다며, 어머니를 안으로 모셔들였다.

거짓말 손톱만큼도 안 보탠 말로, 딸을 여의면서 백모래밭에 혀를 박고 죽는 한이 있더라도 그 딸네 덕을 보겠단다고 한 것은 아니었지만, 이 한겨울을 마룻장 위에서 올골골 떨고 있는 막동이를 생각한답시고 이렇게 거지 행색을 한 채 시집살이를 하는 딸네 집으로 찾아들 수밖에 없는 늙은 어머니의 마음이, 딸의 얼굴을 보는 재미 말고 재미가 있으면 얼마나 있어서 선뜻 안으로 들어설 수 있으랴.

그런 어머니 마음을 딸은 뚫고 있었으며, 늙은 어머니는 어머니대로 자기의 살이라도 베어줄 수만 있다면 베어주고 싶어 하는 딸아이의 뜨거운 마음을 그 딸의 눈에 괴어 있는 눈물과 떨고 있는 입술을 잘강 깨무는 흰 이빨 하나만으로도 꿰뚫어 짐작할 수 있는 터인지라, 다른 말들은 서로가 할 것도 말 것도 없는 것이었다. 다만, 어머니 쪽에서 저희들 서방 각시가 오순도순 금슬 좋게 살면 되는 것이지 그 외에 더 무엇을 바라랴 하면서도 점점 못되어가는 딸의 얼굴을 대하고는, 왜 하필이면 이런 겨울 들어 얼음물에 손 집어넣어 물김을 건져내야만 먹고 사는 해변 지방으로 여의었던가 하는 후회를 씹지 않을 수가 없는 심사가 되어 "몸은 무거운디, 어떻게 해의(김) 일을 하고 사냐?" 하고 오열하면서 딸이 이끄는 대로 안으로 들어갔다.

딸이 행실은 분명하여 자기의 늙은 어머니를 먼저 자기의 시부모가 있는 안방으로 모셔가는 것이었는데, 늙은 어머니는 자기의 목구멍에서 언제 터져 나와서 사돈네를 당황하게 만들지 모르는 기침이 걱정되었다.

제발 사돈 내외 앞에서만은 기침이 나와주지 않기를 용천하시는 하느님께 빌고, 딸이 "어무님, 친정어무니가 오셨구만이라우" 하는 말을 따라 방으로 들어가 인사를 차렸다.

원래 여자 걸음이란 한 번만 옮겨도 술과 떡이 따라야 하는 어려운 걸음걸이라는 것을 모르는 바 아니고, 길에서 맞부딪쳐도 딸 둔 사돈 쪽에서 맡아놓고 길 밑으로 내려서야 한다는 것 또한 잘 알고 있는 터인데도 이렇게 빈손으로 온 것이 어찌 낯 뜨겁지 않을까마는, 이 한겨울 널빤지 위에서 얼굴이 푸릇푸릇 얼부푼 아들을 생각하면, 한 닢 반 닢이 아깝고 서러운 처지인데 무슨 인사치레는 인사치레냐 하며 눈 딱 감고 마주앉았다.

한데 발장에 붙은 마른 김을 떼던 바깥사돈어른은 김 떼던 걸 밀어두고 긴 담뱃대 끝에 담배를 쑤셔 다져 화로 속에 넣고 뻐끔뻐끔 빨면서, 찬 날씨에 오시느라고 고생 많았다는 식의 인사말이라도 하는 것이었지만, 좁장한 얼굴에 입술이 뾰족하고 언제 보아도 싸늘한 인상인 안사돈은 발장에서 김 떼는 일을 계속하며 "막동이 사둔이 징역을 산담스롱이라우?" 하고 나서는 것이었다.

"거 추운디 참…."

바깥사돈어른이 담배를 빨며 말하자, 안사돈은 또 "대관절 뭔 일로 그랬다우?" 하고 꼬치꼬치 캐묻는 게 타고난 말투가 그러한지, 모르긴 해도 뾰족뾰족 가시가 돋친 듯 얼굴에 따갑게 느껴지기만 하여 "글씨라우" 하고 한숨을 내뿜고, 바깥사돈어른이 밀쳐둔 김 붙은 발장을 당겨다 김을 한 장 막 떼려 하는데, 사돈어른의 덜 탄 담배 연기 때문인지 쿨룩하고 기침이 터져나왔다.

늙은 어머니는 재빨리 밖으로 나가 짚신을 끄는 둥 마는 둥 변소로 달려가서, 쪼그려 앉아 뱃가죽을 그러쥐고 기침을 하여대다가 간신히 목을 가다듬고 일어서는데, 건장에서 마른 김 붙은 발장을 한 아름 안고 내려오다 그걸 본 딸이 발장을 마루에 팽개치고 변소로 달려와 북어 껍질을 입혀놓은 듯한 어머니의 손을 잡고, 무슨 약이라도 잡수셔야지 그냥 이대로 다니다가 어쩌려고 이러느냐 하면서 발을 굴렀다. 늙은 어머니는 작은아들 이현이 약을 지어다 달여주는 것을 이때까지 먹다가 나왔다고 거짓말을 하며 딸의 방으로 들어갔다.

  이날 밤 머슴을 데리고 바다에 나가 김을 따가지고 들어온 사위 또한, 남의 자식이더라도 내 자식의 지극한 사랑의 정에 따라 뜨겁게 지극해지게 마련인 법이라, 딸 못지않게 깜짝 놀란 듯 반가워하며, 자기가 어협조합의 총대 일을 보느라 바빠서 막동이 처남한테 면회 한 번 못 갔음을 죄송해 하더니, 막동이의 건강 상태에 대해 묻고 한동안 말없이 담배만 빨고 있다가 딸이 저녁 설거지를 마치고 들어서자, 모녀가 오랜만에 만났으니 이런저런 할 이야기가 쌓였을 게 아니냐면서 마을로 나갔다.

  그 사위가 눈물겨울 만큼 고맙게 생각하여 준 대로, 모녀가 오랜만에 정담을 나누며 나란히 누워 밤을 새우기라도 했으면 얼마나 좋을 것인가마는, 늙은 어머니는 그런 복자가리를 타고나지를 못했고, 그 없는 복자가리 때문에 애꿎은 딸까지 고생을 시켜야 하였다. 딸은 이 밤으로 어머니가 이고 온 미역을 김으로 바꾸어와야 하는 것이었다.

"어쩔거나, 아가, 죄 많은 에미 땀시 니가 못할 일이다."

목메인 소릴 하니 "뭔 말이오, 엄니. 딴생각 말고 여기 따땃한 데 누워 주무시씨요. 엄니가 미역 갖고 오실 줄 알고 미리 다 말해논 데가 있은께, 얼른 바꿔올 것이오" 하며 딸이 미역 다발을 이고 나갔고, 늙은 어머니는 한숨을 쉬었다.

다 큰 애기 뱃속에 담고 부엌에서 건장으로 건장에서 부엌으로 허덕이며 다니기도 고달플 것을, 이제 고작 스물두 살 되는 젊은 것이 몸까지 무거워 있는 주제에, 어미 하나 잘못 만난 죄로 이 밤에 마을의 집집을 미역 다발 이고 돌면서, 김을 건져 말리는 철이라 마을 사람들 모두가 고달파서 이미 잠들어 있을 터인데, "아무개네 어무니, 주무시오?" 하며 나오지 않는 목소리로 깨워가지고, 있는 언사 없는 언사 다 부려가며 김하고 바꾸러 다닐 그 딸의 모습을 생각하는 늙은 어머니는, 또 가슴이 소금 한 줌을 털어넣고 물 안 마신 속처럼 쓰리고 아려오는 것이었지만, 세상의 별의별 고생이나 어려운 일을 다 겪는다 한들 이 한겨울에 널빤지 바다 위에서 떨고 있는 사람이 하는 고생에 갖다 대랴 하며, 이를 물고 눈을 딱 감아버리는 것이었다.

딸이 마을을 돌아, 미역하고 바꾼 김을 보자기에 싸안고 들어온 것은 한밤중이 이미 지난 때였는데, 그 딸이 방에 들어서자 우두커니 등잔불의 심지를 돋우며, 푸르스름한 수의복에 싸여 나와 벙어리가 된 듯 멀거니 어미를 건너다보기만 하던 막동이의 가득하게 물 감긴 눈길과 부석부석 얼부푼 살빛을 생각하고 콧물을 연해 훔치던 늙은 어머니는 딸의 차갑게 언 손을 붙잡고,

안방의 사돈네 부부가 들리지 않게 목울음 섞인 목소리로 "어미를 잘못 만나서" 하는, 언제나 두고 쓰는 말을 또 하고 있었다.

딸은 그 어머니의 아픈 속을 너무나 잘 아는지라, 얼른 환히 밝은 얼굴로 "어메, 어메, 이 김 좀 보소" 하며 보자기를 풀어 어슴푸레한 등잔 불빛 아래서도 번들번들 윤기 나는 김을 내어 보이고, "요놈은 오백 원짜리도 더 될 것이네, 곱 장사는 안 되겠는가?" 하였으나, 그 늙은 어머니의 희미한 눈, 가뜩이나 눈물이 괸 것만큼 가득한 한이 겨울철 바람벽에 걸린 시래기 잎사귀같이 쭈그러든 가슴에 가득가득 담긴 어머니의 눈에는 그것이 보일 리 없었다. 딸은 더 밝은 목소리로 "이참에 면회 갔다 옴스롱은, 뒷마을에서 홍시나 조깐 받아갖고 오소" 하고 말하며, 흩어진 김을 질이 좋고 나쁨에 따라 가리고 있었다.

7

자기가 면회를 한 번 갔다 온 셈치고 드린다면서, 사위가 적잖은 돈 오천 원을 잡혀준 데다, 미역과 바꾼 김 네 통(40속)을 머리에 여다 주겠다고 앞장선 딸을 뒤따라 딸네 집을 나서는 늙은 어머니의 발은 날 듯이 가벼웠다.

김 네 통, 이걸 이고 가지 못할까 보냐고, 몸도 무거운데 이 험한 하눌잿길을 어떻게 짐까지 머리에 인 채 오르겠다고 이러느냐고, 너희 시어머니 시아버지가 어려우니 어서 김 건장으로 가 일을 보라고 돌려보내려 했지만, 딸은 구름도 쉬었다 넘는다는 하눌재인데 어머니가 어떻게 이 무거운 것을 이고 넘을 것이냐고, 꼭대기까지는 여다 드릴 테니 걱정 말고 어서 가시자고 하며 콜록거리는 어머니를 앞세워 등을 밀어주면서 비탈길을 올랐다.

허우허우 재 꼭대기를 올라선 딸은 휘이 하고 가쁜 숨을 내어 쉬는 어머니의 하얗게 센 머리털을 바라보면서, 이대로 한없이 어머니를 앞세우고 가 장터에서 목탄차 타는 것까지를 보고 돌아갔으면 얼마나 좋겠느냐 싶어지지 않는 건 아니었지만, 시하에 사는 데다 남정네의 명에 매인 처지이니 그럴 수는 없는 일이었다. 앞으로 시오릿길은 족히 더 걸어야 장터가 나오는데, 거기까지 이 무거운 걸 머리에 인 채 활개를 휘젓고 지팡이를 내두르며 콜록거리고 가실 어머니의 모습이 눈에 훤히 들어와 우선 눈물부터 나오는 것이었으며, 자기 머리 위에 있는 김 보따리를 어머니의 머리 위에다 옮겨 드리기는 드려야 하겠는데, 북어 껍질을 입혀놓은 듯한 얼굴 살갗에 머리가 하얗게 센 데다 허리는 반쯤 굽은 그 어머니의 머리 위에다 그걸 얹어드릴 수가 차마 없어, 그걸 그대로 땅에 내려놓은 채 "어메, 어메! 어메는 언제나 놈 산 시상을 살 것이란가!" 하며 여기에서야말로 아무도 들어 흉보고 눈 감추고 할 사람 없을 터라, 목을 놓아 우는 것이었다.

늙은 어머니는 딸이 그렇게 서러워하고 가슴 아파하는 것이 뱃속에 든 아기의 신상에 좋지 않을 것이라 생각하며, 그 딸 못지않게 끓어오르는 뜨거운 설움의 덩어리를 아드득 이 악물어 씹으면서 "얼렁 내려가그라, 몸이 무거울 때는 돌부리 하나라도 조심조심 건드려봄스롱 댕게사 쓴단다" 하고, 김 보따리를 불끈 들어 머리에 이기가 바쁘게 지팡이를 부지런히 앞으로 앞으로 옮겨놓는 것이었다. 옮겨놓은 지팡이가 부지런히 왔다 갔다 함에 비해, 몸은 앞으로 나아가는 것 같지가 않는 그 어머니의 뒷모습을 내려다보는 딸의 눈에서는 웬 눈물이 그렇게도 많이 괴어 있었던지, 닦아도 닦아도 자꾸만 흘렀다.

얼마쯤 비탈길을 내려가던 어머니가 돌아보았을 때, 딸의 옷고름을 잡은 오른손은 자꾸 눈시울을 오르내리고 있었다.

어머니가 돌아본다고 생각한 딸은 재빨리 손을 치며 "어무니이! 해의 다 해놓고 나도 면회 간닥 하드라고 하씨요잉!" 하고 소리를 쳤고, 그 소리가 여기저기 그늘을 잡아 덜 녹은 눈들이 희끗희끗한 산골짜기를 굽이쳐 흘러 어머니의 가슴에 전율을 치자, "오냐아! 얼릉 들어가그라아!" 하고 어머니가 재 꼭대기를 향해 해수 어린 소리로 외쳤는데, 그 메아리가 기슭을 싸고 돌아 다 높푸른 겨울 하늘로 스며가고 있었다.

그 늙은 어머니가 이날따라 자꾸 막동이의 창백한 얼굴이 눈에 밟히고 혹시 어디 아프기라도 한 것인지 모르겠다 하는 조급한 생각이 들어, 대덕 장터에서 목탄차를 타고 가서 보성읍에서 기차를 갈아탄 것은 오후 세 시였으며, 광주에서 내린 것은 밤 아홉 시가 훨씬 지나서였다.

언제나처럼 형무소 벽돌담 옆 밥집에 주인을 정하여 김 보따리를 맡긴 늙은 어머니는 밥을 청해 먹을 생각도 하지 않고 밖으로 나와 형무소의 정문 있는 쪽으로 가서, 환히 불이 켜진 교교한 형무소의 육중한 철문을 바라보았다. 면회를 올 때마다 밤이 깊어 들여다보곤 하는 형무소의 철문인데, 이날따라 그 튼튼한 철문을 교묘하게 뱀이나 날짐승처럼 기어들어가 아들을 만났으면 하는 엉뚱한 생각이 가슴을 쓰라리고 아프게 하는 것은 또 무슨 변고인지…. 금테 둘린 모자를 쓴 수위가 똑바로 앉아 늙은 어머니가 서 있는 담벽 옆의 어둠을 내다보고 있었으므로, 늙은 어머니는 발길을 돌렸다.

이 밤이 새면 막동이 아들을 만난다는 생각에 두근거리는 가슴을 안고, 내일 면회 때 들여줄 사식을 쇠고깃국으로 해야겠다고 생각하며 골목길을 걸어 나간 늙은 어머니는, 다리 건너에 있는 푸줏간에서 쇠고기 한 근을 뜨고 옆 가게에서 양념거리를 산 뒤, 그놈이 좋아하던 게 무엇인가를 생각하다가 얼른 호박떡을 생각해냈다.

집에서 나설 때 국 끓일 냄비 등속을 준비했으면서도 왜 호박떡 생각을 못했을까 하고 한스러워하다가, 이 근처에서는 돈이 없어 서럽지 돈만 있으면 호랑이 콧수염도 구한다고 않더냐 하고 생각하며, 떡집이 있을 만한 거리 거리를 헤매어 다녔다. 그러나 시루떡, 몽둥이떡, 송편, 인절미 등속은 있었지만 호박을 넣어 시루에 찐 호박떡은 구할 수가 없었다. 하는 수 없이 고물을 달게 넣은 찹쌀떡 한 봉지를 샀다. 밥집으로 들어오다가 면회를 올 때면 가끔 마주치는 해남에 산다는 한 젊은 아낙을 길에서 만나, 감옥 안에 든 사람들은 변비가 심하여 똥 누기가 어려우니, 떡 같은 것보다는 우유를 넣어주는 것이 제일 좋다는 말을 들었다. 우유가 뭐냐고 물으니 그것은 염소나 소의 젖이며, 그게 사람의 젖보다 훨씬 보(補)가 되는 것으로 면회 시간이 가까워지면 형무소 문 앞에 그 우유장수들이 더러 모여든다는 것을 상세히 가르쳐주었다.

늙은 어머니는 얼핏, 그놈이 젖먹이일 때, 갑자기 바라대기 딸이 생겨 젖이 끊어져 버렸는데, 그때 기껏 꽁보리밥을 씹어 먹였을 뿐인 데다가 설사까지 나서, 송기 벗긴 막대기같이 비쩍 말라서, 눈 뜨고는 볼 수 없게 되어버렸던 기억을 되살리고, 내일은 잊지 않고 우유 두 병을 사서 넣어주겠다고 생각했다.

이날 밤 쇠고깃국을 끓여놓고 밤을 숫제 하얗게 밝힌 늙은 어머니는 새벽녘에 일어나, 아직 열릴 생각도 않는 형무소의 철문을 한참 동안이나 바라보다가 들어왔다.

열 시부터 면회가 시작되는 것이었지만 늙은 어머니는 가만히 앉아 기다릴 수가 없어, 부엌의 연탄아궁이에서 끓여놓은 국을 자꾸 데우면서 짤세라, 싱거울세라, 매울세라 자꾸 찝찔 맛을 보고, 깨를 치고 양파를 썰어 넣고 하느라고 앉아 있다가, 아침 준비를 서두르는 주인 여자의 신경질적인 욕을 얻어먹었지만 그것이 대수는 아니었다.

아침밥을 먹는 둥 마는 둥하고, 주인아저씨에게 귀찮게 시간을 물어서 여덟 시 가까운 때에 형무소의 철문 앞으로 달려가 기다렸다. 아홉 시가 다되어 나온 수위가 그 철문을 미처 다 열기도 전에 새들어가, 면회 신청 접수구 앞으로 가 서 있었다. 면회 신청을 해두고 밥집으로 달려가서 쇠고깃국 냄비를 들로 오라 하는데, 접수구의 문은 왜 그리도 열리지를 않는 것인지….

이날 면회 신청은 물론 그 늙은 어머니가 제일 먼저 하였다. 접수를 하고 나자 늙은 어머니는 조급해졌다. 전에 하던 것으로 보아, 얼마 있지 않아 아들을 데려다줄 것이라 생각하며 곧 밥집으로 달려갔다. 가는 도중에 우유장수를 만났다. "아차, 잊을 뻔했구나" 하며 우유 두 병을 샀는데, 그게 제법 따끈한 게 다행이다 싶었다.

그걸 든 채로 밥집으로 가, 쇠고깃국 끓인 냄비를 한 손에 들고, 우유를 찹쌀떡 싼 보자기에 집어넣어 지팡이 든 손에 끼어들고 면회장 입구로 달려가 기다리는데, 또 왜 이날 아침에야말로 이리도 더디 데려다주는 것인지 환장할 것 같았다.

"국이 다 식어뿔구만, 어째서 아직 안 데리고 나온다냐?" 하고 투덜거리던 늙은 어머니는, 쇠고깃국과 우유가 식는 게 안타까워 여기저기를 두리번거리다가 재빨리 묘안을 하나 생각해냈다. 쇠고깃국을 대기소 안의 난로 위에 올려놓고, 우유는 치맛말을 들치고 젖가슴에다 꼭 끼워 묻었다.

늙은 어머니의 바로 다음 차례로 접수를 했던 부인들과 남정네들이 자기들 이름을 불러줄 것을 기다리며 서성거리고 있었다. 대기소에서 면회장으로 들어가는 입구를 지키는 교도관은 죄수들이 도착할 때마다 그 죄수 면회 온 사람 이름을 불러들이곤 했다.

'아니, 어짠 일이란가?'

맨 먼저 접수를 시켰으니 응당 "이막동이 면회 온 분!" 하고 늙은 어머니의 이름을 더 먼저 불러들여야 할 일인데도, 이미 늙은 어머니보다 훨씬 늦게 접수한 사람들을 무려 여섯 사람이나 면회장 안으로 불러들이면서도, 그 늙은 어머니를 불러 넣어주지는 않는 것이었다.

'뭣 땀시 이란단가?'

혹시 그놈이 아파서 못 나오는 것은 아닌가, 아니 어디 다른 데로 보내버렸을까 하며 조급해진 늙은 어머니의 생각에, 꼭 열두 번째의 사람을 면회장 안으로 불러들였다고 느껴지는 순간 "이막동이 면회 온 분!" 하는 소리가 들려, "휘이, 이제야 데리고 나왔는가 보다" 하며 난로 위의 뜨거운 쇠고깃국 냄비를 뜨거운 것도 의식하지 못한 채 덥석 들어 안고 면회장 안으로 들어서려는데, 입구를 지키던 교도관이 "할머니!" 하고 늙은 어머니를 세우더니 손에 든 종이쪽지를 옆에 서 있는 다른 교도관에게 보이며 무슨 말인가를 속닥거렸다. 그러더니 눈살을 찌푸리며 쓴 입맛을 다시고 "이막동이가 아들이오?" 하고 물었다.

"예에."

가슴이 후들거리고 기침이 목구멍 너머에서 자꾸 근질거리며 튀어나오려는 것을 이를 악물어 억누르는데, "이막동이 말고 아들 또 있소?" 하고 다시 물었다. 둘이나 있다고 하자 그 교도관은 옆에 있는 교도관하고 말을 주고받은 뒤 고개를 주억거리다가, "이막동이 어제 옮겨 갔어요" 하는 것이었다.

무슨 뜻이냐고 묻자 교도관이 예쁘장하게 생긴 얼굴을 다시 한 번 일그러뜨리고, 문밖으로 멀리 갔다는 손짓을 곁들여 퉁명스런 목소리로, "목포로 갔단 말이오, 어제. 빨리 그리로 가보시오" 했다.

늙은 어머니는 자기의 귀를 의심했다.

"목포로 옮겨라우?"

교도관은 고개를 깊이 주억거려주고, 잠시 동안 천장을 멀거니 쳐다보다가 다음 사람을 불렀다.

"어따 어메, 어째사 쓸꼬!" 하고 허둥허둥 나서다가, 쿨룩 쿠울룩 터져 나오는 기침 때문에 창자를 그러쥐느라고 쪼그려 앉은 늙은 어머니의 품속에서 우유병 하나가 떨어져 하얗게 박살이 나고 있었다. 옆에 섰던 한 남자가 안되었다는 듯 끌끌 혀를 차는 것이, 그 늙은 어머니의 귀에 들어갔을 까닭이 없는 것이었다.

한(恨) ②—홀엄씨

1

이해, 서른일곱 살의 아직 너무 젊은 홀어머니는, 간밤 시아저씨에게서 들은 억지소리가 하두 억울하고 분해서 밤새 울어댄 것도 울어댄 것이지만, 한 삼사 년 전부터 자신도 모르게 생긴 고질——배 지을 때 두드려 박곤 하는 납작한 큰 쇠못을 박아놓은 듯한 가슴이 되기만 하면, 곧 지끈지끈 머리까지 아파버리고, 숫제 기신을 할 수 없도록 맥이 풀리곤 하는——로 인해서 이날도 내내 누워 있어야 했는데, 겨울의 짧은 해가 기울기 시작하자 들어온 두 어린 아들, 홍삼이와 홍사 때문에 간신히 몸을 일으킨 것이었다.

이날 아침나절, 딸 홍님이가 들을세라 내내 이불을 쓰고 소리 없이 앓은 까닭으로 눈두덩은 말할 것도 없고 얼굴 전체가 부석부석하여진 어머니는, 이마를 손바닥으로 눌러 짚은 채 바람벽에 기대고 앉아 찬 기운이 등줄기를 무지륵하게 적시는 것을 의식하며, 밥 먹을 때가 훨씬 기운 때문으로 한창 허출하던 김이었던지 밥을 시래깃국에 말아 허겁지겁 먹어대는 열두 살 난 홍삼이와, 누런 코를 자꾸 훌쩍거리고 눈을 흘끗거리며 입을 바가지만 하게 벌리고 거뭇거뭇한 보리밥을 퍼넣는 아홉 살의 홍사를 바라보고 있었다.

 두 아들의 먹어대는 모습을 보니, 이것들을 두고 내가 무슨 벼락 맞을 짓을 저질렀다고 그 야단들이란 말인가 하는 생각이 들고, 목이 찰떡이나 마른 감태 한 줌을 잘못 먹어 걸린 듯 메며 생마늘을 통째로 씹어 먹은 듯한 가슴이 되어지는 것이었다. 누구누구 해도 원망스러운 것은 애비였다. 쪽박에 밤 주워 담아놓은 것 같은 이 새끼들 두고, 이 무정한 사람아, 그렇게도 쉽사리 두 눈이 감기더란 말인가.

 생각하면, 다시 이가 갈리고 몸이 산파래 떨리듯 하는 노릇이었다. 애비는 6·25 때 보안서로 끌려가 장작 쪽으로 얻어맞긴 했다지만, 용케 살아나왔다. 그러나 그때 맞은 얼이 병이 되었던지, 그해 겨울 들면서부터 바닷일 한 번 나가지를 못한 채 골막거리다가 이듬해 봄에 죽은 것이었는데, 하기야 그때 보안서 나다니던 놈들이나 부락에서 붉은 완장 두르고 칼 차고 설치던 놈들이 씨도 없이 죽다시피 했다는 것을 모르는 바 아닌 터이지만, 남의 설움 열을 더해도 내 설움 하나만 못하다고, 애비 죽은 일만 생각하면 한결같이 몸이 떨리고 이가 갈리는 것을 어찌할 수 없었다. 어머니는 무거운 윗몸을 일으켜, 셋째놈과 넷째놈의 머리를 쓰다듬어주면서 속으로, 애비는 없더라도 애비 있는 어느 누구 못지않게 두둑한 논밭을 타고 저금(分家)을 날 수 있도록 해주겠으니 아픈 데 없이 잘만 커라, 하고 중얼거렸다. 딸 하나 낳고 한 탯줄에 아들을 넷이나 낳으면서, 자기들 부부는 어스름 새벽을 모르고 밭이나 논이나 바다에 나가 일을 하여, 해해마다 땅을 사며, 그때마다 큰놈 작은놈 대학까지 보내면 제 목구멍 저들 알아서 할 것이니, 이번에 산 논은 셋째한테 주세, 이번에 산 것은 넷째한테 주세…하는 따위로 몫을 지어가곤 하였던 것이었다.

머리를 쓰다듬자, 홍삼이는 신이 나서 소리쳐 말했다.

"엄니, 엄니, 나 나무 (두 팔로 하늘을 그리며) 이만큼 해두고 다 못 져왔네. 밥 묵고 홍사하고 얼릉 가서 지고 옴세잉."

홍삼이는 어머니에게 칭찬을 듣기 위해 태어난 놈이었다.

홍사는 홍사대로 질세라, "갈쿠나무 썼어뿌러 뭐, 저그 저 한재 밑에 골짝 안 있등가? 거극서 나도 이만큼 긁어 모태놨네. 으흐흐…" 하며 목청껏 자기 자랑을 늘어놓고 밥그릇 가장자리를 긁어 입에 넣으며 실눈을 해가지고 웃어댔다. 홍삼이가 덩달아 웃었다. 어머니도 그들을 따라 웃었다. 그러나 그것은 목울음이 되고 있었다. 애비 살았으면, 저 아까운 새끼들을, 보드라운 뼈 오그라지도록 지게 지어서 산에나 보내곤 하지 않을 것이 아닌가. 학교를 안 보내고 저래 두다니 말도 안 될 일인 것이었다.

그러나 어머니는 남자 일손이 없는 것은 말할 것도 없는 데다 땔나무 한 줌 긁어다 줄 사람도 없던 차에, 학교에 가면 만날 월사금 가져오지 않는다고 담임선생이 눈을 흘겨대니까 가기 싫다고 하며, 나무지게를 지고 나서버린 홍삼이 놈이 차라리 고맙고 흐뭇하기까지 하는 것이었다. 죽은 애비에게 미안한 일이긴 했지만, 저 두 놈은 몰라도 지금 자기의 외롭고 답답한 홀어미 살림 형편으로야, 고등학교 중학교를 다니고 있는 홍국이와 홍민이를 가르치는 것만으로도 그 애비에게 떳떳한 일일 것이라 자위하고 있었다. 뼈가 다 녹더라도 그 두 놈만은 가르쳐야 한다. 가르쳐만 놓으면 그놈들이 이 두 놈을 하나씩 거들어주게 될 것이다.

"얼릉 묵어라, 누가 나무 다 가져가뿔면 어짜 끄시냐?"

홍삼이는 나무 지고 올 때 더울 것이라면서, 어머니가 추울세라 두둑하게 솜을 놓아준 갯두루마기를 벗어 던지고 홍사를 재촉해 끌고 나갔다.

홍삼이와 홍사의 뒷모습을 바라보다가 일어서서, 북어 껍질처럼 검고 우툴두툴한 죽석방의 윗목 구석에 있는 검은 누더기 걸레를 가져다가, 방바닥 위의 시래깃국물이나 보리밥알들을 훔치는 어머니는, 자기의 몸이 어쩌면 그 걸레처럼 흐물흐물 물러지고 있으리라는 생각을 하며, 길레 한 끝을 사셔나가 코를 풀었다. 걸레를 다시 윗목 구석으로 내던져놓고는 아랫목에 주저앉아 바람벽에 등을 기대면서 어깨를 늘어뜨린 채 죽석 바닥 한 점을 응시하다가, 막힌 가슴속에서 주먹 같은 멍울이 목구멍 속으로 차오르는 것을 의식하면서 한숨을 쉬었다. 흐흐흑 하고 어머니는 딸꾹질 같은 재채기질을 하고 나서, 한쪽 구석에 몰아붙여놓은 쭈글쭈글한 가죽포대 같은 이불을 끌어당기면서, 병든 암소가 쓰러지듯 윗몸을 뉘었다. 땀내와 고리고리한 냄새가 물씬 나는 그 이불을 머리 위로 뒤집어썼다. 지끈지끈 머리가 아파왔다. 손바닥으로 이마와 관자놀이를 짚으면서 일어나 머리에 동일 것을 찾았다. 횃대 가운데에는 좀 전에 아이들이 벗어 걸어놓은 갯두루마기 두 개가 걸려 있고, 그 한 끝에 어머니가 바다에 나갈 때마다 목도리로 쓰곤 하는 긴 무명베 목수건이 한 개 걸려 있었다.

마루로 나가 고리짝 속에서 남편의 대님 한 개를 꺼내 머리를 동였다. 관자놀이가 욱신거리기는 마찬가지였지만, 이마와 뒤통수는 멍멍했다.

방으로 들어와 눕는데, 열여덟 살 난 홍님이가 미음을 쑤어가지고 들어와 어머니의 머리맡에 놓으며, "엄니, 요것 한 모금 드소" 하는 것이었지만, 어머니는 이불자락을 머리 위로 뒤집어썼다. 다시 울음이 북받치는 것이었다. 정말이지 이놈의 세상, 금방 자기가 방바닥에서 훔쳐낸 보리쌀 한 태기만큼이라도 살고 싶은 마음이 없었다. 이편의 아리고 쓰린 마음을 가장 잘 알아주어야 할 시아저씨 하나 있는 것이, "이 잡년아, 서방질할라고 소금장시한다고 났셨제, 새끼들 가르칠라고 나셨디야? 튀에, 더럽다, 더러" 하고 있으니, 이 원통한 속을 누구에게 하소연할 수 있기나 하겠으며, 이 마을 사람들 모두가 다 그러는 것으로만 알고 있으니, 어떻게 낯 내두르고 돌아다니기나 하겠는가 말이었다.

"뭣을 조깐 잡숴사 낼 장에 나가제…. 어쨀라고 이란가?"

홍님이의 말에 어머니는 퍼뜩 정신이 들었다. 며칠 전, 장흥읍에서 중학교와 고등학교에 다니는 두 아들한테서 납부금 고지서가 와 있었다. 편지는 그걸 금방 보내줘야 된다고 재촉하고 있던 것이었다. 그걸 마련하자면, 시아저씨 배에 얹혀 다니며 얼기설기 뜯어다 말린 김 다섯 통쯤 되는 것을, 이날 밤 안으로 서두를 치고 결속을 하여 장으로 내다가 팔아야 할 것이었다. 그놈들 잡비를 마련하자면, 또 바다에 나가 시아저씨의 희멀건 눈초리를 받아가며, 김을 한 줌이라도 더 뜯어와야 할 것이었다. 김도 이제 막판이라, 발을 뜯어다 훑고 있을 게 아닌가.

"아야, 나 봐라."

어머니는 일어나 앉았다. 간밤에 일어난 시아저씨와의 소동 때문에 역시 한잠도 못 자고 울었을 것임에 틀림없고, 그래서 동글납작한 얼굴이 헬쑥하게 야윈 데다, 눈두덩마저 부석부석하게 부은 딸 홍님이의 얼굴을 건너다보면서, "못난 에미 만나갖고, 니 못할 일 다 한다" 하고 목울음 섞어 말하며 이를 물었다. 그러면서도 딸에 대한 체면이 있어, "분이 난 대로 하면 당장이라도 혀를 물고 자결이라도 하겠다마는, 그래도 살어사 쓰겠다. 우리 홍국이 홍민이만 졸업시켜 놓으면, 즈그들 다 내 앞에 와서 무릎 꿇을 것인께" 하고 오열하자, 딸이 또한 따라 흐느끼는지라, 모녀는 이번에야말로 다시 간밤에 당한 수모에 대한 분심과 설움이 끓어올라 한바탕 소리 안 나게 울어대었다.

산그늘이 뉘엿뉘엿 마당으로 흘러내리고 있었다. 해가 다 져가고 있었다. 시아저씨는 지금 '인자는 해의를 아주 가져다 바쳐야 할랑갑구마잉' 하고 미운 소리를 하고 있을지도 몰랐다. 시아저씨 나무랄 말만도 못하게 내가 소갈머리가 없다. 그라네 저라네 해싸도 애비하고 한 탯줄에서 나온 그 시아저씨 아니면 누가 이 홀어미를 날이면 날마다 태우고 다니며 김을 뜯도록 편의를 제공해주기나 할 것이며, 해의도 이제 막판이라 발째 뜯어다가

홅은 이때에, 그 시아저씨 말고 또 누가 김발 옆에 얼씬하게나 하랴. 입 달린 동네 사람들이면 모두가 화냥년이라고 하거나 개잡년이라고 하더라도, 내 할 일 내 알아서 해내기만 하면 장땡이 아니냐고 했다. 어쨌든지 창길을 불러다가 따져놓고 볼일도 있고 하니, 우선 뱃속에 곡기를 넣고 기신을 해야 하였다. 입이 쓰고 단내가 폭폭 나는 것이었지만, 어머니는 억지로 먹어보자 하고, 딸이 쑤어온 죽 그릇을 앞으로 끌어당겼다.

한데, 이건 또 웬일인가.

"너 뭣 할라고 쌀만 이렇게 하얗게 많이 쒔냐? 어쩔라고 이라냐?"

어머니는 부석부석한 눈두덩을 젖히고, 딸의 동글납작한 얼굴을 바라보았다. 노상 이 어머니의 입에 붙어 있다시피 한 말, 홍국이 홍민이를 위해서 한 줌 반 줌이라도 아껴야 할 처지 아니냐, 금방 봄 되면, 또 홍민이가 고등학교에 들어가므로 손댈 것이라고는 쌀밖에 없는 것을 이렇게 헤프게 삶아 없애서야 되겠느냐 하는 꾸짖음의 뜻을 딸이 모르는 바 아니라, 딸은 눈을 얼른 죽그릇으로 내리깔며 "꼭 두 주먹 했는디, 너무 많이 퍼져뿌렀네야" 하고 죽그릇을 어머니 앞으로 더 바싹 밀어주었다.

정말, 딸의 말마따나, 쌀알 하나가 손가락만큼씩 하게 퍼져 있는 그 하얀 쌀죽을 멀거니 들여다보다가 어머니는 한 숟가락을 입에 떠넣었다. 딸이 물이라도 뜨러 나가는지, 죽창살문을 열고 밖으로 나갔다.

그때, 어머니는 나가는 이 아이의 걸음걸이가 힘없어 보여, 아차, 저 아이도 이때껏 밥을 굶었을 것임에 틀림없다, 언젠가도 여름에 내가 하루거리를 앓으면서 밥넘이 없다고 숟가락을 들지 않자, 그럼 자기도 먹지 않겠다며 기어이 억지를 써서 내 입에 밥을 넣게 하지 않았던가, 하며 어머니는 숟가락을 놓고 "쌀례야" 하고 애칭으로 딸을 불렀다. 딸은 문밖에서 "왜 그란가?" 하고 귀를 기울였다.

"너는 왜 밥 안 묵냐?"

딸이 "난 묵었네"라고 했지만, 어머니는 딸의 속을 훤히 알고 있었다.

"여러 소리 말고, 얼릉 숟구락 갖고 오니라, 안 갖고 오면 나도 이거 안 묵고, 그냥 바닥에 나갈란다."

이 말에 딸은 또 총철환 달리듯이 부엌으로 달려가서 왕사둥이 보리밥과 김치 한 보시기를 가지고 방으로 왔다.

"아따, 어메도…뭔 밥을 또 묵으라고 이란가?" 하면서도 흔연스런 표정을 지으며, 어머니 앞에 마주앉아 숟가락을 들었다.

2

넓바윗개로 나가는 어머니는 '낯바닥이 아주 뻔뻔하구마잉, 더 깜깜해지면 나오제 어째 그릏게 일찍 나오셨소?' 하여대기라고 할 시아저씨나 시동서의 흘겨댈 눈총이 두려워졌고, 이 마을에서 네댓 집을 제하고는 모두가 대소간일 뿐이지만, 여느 땐 남보다 더 숙덕숙덕 흉을 보곤 했을 마을 사람들이 콧방귀를 날리며 비쭉거려댈 것이 뻔한데, 그게 벌써부터 바늘처럼 가슴을 쑤시고 들어 걸음이 뒤로 걸리는 것이었다.

넓바윗개로 넘어가는 등성이에 올라서서 어머니는, 먼 바다로부터 이랑 진 물결들이 굽이굽이 밀려들어 더욱 짙은 쪽빛이 된 득량만의 호수 같은 바다를 멀거니 바라보았다. 탁 트인 바다를 대하자 지끈거리던 두통이 가시는 듯했다. 소록도와 고흥반도 앞으로 진한 귤빛 돛폭에 바람을 뺑뺑히 담은 중선 한 척이 해창 연안의 좁은 해구를 향해 서서히 나아가고 있었다. 창길의 배인지도 몰랐다. 창길의 배는 돛에 감물을 들였다. 어머니는 한숨을 쉬었다.

홍국이가 고등학교에 들어가던 이해 봄, 입학금이 하두 많아 그것만이라도 만만한 쌀을 손대지 않고 해내어 보자는 간단한 생각으로, 그때 한창 소금장수로 재미를 보았다고 해쌓던 신창길한테 동무장사를 붙여 한 것이 탈이었다. 아니, 그걸 같이하긴 했다 하더라도, 돈만 대준 채 이익금만 반분하자 하는 대로 앉아 있기만 했어도 일은 안 터졌을 것이었다. 한데, 한 번인가는 녹동으로 소금을 실러 간 신창길이 열흘이 되어도 돌아오지 않았다. 혹시 그가 무슨 손재수나 있어 돈을 털리기라도 했으면 본전마저 날아가게 되겠기에, 부랴부랴 회진에서 여객선을 타고 녹동으로 건너간 게 바로 큰 탈을 불러일으킨 것이었다. 창길은 거기서 소금 백 가마니를 아주 싸게 받긴 받았는데 그걸 달라는 상인이 있어, 웃돈 재미를 보고 넘긴 뒤 다시 백 가마니를 받느라고 그랬다면서, 막 소금을 싣고 건너오려 하고 있던 참이었다.

또 거기서 쌀례네가 창길의 중선을 타지 않고, 녹동에서 하룻밤을 새우는 한이 있더라도 여객선이 오기를 기다렸다가 돌아왔더라면 이런 말 저런 말이 없었을 것이었다. 그러나 여자 마음으로, 하룻밤을 여관에서 자는 돈, 여객선을 타고 오는 돈을 아끼고 당일로 건너올 수 있는 창길의 배를 이용하는 것이 여러모로 빨라 그걸 타고 와 넓바윗개에서 내렸었는데, 마침 한밤중이었기 때문에 그걸 안 마을 사람들이 이런저런 말을 퍼뜨렸고, 창길의 아내가 들고 일어나 거기에 더 험한 말을 지어 퍼뜨리고 다닌 것이었다.

빌어먹을…. 어머니는 속으로 투덜거렸다. 신동으로 쫓겨나듯 이사를 가면서 하던 창길의 말마따나, '정말로 한번 보듬어보기나 하고 이런 말을 들었으면 덜이나 억울하겠다' 싶었다. 정말이지, 홀어미 마음으로 한 번 남자의 품에 안겨 자보기나 하고 이런다면 덜 서러울 것 아닌가. 아닌 게 아니라, 창길이 이편을 유혹하지 않은 것은 아니었다. 소록도 앞을 지났을 때, 창길은 이편의 손목을 덥석 잡으며 "나하고 삽시다, 정만 두고. 우리 둘이 이런다는 것을 누가 알랍디여?" 하고 끌어안는 것이었지만, 이편은 욱 하고 피가 곤두서고 가슴이 뛰며 눈앞이 아득해지는 것을 의식하며, "나 죽는디 볼라고 이러씨요" 하고 맵세게 그 손을 뿌리치고 배 이물로 달아났다. 만약 창길이 이물로 쫓아와서 다시 어떤 일이라도 저지르려 하면, 혀를 물고 물로 뛰어들겠다는 각오를 했다. 다섯이나 되는 아들딸들의 얼굴이 보여 목이 콱 메었다. 그것들을 놓아두고 어떻게 죽는단 말인가. 이때, 창길이 이물로 와서 끌어안고 일을 지질렀으면, 정말 무슨 일이 저질러졌을지 몰랐다. 그런데 창길이 고물에 앉아 키를 돌려 돛폭에 바람을 담으면서, "내 우스갯소리 했소" 하고 말던 것이었다. 그 호인 같던 창길이, 지금 생각하면 바보같이 옹졸한 사람이었다 싶어 원망스럽기도 하는 것이었다.

이런 생각을 하다가 어머니는, 이 무슨 벼락 딱 맞을 생각을 하느냐 하며 혀를 깨물었다.

덕도 연안의 바다에는 김발 거멓게 떠 있던 자리가 밋밋하게 비어가고 있었다. 어머니가 올라서 있는 등성이 아래에 거멓게 등을 드러낸 넓바위가 있었고, 그 바위 아래로 돌부처 코끝에 고드름이 언다는 설 쇤 뒤의 고추알바람을 피한 자갈밭에는 김발을 걷어 실어다 놓고, 거기서 김을 훑는 마을 사람들이 마치 거무튀튀한 고추를 뒤집어쓴 도둑벌레들처럼 꾸물거리고들 있었다.

그 아래로 썰물이 졌지만, 그 자갈밭 밑의 갯벌밭은 채운 부연물에는 장화를 사서 신을 팔자가 애초에 못되기에, 그냥 오리발같이 빨갛게 얼부푼 다리를 그 찬물에 잠근 채 김 이삭 떠 있는 것을 바가지로 퍼서 옆에 낀 바구니에 열심히 담고 있는 아낙 세 사람이 보였다. 누더기 같은 갯두루마기에 거뭇거뭇한 때가 엉긴 수건으로 얼굴과 목덜미를 감싼 그들은 보나마나 홀로 되어 사는 삼월네와 꺼꿀네였고, 그 옆에 머리가 흰 여자는 삼월네의 시어머니임에 틀림없었다. 거지 팔자로라도 남편 날개 밑에 살면, 저렇게 얼음물 속에 발을 디밀어놓고 살지는 않을 것이 이

해변 살림인데, 그 홀어미들 말고 누가 이 추운 날 저런 꼴을 하고 있을 것인가.

어머니는 가슴이 뜨거워지면서 코끝이 시어오고, 자기도 성질 사납고 모진 시아저씨한테 붙어 김을 얻느라고 치욕을 당하느니, 천덕스럽기야 왜 아니할까마는, 그래도 속이나 편하게 저런 홀어미들처럼 김 이삭이나 주울 걸 그런다는 생각이 들었다. 그러나 그럴 수는 없다 했다. 저런 사람들이야, 자기 남편이 벌어 모은 전답이 있는가, 채취선이 있는가, 김발 막을 말목이 있는가, 건장 한 뼘 막을 이엉 조각이 있는가. 기껏해야 기어들어가 등때기 붙일 콧구멍만 한 방구석이 하나 있는 까닥집이 한 채씩 있을 뿐인 사람들이니까 저렇게 할 수밖에 없다 하겠지만, 나야 죽은 홍국이 아버지가 장만해놓을 만큼 장만해놓았는데, 이거 무슨 소린가. 애비가 마련해놓은 채취선이 그내로 있고, 이 마을에선 가장 곧고 길고 굵어서, 아무리 물 깊은 곳이라 하여도 물길 좋은 자리라면 마음대로 골라가며 김발을 막을 수 있다는 말목들이 있고, 건장을 다섯 통(50속)은 넉넉히 널어 말릴 수 있도록 막을 물자까지 있는 것을 시아저씨가 모두 가져다가 자기 것 쓰듯이 쓰고 있지 않은가. 그 대가로 하루에 김 한 바구니 남짓씩을 뜯어가라고 하는 그것이 그렇게도 아깝고 짠해서 나를 애매하게 서방질했다고 시궁창에 처박아 대다니, 무지하고 독살스러워도 너무 무지하고 독살스럽다. 신창길하고 배 안에서 무얼 했는지 자기들 눈으로 보거나 했단 말인가. 대낮에 벼락을 딱 맞을 말로, 또 설사 그런 일을 내가 저질렀다고 한들, 어린 새끼들 키우고 가르치면서 살겠단다고 버둥거리는 것을 대견해 하지는 못할지언정, 숫제 신창길한테 묶어서 쫓아낼 마음보를 가지다니, 될 말이기나 한가 말이었다.

3

시아저씨가 일하는 데를 찾아가면서, 어머니는 여기저기 흩어져 앉은 사람들에게 더러 고개를 숙여 인사를 하곤 했다. 그러나 대부분이 대소간인 그들은 모두 '옹'도 '옹'도 '네'도 아닌 묘한 코대답을 그저 어쩔 수 없이 내뱉을 뿐, 다른 인사말 같은 것을 내놓으려 하지 않았다. 그럴수록 쌀례네는 이를 악물었다. 넓바위 안쪽 구석에서 시아저씨는 자리를 잡고 있었다. 가슴이 섬뜩했다.

예상했던 대로 시아저씨는 혼자서 김발 반 때를 뜯어다 놓고, 그것을 훑으며 금방 부어터질 듯한 얼굴을 하고 있었다. 시동서는 건장에서 마른 갯것을 하는지 나와 있지 않았다. 아직도 훑어야 할 김발 한 무더기가 남은 것을 보며, 어머니는 이때껏 방 한가운데 죽치고 누어 있었던 스스로의 몽통스러운 소갈머리가 미워지고, 시아저씨에게 죄스러워졌다.

옆구리에 끼고 온 나무통을 자갈밭에 놓고, 김발 무더기 앞으로 가 앉으며 어머니는 자기의 얼굴 한구석 어디라도 일그러져 있어 시아저씨의 부풀어 있는 흉중을 건드릴세라 되도록 혼연스럽게, "아제, 내가 워낙 소가지가 없는 년이라, 아제 속만 뒤집어싸서 죄만스럽소" 하고 말한 뒤, 김 구럭을 가져다 뒤집어쐬우려면 쐬우고, 돌맹이를 집어던질 테면 던지고, 입에 못 담을 욕설을 자갈밭에 쌓인 김 무더기들같이 무더기 무더기로 퍼부으려면 퍼부어라, 하고 속으로 중얼거리며 김 붙은 대쪽 한 개를 집어 들었다. 떨어진 검정 고무신에서 찢어낸 홀티기로 김을 훑기 시작했다.

시아저씨는 가부간에 말 한마디 없이, 쌀례네 어머니를 거들떠보려고 하지도 않고, 부어터지려 하는 입술을 꼭 깨문 채, 홀치기질만 계속하고 있었다.

늦은 겨울의 썰렁한 산그늘이, 어민들이 둘러쓰고 입고 펜 누더기 빛깔인 넓바위 위에서부터 자갈밭 아래로 서서히 기어내리면서, 갯가의 바람 끝은 더욱 차졌다. 마을 사람들은 자기들끼리만 서로, 지난 관산장의 김 시세가 많이 떨어졌다는 둥, 내일 대덕장에는 아마 더 떨어질 것이라는 둥, 그게 모두 김이 일본으로 수출되지 않는 까닭이라는 둥, 김 시세가 좋아 해변 사람들이 참말로 살기 좋았던 세상은 역시 일본 놈들이 정치하던 때였다는 둥, 그러고 보면 일본 놈들이 정치 하나는 기막히게 했던 모양이라는 둥, 다시는 그렇게 김 시세가 좋아서 해변 사람들이 맘 놓고 흥청흥청 돈 쓰며 살 수 있는 세상이 오기는 틀린 모양이라는 둥하며 이야기를 주고받을 뿐, 쌀례네 어머니가 늦게 갯것을 하러 나왔다는 사실 같은 것엔 전혀 관심을 두고 있지도 않은 듯했다.

쌀례네 어머니는 마을 사람들의 이야기를 흘려들으며, 문득 남편이 어협총대 일을 하던 때를 생각했다. 그때 이 마을에서 김을 제일로 푸짐하게 건져내곤 한 것은 역시 쌀례네 아버지였고, 그래서 모범이 된다 하여 어협총대 일도 맡겼던 모양이었다. 먹장 같은 물김을 머슴과 애아버지가 나누어 지고도 남아, 쌀례네가 나무로 맨 통을 이고 마중을 나오곤 하던 것을, 이 마을 사람 치고 부러워하지 않은 사람이 있던가. 그러나 그 남편 죽은 지 십 년이 가까워지는 지금, 그녀는 그때 애지중지 키워 여의살이 시키고, 논 두 마지기, 밭 여덟 마지기에 송아지까지 채워주고 번지르르한 새 나무로 사간 접집을 지어주고, 귀한 스기나무(일본삼나무)로 채취선을 지어주는 것은 말할 것도 없고, 심지어는 부지깽이까지 모두 만들어 분가시켜 준 시아저씨의 눈총을 받으면서, 하루 기껏 김 한 바구니 정도를 얻어가는 것이 고작인 스스로를 생각하고, 가슴이 미어지는 아픔과 함께 눈시울이 뜨거워지는 설움을 느꼈다. 가뜩이나 간밤엔 또, 화냥년질 작작해서 자기나 커가는 자식들 얼굴에 똥칠 좀 하지 말라고 아우성 아우성이던 것을 생각하면 분이 나서 견딜 수가 없었다. 참자, 참자, 웃학교 다니는 홍국이와 홍민이가 그 학교 마칠 때까지만 죽자 하고 참자.

 어머니는 이를 악물고 훌치기질을 했다. 한데, 일은 시동서가 나오면서 터진 것이었다.

4

눈이 부리부리하고, 입은 항상 부아가 나 있는 것처럼 되새부리같이 내민 땅딸막한 시동서가 건장에서 마른 갯것을 서둘러 하다가 나오는지, 이마와 콧등에 송송 땀이 밴 얼굴로 허둥대며 머리에 이고 온 나무통을 내려놓고, 그 속에서 삶은 고구마와 배추김치 담은 석박을 꺼내들고, 뚱뚱한 몸으로 쿵쿵 자갈밭을 디디며 자기 남편 앞으로 갔다.

"우케 덕석 채덮고 어짜고 한께 이롷게 늘어뿌렀소에."

어느 때 들어도 항아리 깨지는 듯한 목소리로 퉁명스럽게 말하자, 이맛살을 찌푸린 채 홀치기질을 하던 남편이 흰자위만 허옇게 뒤집어지도록 눈을 까뒤집고 자기 아내를 노려보더니, 벌떡 일어서서 대번에 머리채를 감아쥐어 내동댕이를 쳐버렸다. 누가 말리고 어쩌고 할 틈도 없었다.

"워메에 나 죽네에."

시아저씨는 비명을 지르는 시동서의 옆구리를 발로 걸어차면서 주먹다짐을 했다. "악!" 소리를 지르고 시동서는 버리적거렸다. 옆에서 홀치기질을 하던 사람들이 멍히 바라다보는 사이, 쌀레네가 달려가서 시아저씨의 발길질을 막아서다 성문다리를 호되게 차였다. 시아저씨는 미친개처럼 씨근거리며 시동서와 형수인 쌀레네를 향해 번갈아 주먹다짐을 하고 발길질을 했다.

"다 죽어, 다 죽어, 이 개잡년들아."

시아저씨의 악에 받친 소리가 넓바위 연안을 쩌렁쩌렁 흔들었을 때에야, 그걸 보던 옆 사람들이 몰려들어 시아저씨를 끌어가고, 몇몇 아낙이 시동서를 끌고 모래밭 쪽으로 갔다.

"아니, 이거 뭔 짓거리랑가잉?" 하는 동네 어른의 꾸짖음에 순응이라도 하듯이 곧 자기 자리로 돌아가 앉으면서 시아저씨는 후들후들 떨리는 손으로 쌈지를 꺼냈다. 손끝에 잡힌 써레기담배를 반은 흘리고 반은 종이쪽지에 담아 말았다.

"아따, 참으시오, 참어" 하고 쌀례네의 먼 시아저씨뻘 되는 달식이가 성냥을 그어 댕겨주었다.

모래밭으로 끌려간 시동서가, 자기 남편과 쌀례네를 향해 입가에 허연 거품을 물고 악다구니를 쓰고 있었다.

"어따, 어따, 저 징한 년 땀시 애먼 사람 다 죽겄네이, 다 죽겄어. 저 징한 미친놈은 저년한테는 말 한 자리도 못함스롱, 어짠다고 나를 이란가 몰겄단게. 와이, 저년이 미우면 찢어 쥑이든지 쫓아내든지 하제, 어짠다고 금메 애먼 나를 쥑일락 하냔 말이여어, 이 개 같은 놈아!"

그러고 나서 모래 위에 털썩 주저앉더니, "아이고, 아이고, 분해서 나 죽겄네에" 하며 두 주먹으로 젖가슴 윗부분을 찍으며 한바탕 통곡을 했다. 쌀례네는 성문다리가 떨어져 나가는 듯한 아픔과 함께 가슴이 미어질 듯이 뻑뻑해지는 것을 느끼며, 다시 김발 앞으로가 홀치기를 집어들었다. 온몸이 떨려서 김을 훑을 수가 없었다. 마을 사람들이 다 모여 있는 이 자갈밭에서 이렇게 또 당하고 있어야만 하는가. 도둑 때는 벗을 수 있지만, 비늘 때는 못 벗는다는데…. 신창길하고 배는 함께 타고 왔지만 아무 일도 없었다고 믿어 줄 사람이 대관절 누구란 말인가. 신창길이 지금 이 마을에 살고 있기만 하면 대질이라도 할 수 있으니, 문제는 간단할 수도 있었다. 지금 그는 사십 리가 훨씬 떨어진 신동이라는 데서 중선배를 타고 장사를 하며 살고 있었다. 정말 오늘 끝장을 내고 말까, 참아야 할까. 홍민이와 홍국이의 얼굴이 스쳐 지나갔다. 홍삼이와 홍사의 얼굴이 거기에 겹쳐졌다. 이것들을 남기고 죽는다면…. 에라 참자, 내 입만 봉하면 된다.

한데, 시동서가 이번에야말로 쌀례네를 향해서, "네 이년아, 이장질하던 창길이와 붙어묵은 년이 그놈 따러가 살제, 우에 안 따러 가고 나 못살게 하냐?" 하고 외치면서 벌떡 일어서는가 하더니, 쌀례네에게로 덤벼들었다. 쌀례네의 머리채를 훔켜잡아 끌면서 "네 이 요년, 썩 나가그라. 이 잡년이 어디서 부쳐삶스롱 누구를 볶아쥑일라고. …네 이년아" 하고 되는 대로 주먹다짐을 했다. 머리낱이 다 빠져나가는 듯한 아픔이 전신을 쥐어짰지만, 쌀례네는 이를 으등 악물고, 두 손으로 머리채 잡은 시동서의 두 손을 틀어잡고 질질 끌렸다. 말리는 사람도 없었다. 시동서. 이년은 아직 스물여섯 살 났을 뿐인 데다 툼상스런 몸집인 년이라 힘이 남자 못지않았다. 끌 테면 얼마든지 끌고 다니라. 나는 결백하다. 눈에서 불꽃이 튀면서 눈앞이 아득해지고 가슴이 빽빽하였다. 손윗동서는 시어머니로서 모셔야 한다는데, 이년이 하는 꼴을 보아라. 내가 바보 같으니 이렇게라도 당하고 살자. 쌀례네는 안간힘을 한 번 쓰고 나서 태연스런 목소리로, "어야, 동상댁, 놓고 말하소, 여그 놓소, 놈부끄럽게 왜 이란가?" 하고 말했다. 그러자 시동서가 어처구니없다는 듯 허허 하고 헛웃음을 치고,

"그래도 놈부끄런지는 알구마잉" 하고 외치더니, 이를 으득 갈고 주먹으로 쌀례네의 가슴팍과 볼을 사정없이 쥐어박았다.

"이년아, 놈부끄런지 아는 년이, 물굿물굿 물곳 같은 새끼들 두고 서방질했디야?"

눈에 번쩍 불이 튀고 눈두덩이 얼얼했다. 더 살 필요가 무엇인가. 홍국아, 홍민아, 홍삼아, 홍사야, 쌀례야, 내 꼴 좀 봐라아. 잘 보아두었다가 내 이 원몽한 속을 시원스럽게 풀어라이, 하는 소리가 목구멍으로 튀어나오려는 것을 이 악물어 참았다. 그때, 물받침 양철판 뒹구는 소리와 함께 누군가가 시동서의 손을 잡아 젖히며, "에끼, 이 사람!" 하고 꾸짖었다. 남자 목소리, 그것은 먼 일가의 당숙뻘 되는 영감이었다.

"어디서 이런 상놈의 버르장머리를 하고 있다냐요?"

시동서가 그 당숙뻘 되는 영감을 향해 대들었다.

"뭣이 어째라우? 이런 잡년을 안 쫓아내고 놔두는 이놈의 이씨네 집안은 그래 양반의 버르장머리를 하고 있다요?"

"뭣이 어짜고 어째?"

엄하게 꾸짖는 영감의 허연 턱수염이 떨렸다.

"어디서 배워묵은 행짜여? 손우게 동서는 시어무니로 생각해야 쓰는 것인디, 머리끄뎅이를 끄집어댕게?"

"아아따, 세상이 다 아는 잡년을 시어무니같이 떠받들어라우?"

"뭣이 어째? 아니, 자네가 자네 눈으로 똑똑히 봤는가? 봤어? 창길이하고 쌀례네하고 잠자는 데를 똑똑히 봤어?"

"보기는 안했지마는, 다 뻔한 일 아니오? 동네 사람이 다 아는 일이어라우."

이 말에 영감은 기가 막히다는 듯 얼굴을 쳐들고 끓는 분심을 억누르려다가, "아야, 달식아, 너 신동으로 당장 뛰어가서, 창길이 조깐 델고 온나. 빌어묵을 것, 내가 끼여들 것은 아닌 것 같다마는, 아조 말이 난 짐에 뿌리를 뽑아뿔자. 이런 일에는 눈을 빼든지, 뿌리를 뽑아뿔든지 해뿌러사 쓴다" 하였지만, 그의 아들인 달식은 넓바위 안쪽에서, 쌀례네의 시아저씨와 나란히 앉아 김을 훑고 있으면서도 고개 하나 들지 않았다.

"달식아, 얼릉 갖다 오니라."

넓바윗개가 쩌렁 울리도록 소리를 질렀다. 그러자 찔끔해 있던 시동서는, "그라고 저라고, 그 잡년 등살에 애먼 나만 맞어죽게 생겼어라우. 시상에 내 썩은 속 알아줄 사람은 만고에 없을 것이오, 없어!" 하고 누구에겐지 이렇게 퍼부어대면서 자기 남편 옆으로 가서 홀치기질을 했다. 이때껏 시동서 설치는 것을 멍히 바라보던 사람들이 하나둘 홀치기질을 하기 시작했다.

당숙뻘 되는 영감은 쌀례네의 손을 잡아 일으키며, "많이 다친 데 없는가?" 하고, 가엾어하는 얼굴로 쌀례네의 부석부석한 얼굴을 들여다보았다. 쌀례네는 이때껏 참았던 분함과 설움이 한꺼번에 목구멍을 막고 눈물이 비 오듯 했다. 이를 물고 눈물을 가시게 눈을 끔벅거렸다. 내가 왜 울어야 하느냐 했다. 홍국이 홍민이가 학교만 졸업하면, 모두 와서 무릎을 꿇을 것을….

"당숙님, 암시랑 안 하요."

목울음 섞인 목소리로 말하고, 쌀례네는 김발 앞으로 갔다. 흐트러진 옷매무새와 풀어 헤쳐진 머리칼을 걷어 얹고, 가슴이 꽉 막히어오는 것이었지만, 이를 물고 훑치기질을 하기 시작했다. 그러자 당숙뻘 되는 영감이 넙바위 안쪽 구석에서 김을 훑고 있는 아들 달식을 향해, "너는 뭣 하고 있냐? 저렇게 얼크러져서 싸우는디 멀뚱멀뚱 보고만 있냐?" 하고 호령하듯이 말했다. 그러더니 쌀례네의 시아저씨 앞으로 왔다.

"성만아, 너 정신 채려라이. 느그 성수(형수)가 어짠 사람인지 나 아냐? 또 돌아가신 느그 성님은 어짠 사람이었는지나 아냐?"

이 말에 시아저씨가 무어라고 대꾸를 하려는 것을 당숙은, "주둥이 닥치고 듣기나 들어봐라, 이놈아. 나 인자 말 났은께 하는 소리다마는, 너 너머 그래싸면 못 쓴대이. 만약에 느그 성수가 맘 달리 묵고, 어디로 후딱 나가그나 어짜그나 한닥 하면, 밑에 딸린 조카들을 니가 다 감당할래? 감당해?" 하며 호통쳤다.

시아저씨가 훑은 김 한 줌을 김 구럭에 철썩 던져 넣으며, "하면 하제 어짤 것이오" 하고 퉁명스럽게 말했다.

"뭣이 어째야? 니가 느그 성수같이 학교 다 보내주고 그라겄냐?"

이 말에는 대꾸가 없었다.

"나 이 말 한 자리만 할란다. 잘 들어래이. 성수도 말이여, 부못잔(부모에 해당하는) 것이다잉, 알겄냐? 동네서, 니 말이 참 많대잉. 막말로 말이대이, 내가 벼락을 딱 맞을 소리를 한가 모르기는 몰겄다마는, 시상에 홀엄씨가 어쩌다가 맘 한 번 잘못 묵고, 뭔 일을 한 번쯤 저지를 수도 있는 것이제, 그것이 뭐 때려죽일 일이라냐? 그라고 세상에 홀애비 홀엄씨가 따로 있다냐? 시상에 막 나올 때부터, 너는 홀애비 되그라, 너는 홀엄씨 되그라, 너는 만고에 홀엄씨 되지 말고 잘살다가 느그 서방하고 한날한시에 꼭 죽어라…. 이렇게 점지된 사람도 있다냐?" 하고 나서, 쌀례네의 시동서를 노려보며, 어쩌면 울컥 목이 멘 듯한 소리로 "오늘 저녁에라도 서방이나 각시 어느 쪽이든지 숨 딸깍 넘어가 뿔면 홀엄씨 되고 홀애비 되는 것이여, 너머 큰소리치지들 말고 살어" 하고 얼굴을 벌겋게 붉히며 돌아서더니, 가래침을 탁 하고 뱉었다.

당숙뻘 되는 그 영감은 홀어머니 밑에서 자랐다. 자라면서 자기 어머니가 수절하며 고생고생하는 것을 너무나 잘 보고 자랐기 때문에, 홀어머니들 속을 자기 딴에는 알아줄 만큼은 알아주노라 하고 살아온 것이었다. 당숙어른은 자기의 가슴속에 쌓인 억울함을 털어놓고 있는 셈이었다.

시아저씨는 김 한 줌을 훑어 구럭에 철퍽 던져 넣으면서, "속을 모르면 청산으로 시집을 가보씨요" 하고 낮게 투덜거렸는데, 그 말을 들은 것은 쌀례네뿐이었다.

5

물이 줄줄 흐르는 김 한 통을 머리꼭지에 이고, 높새바람에 산파래 떨리듯 후들후들 떨리는 몸을 이끌 듯이 한 채, 어두컴컴한 등성잇길을 오르다가 쌀례네는 삼월네 할머니를 만났다.

이해, 예순다섯 살 되는 삼월네 할머니 또한 스물다섯의 청청한 때부터 쇠돌이라는 아들 하나를 앞세우고 살아온 여자라, 쌀례네의 퍼렇게 멍이 들어 있는 아리고 저린 가슴속을 환히 뚫을 듯이 잘 아는 터였다. 가뜩이나 아들 쇠돌이란 놈마저 삼월이하고 거미만 한 아들 하나를 낳아놓고는, 6·25 난리통에 반동자 숙청하는 데 따라다닌다고 따라다니다가 수복과 함께 죽어버렸으므로, 쌀례네 또래의 과부 며느리를 거느리고 살고 있는지라, 누구보다도 쌀례네가 어렵사리 큰살림 이끌면서 두 아들 가르친다고 허덕거리는 속을 자기의 어려움인 양 뚫어 짐작하고 있는 것이었다.

"워따, 워메, 쌀례네야, 어쯔쿨로 산가, 혼자 사는 세상이 세상일라든가잉."

삼월네 할머니는 한숨부터 쉬면서 훙얼거리는 투로 말하고 있었다. 쌀례네는 삼월네 아버지가 쌀례 아버지를 보안서로 끌고 갔다는 것을 잘 알고 있긴 하지만, 그 삼월네 아버지가 이미 죽고 없을 뿐 아니라, 자기 남편 또한 죽고 없는 이제 와서 흔적을 보이며 살 필요는 없다 하며 허물없이 지내오는 터라, "애비가 벌어놓은 것 까묵고 산께 뭔 껵정 있소마는…" 하고 가쁜 숨을 몰아쉬며 받자, 삼월네 할머니는 쌀례네의 설움을 자기의 설움인 양 목울음 섞어 훙얼거리고 있었다.

"자네 서방 살었을 때는, 우리 동네서사 해해마다 해의 장원을 안 했는가잉. 놈들은 다 퍼래다, 매생이다, 횐둥이다…해싸도,

자네 건장 처다보면 언제든지 먹장 같은 놈만 해쌓드니…죽고 난께, 이런 설움 저런 설움….”

삼월네 할머니는 울음 때문에 코맹맹이 소리를 내다가 패앵 코를 풀어 던지고, 그 손을 누더기 같은 치마에 쓱 씻었다.

쌀례네는 가슴이 꽉 막혀오는 설움 때문에 눈앞이 아득해지는 것을 의식했다. 얼핏 돌아가신 천정어머니의 따스한 정이 그 삼월네 할머니에게서 느껴지면서 머리 위의 김통을 내팽개치고 삼월네 할머니를 얼싸안고 엉엉 울어버리고 싶은 충동이 일었다. 그러나 "살림하기도 에러운디, 또 뭣 할라고 웃학교는 보낸다고 보냄스롱 시아제한테 그런 눈꼴사나운 노릇 다 당하고 사는가. 지발 덕분에 학교고 뭣이고 다 베리고 일이나 시킴스롱 펜히 살두록 하소. 다 쓸데없는 일이시" 하는 말에는 이를 물고 마음속으로 도리실을 했다. 별의별 눈꼴사나운 꼴을 본다 하더라도 홍국이와 홍민이를 중학교 고등학교에 보내야 한다는 것이었다. 하다못해 속것 떨어진 것을 내다 팔더라도. 자기는 삼월네 같은 사람들하고야 근본적으로 다른 생각을 가지고 사는 사람이라고 생각하며, 가파른 길을 오르느라 꽉꽉해진 다리에 힘을 주었다.

이날 밤, 결속한 김 다섯 통을 이불보에 싸서, 이튿날 대덕장에 나갈 준비를 다 해두고 벽장에서 이불을 끄집어내리는데 "엄니!" 하고 문밖에서 둘째아들 홍민이의 목소리가 들려왔다.

쌀례네는 문을 박차면서 맨발로 뛰어나갔다.

"워따 워메, 이 밤중에 내 새끼가 뭔 일이란가?"

두 손으로 그놈의 얼굴을 감싸기가 무섭게 얼싸안듯이 마루로 끄집어 올리는데, 이놈의 몸이 땀에 후줄그레하게 젖어 있었다. 이놈이 또 오늘이 토요일이라, 수업을 마치기 바쁘게 장흥읍에서 여기까지 구십 리 길을 걸어서 걸어서 왔음에 틀림없고, 또 이 마을 아기들의 돌무덤들이 산재한 돌자갈밭 계곡까지 있어, 낮에도 아기 울음소리가 들리는 듯하곤 하여, 혼자 넘기가 싫은 정이 드는 하눌재를 혼자 넘어오느라고, 이렇게 땀으로 멱을 감은 것인 모양이었다.

"워따 위메, 이년이 진작 월사금하고 쌀을 보내줬드라면 할 것인디" 하고 자기의 성의 없음을 꾸짖고, 방으로 안아 들이기가 바쁘게 두 손을 함께 감싸 쥐며, 등잔 불빛 아래서 얼굴을 살폈다.

까만 교복 속에 묻힌 아들의 태깔은 볼수록 의젓하고 늠름해 보여, 가슴이 뻐근해졌다. 한데, 이놈의 쌍꺼풀진 눈이 까맣게 빛났다. 눈물이 어려 있었다. "이 흰떡같이 환한 얼굴에 왜 눈물을 담냐?" 하며 이마에 송송 맺힌 땀방울을 손바닥으로 닦아준 뒤, 아들의 두 손을 모아 쥐어주고, "얼마나 배곯고 살었냐?" 하며 아들의 얼굴을 살폈다. 볼이 움푹 꺼진 듯하고, 핏기가 없어 보였다.

'오죽잖은 학교 보낸다고 보내다가 병신 만들겠구나.'

"느그 성은 아픈 디 없이 잘 있냐?"

어머니는 큰아들 홍국이도 이렇게 함께 와주었으면 얼마나 좋겠느냐 싶었다. 큰아들의 소눈깔같이 큰 눈을 끔벅거리곤 하는 얼굴이 보고 싶은 마음을 홍민이의 손 주물럭거림으로 달래는데, "워어메, 홍민이 왔냐? 얼마나 고생했냐, 오늘사말로 이룧게 춥기까지 한디이" 하며 부엌 건넌방에서 자다가 온 듯한 홍님이가 달려들어와 홍민이의 팔을 잡고, 온몸으로 끈끈하게 엉겨붙는 듯한 접착력이 있고 뜨거운 이 지방 특유의 여자 말씨로 반가워했다. 홍민이가 흰자위 속에 동그란 동자를 순하게 굴리며, 홍님이를 쳐다보고 고개를 떨어뜨렸다.

"밥 남은 것 없지야잉, 얼릉 밥 잔 해라. 우선 고구마 찐 놈부터 갖고 온나잉."

쌀례네는 숨이 넘어갈 듯이 다급하게 말하고, 전에 더러 홍국이가 나쁜 아이들하고 어울려 빵집엘 드나들며 결석을 하곤 했다는 말을 홍민이한테 들었던 터라, 또 그게 걱정이 되어 "요새는 느그 성 힉교 잘 댕긴다냐?" 하고 물었다. 홍민이는 고개를 들지 않고 울기만 할 뿐 대답이 없었다. 순간, 쌀례네는 가슴이 덜커덩했다. 엊그저께, 홍국이하고 같은 학년에 다니는 아랫마을의 주식이 아들이 다녀가더니, 그놈이 홍국이한테 무슨 이야기를 했기 때문에, 홍국이가 '퇴불심'을 내어 비뚤어진 행동을 하기 시작했는지도 모를 일이다 싶었다.

이날 밤, 잠자리에 들어서야 홍민이는 홍국이의 이야기를 하기 시작했다.

"그저께 학교에서 돌아오드니, 책을 다 빡빡 찢어버렸어."

쌀례네는 가슴이 쿵 내려앉는 듯하고 사지가 벌벌 떨렸다. 일어나 앉으며, "아니, 이것이 뭔 일이라냐? 어째서 책을 다 찢어야?" 하고 다그쳐 물었다. 홍민이는 모로 누운 채 얼굴을 이불깃에 묻고 한달음에 말하고 있었다.

"난 어메도 없는 놈이다, 울 어메는 볼세 죽어뿌렀다, 세상 더 살 것 없어야, 함스롱 막 울었어."

짐작이 가고도 남는 일이었다. 그 주식이 아들이 무슨 말을 어떻게 전했기에 홍국이가 그토록 분해하였다는 말인가. 주식이 아들에 대한 미운 정이 들고, 혼자 살게 된 자신의 팔자가 한없이 서럽고, 또 억지소리를 하여 이 홀어미를 시궁창에 처넣으려 하고 있는 동네 인심이 못내 분하고 억울하게만 생각되었다. 그러나 누구를 원망하고 욕할 것인가. 자기가 애들 납부금 일기분이라도 쌀 돈사지 않고 대어보겠다는 생각에서 소금장사를 했던 게 돌로 발등을 찍고 싶으며 손가락이라도 으득 깨물어버리고 싶어질 뿐이었다.

"아니, 책도 없이 어떻게 학교는 댕긴다냐, 날마다 방에 자빠져 있기만 한다냐?"

"학교는 댕게라우."

"맨손으로?"

"참고서는 있는게."

쌀례네는 일단 안도의 숨을 쉬기는 했지만, 아들들까지 죽지를 못 펴도록 에미가 화냥년 소리를 듣고 있는 것이 가슴에 납작한 큰 못이라도 박아대는 듯하기만 했다. 눈물이 팽 돌았다. 소리를 내어 울면 홍민이의 속을 괴롭게 해줄지도 모른다 하며 이를 물어보았지만, 끝내 흑흑 소리가 터져 나왔다. 그것을 억제하려고 쌀례네는 홍민이의 손을 끌어다가 쥐어주면서, "복 없는 나한테서 생게갖고 못할 고생 다 함스롱, 애비 없는 설움 다 저끄고…" 하며 한동안 오열을 목구멍 속에서 뒹굴리다가, 아니 내가 또 왜 이렇게 마음이 약해진다냐 하며 이를 물었다.

"백 사람이 백 말을 해도 느그 어메는 참말로 깨끗한께, 이 악물고 열심히만 해라. 내가 떨어진 속곳 가랭이를 다 팔드라도 기어코 학교는 보내줄 것인께 열심히만 해라" 하니, 홍민이 또한 그 어머니를 따라 울다가 "엄니, 나 학교 안 댕길라네" 하고 불쑥 말했다.

이 말에 어머니는 울음을 그치고 정색을 하며 이거 무슨 소리냐 했다. 물론 이놈이 하는 고생을 모르는 바 아니었다. 홍국이 그놈이 형 노릇을 한다고 홍민이 보고만 밥을 지으라 하고, 까딱하면 주먹다짐을 하는 데다가, 어린 마음에 객지에서 외롭고 어머니의 품이 그립고, 거기에 또 어머니가 학비를 마련하느라 이런저런 수모를 당하는 꼴이 보기 안되어서 하는 말일 것이니 말이었다. 그러나 내가 누구고, 네가 누구 새낀데 중학교 고등학교 그것을 못 마친다 해서 되겠느냐, 애비가 살았을 때 나하고 무슨 약속을 했는지 아느냐, 하고 생각을 하면서 어머니는 "너 금방 뭣이락 했냐? 조금 뙤얏하다고, 하던 일을 포기하는 것이 남자라냐?" 했다가, 이놈을 너무 호되게 꾸짖었구나 싶어 "다시는 그른 생각 마라이. 놈한테 억울한 꼴을 당할수록 더 폴뚝을 물어뜯음스롱 공부해야 쓴다. 시방 즈그들이 시기가 나서 뭣이락 해쌓기는 싼다마는, 느그들이 학교 마치고 큰사람 되면, 다 느그들

앞에 물꽈 꿇을 것이다" 하고 부드럽게 타일렀다.

　홍민이는 더 서럽게 끅끅거리며 울어대더니 눈이라도 몰아올 듯한 늦은 겨울의 찬바람에, 마루 건너 바람벽의 시래기 가닥 사각거리는 소리와 함께 겨울 밤이 깊어가면서 울음을 그쳤고, 구십 리 길을 걸어오느라 피로했던지, 그냥 잠이 들고 말았다.

6

　기껏 보름 건너서 온 것이긴 하지만, 하루라도 더 두고 보고 싶은 흰떡 같은 아들이었다. 그러나 일요일인 오늘, 납부금을 주어서 보내야, 내일 결석을 하지 않을 것이었다.

　쌀례네는 새벽밥을 끓여놓고, 그냥 깨워 세수도 하고 갈 준비도 하라고 시킬까 하다가, 전날 구십 리 길을 새고막 같은 발로 걸어오느라 피곤해서 곤히 자는 아들을 조금만 더 두었다 깨우자, 조금만 더…하다가, 해가 번히 뜰 때에야 깨웠다. 홍사와 홍삼이는 아직도 부순방에서 곯아떨어져 있었다. 이놈들 또한 겨울 산에서 땔나무를 저들 힘껏 하느라 지쳐 있으리라. 이따가 홍민이가 갈 때나 깨워서, 형의 얼굴를 보도록 해주자고 그대로 두었다.

　딸과 집에 있는 새끼들이야, 고구마 같은 잡이물개가 있어서 배곯지 않지만, 한 달에 꼭 한 말 서 되씩 계량해서 보내주는 쌀, 그것을 끓여 먹는 외에, 입 한 번 움직거려보지 않고 살아갈 이 아들 홍민이를 위해서야 무얼 아끼랴 싶어, 왕사둥이 보리밥 위에 그래도 쌀을 두 줌이나 얹어 지은 것에서, 살금 윗밥을 떠 홍민이를 주는 것이었는데, 홍민이는 어머니의 밥과 자기의 밥을 비교해 보고, 밥상 앞에 우두커니 앉아만 있는 것이었다. 쌀례네는 모른 척하고, "아가, 왜 이라고 있냐, 장 늦으면 해의 지값 못 받을 것이다. 얼릉 가자이!" 하며 재촉했다.

쌀례가 해의 보따리를 머리에 인 채 앞장서고 그 뒤로 홍민이가 따랐다. 목덜미로 살짝 흰 칼라가 내다보이는 검정 제복에, 흰테 줄이 둘러진 중학 교모를 쓴 홍민이 이놈의 키는 보름 전에 보던 것보다 훨씬 더 훤칠하여 보였다. 어깨도 제법 벌어져 있고, 다리를 내어뻗는 품이 늠름해 보였다. 그런 아들을 앞세우고 하눌재를 뒤따라 오르는 어머니의 가슴은 마냥 그 하눌재 위로 무겁게 내리 덮인 검은 구름을 걷어낼 것같이 맑아 있었다. 어제 시아저씨와 시동서에게 당했던 일 같은 것이야 하룻밤 사이에 건듯 분 높새바람 같은 것에 지나지 않은 것이었다.

"쌀례야, 보따리 이리 주고, 홍삼이랑 얼릉 그 해의 건제뿔고, 바닥에 나가봐라이. 느그 작은아부지 또 부화 내갖고 야단치면 어쩔 것이냐?"

재 꼭대기를 오르면서, 어머니는 또 가슴이 미잉하게 아파왔다. 시집온 이듬해, 미역장사를 온 친정어머니의 김 보따리를 이고 앞장서서 오르던 것이 엊그제 일처럼 삼삼한데, 바로 그 길을 이제 자기의 딸에게 김 보따리를 맡기고 오른다는 생각이 난 것이었다.

"아야 아야, 울 어메는 고생만 고생만 지지리 하고 끌끌…."

그뿐 더 흔적을 하지는 않았다. 그 어머니에 대한 애틋한 마음이 더 없어서라기보다, 그 어머니에 대한 말은 어디서부터 어떻게 해야 할지 알 수가 없고, 말을 더 꺼냈다가는 필경 울음이 터져 나올 것이라, 그 울음으로 먼 길을 가야 할 아들의 가슴만 아프게 하는 결과가 될 것이니 말이었다. 또 사실, 그 어머니에 대한 생각이야, 죄될 말인지 모르나, 우선 다급하게 해내어야 하는 홍국이 홍민이의 뒷바라지 때문에, 문득 생각이 나서 잠깐 가슴이 생마늘을 먹은 것처럼 아파지곤 할 뿐으로 거의 잊혀져간다 해도 과언이 아닌 것이었다.

 금방 쌀례네의 머릿속에는, 꽁보리밥 먹는 집안 식구들이 어려워서 그랬던지, 선잠 깬 김이라 밥맛이 없어서였던지, 기껏 밥을 반그릇쯤 깨지락거리다가 일어서던 홍민이의 뱃속이 지금쯤 텅 비어 있으리라는 생각이 났다. 엄마 품에 왔을 때나 배를 채워줘야 할 텐데…. 김을 잘 팔아서 고깃국이나 사주자 했다.

 홍민이를 앞세우고 종종걸음을 쳐 대덕장터에 도착한 것은 아침 새때쯤이었다. 어물전 옆 해의전으로 가, 이고 온 해의 뭉치를 풀어놓았다. 집에서 결속을 할 때는 윤기 있고 번듯하던 물건도 일단 장바닥에 내어놓고 보면 먼지 낀 듯 꾀죄죄하고, 솜씨 없는 여자 손으로 한 것이라 서두질마저 가지런히 덜된 김을 볼품없게 마련이라, 첫 손님부터가 이백 원을 놓았다가, 이백삼십 원을 달라고 하니 그냥 지나쳐 가버렸다. 이백십 원 이상 받기는 힘들 모양이었다. 얼마쯤 지나서, 한 여자 손님이 이백십 원을 놓았다. 이십 원을 더 달라고 하니, 또 가버렸다. 아들을 낮차로 보내려면 되도록 얼른 넘기긴 넘겨야 되겠지만, 이백십 원에 넘길 수는 없다 했다. 이백십 원씩이면, 기껏 납부금밖에 되지 않는 것이었다. 이놈 요기시키는 것은 고사하고 차비가 문제였다. 차비 이백 원에 요기시킬 돈 이백 원 해서, 모두 사백 원만 더 받았으면 좋겠다 싶었다.

이런 차에, 구레나룻이 털털하면서 복스럽게 뚱뚱한 털잠바 차림의 남자 손님이 역시 이백십 원을 놓았다. 그게, 이 장터에서 장흥읍까지 아침, 낮, 저녁, 이렇게 세 대가 있을 뿐인 버스 가운데서, 낮차 탈 시간을 한 시간쯤 남겨놓은 때였다. 어머니는 그 남자 손님을 붙잡았다.

"아저씨, 나 막말하요마는, 내 아들이 오늘 월사금을 가지러 왔는디, 꼭 만 오백 원이 있어사 쓰겄단 말씀이오. 그런디 이놈 보낼라면 그래도 점심 요기는 시케 갖고, 차를 태와서 보내사 안 쓰겠소잉. 그랑께 더도 말고, 여그다가 십 원 한 장씩만 더 보태주씨요. 두말 않으께라우."

털잠바 아저씨는 자기 아들 생각하는 마음으로라며, 겨우 오 원을 더 얹어주었다. 그거라도 고맙게 받아야 했다. 이 장바닥에서 이백십 원 이상은 받을 수 없을 것 같아서였다. 더구나, 금방 눈이라도 펑펑 쏟아질 것만 같이 검은 구름이 하늘을 덮고 있었다. 눈만 내렸다 하면 해의전은 수라장이 되고, 자칫 잘못했다가는 이백 원도 못 받게 되는 것이었다.

김 다섯 통(50속) 값 만 칠백오십 원을 받아든 쌀례네는 홍민이의 손을 끌고 어물전 옆에 있는 포장집으로 갔다. 팥죽집이었다. 생각 같아서는 돼지고깃국이라도 한 그릇 사주고 싶었지만, 돈이 닿지를 않았다. 이럴 줄 알았으면, 시아저씨의 눈치코치 무릅쓰고 한 바구니라도 더 뜯어다가 떠 말릴 것을 그랬다 싶은 후회가 가슴을 옥죄었다.

포장집으로 들어가 오십 원 하는 팥죽 한 그릇을 시켜놓고 있으니, 해의전 위로 함박꽃 같은 눈발이 나비가 날듯이 내리고 있었다.

"한 그릇만 줘라우?" 하고 주인아주머니가 하는 말을 고개로만 끄덕해 주고는 "아따, 해의 잘 팔아뿌렀다" 하며 해의전을 내다보고, 속으로 털잠바 아저씨를 고마워하면서 어머니는 백 원짜리 백다섯 장을 다시 세어가지고, 홍민이의 가방 깊숙이에다 넣어준 뒤, 차비 하라고 이백 원을 주고, 팥죽 한 그릇 값인 오십 원만 왼손에 꼬깃꼬깃 말아 쥐었다. 툼상스런 주인아주머니가 김이 무럭무럭 피는 팥죽 한 대접을 탁자 위로 내다놓고, 이어 숟가락 한 개와 싱건지국 한 사발을 한가운데에 가져다주었다.

"어서 묵어라. 아침에 밥을 통 안 묵고, 얼마나 배고프까?"

어머니는 홍민이 앞으로 팥죽 그릇을 밀어주고, 흰떡 같던 얼굴에 하얗게 소름이 돋은 그놈의 얼굴을 건너다보았다. 홍민이가 몸을 웅크린 채, 흰 수건에 목과 머리를 둘러싼 어머니의 가는 주름살 잡힌 얼굴을 멀거니 건너다보기만 했다.

어머니는 그 눈길이 무얼 말하는지 잘 알고 있었다. 너라고, 이 에미가 빈 침만 심키는 걸 보고, 네 목구멍에 무얼 떠 넣을 염이 생겨지기나 할 것이냐. 어머니는 숟가락을 쥐어주며, "어서

묵어라, 식는다. 차 시간도 바쁘겠다. 장날이라 만원이어서 못 타면 어쩔 것이냐?" 하고 재촉을 했다. 홍민이는 숟가락을 든 채, 김이 피어오르는 팥죽 그릇을 들여다볼 뿐이었다.

어머니는 주인아주머니에게 숟가락을 하나 더 달라 했다.

어머니가 숟가락을 들었다. 그제서야 홍민이는 자기의 숟가락을 팥죽 그릇으로 가져갔다. 한 숟가락을 떠서 후후 불다가 입에 넣었다.

"대고 막 묵어라."

어머니는 숟가락을 든 채, 홍민의 얼굴만 건너다보고 있었다. 홍민이가 숟가락질을 하다 말고 또 어머니를 건너다보았다. 어머니도 어서 떠 잡수십시오, 하는 눈길임을 그 어머니가 모를 까닭이 없었다. 어머니는 배를 쓸면서 얼굴을 찌푸리고, "오늘 아침에 밥을 급히 묵었등마는, 그것이 체했는가 어쨌는가" 하고, 끄윽 하며 나오지도 않는 억지 트림을 하여 보이고 "신트림만 나오고, 이렇게 씨럽고, 영 안 좋다야" 하면서, 숟가락을 싱건지국 그릇으로 가져갔다. 거기서 하얀 얼음 덩어리 같은 무쪽 한 개를 떠다 입에 넣었다. 우적우적 씹으며, 얼음물같이 시린 국물을 떠먹었다.

"아따 이놈 마신께사 속이 시원해진다야."

자기는 이것만 마셔야 쓰린 속이 풀리겠다는 듯이 계속해서 싱건지국물을 숟가락으로 떠먹었다.

그러는 어머니의 속을 모를 아들이 아니라, 그놈은 또 숟가락을 든 채, 어머니의 얼굴을 건너다보다가 얼굴을 떨어뜨리고

만 있었다. 그놈의 아픈 속을 풀어지게 하고 싶은 생각에서 팥죽이라도 한 숟갈 떠다 먹을까 생각도 해보았지만, 어머니는 한창 크는 때에 이까짓 팥죽 한 대접이야 게 눈 감추듯 할 판인데, 한 숟가락이라도 축내고 싶지 않아, 다시 싱건지국만 떠다 먹으며, "얼릉 묵으란 말다. 차 시간 없다. 묵을 것을 보면 복스럽게 뚝뚝 떠묵어봐라" 하고 꾸짖듯이 말했다. 홍민이가 눈살을 잠시 찌푸린 채 어머니를 건너다보더니, 거의 무감각한 아이처럼 숟가락질을 계속하고 있었다.

잠시 후, 싱건지국 한 그릇이 모두 바닥나 버렸다.

"아따, 그 싱건지국 영판 속을 씨원하게 해주요에" 하고 혼잣말처럼 말을 하고, "예 말이오, 쥔아짐씨, 이거 한 그릇만 더 주시오" 했다. 어머니의 말에, 툽상스런 중년의 주인아주머니가 눈살을 찌푸리고 힐끔 어머니를 보더니, 주먹만 한 종지기에 싱건지를 듬뿍 가져다주었다. 아무리 듬뿍 가져다주었다 하여보아야, 먼젓번 놋대접의 반쪽도 못 되게 작은 종지기였다. 어머니는, 홍민이가 팥죽을 두 번 떠먹을 때마다 한 숟갈의 싱건지국을 떠다가 마셨다. 홍민이의 생각을 딴 데로 돌릴 셈으로, "느그 성보고, 딴생각하지 말라고 해라이. 내가 혼자 삶스롱 느그들을 둘이나 가르치고 있은께, 모두들 시기심이 나서 나를 헐고 긁고, 욕을 하고, 쑤군거리고 해싼 소리가 그라제, 내가 느그들 놔두고 뭔 벼락맞을 생각을 하겠냐? 나는 죽으나 사나 느그들 둘 학교 보내는 재미밖에는 없다. 그런 소리가 들레쌀수록 더 팔뚝을 물어뜯음스롱 공부하락 해라" 하고 힘주어 말했다.

어머니는 또 목이 메는 것을 느끼면서, 싱건지국을 더 듬쑥듬쑥 떠다 넣었다. 울지 않으리라. 요놈들만 가르쳐놓으면, 자기를 깔보고 욕하곤 하던 동네 사람들이 모두 자기 앞에 와서 무릎을 꿇을 것인데, 무어가 서러워서 이 앞길 창창한 놈 앞에 두고, 눈물을 보여야 하는가 말이었다. 오히려 안심하고 공부할 수 있도록 해줘야 하는 것이었다.

"걱정 마라, 나 고생 한나도 안 한다잉. 느그 아부지하고 논 사고 밭 사고 할 때, 뭐락 했는지 아냐? 느그 둘 중에서, 잘하는 어뜬 놈 한나는 대학까지 보내자고 했어야. 정 다급하면 논 네 마지기만 팔란다. 그라고 밭도 있다. 열두 마지기 가운데서 여섯 마지기만 팔란다. 홍삼이하고 홍사는 똑같이 논 두 마지기, 밭 세 마지기썩 갈라 주제 어째야. 다 안 굶어 죽을 텐께 열심히만 해라."

이 말을 마쳤을 때, 싱건지국은 다시 바닥이 나 있었는데, 홍민이의 팥죽 그릇에는 아직 팥죽이 남아 있었다.

"와마, 어쩔 것이라냐!" 하더니, 어머니는 빈 싱건지국 그릇을 주인아주머니 앞에 내밀면서, "미안하요마는 이것 쪼깐만 더 주씨요." 하고 겸연쩍게 웃었다. 툼상스런 주인아주머니가 우거지상을 하여가지고, "뭔 싱건지를 그릏게 많이 묵소?" 하고 퉁명스럽게 말하며, 이번에야말로 큰 놋대접에다 싱건지국 한 그릇을 듬뿍 내다주었다. 미운 사람 떡 하나 더 준다는 투였다. 어이 없어, 주인아주머니의 군살 붙은 얼굴을 건너다보던 어머니가, "미안하요잉" 하며 빈 코를 훌쩍 마셨다. 홍민이는 고개를 숙인 채 더 빠른 속도로 얼른 팥죽을 떠먹어댔다. 그 팥죽 건지가 솜덩이처럼 퍽퍽하고 맛을 알 수가 없는 듯, 오래오래 씹기만 하였다. 그런 그 아이의 눈에 물이 괴어 있었다.

팥죽집을 나왔을 때는 눈이 펑펑 쏟아지고 있었는데, 이해 들어 마지막 눈이 될지도 모르는 그 눈은 내리기가 바쁘게 녹곤 하는 물눈이었지만, 마치 큰 함박꽃송이만큼 하게 큰 것이어서 아들의 시야를 보얗게 가려놓고 있었다.

버스는 만원이었다. 아들이 차표를 사서 비비적거리고 올라서는 것을 지켜보는 어머니의 마음은 흐뭇했다. 한편으로는 팥죽 한 그릇이라도 사먹여 보낼 수 있는 것이 얼마나 다행인가 싶어지면서도, 다른 한편으로는 돼지고깃국을 사먹이지 못한 게 못내 짠하고 안타까웠다. 자기는 또 이 눈보라 속을 헤치고 이십 리 길을 걸어 집엘 가야 하는 것이지만, 아들이 차 안에서 얼마나 으깨어지듯 눌리고 가야 하며, 거기 내려서는 이 겨울 들어 밥만 보그르르 해먹곤 하느라 불을 지폈을 뿐, 따뜻해지라고 콧김만큼의 군불 한번 때질 못한 방으로 들어가 떨 것은 말할 것도 없고, 거기에 넉넉하지 못할 돈, 넉넉하지 못할 쌀에 오죽이나 고생을 하며 살 것인가 하는 것을 생각하면, 자기가 가는 이십 리의 눈길, 또 가서 시아저씨 눈총 맞으며 살아야 하는 일 따위야 아무것도 아니었다.

얼마 후, 버스가 부르릉 시동을 걸고, 꽁무니로 검은 연기를 뿜을 때, 어머니는 유리창이 있어 들리지 않을 것이지만 다시 한번 소리쳐, "홍국이보고 딴생각 묵지 말고, 열심히 하락 해라잉"

하고 당부하고 그 차를 앞장서서 걸었다.

  서서히 손님을 부르며 어머니를 뒤따르던 버스가 국민학교 앞의 다리 모퉁이를 건넜을 때, 소용돌이치는 눈발 속으로 묻히고 있는 그 어머니의 모습을 차 안의 홍민이는 멀거니 바라보고 있었고, 어머니는 샛길을 들어서다 말고 눈발이 목덜미로 스며드는 것도 모르고 우두커니 선 채, 그 홍민이를 싣고 간다 해서인지, 영락없이 그놈의 번번한 얼굴처럼 넓적하고 흰떡 같은 버스의 뒷모습이 오늘따라 예뻐 보이는 것을 느끼며, 목수건을 힘껏 동였다.

한(恨) ③ - 우산도

1

"제미랄 것들, 잘되면 논 사주고 밭 사주고 한다등마는…개코를 사주겄다, 제미랄 것들!"

바닷일로 굳어진 앙상한 광대뼈 밑의 우묵한 볼을 움씰거리며, 홍삼이가 댓돌 위에 쪼그려 앉아 신들메를 하면서 투덜거렸다. 둑이 막아진 다음에는 논이 두어 필쯤 처지게 될 것이라며 많지 않은 품삯이긴 해도 부지런히 나다니더니, 그것도 너무 오래 계속해서 뻗치며 고되기가 이루 말할 수 없고, 게다가 현장 감독이라는 자가 보리 까라기같이 껄끄러운 사람이어서 배가 금방 가라앉을 만큼 가득 돌을 싣고 가도 기껏 반 배 정도로밖에 쳐주지 않곤 하기 때문에 백 척을 실어 날라야 논 한 필을 차지할 수 있게 될 거라고 했다. 한데, 스무 날 만인 이제 겨우 마흔 척을 실었을 뿐인 터에, 언제 백 척을 다 채울 것인지 모르겠다는 생각이 들면서 '퇴불심'마저 끓어나는 것인지, 이날 아침에는 불시로 누구에게라도 자기의 억울한 속을 털어놓고 싶은 모양이었다.

"다 쓸데없제. 이놈이고 저놈이고 내 등골만 쏙쏙 다 빼묵고, 논밭 폴아서 나가뿐께, 미련한 나 살기만 탁탁하고…으음."

어머니가 마루에 앉아 있다는 것을 모를 까닭이 없지만, 홍삼이는 신들메를 다한 발로 댓돌을 쿵쿵 디뎌보며 투덜거렸다. 이런 아들을 바라보던 어머니가, "아침에 불퉁거리고 일 나가면, 뭔 일이 일어날지 모르는디…" 하고 속치부만 하는데, 문득 간밤의 일이 생각났다.

마을 청년들이 사랑방에 몰려와 심상치 않은 말들을 하던 것이었다. 큰몰 사는 덕봉이가, 둑막이가 시작되면서부터 돌실이를 다니다가 허리를 다쳤는데, 완전히 병신이 될 것 같다더라는 말이 돌고 있었다. 때문에 돌실이 다닌다고 다니는 아들 일이 마침 걱정스럽던 차였다. 그래서 어머니는 간밤에 뒷간엘 갔다 오는 길에 발걸음을 멈추고 사랑방에서 들려오는 말들을 죕싸라기 하나 흘리지 않고 죄다 주워 담았던 것이었다.

마을 청년들은 이런 말들을 하던 것이었다. 덕봉이는 허리를 다친 후, 숫제 방안 퉁수가 되어 있다더라. 그 집 식구들은 무슨 약을 써보는 것은 고사하고, 목구멍 풀칠하기도 어려운 형편이 되어 있다더라. 한데, 둑막이 현장 사무소에서는 누구 한 사람 찾아와 보지를 않는다더라. 답답한 큰몰 사람들이 이장을 시켜 현장 감독을 만나보도록 했는데 현장 감독을 만나러 갔다가 온 이장은 고개를 젓기만 했다더라. 현장 감독이 콧방귀만 뀌었기 때문이라더라. 자기들은, 마을 사람들에게 협조를 부탁하기는 하였지만, 그 협조하는 과정에서 생기는 사고에 대한 책임을 질 수는 없다고 했다더라. 그게 남의 일 같지가 않았다. 참말로 내 일인가 싶었다….

또, 바로 그날 저녁 무렵에는 아들 홍삼이가 현장 감독하고 대판 싸움을 했던 모양이었다. "오늘 홍삼이 자네가 그 감독 놈한테 잘 퍼부어주데. 내 속이 그냥 시원하데" 하는 영보의 말을 필두로 해서 한마디씩 해댔다.

"내일은 우리가 쫙 나서서 현장 감독을 만나러 가세."

"가면 뭣 할 것인가?"

"만약에, 덕봉이같이 다치면 치료비를 물어주라고 하제 어째? 그라고, 둑이 맥힌 다음에는, 다쳐서 일을 못 나댕긴 사람한테도, 계속해서 일 나댕긴 사람들하고 똑같이 논을 나눠주라고 요구해사 쓰껏 아니여? 또, 그 감독 놈한테, 너무 깡다구 부리지 말고, 웬만하면 한 배씩으로 잡어주라고 하기도 하고 말이여. 생각들 해보소. 우리가 죽어라고 한 배 짐벙짐벙하게 실어가도, 어디 그것을 한 배가 된다고 지대로 잡어주기나 하든가? 겨우 반 배로나 잡든지, 아니면 삼분의 이로 잡든지 하제 말이여. 안 그라든가?"

"맞네, 맞어. 감독을 만내로 가세."

대개 이런 말들이 오고가더니, 그것은 더욱 심상치 않은 쪽으로 기울어져 가는 것이었다.

"그래도 안 들어주면 어쩔 것인가?"

"일을 안 나가뿔제 어째?"

"하아이고, 일 안 나가면, 안 나간 우리만 손해 아닌가?"

"그라기는 그라네. 우리 동네 사람들 아니라도, 큰몰이나 잿몰 사람들이 다 일을 할 것인께."

"와이, 그라면, 큰몰 청년들하고 일단 의논을 먼저 하제 어째?"

"그 새끼들이 들어줄란지 어째 알았다고?"

"큰몰 새끼들은 덕봉이가 다 죽어가게 됐어도 말이여, 물 건너 손지 죽은 것 보대끼 하고 있는 판인디 말이여."

"어짜든지, 우리라도 단합을 해사 쓰네. 우리가 금방 까라앉을 정도로 독을 싣고 가도, 그 현장 감독이란 쌔끼가 기어코 트저구를 잡고, 한 배가 되네 못 되네 해쌓더라고? 그란께 다시는 그른 꼬라지를 못하게 해사 쓴단 말이여. 안 그란가? 와이, 생각을 해보소들. 우리는 시방 좋은 해의 갯것을 포기하고 이라고들 안 있는가. 이제부터는 해의도 못하게 됐단 말이여. 그란께 우리는 독 실어 나를 권리가 있고, 그 대가로 당연히 논을 분배받아사 쓴단 말이시, 안 그란가? 그란께 일을 일답게 하고 돈을 돈답게 벌어사 쓰것 아닌가 말이여?"

"그라고저라고, 내일 노루목에 나가서, 큰몰 청년들하고 일단 의논을 하세. 즈그들도 큰소리침스롱 일하고 싶으면 들어줄 것이네."

이런 의논들을 한 마을 청년들이 돌아간 뒤로, 어머니는 홍삼이에게 여문 체하면서 남 앞에 나서곤 하다가 감옥살이로 늙어 버린 그의 외삼촌 이야기를 들려주어 가며 누누이 타일렀었다.

"다 쓸데없는 일이대이. 우선 내 배가 땃땃하고 불러사 친구도 있고 어짜고 하제, 배고프거나 죽고 나거나 하면, 다 쓸데없더라. 살아본께 성제간도 다 내 배가 땃땃하고 내가 살았을 때

말이제, 죽고 난께 다 쓸데없더라. 그것만 알아라."

그랬었는데 또 홍삼이는 돌실이를 나가는 마당에, 논밭 팔아가지고 나가버린 형제들을 원망하며 투덜거리는 것이 아닌가.

어머니는 그게 아무래도 마음 한구석에 걸려 "이아그야, 거 조심해라이, 무거운 독 실어나름스롱…현장 사람들하고 혹시라도 여러 말 하지 마라이. 엊저녁에 내가 내둥 말 안 하디야? 혹시라도 앞에 나서지 말고 한사코 뒤를 따라댕게사 쓰는 벱이대이" 하고 다시 타이르는 것이었으나, 홍삼이는 들은 척도 않고 사립을 나가버리는 것이었다.

그놈이 에미를 안중에도 두지 않고 있음에 틀림없었다. 그러나 아들의 그런 데퉁맞음을 탓할 수도 없게 되어 있는 어머니였다.

홍삼이가 나가고 난 마당 안은 휑하게 비어 있고, 마루에 앉아 그 마당을 내다보는 늙은 어머니의 가슴은 그저 물 먹은 솜 덩어리가 가득 들어 있는 듯 멍멍하기만 하였다. 부엌에서 설거지를 하던 순한 며느리가 부른 배를 이리저리 내젓고 나오며, "어짠다고 아침부터 엄니 속을 또 푹 쒺세놓고 나간다냐? 참말로 요상하구마잉" 하고 퉁명스럽게 말하며, 홍삼이가 나간 사립을 내다보았다.

"놔둬라, 저놈 말 틀린 것 아니다. 내가 복 없는 년이라, 저놈 등골만 쏙 빼묵고 만 결과가 안 됐냐?"

어머니는 홍삼이의 말을 타내어, 자기를 버리고 나가버린 세 아들을 생각하고 자신의 박복함을 탄식해본들 무슨 소용이 있으랴 하며, 산으로나 올라가자 했다. 외양간으로 가서 소를 풀어 냈다. 누워서 눈을 감은 채 어미소를 따라 되새김질을 하고 있던 송아지가 팔짝 일어서서 자기도 어미소를 따라나가겠다고 이리 저리 껑충거렸다.

홍민이가 대학 다닐 때 팔아먹은 뒤로, 송아지를 사다가 어렵 사리 큰 소를 만들어놓으니, 금방 군대 간 홍사가 '빵간살이'하 지 않을 수 없게 된 것을 빼내느라고 팔아젖혀 없애지 않으면 안 되었었다. 또 얼리설리 실소를 들어다 세웠다가, 큰아들 홍국이 가 장사 나가겠다는 사정에 못 이겨 팔아먹었었다. 그런 것을, 재작년 한 해, 홍삼이가 간척지 둑막이에 나다닌 품삯에다 김 뜯 어 모은 돈을 합치고, 거기에 색깔이돈 쌀 세 가마니 값을 내다 얹어 산 보람을 만들어주느라고 암소는 금방 이렇게 귀여운 송 아지를 낳아주었었다. 며칠 전부터 송아지를 사겠다고 우산도에 서 온 쇠장수들이 들락거리는 것을, 내 뼈가 다 녹아나더라도 이 놈을 실소 되게 키워가지고 논 한 뙈기라도 잡겠단다고 마다해 오던 처지인데, 이놈이 또 '느저구'가 있으려고 제 어미를 닮아, 보면 볼수록 허리가 늘씬하고 탐스럽고 예뻤다. 열흘만 더 있다 가 젖을 떼겠다 하며, 어머니는 송아지를 외양간으로 몰아넣고, "이아그야, 나 저 감멧골 논이나 쪼깐 돌아보고 올란다잉" 하며 어미소만 끌고 밖으로 나왔다. 역시 산으로 가야 멍멍한 속을 풀 리게 마련이고, 산에서도 감멧골 논다랑이 위에 묻힌 영감의 묘 옆에 앉아 푸념이라도 늘어놓아야 더욱 후련해지는 속이었으므 로, 어머니는 답답하기만 하면 언제나 소를 앞세우고 집을 나서곤 하는 것이었다.

2

　소를 앞세우고, 청청 푸른 하늘을 머리에 인 산허리를 돌아 올라, 허우허우 감멧골에 이른 어머니는 팍팍하게 뻗치는 다리를 쉴 새도 없이, 소를 잔디밭에 놓아두고 솔두병 사잇길로 해서 영감의 무덤 앞으로 갔다.
　"멍충이 같은 이 사람아, 오면 온 중은 안가, 가면 간 중을 안가 끌끌."
　무덤의 벌 안으로 들어서면서 어머니는, 해가 바뀔수록 이 산을 오르는 자기의 다리가 더욱 빨리 팍팍해지고 뻗치면서 떨리곤 하며, 턱턱 숨까지 가빠지곤 하는 것을 생각하고 "이 양반아, 나도 인자는 멀지 않았네" 하며 등실한 봉분을 둘러보았다. 수북하게 자라 황금빛 감도는 잔디 위에 젊은 시절, 어깨 떡 벌어지고 거무튀튀하던 남편의 얼굴이 코를 벙긋하며 웃는 모습으로 그려지고 있었다.
　잠시 가쁜 숨을 쉬며 우두커니 서 있던 어머니는, 벌 안의 잔디 사이에 뾰쪼록이 고개를 내민 옅은 쪽빛의 어린 소나무를 발견하고, 그것을 뽑아 던졌다. 그 봉분에 기대듯이 앉아 빽빽하게 자라고 있는 소나무들 사이로 바다를 내려다보았다. 큰도리섬과 작은도리섬 사이로 검은 둑이 막혀 있었다. 우산도 쪽에서 길게 뻗어오는 둑이 덕도 쪽에서 뻗쳐오는 둑과 마주 닿게 되긴 될 모양이었다. 이쪽과 저쪽의 둑 위에는 돌과 흙을 실은 도로꼬의 행렬이 밀려가고 있었다. 수없이 많은 불개미 떼들이 파리들을 줄줄이 이끌고 가는 듯했다.

쪽빛 바다에는 장난감 같은 채취선들이 돌을 실어 와서, 둑이 뻗쳐나가야 할 짙푸른 물 위에 내던지고 있었다. 거기서 튀어 오르는 물거품들이 햇빛을 받아 반짝 하고 금빛으로 빛나곤 했다. 둑막이는 도로꼬로 막아가는 것과, 배로 갯가의 돌을 실어다가 푸는 것이 병행되고 있었다.

"아야, 아야, 그 아깐 전답들 다 팔아묵고 쯧쯧."

어머니는 둑막이 현장을 내려다보면서, 저 푸른 바다가 언제 논이 될 것이며, 또 논이 되면 몇 마지기나 차지하게 될는지 어쩔는지도 모르는 채, 지고 새면 신들메하고, 그 고된 둑막이 돌 실이를 나가곤 하는 아늘 홍삼이가 짠하고 안쓰럽기만 했다. 논이 아쉬운 대로 다섯 마지기만 되고 밭이 열 마지기만 된다면 뭐가 갑갑하고 아쉬워서, 저 골병드는 일을 하러 다니도록 내버려두고 있을 것인가.

"복 없는 나한테서 생게갖고, 성네들 가르친다고 고생만 지질지질 하다가 결국에는 저 묵고 살 것도 없이…."

어머니는 큰아들 홍국이와 둘째인 홍민이가 못내 원망스러웠다.

홍국이는 고등학교를 나오자, 자원해서 군대엘 가버렸고, 홍민이는 그래도 공부를 착실히 한다 하였으므로, 논 너 마지기, 밭 여섯 마지기를 팔아 대학을 보내주었다. 한데, 졸업을 하자마자 무슨 책 만드는 회사에 들어갔다고는 하는데, 밥은 굶지 않고 먹고 사는 것인지 어쩌는 것인지, 올해 꼭 육 년이 다되어가지만, 한 해에 그저 편지 한 장씩 보내오는 것, 그것이 고작인 것이었다. 거기다 큰놈 홍국이는 제대를 하고 나더니, 죽어도 땅 파먹고 김 뜯어먹고는 못 살겠다면서, 논 네 마지기, 밭 열 마지기 남은 것에서, 기어이 논 두 마지기 밭 네 마지기를 팔아 장사를 하겠다며 장터로 나가기는 나갔는데, 어쩌다 장에 나간 김에 들러보면, 코딱지만 한 점포 하나를, 그것도 버스 정류소에서 멀찍한 곳에 차려놓고 있어서 파리만 날리고 있는 형편이었다. 논밭 팔아 나가면서, 말이야 장사가 되는 대로 동생 배곯리지 않게, 금방 논 두 마지기하고 밭 네 마지기 같은 것을 사주겠노라 하였지만, 나간 지 오 년이 훨씬 넘은 지금까지 논밭 사주기는커녕, 며느리 년이 오면가면 쌀 말씩 보리 말씩 뜯어가는 게 고작이니 더 말할 것이 없었다. 여기에 또 넷째인 홍사는 형네들 때문에 학교는 못 다녔지만, 군대 생활은 대구하고 부산에서 한 덕인지, 휴가 올 적마다 야문 소리 해쌓고 제딴에는 도시 살림살이 할 수 있는 눈치가 생겼다고 하여쌓더니, 부산에서 제대를 해 오면서, 얼굴에 파리똥 깔아놓은 듯한 계집아이 하나를 데리고 와서, 자기 몫을 기어이 팔아달라고 들볶아댔었다.

심덕 좋은 놈은 홍삼이 이놈이라, "즈그들이 나 굶어 죽는디 보고만 있을랍디여?" 하고 홍사가 달라는 대로 팔아주자고 하던 것이었다. 이놈 또한, 돈 들고 나갈 때는 금방 돈벌이 되는 대로 자기 형님 흐뭇하게 논밭 잡아주겠다고 말은 했었다. 그러나 그놈이 제 계집 데리고 나간 지 두 해 되던 가을이던가, 탈탈 빈손 털고 들어서며 하는 말이, 그 여자하고는 이혼을 했다면서, 이제부터는 새 출발을 한다 하며, 밑돈 얼마쯤만 꾸어달라고 해서 나갔는데, 그 후로는 종무소식이었다. 어머니는 그놈이 돈 벌어서 논 사줄 것을 기다리기보다는 혼자 굴러다니다가 어디서 굶어 죽지나 않았는지 지나새나 걱정이었다.

그러나 그뿐인가. 어머니는 푹 한숨을 쉬고, 아득하게 건너다보이는 수동마을을 바라보았다. 엎친 데 덮친다고, 저 수동으로 시집보낸 딸년은 서방놈이 작은계집을 얻어가지고 어디 가서 어떻게 사는지 모른다며 생과부가 된 채, 동그마니 낳은 아들 둘을 데리고 시부모하고 살고 있으니, 그 또한 마음을 놓을 수가 없는 것이었다.

이리 돌아보나 저리 돌아보나, 너는 이만큼 되었으니 굶어 죽지는 않고 살겠구나, 하고 마음 놓을 만큼 살고 있는 놈이 하나도 없었다.

"아이고, 아이고, 이 무정한 사람아, 쓸개가 닳아지는 것이라면, 내 쓸개는 열두 개라도 모자랐겠네."

생각하면 속만 아프고, 살 재미라고는 손톱만큼도 없으니 무얼 보면서 더 살고 싶은 생각이 있으랴. 당장이라도 혀를 꽉 물고 자결하여 버리거나, 이 꼴 저 꼴 보지 않기로 하고, 머리 싹 깎고 절 같은 데로 들어가 버리거나 했으면 좋겠다는 생각이 안 드는 게 아니었다. 그러나 이때껏 고생만 지지리 하고 기껏 논 두 마지기에 밭 두 마지기 농사지으며 껄떡거리고 사는 홍삼이의 가엾은 꼴을 그대로 두고 죽는다면 아무래도 눈이 감겨지지 않을 듯했다. 피땀 흘리며 손발 다 닳도록 돌 주워 실은 돈으로 들여세운 저 소를 부지런히 먹이고 송아지 받은 것을 살지게 키워 주기라도 하여, 자기 생전에 논 한 마지기라도 물길 좋은 것으로 골라 장만하는 것을 보고 죽어야 눈이 감겨도 감길 것만 같았다.

 소가 잔디밭에 주둥이를 묻고 오득오득 풀 뜯어먹는 소리가 솔잎 사이로 들리었다. 풀이 좀 더 수북하게 자란 곳으로 소를 끌어가 먹일 작정으로, 어머니는 일어섰다. 동그랗고 탐스러운 무덤의 꽁지 부분을 잠시 응시하다가 돌아섰다. 고삐를 잡아 끌고, 산골 논다랑이 논둑의 부드러운 풀 있는 쪽으로 가면서 바야흐로 검푸르게 거름발이 나고 있는 논바닥을 바라보았다. 논이라고는 이것 한 마지기하고 마을 앞 들에 있는 것 한 마지기뿐이었다. 이해에는, 지난해 소를 사느라 억지 쌀돈을 냈기 때문에 살림살이가 달려오는 판이니, 쌀 보리 합쳐서 세 가마니는 사들여야 먹고 살 수 있을 것이었다. '언제쯤에나 양식 걱정 없이 살아가게 될지…' 하고 생각하며 어머니는 바다를 내려다보았다. 덕도 연안에서 우산도 사이의 바다가 쪽빛으로 펼쳐져 있었다. 말로는, 이해 겨울 안으로 둑이 다 막아질 거라고 하지만 저 갯벌밭이 언제쯤 논이 될 것인가.

 이러다가 어머니는, 아침에 불퉁거리고 나간 아들에게, 혹시라도 남 앞에 나서서 현장 사람들하고 다투지 말고, 돌실이하면서 특히 몸조심하라고, 당부를 더 단단히 해두지 않은 게 꺼림칙했다. 고달프고 탁탁해서 그러는 것이긴 하겠지만, 이날 아침에

깡마른 얼굴을 찌푸리고 투덜거리던 그놈이 여느 때와 달리 더 짠하고 애틋하게 생각되었다. 또한, 며느리한테 밥 두둑하게 내다주라는 당부를 하지 않고 나온 게 마음에 걸렸다.

"얼릉얼릉 뜯어 묵어라."

어머니는 조급해졌다. 그냥 소를 마구간에 매어둔 채 풀이나 좀 뜯어다가 주면서, 밥 내가는 것이나 감독할 것을 그랬나 싶었다.

어머니가 아들의 점심 걱정을 하면서 소를 앞세우고, 점심때가 못 되어서 내려왔을 때, 집엔 이미 큰일이 벌어져 있었다.

3

목이 부러진 아들이, 함께 놀 싣던 영보한테 업히어 와 있었는데, 며느리는 부른 배를 안은 채 죽을상이 되어 땅만 치고 있었고, 마당에 모인 마을 사람들은 회진으로 달려간 영보가 의사와 함께 나타나기만을 기다리고 있었다.

"내 자석이 이거 뭔 일이랑가. 뭔 일이여어. 워따 워메, 내 자석!"

어머니가 쇠고삐를 던지고 방으로 뛰어들었을 때 아들의 아랫몸은 이미 차갑게 굳어 있었고, 간신히 알아볼 만큼 숨결이 붙어 있을 뿐 송장이 다되어 있었다.

"워따 워메에, 내 자석을 누가 이래 놨당가아?"

옆에 있던 누군가가, 큰도리섬에서 돌을 싣다가 영보가 위에서 굴린 바윗돌이 등덜미 부분을 때렸기 때문에 목이 부러지거나 어쨌거나 한 모양이라고 말해주었다.

어머니는 그걸 곧이들을 수 없었다. 정직하기만 한 이 아들놈이, 마을 청년들이 잘한다 잘한다 하고 떠받치는 대로 앞장서서 현장 감독이란 놈들하고 싸우다가, 그 노가다판 놈들한테 두들겨 맞아가지고 이 꼴이 되었는지도 모른다 싶었다. 그랬건 저랬건, 우선 숨 홀딱거리는 이놈을 살려놓기나 하고 볼 일이었다. 이장을 하는 일가집 조카가 나서서 의사 올 때까지는 그대로 두라고 하는 것이었으나, 어머니는 후들후들 떨며 아들의 축 늘어진 채 부어오른 목을 만져보았다. 그러나 속에 든 뼈가 부러지거나 어쨌거나 했다고 한 것을, 이 어미가 만져본들 무슨 소용이 있으랴.

"워따 워메, 워따 워메."

자세히 보니 숨이 올딱올딱 붙었다가 떨어졌다가 하는 것이 아닌가.

"어야 어야, 이 사람들아, 내 새끼 다 죽어가네. 어야, 조캐, 아주 병원으로 델꼬 가세. 죽어뿐 뒤에 와서 주사 주면 무엇할 것인가."

이때, 마당에 서서 하눌재를 쳐다보고 있던 마을 사람들이, "오네, 와!" "영보 오네" 하고들 소리를 쳤다. 영보가 검은 가방을 들고 달려 내려오고, 그 뒤를 흰 가운 입은 의사가 멀찌감치 따르고 있었다.

"어따 어메, 싸게 싸게 오락 하소, 내 새끼 다 죽어가네에."

영보가 땀을 먹 감듯이 한 채로 들어선 뒤에도, 거의 담배 한 대 참수를 더 있다가야, 손수건으로 이마의 땀을 훔치면서 들어선 의사는 대뜸 방 안으로 들어서긴 했으나, 영보가 내어주는 검은 가방을 열어 주사를 놓는다거나 어쩐다거나 할 생각도 않은 채, 그가 입은 가운처럼 하얀 데다가 가느다랗고 긴 두 손끝으로 영보의 떠듬거리는 설명을 들어가며, 부러졌는지도 모른다는 목을 꾹꾹 눌러보기만 했다. 홍삼이는 턱만 들었다 놓았다 하며 코를 벌룽거리고 숨을 올딱거렸다. 그 얼굴을 물끄러미 들여다보며 목을 짚어보던 의사가 뒤로 물러앉아 다시 이마의 땀을 닦았다.

작달막한 키에 좀상한 얼굴인 데다, 허리가 약간 구부정한 삼월네가 홍삼이를 향해 윗몸을 굽힌 채, 의사의 등 뒤로 가서 부채질을 해주고 있었다.

"얘 말이오, 선상님, 내 자석 조깐 살려주시오."

어머니의 애처로운 말에, 의사는 들고 온 가방을 열어, 간단히 주사 한 대만 놓아주고 그 어머니를 향해, "광주 대학병원으로나 가보십시오" 하며 일어섰다. 간절히 매달리며, 살 것 같으냐고, 죽을 것 같으냐고 하는 어머니의 말에는 가부간 대꾸를 해주지도 않았다.

의사가 돌아간 뒤 어머니는, "돈이 뭣이랑가, 소도 팔고 집도 팔고 다 팔드라도 내 자석 살릴라네. 어야 조캐, 병원으로 조깐 델꼬 가사 안 쓰겄는가? 장터 홍국이한테까지만 조깐 같이 가세" 하면서 이장에게 매달렸다.

4

 병원에 일단 입원을 해두고 보아야겠다는 생각으로, 소를 팔아 갚겠다 하며 어머니가 이장한테서 비료값 수합해 둔 오만 원을 돌려 주머니에 넣자, 이장은 영보에게 동네 장정 세 사람을 오게 하였다. 이 동네 인심은 역시 뜨겁고 끈적끈적하여, 둑 막는 데 돌실이 나갔던 청년들이 달려와주었다.

 영보와 동네 장정들이 죽은 듯이 늘어져 있는 홍삼이를 번갈아 들쳐 업고, 구름도 쉬어 넘는다는 하눌재를, 땀으로 멱을 감으며 오르고, 그 뒤를 귓불 근처로 희끗희끗한 머리칼이 흘러내린 어머니는, 홍삼이 각시가 시집올 때 해다 준 것으로, 이때껏 그것만 입고 꿰고 하였기 때문에 자락이 해지고 주글주글해진 옥색 치마저고리를 입고 혼겁을 한 채 뒤따랐다.

 회진에서 마침 떠나는 차편이 있어, 대덕장터로 간 어머니는 땅을 치고 통곡하고 싶은 것을 어떻게 억누를 수가 없었다. 홍국이 이놈이, 한동안 고개를 떨어뜨린 채 반송장 된 홍삼이를 보고 있더니, 고개를 서서히 젓는 게 아닌가.

 "어마니, 틀렸소."

 이제 무슨 벼락 맞을 소리란 말인가. 틀리다니, 홍삼이가 이대로 죽게 된다는 말이냐. 그럴 리 없다. 홍삼이는 분명히 살아날 것이다. 대학병원이라는 데만 가면 살 수 있을 것이라고, 입 달린 사람이면 다 그러더라.

 어머니는, 홍국이 이놈이 홍삼이 때문에 혹시 제 살림 어긋날까 싶어 미리 꽁무니를 빼는 것이 아닌가 싶자, 하늘과 땅이 모두 노랗게 변하는 아찔함을 느꼈다.

"이 인정도 사정도 없는 무지한 놈, 니가 누구 덕에 학교 댕기고 누구 덕에 이 코딱지만 한 가게라도 열고 산다고, 시방 니가 그런 소리 하냐? 모두가 홍삼이 등골 빼묵은 덕인지 몰랐다가는 벼락맞을 것이다. 느그들은 이놈 똥구먹을 불드라도 살려사 쓴다. 홍민이한테랑 다 전보 쳐라. 뭣 할라고 학교 보내고 논밭 팔아서 내보냈다냐? 이런 때 한번 그 은혜 갚어봐라. 가자, 돈 걱정은 말고, 가자. 나는 무식한께 앞장 못 서겄다. 병원에까지만 델꼬 가자. 소 팔고, 논 팔고, 집 팔고, 다 팔드라도 이 새끼는 살려사 쓴다."

어머니는 홍국이를 향해 악다구니를 썼다. 홍국이 이놈, 저도 손톱 밑에 낀 때꼽재기 같은 양심이 있긴 했던지, 황급히 옷을 갈아입고 나와 장터에 있는 넥시를 대설해서 홍삼이를 태웠다.

병원에 도착하여 수술실로 들어간 홍삼이가 수술대에 실려서 시체처럼 나온 것은 이날 밤 열 시가 가까웠을 때인데, 홍삼이는 수술 결과가 좋은 때문으로 목구멍이 좀 트였는지 어쨌는지 숨결이 좀 더 뚜렷해져 있기는 했다. 그러나 머리칼은 빡빡 깎여 있었고, 뒤통수에 구멍을 뚫어 쇠줄을 달고 거기에 큰 쇠뭉치 추 하나를 달아놓은 채였으며, 그런 데다 목구멍의 울대 부분에 구멍을 뚫어둔 것이었다. 실은, 그 구멍으로 숨을 쉬고 있는 것이었다. 그것을 본 어머니는 병원 복도를 펄쩍펄쩍 뛰어다니면서, "어따, 어메 내 자석, 이 꼴이 뭣이랑가" 하고 외쳤다. 의사와 간호사가 어머니에게 눈을 흘기며, 조용히 하라고 꾸짖었다. 홍국이도 눈살을 찌푸리며 고개를 젓고 "시끄럽소, 시끄러" 하였기 때문에 어머니는 혀를 깨물고 울음을 참았다.

응급실에 들어가 침대 위에 옮겨 눕힌 뒤, 더욱 무거운 추를 달아놓았을 때, 홍삼이는 제법 눈을 뜨고 어머니를 알아보았다. 무슨 말을 한다고 열심히 입을 놀리고는 있었지만, 목구멍에 뚫린 구멍으로 숨이 새어 말이 되어 나오지는 않았다. 어머니가 그 얼굴을 들여다보며, "뭣이라고?" 하고 귀를 기울였다. 그러다가 그놈이 부지런히 입을 놀리는 것을 알아들을 수가 없어, "알아묵을 수가 있는가, 어디?" 하고 탄식을 했다. 의사가 얼른 목구멍에 뚫어놓은 구멍을 손가락으로 막아주었다. 그러자 목이 칵 쉰 사람 모양으로 말을 했다.

"집으로 갑시다. 집으로 얼릉 가."

어머니는 가슴이 멍멍해졌다. 이놈이 또 돈 쓰는 것 무서워서 이러는가 보다 하며, "걱정 마래이, 기어이 살어사 쓴다이" 하고 소리쳐 말했다. 용기를 줄 셈으로 "봐라, 느그 큰성이 와 있다. 소 팔고, 논 팔고, 밭 팔고, 집까지 달 팔드라도 살려줄 것인께, 이 앙다물고 참어라잉" 하자, 홍삼이는 눈에 그득 물을 담고 고개를 젓더니 눈을 감아버렸다. 목에 뚫어놓은 구멍으로 할딱할딱 숨을 쉬었다. 역시 어깨에서부터 발끝까지는 송장 한가지로 차갑게 식어 있기만 했고, 팔이나 가슴 같은 데를 꼬집어도 꼬집은 줄을 몰랐다.

"워메, 내 새끼 어쩨사 쓸꼬!"

가슴을 닳아 하는데, 의사를 만나러 간다고 갔다 온 홍국이가 시종 침통한 표정만 짓고 있을 뿐 가부간 말을 하지 않았다.

"어쩌겄닥 하디야?"

"글쎄, 두고 보자고만 안 하요?"

5

이튿날, 전보를 받고 달려온 홍민이가 홍삼이의 차가운 손을 꼭 쥐고, 목에 뚫어놓은 구멍으로 숨을 쉬고 있는 송장 같은 얼굴을 내려다보고 있더니, 자기가 의사를 한번 만나보겠다며 나갔다. 어머니는 그래도 서울에서 굴러먹은 홍민이가 홍국이보다는 더 똑똑하게 따져 알아볼 것이 아니냐 싶어, 의사실 문 앞에서 홍민이가 나오기를 목 빼고 기다렸다.

이놈도 또 의사실을 나오면서 어깨를 늘어뜨린 채 눈살을 찌푸리고 바싹 밭은 입술을 빨면서 고개를 흔들었다.

"틀렸는 모양이오."

담배 한 개비를 꺼내 물면서 말을 하고 불을 댕겨 빨았다.

"어따 어메에!"

이날 밤, 올딱거리는 환자의 숨결을 들여다보고 있던 홍민이가 어머니한테 눈짓을 하더니 밖으로 나갔다. 어머니가 따라 나오자 홍민이는, 홍삼이가 머지않아 죽을 수밖에 없을 것이라는 이야기를 먼저 하고, 설사, 제 명이 길어 살아난다고 하여보아야, 목뼈 밑의 몸뚱이 전체를 쓰지 못하게 되므로, 기껏 한 일 년 숨만 붙어 있다가, 결국엔 폐결핵 같은 병을 앓아 죽게 될 것이라고, 누구한테 들은 소리인지 자기의 생각인지를 말하였다.

"그것도 돈 많은 사람들이나 해낼 수 있는 일이랍니다. 앞으로, 돈으로 다리를 놓고, 똥오줌 다 받아내고…. 그러다가 한 일 년 뒤에 죽어버리면 남은 제수씨하고 금방 태어날 조카는 뭘 먹고 살 거요?"

포기를 하고 퇴원시키자는 것이었다. 그것은 한시라도 빨리 죽어가게 하자는 이야기였다. 그래야, 환자인 홍삼이나 살아 있는 사람들이나 고생이 덜될 게 아니냐는 말이었다.

어머니는 아무 말도 나오지가 않았다. 독사같이 모진 놈들, 독사같이 모진 놈들….

밤이 깊어지면서 홍삼이는 좀처럼 감은 눈을 뜨지 않았다. 홍국이까지 홍민이 쪽으로 따라붙었다. 전부터 두 놈이서 무슨 의논을 단단히 한 듯, 기어이 울고불고하는 어머니를 달래고 얼러대며 퇴원을 종용했다.

어머니는 고개를 저었다. 죽이더라도 병원에서 죽이겠다고 하면서 장성한 두 아들에게 원망의 말을 늘어놓는 것이었다.

"쓸데없는 소리 마라. 이 인정사정없는 독사들아, 느그 살림 못하게 하까만이 그라냐. 걱정 마라. 지가 벌어논 소도 있고, 논도 밭도 있다. 그놈 팔아서 살려라" 하고, 속으로 '이 독사같이 모진 놈들아, 말이라도, 어느 끝이 어디로 가든지 동생을 살려봅시다 하고 빈말이라도 한번 해보기나 해봐라' 하면서 울음을 터뜨렸다.

한편 생각하니, 소하고 송아지하고 있다고 해보아야, 그게 며칠 간의 약값이 될 것인가. 홍민의 말따나, 다 팔아먹고 딸깍 죽어버리면, 며느리하고 그 밑에 금방 떨어질 새끼하고는 어떻게 무얼 먹고 살아갈 것인가.

새벽 무렵이 되면서, 어머니는 숫제 바늘이라도 삼켜놓은 듯한 가슴이 되어지는 것이었으나, 혀끝 깨물면서 홍민의 말대로 이튿날 퇴원을 하라고 하여버렸다. 올딱올딱하는 저 숨결이 언제 끊어져 버릴 줄 알겠는가. 죽더라도 집에 가서나 죽어, 객사했다는 말이나 면해야 할 것이다 싶기도 하였다.

다음 날 아침, 택시를 불러 타고 저녁 무렵에 집에 들어가는 대로 홍삼이는 숨을 거두었다.

아들의 주검을 방바닥에 뉘어둔 어머니는 앙가슴만 주먹으로 두들기고 있었다. 수동으로 시집이라고 갔지만, 남편이 작은계집을 일어가지고 어니로 샀는지도 몰라 생과부가 되어 사는 딸 쌀례가 와서 제 설움을 덮어두고, 형들 뒤만 거두다가 죽은 남동생의 죽음을 놓고 울고 있었다. 여수 어디선가, 홍사가 하숙을 하며 부두 노동을 한다더라는 말을 올해 이른 봄엔가, 김장사를 하러 부산과 여수를 자주 왕래하곤 하는 아랫마을 달식이한테 들었던 얼터귀만 잡아 전보를 치기는 쳤는데, 그놈이 아직 오지 않은 것을 보면 필시 다른 곳으로 일자리를 옮겼거나, 이미 여수를 떠서 다른 곳으로 가버렸는지도 모를 일이었다.

"어따 어따…."

어머니는 앙가슴만 쳤다.

동네 청년들이 이장을 앞세우고 왔다. 그들의 말이, 홍삼이의 시체를 떠메고 둑 막는 현장으로 가겠다는 것이었다. 가서, 살았을 때 홍삼이가 그렇게도 그 현장 감독한테 강력하게 요구했던 것들이 관철되도록 하겠다는 것이었다.

"홍삼이 어머니, 오죽이나 속이 편찮으시겠소마는, 그렇게 합시다. 실은, 그날 홍삼이가 아침부텀 그 현장 감독 놈하고 대판 쌈을 하다가 독을 실로 갔었는디, 그 쌈을 한 김에 독을 싣다가 그 꼴을 당했은게, 하고 간 꼴이 불쌍하기는 하요마는, 그래도 홍삼이 이 사람 분도 풀어줘사 안 쓰겠소?"

어머니는 손을 저었다. 아들이 이미 죽은 뒤인 것을, 이제 그 놈들이 아들의 말을 들어준다 한들 무슨 쓸데가 있을 것인가.

"자네들은 뒤로 물러서고, 몽매한 요놈만 앞세워놓고, 죽은 뒤에도 또 뭣이 부족해서 이놈을 앞세우겠다고 이런가? 에끼 무정한 사람들. 못 하겠네, 못 하겠어. 가는 길이나 편히 가게 해사 쓸 것 아닌가? 그런 소리들 할라면 얼릉 가소" 하고 쏘아주었다. 둘째놈 홍민이, 제가 알면 뭘 얼마나 안다고 나서면서, 죽은 이놈이 불쌍하기는 하지만, 살았을 때 마을 청년들을 위해 그렇게도 앞장서서 현장 놈들의 심보를 뜯어고치려고 한 것을 생각해서, 마을 청년들의 말대로 하자고 하는 것이었으나 "느그들이 이 에미가 혓바닥을 콱 물고 자빠져 죽는지를 볼라고 이라냐?" 하고 꾸짖고 이튿날 서둘러서 장사를 치르게 했다.

홍국이와 홍민이와 동네 사람들이, 아버지의 묘가 건너다보이는 감멧골 산등성이 양지바른 곳에 홍삼이를 묻고 돌아왔을 때, 배가 하눌재 등성이만큼 하게 하게 부른 홍삼이의 아내는 죽을상이 된 채, 방 한가운데서 두 다리를 뻗고 울어댔다.

"아이고, 아이고 내 팔재야."

어머니는 그 울음소리가 예리한 칼로 가슴을 도려내는 것만 같았다. 그 아픔을 억누르기 위해 이를 물었다. 주먹 같은 멍울이 뭉쳐지고, 그것이 목구멍을 향해 치올랐다. 어머니는 다시 두 주먹을 그러쥐고 앙가슴을 쳤다.

6

그로부터 하루를 묵었다가, 홍민이는 자기가 일하는 회사의 일이 바쁘기 때문이라고 황망히 길을 뜨면서, 자기의 호주머니에 있던 돈 몇 푼을 내놓고, 보태서 이때껏 쓴 빚을 덜어보라고 했다.

어머니는 이를 아드득 물고, "죽은 놈만 불쌍하제…. 산 우리사 굶어 죽을라디야? 모다모다 갖고 가거라. 돈이고 뭣이고 다 필요 없다. 갖고 가서 사는 사람들이나 신간 녹지 말고 퍼덕퍼덕 성해 갖고 잘살어라, 빚 한나도 없은께 걱정 말고" 하는 독한 소리를 해놓고 울음을 터뜨렸다. 그러다가, 자기의 독한 말과 요망스런 울음이, 한양 천리 먼길을 달려갈 아들의 몸에 혹 무슨 탈이라도 나게 하면 어쩔 것이냐 하는 생각도 생각이지만, 코빠져 가지고 죽치고 있는 며느리의 속을 가라앉힐 생각에서 이를 다시 악물었다.

홍민이는 하눌재를 넘어가며 자꾸 뒤를 돌아보고, 어머니는 그놈의 뒷모습을 쳐다보고 있었다. 하눌재를 올라가기는 올라가지만, 제놈 속 뻔히 아는 것, 얼마나 뒤가 꺼림칙하고 놓이지 않아 저렇게 자꾸만 뒤를 돌아보고 또 돌아보고 할 것이랴 하며, 그놈의 뒷모습을 쳐다보다가 어머니는 손을 저었다. 들리지 않을 줄 알지만, "걱정 말고 가거라아" 하고 소리쳐주었다. 그러다가 이장한테서 비료값 수합해 놓은 돈 가져다 쓴 것이 생각났다. 어머니는 허둥대며 마당을 서성거렸다. 손 빠른 대로 저 송아지를 팔아서 갚자고 하며, 홍국이를 불렀다.

"죽은 이 한 편, 산 이 한 편이란다."

홍국이가 우산도로 사람을 보내서 소장수들을 오라고 해야겠다고 하며 밖으로 나간 뒤, 어머니는 외양간으로 들어가 어미소 옆에 누워 있는 송아지의 머리를 쓸며 울음 반 흥타령 반으로, "내여 자석, 내여 자석! 팔뚝 물어뜯드라도 기어코 실소 만들어서, 논 한 배미라도 잡으라고 키웠더니…. 불쌍한 내 새끼야. 살겄다고, 논 한 필이라도 차지하여 벌어볼란다고, 빼빼 마른 손목으로 독 실어 날러갖고, 언 손발 불어감스롱 해의 뜯어서 앨탕젤탕 사놓은 소, 여기 두고 어디 갔냐야" 하며 소리가 외양간 밖으로 새어나가지 않게 울었다.

점심때가 가까웠을 때, 마침 이 마을에 와 있던 소장수들이 전부터 눈독을 들이고 있던 암송아지였으므로, 사만 오천 원을 선뜻 가려주고 사가지고 갔다. 삼부자가 끌린다는 코 뚫지 않은 송아지라 끌고 가기 어렵다면서 소장수들은 송아지를 힘 안 들이고 뱃머리까지 끌고 가는 방법으로, 거기까지 어미소를 앞세워 끌고 갔으면 좋겠다고 했다. 어려운 일이 아니었으므로, 홍국이에게 어미소를 앞세워 끌게 하고 송아지를 뒤따라 내보냈다.

어미소를 끌어다가 놓고 홍국이는 가겟일이 애엄마 혼자 손으로는 바쁠 것이라면서 돌아갔고, 쌀례는 쌀례대로 팔뚝을 빼어버리고 달아나고 싶은 시집살이라고는 하지만, 둘째놈이 배앓이가 나서 설사하는 것을 보고 왔더니 자꾸 못 미더워진다면서, 함께 길을 훅 떠버린 뒤부터, 서서히 그 어미소한테 이변이 일어나고 있었다.

어머니는 어미소를 끌고 가까운 산으로 가 풀을 뜯기면서, 저녁에 이놈이 씹을 풀을 베어 구럭에 담았다. 해가 거의 질 무렵까지만 해도, 소는 잠시 우두커니 서서 집 쪽을 보다가 풀을 뜯어먹곤 했다. 땅거미가 지고 어머니가 소를 끌고 집으로 들어왔을 때, "음" 하고 낮은 소리로 송아지를 찾았다. 젖이 불어 있는 것이었다.

"아야, 아야, 너도 새끼가 없은께에…" 하고, 며느리가 들을세라 속으로 울음을 삼키며, 모기 한 마리라도 덜 물리게 하기 위해 마당가에 풀을 깔고 마련한 노천 외양간의 말뚝에 고삐를 매어놓자, 소는 여느 때같이 외양간에서 껑충거리며 뛰어나와야 할 송아지가 나타나지 않기 때문인지, 목에 걸린 풍경이 울리지 않도록 자세를 바로하고 외양간을 향해 귀를 쫑그리다가 고개를 쳐들면서 목청을 높여 "음무우" 하고 울었다. 그러다가 '매애' 하고 울며 달려올 송아지를 기다리는 듯 다시 귀를 쫑그렸다. 손바닥만 한 귀를 전후좌우로 팔랑팔랑 움직였다. 어머니가 구럭의 풀을 가져다 부어주는데 며느리가 "엄니, 일찌거니 된장물을 타다가 먹여버립시다" 하고 말을 했다. 송아지를 뗀 소가 큰 목청으로 너무 시끄럽게 울지 않도록 하려고 사람들은 마실 물에 된장을 타주어, 소가 그냥 목이 쉬어버리도록 하곤 하는 것이었다. 목이 쉬면, 소는 기껏 울어보아야 '우후우' 소리만을 내게 되곤 하는 것이었다.

"니 말이 맞다. 물 안 멕여왔은께 동우에다가 얼릉 타다 줘라 이. 새끼 잃어뿐 속이 얼마나 씨럽고 아프겄냐?"

어머니는 목울음 섞어 말을 하고 방으로 들어가려다가, 몸까지 무거운 며느리에게 무거운 물동이를 들게 하지 않을 생각으로, 며느리를 뒤쫓아 종종걸음을 쳐서 뒤란의 우물 있는 쪽으로 갔다. 며느리가 길어놓은 물에 된장 한줌을 듬뿍 떠다가 풀었다. 며느리를 젖히고 된장물 동이를 불끈 들어 머리에 이었다.

소가 된장물 마시는 걸 보고, 마당에 밀짚 멍석을 내다 펴면서 어머니는 또 흥얼거렸다. 그 밀짚 멍석에서 아들의 체취를 느끼는 것이었다. 틈틈이 새끼를 꼬아 엮은 이 밀짚 멍석, 그 멍석 위에 앉으니, 며느리가 저녁밥을 내왔다. 새끼 눈에 흙밥을 덮어놓고 나는 이렇게 앉아서 따뜻한 밥을 떠 넣다니 말도 안 된다, 말도 안 돼.

주먹 같은 설움 덩어리가 목구멍을 막는 것이었으나, 자기가 숟가락을 잡지 않으면 며느리 또한 굶을 것이므로 억지로 두어 숟갈 뜨는데, 이 며느리가 시어머니 입맛 깔깔할 것을 고려하여 한 짓인지 밥에는 허연 쌀이 반 이상 섞이어 있는 것이라, 어머니는 울컥 치미는 설움을 도저히 이길 수가 없었다. 내 새끼가 살았을 때 쌀밥 한번이나 해 먹여볼 것을…. 살아보겠다고, 원센 놈의 소라도 키워보자 하여 실소 들여 세우느라고, 날이면 날마다 왕사둥이 보리밥만 씹지 않을 수 없는 형편이던 것이 생각났다.

그나 그뿐인가. 형들이 고등학교 다 졸업하고, 작은형 홍민이가 대학 졸업할 때까지 해마다 쌀을 돈사야 했었다. 보리밥 씹어 먹일 만큼은 씹어 먹이고…. 그나마, 한창 먹는 나이에 배나 차게 먹였으면 얼마나 좋았을 것인가. 어머니는 치맛자락을 잡아다 코를 풀면서, 며느리 보는 앞이라 울음을 삼키고 "뭣 할라고 이롷게 쌀만 삶었냐?" 하고 꾸짖듯이 말을 하였다가, 그냥 "어서 묵자" 하고 밥을 한 숟갈 입에 떠 넣었다. 목구멍으로 밥이 넘어가시를 않았다. 먹는 둥 마는 둥하며, 며느리의 밥 먹는 것을 멀거니 바라보았다. 제 속도 뻔히 아는 것, 지금 그 속이 어떻게 돼 있어 무슨 밥이 들어갈 것인가 하는 짐작이 안 가는 것은 아니었지만, "뱃속에 든 것 생각해서 억지로라도 많이 묵어라" 하며 밥을 권하고, 그 며느리가 반 그릇이나 깨지락거리다가 숟가락을 놓을 무렵 어머니도 숟가락을 놓았다.

된장물을 먹은 뒤지만, 어미소는 얼른 목이 쉬지 않았다. 밤이 깊어질수록 어미소는 젖이 불어오르기 때문인지 목청을 더 높여 울어댔다. 모기가 윙윙거리며 날아들었다. 이놈 살았으면 벌써 모깃불을 피웠을 것이지만, 이것도 이젠 이 어미 손으로 해야 하는 것이었다. 어머니는 어미소 서 있는 데서 마른풀 한 아름을 가져다가 모깃불 피우는 자리에 놓고 불을 붙였다. 그 위에 마르지 않은 풀을 가져다 덮어 연기가 나게 해놓고 멍석 위로 왔다.

하늘에는 별들이 총총 맑은데 집 안은 교교했다. 이웃집에서는 무슨 즐거운 일이 그렇게도 많은지, 웃음소리가 자지러지고 있었다. 어미소는 고삐가 말뚝에 감기도록 빙글빙글 돌다가 걸음을 멈추고 더욱 목청을 높여 "음매" 하고 울었다. 그때마다 어머니는 배 지을 때 박는 큰 쇠못이 박히는 것같이 아픈 가슴이 되곤 하였다.

한밤중이 지나면서, 어머니는 며느리에게 방으로 들어가 자라고 했다. 잠이 오지 않는다는 것을 억지로 뱃속에 든 것을 생각해서 눈을 붙여야 한다고 하며 들여보냈다. 모깃불도 이젠 사위어가고, 가는 연기만 피어나고 있었다. 며느리의 방에선 자꾸 한숨소리가 흘러나왔다. 혼자 마당의 멍석 한편에 웅크려앉아 소의 울음소리를 듣자 하니, 가슴이 터져버릴 것 같아 견딜 수가 없었다.

삼태성이 하늘 한가운데 이르렀을 무렵, 어머니는 며느리가 어쩌면 잠이 든 듯하여, 여느 때 네 설움 내 설움을 함께 나누며 같이 울곤 하는 삼월네 집으로 휘달려 내려갔다. 거기 가면 소 울음소리를 깜박 잊어버릴 수 있으리라 해서였다. 젊은 시절에야, 가난한 과부댁인 데다 좀상스럽고 못난 삼월네라 하여, 또 자식 가르치며 사는 자기편과 목구멍 구안이나 하며 사는 삼월네 쪽과는 상종할 사이가 못 된다는 생각으로, 기껏 농사일 같은 데 손이 부족할 때나 불러다 일을 부리는 맛으로 오면가면 말을 나누곤 했던 것이었다. 하지만, 이쪽이 홀로 되면서부터는 더 먼저 홀어미가 되고서도 이런저런 설움 입 밖에 한 번 내는 법 없이 사는 게, 입 무겁고 마음 든든한 사람이다 싶어져, 그 삼월네 할머니 죽은 뒤부터 종종 만나 속을 나누곤 한 것이 이젠 서로 하루라도 서러운 일 괴로운 일을 이야기하며 밤을 지새우지 않고는 못 배기는 사이가 된 것이었다.

젊은 시절부터 홀로 살며 몸조심을 하느라 한뎃잠을 하지 않은 게 버릇이 되어서인지, 아무리 찜질을 하듯 더운 한여름 밤에도 반드시 방 안 잠을 자는 삼월네가, "삼월네" 하고 낮게 부르는 쌀례네의 한마디에 벌떡 일어나며, "어야, 뭔 일이랑가 쌀례네? 얼릉 들어오소" 하고 죽창살문 고리를 따주며, 들어오는 쌀례네의 두 손을 덥석 잡았다.

"저녁에 놀러 갈라다가, 꺼꿀네 밭 매고 들어와서 드러누운 것이 이렇게 잠이 들어뿌렀네."

삼월네와 쌀례네는 부옇게 먼동이 틀 때까지, 이날 밤에는 주로 쌀례네의 설움을 함께 울었다.

쌀례네가 아들이 살았을 때와 달라 몸이 무거워진 며느리가 홀로 자고 있을 뿐인 집을 오래 비워서는 안 된다고 생각을 하며 허우허우 골목길을 달려 올라왔을 때, 집에는 전혀 뜻하지 않은 일이 벌어져 있었다.

7

마당가의 말뚝에 매어진 채 울어대고 있어야 할 어미소가 없는 것이었다.

"어따 어메, 내 소?"

이 소리에 며느리가 달려 나왔다. 시어머니와 며느리는 혼겁을 했다. 음매음매 하고 울어쌓는 소를 누가 와서 도둑질해 갈 염두나 낼 것이냐 싶기는 했지만, 하도 무서운 세상이라, 마침 여자들만 살고 있는 집이니, 깔보고 소도둑이 들었을지도 모른다는 생각이 들기도 했다.

산의 윤곽이 아직 어둠 속에 잠겨 있을 그 무렵, 어머니는 아들 없는 쓰라림을 그 아들 막 죽은 뒤에 금방 당하게 된다는 생각이 들고, 그래서인지 가슴이 더욱 벌떡거리며 막혀오는 것이었지만, 이를 물어 참고 며느리를 데리고 발소리를 죽여가며 우선 바닷가부터 돌았다. 바야흐로 희부옇게 밝아지는 바다의 그 어디에도 소를 싣고 가고 있음직한 배는 떠 있지 않았다.

해가 소록도와 금당도 사이의 바다를 핏빛으로 물들이며 떠올랐을 무렵 그들은 가까운 산언덕과 고구마 밭 같은 데를 둘러보며 다녔다. 그것도 헛일이었다. 하는 수 없이 어머니는 그저 만만한 이장네 집으로 달려갔다. 이장을 시켜 장터 홍국이를 데리고 이날 장이 서는 장흥읍 장을 둘러보게 할 참이었다. 도둑이 소를 가져갔을 경우, 분명 장흥읍 장에 내다 팔 것이기 때문이었다.

"어야, 조캐, 박복한 아짐 하나 둔 것, 두루 자네 못할 일이네

마는, 이 일도 조깐 봐줘사 쓰겄네."

앙바틈한 키에 얼굴이 거물거물한 이장은, 비료 때문에 이날 면에 나가야 한다면서 두툼한 입술을 잠시 빨고 있더니, 옷을 털어 입고 나왔다.

이장의 손에 여비와 국밥 사먹을 돈을 잡혀주고 집으로 돌아오면서 어머니는, "워메, 내 소, 내 소!" 하며 마당가의 쇠말뚝 옆에 주저앉아 이번에야말로, 이때껏 며느리 어려워 터뜨리지 못했던 아들 잃은 설움과 함께, 그 아들이 애지중지 쓰다듬고 빗질하며 어스름 새벽 풀 뜯다 쇠죽 쒀 살을 찌우려 애쓰던 소 없어진 데 대한 자기의 박복함에 한껏 울어댔다.

부른 배를 불뚝거리며 자기 방으로 들어간 며느리가 어찌 생각하고 나왔는지, 그 소가 갔으면 어딜 갔을 것이냐고, 기껏 이 덕도 안에 있시 어딜 갔올 것이냐고, 어머니가 항상 다니는 감멧골 시아버지 무덤 근처 산에나 한번 가보겠다면서, 사람이 죽고도 사는데 소 그것 잃었다고 못살 것이냐며 털고 나설 채비를 했다. 하긴 그렇기도 할 것 같아, 코를 풀어 던지고 그 손을 바래진 밤빛 치맛자락에 씻으며, 몸 무거운 너를 보내느니 내가 가야지 하며 며느리를 젖히고 허우허우 감멧골 산으로 향했다. 후들후들 다리가 떨리고 어뜩어뜩 현기증이 이는 것을 무릅쓰고 휘달려 산허리를 돈 어머니는 침침한 눈을 비비며, 항상 그놈을 놓아 먹이곤 하던 영감 무덤 주위의 솔숲 사이를 몇 번이나 살펴보고, 이 건너 저 건너 산등성이까지를 둘러보았지만, 어미소의 모습은 보이지 않았다.

어머니는 잠시 한 아래로 눈을 던지다가, 아들이 한사코 어스름 새벽 할 것 없이 돌실이를 다니곤 하던 바다를 내려다보았다. 저 지긋지긋한 돌실이…. 덕도 연안에서 도리섬을 향해 거무레한 둑이 뻗어 있고, 그 둑 위에는 개미 떼 같은 도로꼬들이 발발 기어가고 있었다. 흥삼이 한 사람의 죽음 같은 것이야 아랑곳없이, 사람들은 열심히들 채취선으로 돌을 실어다 붓고 있었다. 우산도의 기슭에서 뻗쳐 나온 둑과 덕도에서 뻗어나간 둑은 머지않아 맞닿을 듯했다. 저 사이가 십 리 가까운 거리인 것을…. 저기 막힌 둑 안으로 논이 되면, 이 덕도 사람들 가운데서 날마다 일을 나가는 사람인 경우, 여섯 마지기 차례는 돌아갈 것이라 하며, 술이라도 한잔 하고 들어오면, 벌써 그 논에 모내기라도 하여놓은 것처럼 "나도 인제 부자여라우. 논 여섯 마지기가 안 생기요?" 하고 헛웃음을 치곤 하던 아들의 얼굴이 보이는 듯했다.

내 아들 죽은 뒤인 것을, 저게 막히면 무슨 쓸 데가 있기나 할 것인가.

"어따, 어따, 내 자석아, 이 박복한 에미가 소까지 잃어뿌렀다."

어머니는 아들의 무덤으로 달려가 미끄럽게 잘 다져진 뗏장 사이로 드러나 보이는 불그죽죽한 흙들을 다독거리면서 통곡을 했다. 이젠 울 힘도 어머니에게는 없었다. 아들이 병원으로 실려 가고 어쩌고 하던 날부터 이날까지, 가슴이 온통 뻑뻑한 멍울로 차 있고 목구멍이 뻐근해 있기만 하여, 숟가락을 들어 넙넙하게 뱃속에 밥 한 숟가락을 떠 넣지 않은 데다, 모든 밤을 뜬눈으로 새운 때문이었다.

"나도, 나도 죽어사제."

어머니는 이날, 해가 산 너머로 기울 때까지, 이렇게 아들의 무덤을 다독거리고만 있었다. 이때, 며느리가 부른 배를 내젓고 헐레벌떡거리며 감멧골 산허리를 돌아 올라왔다.

8

며느리는 "어머니, 어무니이!" 하고 소리쳐 불렀고, 그 소리는 산골짜기의 메아리가 되어, 검푸른 솔숲 사이를 흔들고 맑게 갠 하늘로 퍼져갔고, "워이" 하며 어머니는 눈물을 씻고 일어서다가 다리가 휘청거리어 그냥 주저앉아버렸다.

"소 찾었다우." 하는 며느리의 말에 어머니는 마른 풀포기를 움켜잡아 당기며 몸을 일으키고, "어따 어메, 내 소!" 하며 그 며느리를 향해 달려갔다. 며느리가 "금메, 저 우산으로 건너갔등갑습니다에" 하며, 몸 무거운 데다 남편 죽고 가슴 피운 등쌀에, 깡말라 찢어질 듯이 얇아진 입술을 젖히고, 하얀 덧니를 내놓으며 웃었는데, 그 말에 어머니는 눈앞이 노랗게 보이면서 가슴이 막혀 숨을 쉴 수가 없어져 버린 것이었다.

어머니는 막힌 가슴 그대로 우산도가 건너다보이는 짙푸른 바다를 내려다보았다. 십 리가 가까운 바닷물을 그 소가 어떻게 건너갔었다는 말인가. 갔으면 헤엄을 쳐 갔을 것이다.

"어따, 어메!"

말 죽는 강은 있어도 소 죽는 강은 없다는 말이 있을 만큼, 소는 헤엄을 잘 친다고 하기는 했다. 말 못하는 짐승도 제 새끼를 못 잊어 죽음을 무릅쓰고 십 리 가까운 바다를 건너갔단다. 그런데 나는, 나는 무엇이냐? 어머니는 아들의 무덤을 향해 걸어가며, 두 주먹을 부르쥐고 앙가슴을 치기 시작했다. 흡사 목구멍 속이 통통 부은 디프테리아 환자처럼 이따금 한두 번씩 "흥으으" 하고 숨을 쉬면서, 가슴 두들기기만을 계속할 뿐이었다.

그런 어머니는, 기어이 벌겋게 충혈된 눈을 까뒤집은 채, 이날 밤 내내 이를 으등 물고, 북이라도 두드리듯, 겨울 바람벽에 걸린 시래기 잎사귀처럼 말라비틀어진 젖퉁이 붙어 있는 앙가슴을 두드리고만 있었다.

먼지처럼 작은 별들까지도 총총 빛을 내는 흑청색의 밤하늘에 어미소의 목쉰 울음소리가 깔리고 있었다.

작가 후기(1977)

해설: 원시적 생명력의 복원과
근대에 대한 성찰 | 전성욱(2007)

작가후기(1977)

어머니 뱃속에서 첫소리 멋없이 크게 지르고 나와, 해와 달과 별과 바람과 물결을 가름하여 살기 서른아홉 해요, 소설을 쓴답시고 얼버무려대기 아홉 해인데, 나는 아직도 그 해와 달과 별과 바람과 물결의 뜻을 익히지 못했고, 또한 소설 쓰기에도 눈멀어 있다.

갯바닥 사람들은 화가 끓면, 바위에 부딪혀 하얗게 물방울 날리는 물결같이 장쾌한 욕설을 퍼부은 다음에 할 말을 한다. 나는 그 갯바닥에서 나고 자란 탓으로, 바닷바람이 곰솔숲을 흔들고, 높은 물결이 모래톱이나 바위 끝을 두드리며 아우성치는 것을 보면서, 그 사람들의 말법을 익혔다. 말은 곧 생각이요, 생각은 모든 짓거리의 근원이라면, 나는 갯바닥스러울 수밖에 없을 것이다.

얼굴이 푸릇푸릇 얼부푼 막내인데 면회를 다닐 생각만으로 미역장사를 하는 외할머니가 밤 사이에 와가지고 그 밤이 새도록 내내 하던 해숫기침소리, 보리밭에 김매면서 꽃샘바람에 날리는 흙먼지를 부옇게 뒤집어쓴 채, 김 풍년 들어 흥청거리는 마을 사람들의 멸시 받으면서 자신의 가난을 흥얼거리던 어머니의 와삿증으로 비뚤어진 입과 눈, 스물다섯에 홀어미 되어 다섯 살 난 아들 두고 다시 시집이라고 간 곳이 남의 앞자리라, 두고두고 머리칼 쥐어뜯기면서 살다가 아기 하나 낳고 뱃속에 바람 들어 죽어간 누님에 대한 기억은 내 가슴을 문득 뜨겁게 하곤 한다.

한은, 물고기 같은 것이므로 그물을 치거나 낚시질을 하여 잡듯 건져낼 수 없으며, 냉이나 쑥잎 같은 것이므로 쉽사리 뜯어다 무치어 밥상에 올리듯 내놓은 것이 아니다. 그것은 엄살이 아니며, 울분도, 증오도, 피를 토하는 듯한 통곡도, 이를 갈며 대드는 악다구니도 아니다. 어쩌면 짜낼래야 짜낼 눈물이 씨도 없이 말라버린 뒤의 '한숨의 앙금'이거나 '당함의 피멍'이거나 할 것이지만, 내 어설픈 따지기로써는 풀이될 수가 없으리라.

그 사이의 걸음을 한데 묶어, 돌아보고 내다볼 수 있도록 해준 창작과비평사의 여러분께 고마움 드리고, 괜히 머리 헝클방클하게만 하여줄지도 모르는 후기를 쓴답시고 이렇게 쓴 것을 읽어준 분에게 미안스럽게 생각한다.

1977년 5월
한승원

해설
원시적 생명력의 복원과 근대에 대한 성찰 | 전성욱(2007)

1. 육화된 기억의 원형—역사, 자연 그리고 민속

자신의 삶을 문학적 상상력의 근원으로 삼는 작가는 많다. 특히 근현대사의 질곡이 개인의 삶에 깊숙한 흔적을 아로새겼던 세대의 작가들에게 그들의 삶이란 곧 소설의 형식을 통해 탐구해야 할 거대한 화두였을 것이다. 바로 이런 세대 감각의 일반성과 '1939년 전남 장흥 출생'이라는 개인적 이력이 만나는 곳에서 한승원의 문학은 발원한다.

일제 강점기에 태어나 해방과 한국전쟁을 겪으면서 보냈던 유년 시절은 한승원의 개인적 삶에 강력한 원체험으로 뿌리내리고 있다. 일가의 누군가는 여순사건 때 반란군에 가담했고 매형은 남로당에 들어갔다. 이런 원체험으로서의 역사적 기억은 한승원의 소설 도처에서 빈번하게 출몰한다. 동시에 전남 장흥이라는 공간은 그런 역사적 기억을 배태하고 있는 장소로서 한승원 소설의 중요한 배경이 된다. 바다와 갯벌을 끼고 있는 장흥은 곧바로 한승원 소설의 고향이라 할 만하다. 그만큼 장흥의 '바다'는 그의 소설에서 절대적이다.

바다를 삶의 터전으로 살아가는 한승원 소설의 인물들에게 역사의 격변들은 그들 삶의 격변과 긴밀히 조응한다. 그 조응에서 소설의 갈등은 비롯되는데 여기서 드러나는 주된 정조는 '한(恨)'이다. 그러나 한승원의 소설에서 한은 주관적인 슬픔과 분노의 감정으로 소비되지 않고 생에 대한 성찰로 이어짐으로써 미학의 차원에 도달한다. 한승원 소설의 미학은 원시주의적인 생명력을 통해 드러나는데 특히 남과 여의 성적 교합은 매우 중요한 역할을 한다. 성(性)과 더불어 남도의 민속과 고유한 지방색은 소설의 미감(美感)을 더하고 주제의 호소력을 높이는 중요한 요소라고 할 수 있다.

1977년 출간되었던 《앞산도 첩첩하고》(창작과비평사)는 한승원의 두 번째 소설집이다. 자비로 출간한 첫 소설집 《한승원 창작집》(세운문화사, 1972)에 대해 작가는 늘 후회와 부끄러움을 토로했다고 한다. 한승원의 초기 작품들이 실린 《앞산도 첩첩하고》는 이후 전개될 한승원의 문학적 원형을 고스란히 담아내고 있다는 점에서 문제적인 저작이라고 할 수 있다.

2. 근대비판과 원시적 생명력의 복원

한승원의 소설에서 개인적 삶은 언제나 거대한 역사적 사건들의 소용돌이 속에서 전개된다. 역사의 압도적인 힘은 한 인간의 삶을 결정짓는 '운명'의 강렬함만큼이나 절대적이다. 아니 한승원의 소설에서 역사의 이변들은 곧바로 한 인간의 삶을 결정짓는 운명 그 자체이다. 한승원이 문제 삼는 역사란 한국의 근현대사가 만들어 놓은 상처와 아픔의 역사이다. 그 역사는 개발과 진보의 역사가 아니라 원시적 생명력을 파괴하는 부정의 역사이다. 그래서 한승원의 역사 인식에는 '근대'에 대한 비판적 성찰이 내포되어 있다.

일제강점의 식민지 통치와 해방 후의 좌우대립, 한국전쟁과 독재 권력에 의한 근대화 추진, 이 모든 역사의 사건들은 '근대'의 틀 안에서 합리화되고 정당화되어 왔다. 하지만 오늘날 '근대'의 해악을 문제 삼는 숱한 탈근대 담론들이 등장하면서 '근대' 너머를 꾸준히 성찰해 오고 있다. 한승원의 소설들은 그런 탈근대 담론과는 또 다른 차원에서 근대 비판의 한 모습을 보여준다. 그것이 아마 30여 년이 지난 오늘날 다시 한승원의 소설을 읽는 이유가 될지도 모르겠다.

중편 〈폐촌〉은 설화적 상상력을 바탕으로 원시적 생명력의 회복을 주제로 그리는 작품이다. '우악스런 괴물'로 묘사되고 있는 밴강쉬(변강쇠)는 그 자체로 원시적 생명력을 드러내는 인물인데, 이 주인공이 여러 어려움을 극복하고 미륵례라는 여인과 결합하는 과정이 이 작품의 주된 내용이다. 밴강쉬는 아기장수설화나 변강쇠설화를 떠올리기에 충분한 인물이다. 밴강쉬의 비범성은 거대한 성기와 강력한 성적 능력으로 드러나는데 이런 비범성을 감당할 수 있는 유일한 여성이 바로 미륵례이다. 하지만 이 둘의 결합은 쉽게 이루어지지 않는데 그 혼사 장애의 근원에 운명과도 같은 역사의 격변들이 놓여있다.

마흔 살이 넘은 이제 와서 미륵례와 결합된다는 것이 다소 늦은 감이 없잖았다. 그러나, 그것은 이때껏 그들 주변을 휩쓸어간 시국의 장난 때문에 그랬을 뿐인 것이었다.(《폐촌》, 81쪽)

그 '시국의 장난'이란 뱀강쉬와 미륵례 두 집안의 대립과 갈등을 통해 구체적으로 형상화된다. 미륵례의 아버지 비바우 영감은 하룻머리골에서 유일하게 우다시배(저인망 어선)를 소유하고 있었고 뱀강쉬의 아버지는 그 배 선원으로 10여 년을 종사해 왔다. 이 계급적 차이에서 모든 비극은 시작된다. 비바우 영감은 일제 시대에 친일부역을 해서 치부한 자로서 마을 주민들에게 큰 고통을 주는 악한이다. 해방 직후 마을 사람들은 이런 비바우 영감을 죽이고 그의 배까지 불 질러버린다. 이런 난리 중에 가장 정신없이 날뛴 것은 다름 아닌 뱀강쉬의 형이었다. 이 일이 있은 뒤 뱀강쉬의 형은 마을을 떠나 도망가고 비바우 영감의 두 아들은 순경이 되어 다시 마을로 나타난다. 하지만 얼마 안 있어 여순반란사건이 일어난다. 뱀강쉬의 형은 반란군의 일부가 되어 마을로 돌아와 비바우 영감의 아내와 그 딸 야실이(미륵례의 언니)마저 살해하고 만다. 비극은 여기서 끝나지 않는다. 동생 미륵례를 데리고 떠났던 비바우 영감의 두 아들은 다시 마을로 돌아오고 뱀강쉬의 아버지는 보복이 두려워 마을을 떠난다. 하지만 전쟁이 터지고 뱀강쉬의 아버지는 인민위원장이 되어 다시 섬으로 돌아온다. 뱀강쉬의 노력에도 불구하고 결국 남아 있던 뱀강쉬의 두 아들은 죽임을 당하고 만다. 이런 역사의 격변 속에서 사람들은 하룻머리골을 떠나고, 결국 하룻머리골은 폐촌이 되어

버리고 말았다. 하룻머리골을 폐촌으로 만든 데는 좌우의 이념적 대립이 낳은 비극 말고도 또 다른 사정이 있었다. 간척사업과 공장(산업화)이 폐촌의 또 다른 이유이다.

> 그러나, 이 섬의 양옆에 둑이 막히고 연륙(連陸)이 되어, 삼만 평 정도의 간척지가 낙지 잡고 석화 따던 자리에 생겨지면서부터는, 그렇게도 먹장같이 치렁치렁 자라던 김이 물결 끊김과 동시에 해마다 갯병 때문에 썩기만 하였으며, 멸치어장 또한 기껏해야 잡어 몇 마리씩만 잡힐 뿐인데다가, 여수 쪽에 세워진 공장이 몇 해를 내리 쏟아놓는 폐유 때문에 고막이나 바지락이나 석화 따위들이 죽어 자빠지거나 석유 냄새가 나서 못 먹게 된 뒤부터는 사람들이 오징어잡이나 문어잡이를 그저 심심풀이로 하는 바람에 하룻머리골은 아주 귀신 나올 것같이 썰렁해졌다.(〈폐촌〉, 80쪽)

귀신 나올 것같이 썰렁해진 폐촌의 모습은 근대의 해악이 만든 참상 그 자체이다. 이 작품에서 폐촌의 회복은 설화적인 상상력을 통해 이루어지는데 그것은 다름 아닌 뱀강쉬와 미륵례의 결합이다. 사실 둘의 결합은 작품의 서두에서 이미 복선으로 깔려 있었다. 하룻머릿골로 가는 고개를 가운데 두고 동과 남으로 솟은 두 봉우리가 있고, 사람들은 그것을 각시봉과 서방봉이라 불렀다. 그 봉우리들은 각각 여성과 남성의 성기를 닮은 모습으로 묘사되어 있다. 미륵례와 뱀강쉬는 이 두 봉우리의 상징적 의미와 서로 대응한다.

남과 여의 결합을 통해 다산과 풍요를 기원하는 것은 인류의 원형적 상상력과 맞닿아 있고 동시에 우리의 민속 곳곳에서도 확인할 수 있는 바다. 한승원은 바로 이런 설화적이고 민속적인 상상력을 통해 폐촌의 회복을, 근대의 해악에 대한 극복을 염원한다. 성적인 상징을 통해 드러나는 원시적 생명력이야말로 폐촌 회복과 근대 극복의 중요한 실마리가 되는 것이다. 작품 속에서 수간(獸姦)의 형태로 드러나는 인간과 동물의 교접은 그 생명력의 원시성을 더욱 강렬하게 부각시키고, 그 원시주의가 결국 반문명(반근대)의 강렬한 메시지라는 것을 환기시킨다.

〈석유 등잔불〉 역시 여순반란사건을 배경으로 좌우대립의 역사적 격동이 만들어내는 삶의 불안을 그려낸 작품이다. 흔들리는 석유 등잔불 같은 삶의 불안은 이 작품에서 '식'이라는 한 아이의 혼란스러운 정신 상태를 통해 구체화된다.

식이의 아버지는 일제 때부터 어협 총대나 구장을 맡아왔고 김장사 같은 것을 해오면서 지금은 마을에서 가장 많은 농사를 짓고 있다. 사람들은 그런 그를 시기하고 미워하는데 아이들까지 어른들의 본을 보고 식이를 미워하고 따돌린다. 식이의 아버지는 김을 뜯거나 김장사를 해서 모은 돈으로 논을 사들인 것이었지만 사람들은 구장이나 총대를 하면서 공금을 빼돌려 부자가 된 것이라 믿고 있다. 더구나 식이의 아버지는 이남과 이북, 어느 쪽에 대해서도 분명한 태도를 보이지 않는 반동자로 그려지고 있는데, 식이는 이런 아버지를 비난하는 아이들 때문에 괴로워한다. 여순반란사건이 일어나고 아이들은 저마다 특유의 아이다운 논리로 이북이 이길 것이다, 이남이 이길 것이다 논쟁을 벌이는데 어느 편에도 설 수 없는 식이는 혼란스럽기만 하다. 이런 혼란은 마을 사람들에게서도 똑같이 드러나는데, 반란군이 마을에 들이닥쳤을 때 그들을 옹호하던 젊은이들은 반란군이 진압군에 쫓겨 달아나자 경비대에 지원하거나 생업으로 돌아가 침묵한다. 이런 혼란이 만들어 내는 불안은 식이의 불안과 공포를 통해 극단적으로 형상화된다. 마을에 닥친 진압군 중 하나가 식이에게 학교에 있다는, 사람이 숨는 굴에 대해 취조하고 엉겁결에 대답을 한 식이는 이후로 줄곧 공포에 시달리게 된다. 결국 그 사건은 해프닝으로 끝났지만 식이의 공포와 불안은 더 깊어진다.

> 정말 미국이 소련보다 더 싸움을 잘 하는 나라일까, 이북하고 싸움하다가 이남이 지게 되면 미국은 이남 편을 들어 덤벼줄까, 하는 생각이 머릿속에서, 쌀을 일 때 흔들리는 바가지 속의 물처럼 이리저리 일렁거리고 있었다.(〈석유 등잔불〉, 144~145쪽)

한국의 근현대사가 만든 이런 혼란과 불안은 개인뿐만 아니라 그 시대를 거쳐 온 모든 이들을 괴롭혀 왔다는 점에서 문제적이다. 〈석유 등잔불〉은 그 불안과 공포를 응시하고 있는 작품이다.

전혀 역사적 사건과 관계없어 보이는 〈참 알 수 없는 일〉마저도 그 깊은 곳에 역사의 상처를 숨기고 있다. 〈참 알 수 없는 일〉

은 정씨네 문중의 장손인 정수복이라는 인물의 인생유전을 그리고 있다. 정수복은 이런 사람이었다.

> 정수복, 그는 해방 전후까지만 하더라도 덕도의 새텃몰 안에서는 떵떵거리고 살던 정씨네 종가의 삼대 독자였으며, 날아가는 새도 떨어뜨릴 만큼 세도를 부리던 아버지 정만수 씨의 힘을 업고, 당시 또래 아이들을 지렁이 밟듯 하던 사람이었다.(《참 알 수 없는 일》, 147쪽)

이랬던 정수복이 초라한 행색으로 '나'의 눈앞에 나타난 것이다. 세월이 한참 흐른 뒤 만난 정수복은 젖먹이 아이를 두고 도망간 아내 정월네를 찾아다니고 있었다. 도망 다닌 아내를 찾아다니느라고 가산은 다 탕진했고 이기마저 병으로 죽어버린 것이다. 세도가의 자손이었던 정수복의 인생이 이처럼 비참하게 된 것은 전쟁 때문이었다.

> 이러한 그로 하여금 고향을 등지도록 한 것은 6·25였는데 내가 알기로만 하여도 그 6·25는 그에게 아주 많은 것들을 가져다주었고, 또 그에게서 빼앗아갔다.(《참 알 수 없는 일》, 150쪽)

전쟁으로 지주였던 아버지가 숙청되고 재산마저 빼앗겨 버린 정수복은 학도호국단에 들어가 아버지의 죽음과 관련된 이들을 찾아 다니다가 세월을 허비한다. 이후 그의 삶은 비참한 지금에 이르게 된 것이다. 결국 여기서도 전쟁은 한 인간의 삶을 비극적으로 이끄는 계기로 그려지고 있다. 이렇게 역사의 거대한 틈바구니 속에서 유린당한 비극적 인물에게 남는 것은 '한(恨)'이다. 그 한은 정수복의 판소리 가창을 통해 드러난다. 자신의 삶에 대한 원한은 "몰살당한 조조의 백만 군사가 새로 환생하여 조조를 원망하면서 우짖고 있음을 내용으로 한" 〈적벽가〉의 새타령으로 표현된다. 자신들의 개인적 삶을 파괴해 버린 조조에 대한 군사들의 원망은 곧 역사의 횡포에 대한 정수복의 원망과 같다. "백만 군사를 자랑터니 금일 패군이 웬일인가"라는 그의 노랫소리에는 기세 높던 과거의 삶에 대한 그리움과 함께 전쟁을 계기로 피폐해져버린 자신의 삶에 대한 원망이 동시에 담겨있는 듯하다.

〈앞산도 첩첩하고〉에서도 한국전쟁이 전경화되어 있지는 않지만 주인공의 개인적 삶에 적지 않은 영향을 미치고 있다. 주인집 유성기를 통해 판소리를 익힌 주인공은 그 소리 솜씨가 뛰어나 그의 소리를 듣는 모든 이들을 매혹시키기에 충분했다. 그러던 어느 날 주인집 식구들과 들에서 일을 하다가 주인공은 일의 흥을 돋우기 위해 소리를 솜씨 좋게 뽑아낸다. 하지만 주인집 딸 정례가 그 소리를 듣고 반해 오줌을 싸고 말았다는 해괴한 소문이 동네에 퍼져 결국 그 이야기가 주인의 귀에까지 들어간다. 주인공은 억울하게 쫓겨나 아랫마을 우산양반 집으로 옮겨가게 된다. 그리고 얼마 뒤 정례가 결혼을 하게 된다는 소문을 듣고 서러움을 느끼던 어느 날 공교롭게도 수수밭에 있는 정례를 보게 된다. 주인공은 그 자리에서 정례를 겁탈하고 그녀와 함께 도망가기로 한다. 그런데 주인공은 그 이튿날 소집영장을 받고 군대에 입대하게 되고, 한 달 뒤 전쟁이 터져 긴 시간을 군에서 보내게 된다. 제대하고 돌아왔을 때 정례는 이미 다른 사람에게 시집가고 없었다. 하지만 정례의 남편이 전쟁 통에 북의 보안서에 출입했다는 이유로 서울 수복 때 죽임을 당했다는 소식을 듣게 된다. 주인공은 정례와 함께 도망가서 살다가 딸을 낳았지만 정례는 산후조리를 잘 못해 죽고 만다. 세월이 흘러 열아홉이 된 그 딸은 타지에서 온 하모니카장이를 따라 밤봇짐을 싸 도망을 가고 말았다. 기구한 인생유전이라고 할 만한 이야기다. 자신과 정례의 삶이 그대로 그 딸에게서 반복되고 있는 것이다. 이러한 인생유전은 한의 정서를 유발시키는데 그 한은 여기서 판소리를 통해 형상화된다. 〈적벽가〉 중 새타령의 곡조에 "앞산도 첩첩하고 뒷산도 첩첩한디"라는 가사를 붙여 부르는 주인공의 태도에서 인생의 신산고초에 대한 회한을 읽을 수 있다. 이는 〈참 알 수 없는 일〉에서 정수복이 그러했던 것과 같은 맥락이다.

〈앞산도 첩첩하고〉에서 전쟁은 주인공과 정례의 결합을 지연시키는 계기로 작동함과 동시에 정례의 남편이 죽임을 당하여 다시 둘이 결합할 수 있는 계기가 되기도 한다. 그러니까 전쟁은 단순히 소설의 배경으로 머물지 않고 인물들의 삶에 보이지 않는 영향력을 행사하고 있는 것이다. 한승원의 소설에서 전쟁과 같은 역사적 격변은 소설 속 인물들의 삶을 통어하는 '보이지 않는 손'이다.

역사의 보이지 않는 손이 조장하는 삶의 비극은 '어머니'라는 부제를 단 연작소설 〈한 ①〉에서도 독립투사였다 국회의원 선거에 나선 사람을 암살하는 막동이의 모습을 통해 형상화된다. "해방이 된 이듬해, 그 이듬해 가을"이라는 표현을 통해 유추해 본다면 그 암살 사건은 1947년경에 일어났다는 것을 알 수 있다. 이는 해방공간의 이념대립이 얼마나 심각했는지 보여주는 한편, 그것이 한 여자(어머니)의 일생에 얼마나 깊은 회한을 남기는지 여실히 보여준다. 표면적으로 어머니의 한은 아들의 투옥이 원인이지만 그 이면적 원인은 해방 직후의 좌우대립이라는 역사적 파란(波瀾)이라고 할 수 있다.

'홀엄씨'라는 부제를 단 〈한 ②〉는 〈한 ①〉에서의 딸이 남편을 잃은 홀어미(쌀례네)가 되어 힘겹게 살아가는 것을 내용으로 한다. 일제 시대에 어협총대를 맡았던 남편은 한국전쟁 때 보안서로 끌려가서 얻어맞은 여독 때문에 죽게 된 것으로 그려진다. 홀어미의 존재 조건이 남편의 부재라면, 그 조건의 직접적인 원인이 바로 한국전쟁인 것이다. 〈한 ②〉에서 홀어미가 받는 수모와 고통 그리고 그로 인한 정한(情恨)은 결국 남편의 부재를 원인으로 하고, 남편의 부재는 역사의 격변에 그 원인이 있다. 되풀이해서 강조하는 것이지만 한승원 소설의 특징은 역사적 격변을 갈등의 원인으로 설정한다는 데서 찾을 수 있을 것이다.

'우산도'라는 부제를 단 〈한 ③〉은 〈한 ②〉에서의 그 홀어미가 자식들을 힘겹게 키운 뒤의 이야기다. 어렵게 공부를 시켰던 첫째와 둘째 아들은 어미의 기대를 저버린 삶을 살고 막내아들과 딸 역시 비루한 삶을 산다. 자식들의 불행한 처지는 홀어미의 한을 더 깊게 하는데, 결국 가족들을 위해 희생만 했던 셋째 아들마저 둑막이 공사에 나갔다가 목숨을 잃는다. 셋째는 둑막이 공사장에서 벌어지는 노동착취와 노동자에 대한 인권유린에 대항해 투쟁하다가 사고를 당하는 것으로 그려지는데, 그 죽음은 산업화 시대의 부정적 현실을 고발하고 있는 것으로 볼 수 있다. 이는 근대화 과정의 해악에 대한 비판이기도 하다. 실제로 1960년대부터 1970년대까지 정부는 식량의 안정적 공급을 위해 호남 지역에 대대적인 간척사업을 펼쳤다. 군부독재에 의한 성장위주의 근대화는 많은 문제들을 남겼는데 무리한 간척사업의 추진 역시 갯벌을 잠식하고 농토를 황폐화시키는 등의 여러 가지 환경문제를 불러일으켰다. 이 소설집에서 간척사업에 대한 묘사는 〈한 ③〉 외에 〈폐촌〉에서도 나타나 있다.

> 그들의 태도는 그들이 큰몰로 이사를 간 뒤, 갯마을 북편에 둑이 막히고, 그게 모두 논으로 변하면서부터 달라졌다.(〈폐촌〉, 37쪽)

간척사업이 있기 전, 영득이와 칠보는 뱀강쉬의 노동력이 필요했기 때문에 그에게 호의적이었다. 하지만 그들의 태도는 간척사업과 함께 적대적으로 돌변했다. 〈폐촌〉에서 간척사업은 전통적인 노동 공동체의 분열을 조장하는 것으로 그려지고 있는 것이다.

〈앞산도 첩첩하고〉의 서두에서는 주인공이 딸을 찾기 위해 고향을 다시 찾았을 때 간척사업으로 변해버린 고향의 모습을 보고 놀라는 대목이 있다. 그 놀람을 부정적인 의미라고 단정할 수는 없지만 기억 속에 보존되었던 고향의 원형이 변질되어버린 것에 대한 안타까움으로 읽어내기엔 충분하다.

간척사업이 한승원의 소설에서 부정적으로 그려지는 것은 다른 이유가 아니다. 간척사업이란 원시적 생명의 원형인 바다를 메우는 일이다. 이는 간척사업이라는 근대적 건설 행위가 원시적 생명력을 파괴하는 것을 의미한다. 따라서 한승원 소설에서 간척사업을 비판적으로 묘사하는 것은 근대에 대한 비판적 성찰이자 원시적 생명력에 대한 절실한 복원의지를 드러낸다고 할 수 있다. 이는 한승원의 소설이 생태주의적 인식에 이어져 있음을 보여준다.

소설집 《앞산도 첩첩하고》에 실린 모든 작품들은 하나같이 바다를 배경으로 하고 있다. 한승원의 소설에서 바다는 비단 원시적 생명력의 원형적 공간으로만 한정되지 않는다. 바다는 원형적 상징이기 이전에 생존을 위한 생산의 장이자 노동의 공간이다. 〈목선〉은 그런 바다의 모습이 잘 드러난 작품이다. 〈목선〉은 석주라는 사내의 비참한 삶을 그리고 있는 작품이다. 석주는 열 살부터 머슴살이를 해서 모은 밑천으로 복님이를 아내로 맞는다. 그리고 두 해 동안 열심히 김을 뜯어 모은 돈으로 채취선을 한 척 지었다. 삶의 희망이 샘솟던 그 무렵, 〈참 알 수 없는 일〉에서 정수복과 〈앞산도 첩첩하고〉의 주인공이 그랬던 것처럼 병무청에서 갑작스런 소집영장이 나와 석주의 삶을 제약한다. 석주가 군에서 제대했을 때 아내는 김장수 백철두와 도망가고 없다. 생존의 수단인 채취선마저도 팔아버리고 떠나버린 것이다. 석주 역시 〈참 알 수 없는 일〉의 정수복처럼 원한을 품고 아내를 찾아 서울로 갔지만 정수복과는 달리 이내 마음을 다잡고 다시 생활의 터전으로 돌아온다. 석주는 양산댁에 머슴살이를 해서 채취선을 빌려 쓰기로 하고 삶의 희망을 다시 회복한다. 하지만 태수의 농간으로 양산댁은 채취선을 빌려주지 않으려 하고 결국 석주의 분노는 폭발한다.

> 닥치는 대로 쥐어지르고 걷어차서 바닷물 속에 내리꽂아 죽이고 싶은 충동이 온몸을 떨게 했다.(〈목선〉, 246쪽)

〈목선〉은 최서해의 소설을 떠오르게 한다. 몸부림쳐도 극복할 수 없는 가난과 그로 인한 울분이 생생하게 느껴진다. 석주에게 바다는 결혼 생활의 실패를 보상받고 다시 새로운 희망을 싹틔울 수 있는 가능성의 공간이다. 하지만 사람 사이의 불화는 바다의 그런 가능성을 쉽게 열리지 않게 만든다.

〈한 ②〉에서 홀어미는 남편 없이 혼자 자식들을 키우고 공부시키기 위해 온갖 수모를 당해가면서도 이를 악물고 일한다. 그 노동의 공간 역시 바다다. 〈출렁거리는 어둠〉에서도 바다는 김 이삭을 주우며 가난한 현실을 견뎌서 이어갈 수 있게 하는 생존의 공간이다. 가난한 집안의 딸인 가이네는 저녁 늦게까지 김 이삭을 주워 가족의 생계를 책임진다. 노룻목 개포 책임자인 질만은 유부남이면서도 가이네의 이런 처지를 동정하는 척하면서 그녀를 성적으로 농락한다.

이 소설집의 많은 작품에서 바다는 또한 남과 여의 성적 교합이 시도되거나 암시되는 공간이다. 〈출렁거리는 어둠〉 말고도 〈폐촌〉에서 밴강쉬가 문어를 잡고 있는 미륵례 겁탈하려다 뜻을 이루지 못하는 장면이 있다. 〈목선〉에서도 석주는 양산댁과 단둘이 김을 뜯다가 양산댁에게 욕정을 느끼고 겁탈을 시도하지만 역시 뜻을 이루지 못한다. 이런 장면은 〈한 ②〉에서도 그대로 반복된다. 소금장사 동업을 하던 신창길이 쌀례네를 배에서 겁탈하려다 그만두는 대목이 있다. 바다에서 벌어지는 성적인 결합의 시도는 바다와 여성이 가진 생산성의 아날로지를 상징적으로 나타낸다. 바다는 아니지만 수수밭에서의 성적 교합을 그리고 있는 〈앞산도 첩첩하고〉 역시 같은 의미를 갖는다. 대지는 바다와 마찬가지로 원초적인 생산의 공간이자 다산과 풍요를 상징적으로 함의하기 때문이다.

작가는 이 소설집의 후기에 "말은 곧 생각이요, 생각은 모든 짓거리의 근원이라면, 나는 갯바닥스러울 수밖에 없을 것이다"라고 적고 있다. 한승원에게 바다는 나고 자라온 성장의 장이었고, 그의 정체성은 바다라는 그 성장의 장에서 구조화되었을 것이다. 그의 문학이 자기 삶의 소설적 탐구라고 정리될 수 있는 것이라면 그에게 바다는 삶과 운명, 현실과 역사를 성찰할 수 있는 상상력의 공간으로서 이해되었을 것이다.

3. 체험과 기억 그리고 근대 너머의 상상력

《앞산도 첩첩하고》는 한승원 소설의 원형이 담겨 있는 소설집이라는 점에서 한승원 문학의 갯바닥이라고 할 수 있다. 그의 인물들은 원시적 생명력이 출렁거리는 바다를 터전으로, 삶의 신산고초를 견디며 살아간다. 그들의 삶은 한국의 근현대사가 만들어놓은 굴곡에서 자유롭지 못하다. 그 굴곡은 일종의 운명으로서 그들의 삶을 속박하고, 그 속박은 그들의 가슴에 풀기 어려운 '한'을 맺히게 한다. 그렇지만 한승원의 소설은 그 한을 푸는 데 큰 관심을 두지 않는다. 한승원 소설의 주제는 한의 풀림이 아니라 그 맺힘에 대한 성찰에서 찾을 수 있다. 무엇이 인간을 한 맺히게 하는가. 한승원에게 한의 근원은 한국의 어두운 민족사를 통해서 구체화되는데 그것은 결국 '근대'에 대한 비판적 물음과 잇닿아 있다. 한승원에게 근대화란 진보와 발전의 과정이 아니라 원시적 생명력을 파괴하는 폭력과 죽임의 과정이다. 그래서 한승원의 소설에서 중요한 것은 근대화의 폭력 속에서 그 원시적 생명력을 어떻게 지켜내고 회복시킬 것인가 하는 데로 모아진다.

원시와 문명, 전통과 근대의 이분법적 사유는《앞산도 첩첩하고》를 가로지르는 지배적인 논리이다. 이는 '구경적(究竟的) 생(生)의 형식'에 대한 탐구로 정리되는 김동리의 문학적 논리와 연결된다. 김동리는 한승원의 서라벌예대 은사였다. 한승원의 초기작에 김동리의 흔적이 남아있다면 그것은 예사로운 일이 아니다. 근대에 대한 부정성을 비판적으로 성찰한다는 점에서 스승과 제자는 같은 지반 위에 있다. 문제는 같은 지반 위에서 그 둘이 갈라지는 지점이 어디에 있는가 하는 데 있다. 김동리의 근대 저편에 자연과 운명이 놓여있다면, 한승원의 근대 저편에는 바다, 성(性), 한(恨) 등으로 표상되는 원시주의primitivism가 자리 잡고 있다. 근대에 대한 한승원의 태도는 그가 나고 자란 곳에서의 '체험'에 대한 기억에 밀착되어 있다는 점에서 김동리와 차이를 보인다. 한승원의 소설에서 동일한 지리적 배경과 비슷한 역사적 맥락(일제 시대의 어협 총대, 해방공간의 좌우대립과 여순반란사건, 한국전쟁과 징집)이 되풀이되어 나타나는 것은 그것이 그의 체험적 사실의 기억에 기초하기 때문이다. 한승원의 근대 인식은 기억에서 걸러진 '유년 시절', '고향'에서의 체험으로부터 형성되었다고 해야 할 것이다. 이런 근대 인식은 스승인 김동리를 통해 그의 문학 속에 형상화될 수 있는 근거를 얻었다고 할 수 있다. 그러니까 한승원에게 김동리는 그의 원체험을 문학적 형상화로 끌어올리는 매개자 혹은 조력자의 역할을 했다 할 수 있다. 그런 의미에서 김동리는 한승원의 진정한 문학 선생이고 은사이다.

30여 년이 지난 오늘날 한승원의 초기 소설을 다시 읽는 것은 많은 의미가 있다. 하지만 무엇보다도 '근대'에 대한 그의 비판적 인식과 성찰 그리고 문학적 고투를 다시 한 번 확인한다는 데 큰 의미가 있지 않을까. 물론 오늘날의 시각에서 볼 때 아쉬운 점도 없지 않다. 무엇보다 근대와 근대 저편을 가르는 그 이분법적 인식의 소박함이 안타깝다. 한승원이 그려내었던 그 원시적 생명력이 깊이 있는 생태주의적 인식에까지 이르고 있는 것은 아니지만, 여전히 그 의미를 새롭게 되새겨볼 만한 주제라고 여겨진다. 그것은 근대 이후의 세계를 구상하는 데 하나의 생각거리를 제공해줄 수 있을 것이다.